伊犁之夜

短篇小说集

韦名 著

广东人民出版社
·广州·

图书在版编目（CIP）数据

伊犁之夜 / 韦名著. —广州：广东人民出版社，2023.9
ISBN 978-7-218-16885-2

Ⅰ. ①伊… Ⅱ. ①韦… Ⅲ. ①短篇小说—小说集—中国—当代 Ⅳ. ① I247.7

中国国家版本馆 CIP 数据核字（2023）第 163248 号

Yili Zhi Ye
伊犁之夜

韦名 著　　　　　　　　　　　　　　　版权所有　翻印必究

出 版 人：肖风华

责任编辑：汪　泉
装帧设计：鲁　建
责任技编：吴彦斌　周星奎

出版发行：广东人民出版社
地　　址：广州市越秀区大沙头四马路 10 号（邮政编码：510199）
电　　话：（020）85716809（总编室）
传　　真：（020）83289585
网　　址：http://www.gdpph.com
印　　刷：广东鹏腾宇文化创新有限公司
开　　本：787 毫米 ×1092 毫米　1/16
印　　张：17.25　　字　　数：250 千
版　　次：2023 年 9 月第 1 版
印　　次：2023 年 9 月第 1 次印刷
定　　价：48.00 元

如发现印装质量问题，影响阅读，请与出版社（020-85716849）联系调换。
售书热线：020-87716172

- 壹次心 / 1
- 伊犁之夜 / 17
- 9号门 / 36
- 月亮眼 / 51
- 少年风 / 67
- 燕声叽叽 / 76
- 肉价几何 / 91
- 神补刀 / 107
- 量体裁衣 / 128
- 房之事 / 149
- 夜 话 / 167
- 飞舞的刀 / 185
- 请君入梦来 / 215
- 艳阳天 / 236
- 日月星辰 / 254

壹次心

日子过得真慢，就像天上明晃晃的太阳。孔泽晟看它半天了，眼睛都看肿了，它却一动不动，从东边升起，再到西边落下。这是多么漫长的路程，孔泽晟想，这得看肿多少双眼睛啊！

如果说升官发财死老婆是中年男人的三大喜事，孔泽晟人到中年时，喜事一件没遇见。倒是人老了，需要老来伴时，相濡以沫的女人走了。女人一走，日子就像煎饼上的芝麻，落了一地，怎么捡也捡不完。

那就慢慢捡，捡一粒算一粒，对付着过吧。

师傅，你完全可以换个活法啊！叫孔泽晟为师傅的是孔泽晟退休前设计院新来的大学生小蒋，当年孔泽晟带着他设计了自己的封山之作，这件作品后来获得了省级大奖。小蒋的职场起步，孔泽晟算是递了凳子。小蒋嘴巴甜，人活络，会来事。孔泽晟刚退休那阵，小蒋逢年过节会来家里坐坐。后来设计院换了领导，小蒋也换了科室，就没来过了。慢慢地，联系也少了，就像风筝一样，断线了。孔泽晟理解，年轻人忙，忙事业，忙家庭。小蒋突然上门来，孔泽晟还真有点摸不着门道。

孔泽晟摇了摇头，对着小蒋苦笑，我是大年三十看日历，没多少日子了，还能换什么活法？小蒋不同意孔泽晟的说法，反问孔泽晟，师傅你难道不想找个人一起过日子？

孔泽晟何尝没想过，可自己七十古来稀的年纪，和六十学打鼓、年三十办年货，何异？

人家杨振宁老头82岁了，不照样还有28岁的少妇翁帆喜欢，你可比杨振宁年轻多了。杨振宁就是中老年男人的楷模！小蒋继续说，师傅啊，在我看来，你现在可是年三十晚上的蒸笼，不管你愿不愿意，都热门抢手着呢。

小蒋的话像块磁铁，把散落在孔泽晟心里四周，甚至是深度潜水的情愫，丝丝缕缕地聚拢起来，并结成了长长的丝，那是一种叫人或激动或痛苦或高兴或沮丧的情绪。

师傅，你看啊，你有房产自由经济自由，你无拖累无负担，你还是正高职称高级人才，你要和非广州户口的结婚，可以帮人入户广州，还免收城市增容费呢！

被小蒋说成了香饽饽，孔泽晟心里顿时如羽毛挠了般，痒痒的。小蒋的一番话也让孔泽晟醍醐灌顶。是啊！自己咋没想过还有这么多的优势呢？都说条件不够，金子银子来凑。自己虽然年纪大点，却可以用诸多优势来弥补啊！

师傅，这样吧，周末咱们一起去陶陶居喝早茶。小蒋看来早就准备好了。孔泽晟心里一热，抬起手想像当年拍拍小蒋的肩膀鼓励他一样，手抬了一半，却又放下了。

师傅啊，到时可好好捯饬捯饬啊。小蒋临走时交代孔泽晟。

孔泽晟对小蒋会心一笑。那笑满是赞许。目送着小蒋走进阳光里，孔泽晟感觉自己也沐浴了温暖的阳光。暖暖的阳光照进心上，孔泽晟的脸像年轻人一样，红了。

周末一早，孔泽晟如约到了陶陶居。

早上天还没亮孔泽晟就起床了。穿什么衣服呢？西装？皮衣？夹克？都说衣柜是女人，女人是衣柜。女人在的时候，衣柜是满当的，就像家一样，是圆满的。女人走了，衣柜是空的，生活是空的。孔泽晟把衣柜里不多的几件像样衣服一件件拿出来试穿，又一件件脱下挂回去。西装，穿上太正式了，显得刻意。皮衣，天气不冷，穿着显摆。夹克吧，清一色的黑色调，自从女人走后，孔泽晟对黑色有种莫名的恐惧，算了吧。

穿什么呢？

孔泽晟最后决定，就穿平时自己常穿的灰色休闲衫，自自然然最好。选定了衣服，天已大亮，清晨的第一缕阳光照进了屋子。一只小鸟落在窗台上，隔着窗玻璃，对着孔泽晟一会儿信步闲走，一会儿抓羽抖翅，唧唧鸣叫个不停。孔泽晟突然想起了一句谚语：半路妻子夜栖鸟，天亮起飞就拉倒。小鸟，小鸟，你想告诉我什么呢？

上陶陶居二楼房间，小蒋和一年轻女孩已经在等候了。这小蒋，还是很有眼力见儿，给师傅介绍对象，想到拉上自己的家属，没那么尴尬。小蒋的家属孔泽晟虽然没见过，但不用猜，孔泽晟就知道女孩是小蒋的女人无疑。孔泽晟点了点头，算是招呼。小蒋热情地招呼孔泽晟入座，并忙不迭地帮孔泽晟烫杯碗筷子。孔泽晟一落座，小蒋赶紧把菜牌递给孔泽晟，让他点菜，以示尊重。孔泽晟摆了摆手，止住小蒋，说人齐了再点。再说，也不知道人家喜欢吃什么。第一回嘛，咱们客气一下，让她来点。小蒋知道孔泽晟误会了，急忙解释，齐了，齐了，就咱们三个。就咱仨？孔泽晟有点失落。师傅，忘了介绍，这是小漆，"漆画"的"漆"，漆晓懿，我老乡。孔泽晟心想：女孩不是小蒋的家属，敢情是替自己的妈妈来的？

孔工好，经常听蒋哥说起您，幸会！女孩落落大方，补充介绍，我这个"漆"啊，蒋哥说好听是漆画的漆，我自己讲是"暗夜漆黑"的"漆"。"懿"呢？当然是"壹次心"的"懿"。我爸会取名，女人嘛，落子定棋，只有一次心，哪怕是黑暗中一颗小小的心。

壹……次……心？！孔泽晟惊讶于女孩居然把"懿"字解读得这么到位，顿时对女孩感兴趣起来。

我就说啊，都是有文化的人，师傅和小漆肯定聊得来。小蒋俏皮地做了鬼脸。

难不成女孩就是介绍给自己的？！孔泽晟盯着小蒋，不敢往下想。和这么年轻的女孩在一起，人家会怎么看？再说，自己哪来的魅力？孔泽晟甚至不愿把眼前的小漆叫作女人，在孔泽晟看来，小漆这样的年龄，就是个女孩子。

和年轻漂亮的女人聊天，男人大都会忘记自己的年龄。男人再老，都愿意和年轻姑娘交往。朋友给八十多岁的齐白石介绍四十多岁的女人做老婆，齐白石还嫌弃人家老。对女人的年龄，越年轻越好，年轻无下线嘛。孔泽晟偷偷瞄了瞄漆晓懿，女孩真年轻。

　　漆晓懿真的是介绍给自己的吗？孔泽晟又看了看小蒋，不好直接问。管他呢！谁又规定老男人没有交往年轻姑娘的权利呢？孔泽晟索性不问了，和女孩聊起名字"懿"。别看孔泽晟一辈子是个理科男，却是个能掉得起书袋子的人。孔泽晟说，懿，形声字，从壹，恣声，本义为美好。古代叫"懿"最出名的莫不过是三国时期魏国的杰出军事家、政治家、战略家，西晋王朝的奠基人司马懿。明太祖朱元璋长子朱标生性仁慈，文武双全，谥号懿文太子，虽没当过皇帝，却是历史上最有权势的太子。漆晓懿则把"懿"字从《说文》讲到《易》，再到《诗》，最后讲到"懿"字的词性和词义。漆晓懿说，"懿"字作形容词可解为美、深、大，作名词则为姓，作动词解为赞美。漆晓懿说得孔泽晟连连赞叹！两人聊着聊着，大有相见恨晚之感。

　　第一次见面既无主题，目的也不明，就真的只是见面，天马行空地聊。但孔泽晟却很高兴。孔泽晟心想，高兴就好。

　　见过一回后，孔泽晟老琢磨着漆晓懿对自己名字的解读。孔泽晟突然发现喜欢上了这个"懿"字："壹次心"者，专一纯粹，专心一志，至精至专，不偏不杂。"壹次心"者，值得珍惜啊！

　　孔泽晟常常晚上琢磨着，琢磨着，久久不能入眠。电话那天是留了，孔泽晟多次从手机里调出电话号码，却一次也没有拨出。孔泽晟不断更改漆晓懿的电话备注，一会儿是小漆，一会儿是壹次心，一会儿是漆晓懿。打开备注为"小漆"的号码，孔泽晟突然会心一笑：小漆——小妻，还小妾呢！真是做梦讨老婆，想偏心了。

　　心不偏，太阳从偏走到正，从正走到偏，路程却依旧很漫长，走得也很久远。久远的日子里，孔泽晟没给漆晓懿打电话，也没见漆晓懿打来电话。孔泽晟心想，哎——或许人家早忘了，或许……孔泽晟长长叹了口气。孔泽晟正在叹气，漆晓懿的电话来了，手机屏幕里显示的是"壹次心"。孔泽晟有点激动，手忙脚乱地点了接听键，脑海里迅速闪过手机里曾经备注的三个名字。叫什么呢？壹次心？随意。小漆？容易误会。漆晓懿？生分。三个备注名都觉得不妥。孔泽晟索性啥都不叫，只以"你好"开头。漆晓懿可没想那么多。漆晓懿在电话里告诉孔泽晟，上次见面聊天真愉快。老想着来打扰孔工，这不，刚从老家过来，就来打扰了。孔泽晟舒了口气，原来是回老家了。

漆晓懿约孔泽晟第二天还在陶陶居见面。孔泽晟爽快地答应了。为这次见面，孔泽晟认真捯饬起来：当天去新买了一套浅色休闲服和一双休闲皮鞋，新理并染了头发，修了面，刮了须，就差点化上妆。捯饬完了，孔泽晟站在客厅落地镜前，满意地笑了。真是人靠衣装马靠鞍！孔泽晟这一身装扮，宛若早年的归国华侨，看起来比实际年龄足足年轻了十几岁。

这次见面，只有孔泽晟和漆晓懿两个人。孔泽晟虽有点惊讶，心里却美滋滋的。上次是谦让来谦让去，最后还是小蒋点的早点。这回，孔泽晟不谦让了，把陶陶居的招牌点心如凤爪、虾饺、蛋挞、韭黄滑蛋肠、酥皮水牛奶菠萝包、牛腩啫珍珠肠、锅烧牛仔骨通通点上，摆满一桌。生活需要诗和远方，更需要殷实的物质享受。看着漆晓懿吃得那么香，孔泽晟觉得这话虽朴素却是颠扑不破的真理。孔泽晟的同宗孔乙己要是不谈文化，不谈茴香豆有几种写法，专心致志地品酒，应该也是满足和幸福的。就像现在的孔泽晟和漆晓懿两个人，不再掉书袋子，大快朵颐，一样高兴和快乐。

喝完早茶，漆晓懿轻声抱怨，文化不顶用，就像孔乙己知道茴香豆有多少种写法一样，没用的。进不来城，入不了户，就找不到好单位，文化只能是茶余饭后的闲谈。

漆晓懿抱怨完，脸上现出一丝淡淡的忧愁。在孔泽晟看来，漆晓懿脸上的忧愁，别具一番韵味，直抵男人心底最柔弱之处。

千人千般愁，千般不一样。谁解其中结？孔某人来也！那一刻，孔泽晟顿生解结的想法。

第二次见面没多久，孔泽晟主动邀约漆晓懿。这次不在陶陶居喝早茶，改去爬白云山。白云山自古有"羊城第一秀"之称，山上峰峦叠嶂，溪涧纵横，雨后天晴或暮春时节，山间白云缭绕，蔚为壮观。白云山虽然是广州人最喜爱的去处，但孔泽晟自己也说不清楚为什么约漆晓懿去爬白云山。是显示自己身体好，身体康盛，健步如飞？是回归自然，说话好自然？还是要当广州人，必登白云山？漆晓懿久闻白云山，却没来过。两人游览蒲谷，领略自然、野趣的热带沟壑雨林，倾听溪流的潺潺声，享受凉风的轻拂。进入气势恢宏的能仁寺，漆晓懿独自在大雄宝殿虔诚朝拜。到达天南第一峰牌坊，稍作休息后两人继续上山。来到位于山顶公园"罗伞顶"之巅的"白云晚望"，临崖居高俯视广州城。望着高楼林立、车水马龙、繁华热闹的广州城，漆晓懿久久不吭声，久久迈不开步子。下观光台，对着一块写着"广州是我家，卫生靠大家"的公益广告牌子，漆晓懿幽幽地说了一句"我家不在广州"。起风了，灰尘在空中漫卷，黄叶随风飞舞。孔泽晟拉着漆晓懿去亭台里躲风沙，漆晓懿却轻轻挣脱了孔泽晟的手，朝着黄叶飞舞的地方跑去，边跑边唱：

我家住在黄土高坡，
大风从坡上刮过。
不管是西北风还是东南风，
都是我的歌，
我的歌。

漆晓懿的歌既豪放自由，又苍凉高亢，粗犷奔放，让人惊叹。风停了，被吹散了灰尘的天更蓝，被卷走了黄叶的树更绿。阳光下，漆晓懿的头上落满黄叶，黄叶金光闪闪，漆晓懿宛如戴着金色头盔的公主，行走在如画的仙境里。风景美极了，人也美极了。孔泽晟看呆了，想给漆晓懿鼓掌，却又不好意思伸手。迎风歌唱的漆晓懿，心情却十分低落。中午两个人在山顶公园吃了白云猪手、豆腐花、花生毛豆，漆晓懿的心情才稍稍好起来。

孔泽晟崇尚吃要吃味道，玩要玩全套。吃完中饭，稍作休息后，两人逛鸣春谷,看我国最大的天然鸟笼,听百鸟鸣唱。尽管很久没这么爬过山了,孔泽晟有点累,但还是坚持要陪漆晓懿爬上白云山三十多座山峰之首的摩星岭。

在摩星岭,孔泽晟告诉漆晓懿:广州人云,不登白云山,不算广州人;不登摩星岭,不算到白云山。今日,山已登,岭也爬,你已然是广州人了。漆晓懿看着气喘吁吁的孔泽晟,讪笑,无语。

玩足了全套,两人下山,山下分别,居然有点依依不舍。

真是岁月无情,爬了一次白云山,孔泽晟足足休息了三天,才恢复过来。孔泽晟原本想待自己体力恢复了,再约漆晓懿逛北京路和上下九。孔泽晟想告诉漆晓懿,北京路是广州城建之始所在地,也是广州历史上最繁华的商业集散地。广州的怀旧在西关,西关的记忆在上下九。不到北京路和上下九,也不算真正的广州人。孔泽晟还没来得及约漆晓懿,漆晓懿主动来电话了。漆晓懿在电话里说想和孔泽晟谈点事。孔泽晟一口应承了下来。漆晓懿这回把地点约在了华南植物园。

老广州的孔泽晟自然知道,华南植物园是中国三大植物园之一,园内建有木兰园、姜园、竹园、兰园、棕榈园、苏铁园等30个植物保育专类园,被誉为"万国奇树博览会"。植物园一年四季适合全天候观光,是广州市民常去的景点,也是年轻人恋爱的首选。当漆晓懿说出约会地点是在华南植物园时,孔泽晟还有些许激动,又有点忐忑。

约好的日子在公园门口会合。孔泽晟发现,两人居然不约而同地都穿着湖蓝色的运动服,两个人都显得十分干练。进了园子,两人亦步亦聊。踏入"羊城八景"之一的龙洞琪林,小桥、树林、蓝天、白云,倒映湖面。一边是椰树葵林棕榈,高大挺拔,绿叶婆娑;一边是连绵的水松、落羽杉依水而生,五彩缤纷。龙洞琪林的美,令人目不暇接。两个人在亭子的长条石凳休息,漆晓懿轻轻赞叹:大美广州,我爱广州!

景是美景,人是可人儿,孔泽晟看着近在咫尺,一伸手就能揽进怀里的漆晓懿,心里没底。漆晓懿到底会说什么事呢?孔泽晟是急性子,此刻却又十分纠结,既希望漆晓懿尽快把事说出来,又怕漆晓懿把龙洞琪林的美景给说碎了。孔泽晟想过，自己要不要主动点，可想想又放弃了，就像当年高考等成绩放榜，自己有主动的资本吗？

唯有等待。

风起，落叶入湖，皱了镜面。湖里的椰树葵林、水松羽杉，还有蓝天白云都不见了。孔泽晟担心身旁的漆晓懿也随风而去，赶紧伸出手——干枯的枝和温润的玉触碰了一下，又迅疾移开了。

我们结婚吧。湖面平静，小桥流水，绿树红花，蓝天白云重现水面，美轮美奂，亦真亦幻。漆晓懿语出，孔泽晟心里一湖静水被惊皱，波澜乍起。幸福来得如此之快，孔泽晟几乎不敢相信。

我们结婚吧！漆晓懿又再说了一遍。

孔泽晟深呼吸，努力想让心里波澜起伏的湖水平静。可孔泽晟心里的那一湖水早已如铁壶里的水，被漆晓懿烧开了，怎么平静得下来？孔泽晟咧着嘴，身子自然而然地朝漆晓懿靠了靠。漆晓懿笑了笑，朝边上躲了躲。

孔泽晟心里乐开了花。

孔泽晟这一回不是做梦讨媳妇，是真的要和年轻姑娘结婚。

漆晓懿对结婚有明确要求，婚前两人要签一份协议。协议主要明确婚前财产和婚后自由两条。第一条是婚前做财产公证，双方婚后不享有对方一分一厘。第二条约定两人婚后来去自由，合则在一起，不合随时分，任何一方不得强求。

孔泽晟有两套房产和一定数目的存款，协议的第一条实则保护孔泽晟。孔泽晟对此自然无异议，还对漆晓懿的高尚人品佩服。至于第二条，婚后来去自由，这是当然，强扭的瓜不甜嘛，两人不合了，总不能捆绑在一起吧！孔泽晟很快答应了漆晓懿。

两人确定了关系后，孔泽晟晚上做梦经常笑醒。醒来后，想打电话给漆晓懿，又不忍心打断她的美梦。是的，是人都会做梦。幸福的人，一定会做幸福的梦！孔泽晟坚信，漆晓懿也会做好梦。好好的梦被强行打断，那是多么的难受。孔泽晟不想做打断人家好梦的缺德人，孔泽晟宁愿自己拿着手机傻傻地坐到天亮。

太阳出来了，美好的一天又开始了。世上太阳最公平，它不管你大小，不管你老弱，不管你贫富，不管你贵贱，该给你的阳光，一分也不会少你，不该给的，它一毫也不多给。签了婚前协议，孔泽晟感觉就这样和漆晓懿结婚，对她有点不公平。怎么弥补呢？抬头望着普照大地的阳光，孔泽晟在思考。无数次地思考后，孔泽晟决定另辟蹊径，他不想像其他人一样，用金钱物质来拉平年龄身体差距。孔泽晟觉得用金钱物质补偿，庸俗！孔泽晟决定用情感来补偿年轻的漆晓懿，要让漆晓懿慢慢地被孔泽晟的爱包裹严实。

要结婚，首先得改造新房，这叫筑巢引凤嘛！孔泽晟现在住的是和老伴一起住了多年的老房子，房子不仅旧了，而且残留了大量看得见和看不见的老伴的东西。孔泽晟管看得见的叫物件，看不见的叫能量。孔泽晟坚信每个人都有特定的能量，有强有弱，有大有小，虽然肉眼看不到，但它就像空气一样必然存在。这个人只要在某个环境里待过，那个环境必然残留有其独特的能量。孔泽晟要让漆晓懿和自己生活在全新的环境里。新环境，每天的生活也必然都是全新的。孔泽晟临时搬离熟悉的家，请工人改造装修新房。

在装修细节上，孔泽晟不厌其烦地征求漆晓懿意见。孔泽晟一辈子都是个有主见的人，很少听得进别人的意见。但在孔泽晟看来，有主见是一回事，征不征求人家是另一码事。漆晓懿基本不提具体意见，每次都是"你说了算""你定""我没意见"。漆晓懿越是这样说，孔泽晟越觉得有压力，"你定"既是对自己的信任，又是最高要求。对一个这么信任自己的爱人，你敢随随便便定吗？倍感压力的孔泽晟自然对工人要求很高，对装修精益求精。很多项目一想到漆晓懿可能不喜欢，可能不方便，可能不好用，孔泽晟便会毫不犹豫地要工人拆掉重做。孔泽晟参观了很多装修公司的样板房，希望有所启发，有所收获。购材料，买用品，孔泽晟更是一家一家亲自跑，一样一样选择比较，近乎挑剔。其间，孔泽晟约了几次漆晓懿来装修现场看看。孔泽晟其实是好多天没见着漆晓懿了，虽然电话天天打，孔泽晟还是想见见面。漆晓懿还是说，你看着我放心。孔泽晟只好说，好吧。心里却想着尽快完工，尽快把漆晓懿娶进门。

　　漆晓懿却在房子还没装修完毕就来找孔泽晟了，来的还是装修现场。见到不约而至的漆晓懿，孔泽晟有点激动，还有点冲动，高兴地朝漆晓懿走来，伸手想一把抱住漆晓懿。漆晓懿赶紧朝后退了一步，嘴巴朝工人方向努了努，示意孔泽晟有工人看着呢。孔泽晟放下了手，讪讪地笑了，有点不好意思，心想一把年纪的人了，还这么冲动，这么不注意场合。漆晓懿看出孔泽晟的窘迫，亲昵地拍了拍孔泽晟身上的飞尘，边夸张地拍边笑着说，哎哟哟，把自己弄得像个泥人一样！脏死了。漆晓懿一拍一笑，把孔泽晟的心给拍酥，笑酥了。

　　漆晓懿是来找孔泽晟去登记结婚办证的。孔泽晟既高兴又担心，房子还没搞好呢。漆晓懿说，明天是九月九重阳节，长长久久，好日子。孔泽晟激动得都不知道把之前抱过漆晓懿的手放哪里，连说好，好，好。

　　结婚其实很简单。两个人到社区民政部门，提交相关证明材料。户口本、身份证，孔泽晟现成的，简单。漆晓懿也早就准备好了，从老家寄过来的。随后是交钱，照相，签名，领证。孔泽晟觉得自己是过来人，简单就简单吧，无所谓。可漆晓懿毕竟是人生头一回，不能亏待了她！从民政部门出来，孔泽晟和漆晓懿商量，摆一场酒，把双方亲人喊来聚一聚，算是认识，也当见证。漆晓懿不同意摆酒，说结婚是我们两个人的事，劳烦大家干什么呢？再说，劳心劳力，还花冤枉钱。孔泽晟之前告诉过漆晓懿，广州人的红包叫利市，不大，十块二十块，一百两百都行，要的是彩头。漆晓懿当时就笑，广州人宁可当冤大头也要彩头。孔泽晟明白漆晓懿说的冤枉钱大概指的就是这个，于是笑笑，一辈子就这一次了，冤枉就冤枉吧。漆晓懿还是不愿意摆酒。看着交往以来漆晓懿第一次这么有主见，孔泽晟心想，漆晓懿也许有顾虑，就不再坚持摆酒。心里却越来越坚定，要用余生好好对漆晓懿，好好爱漆晓懿。

　　从民政部门出来，孔泽晟在想，婚前协议，各自的东西虽然都是婚前财产，但两个人结婚了，自己的财产还是可以赠与漆晓懿的——不就一纸遗嘱嘛。看着阳光下漆晓懿青春生动的脸，孔泽晟想与漆晓懿共享财产的想法越来越强烈。

中午两个人到皇城大酒楼吃潮州菜。原本漆晓懿说下午还有很多事，简单吃点，对付一下就行，孔泽晟可不愿意了。孔泽晟说，这是两个人婚后的第一餐，可不敢简简单单，一定要去吃顿大餐。汤上来了，是两盅鸽子翅汤。一个洁白的炖盅不见汤，却蹲着一只乳鸽，鸽子的肚子鼓鼓囊囊的，吹弹可破。孔泽晟用餐刀轻轻划开了鸽子的肚子，白色的汤水连着鱼翅顿时从鸽子身子涌出来，流了满满一盅。孔泽晟给盅里加了香菜和红醋，搅拌了一下，端给漆晓懿。接过孔泽晟递过来的汤，漆晓懿似乎有点不好意思，低头喝汤。孔泽晟却不急着弄第二盅鸽子翅汤，右手托着下巴，睁着一双不算大的眼睛，深情而又专注地看着漆晓懿喝汤。孔泽晟看漆晓懿的神情，仿佛在对漆晓懿说，你尽管美丽，尽管幸福，其他的，有我呢！漆晓懿被看得不好意思了，催促孔泽晟，别光看我，你也吃啊！

吃完饭，孔泽晟说家里还没装修好，先不回去了，就去隔壁酒店开间房休息吧。漆晓懿知晓孔泽晟的意思，笑话他，你是空着肚子蒸馒头，等不及啊。孔泽晟被说得不好意思了。心想漆晓懿现在已经成了老婆，往后的日子就像是兔子的尾巴，长着呢。

饭后孔泽晟回家继续监督装修，漆晓懿去忙自己的事，两人就在皇城大酒楼下分手。

回到正在装修的家，孔泽晟不时拿出大红的结婚证，看了又看。幸福是什么？幸福就是年少时有快乐，年轻时有爱，中年人有事业，老了有人伴。孔泽晟幸福地傻笑。

傻笑着的孔泽晟加快了筑巢的速度。

巢被孔泽晟幸福地筑着。房子装修好后，还要通风一阵子，散散甲醛，除去气味。这样算起来，还有一段时间才能住进新房。孔泽晟和漆晓懿商量，要不，漆晓懿现在就搬到自己临时住的地方来一起住，那房子也是自己的，只是旧一点而已，毕竟两个人已经结婚了嘛。漆晓懿说，不急，刚好有些事要办，把自己户口从老家迁过来。等事情办完了，房子也弄好了，两个人就在新房里简单举行个仪式。漆晓懿还说，两情若是长相久，又岂在朝朝暮暮。当着漆晓懿的面，孔泽晟说晓懿讲得有道理。暗地里孔泽晟却瘪了瘪嘴，我现在是去日无多，只争朝夕啊！

漆晓懿把孔泽晟的户口本、职称证书和两个人的结婚证等一干相关材料报上去。因为孔泽晟是正高职称，符合人才入户政策，漆晓懿的入户指标不仅上面很快批下来，并且真的如小蒋所说，免征城市增容费。拿到了入户卡，漆晓懿欢天喜地，给孔泽晟打电话，说谢谢老孔，我现在终于是广州人了。房子此时也已经装修好，正在通风，孔泽晟无事，听漆晓懿电话里十分高兴，赶紧说晚上一起吃饭，庆祝晓懿成了广州人。漆晓懿沉吟了一下，说回老家前要收拾收拾东西，挺忙的。孔泽晟说再忙也要吃饭啊，漆晓懿最终答应了。

晚饭孔泽晟选择去吃西餐。西餐厅的头盘无非是鱼子酱、鹅肝酱等一类的开胃菜，汤无非就是清汤、奶油汤、蔬菜汤或冷汤，牛肉、牛排和鸡鸭鹅基本是或煮或炸或烤或焗，再配上生蔬菜沙拉和甜品，就算一顿西餐了。在食大过天的广州，西餐并不太受当地人欢迎。西餐厅却是情侣们出入的好地方。餐厅里，柔和的灯光或烛光摇曳，舒缓的音乐，舒适的皮座，浪漫的情调，氛围首先受情侣们欢迎。情侣们不是来吃饭吃味道的，他们是来吃情调的。当孔泽晟和漆晓懿一老一少进入西餐厅，服务员虽没说他们是父女俩，孔泽晟却从他们的眼神里读到了，特别是从他们对自己的尊敬里读到了。孔泽晟瞬间自卑起来。幸好漆晓懿没感觉到。孔泽晟不想让服务员进一步误解，刻意紧拥一下漆晓懿。孔泽晟的动作故意做给服务员看，略显夸张。完全没在意的漆晓懿，却不是很配合，躲了躲，让孔泽晟干着急。

吃完西餐，孔泽晟央求漆晓懿去看看已经装修好了的新居。漆晓懿说太晚了，不愿去。孔泽晟已经叫了车，把漆晓懿让进了车里。

新房的装修着实讲究。地板重新铺过，客厅是橘黄的瓷砖，中间还铺出了牡丹图案。房间是桃花色的实木地板，铮亮铮亮的。客厅清一色红木沙发，厨房装上了洗碗机，独立卫生间安装了浴缸和蒸汽房，卧室配有雕花红木大床加蚕丝被……

晓懿，你看看，还有什么需要改进的。孔泽晟问漆晓懿，那话像极了考了满分的学生骄傲地问老师，我这卷子还要改吗？漆晓懿早都看傻眼了，哪里还能提出什么意见，笑着频频点头。

喜欢吗？孔泽晟又问。漆晓懿还只是频频点头。刚才西餐厅里略显自卑的孔泽晟迅速扭转了颓势，一下变得成就感十足，信心十足。在房间参观，孔泽晟发现身体有了感觉，一把抱住了漆晓懿，把毫无准备的漆晓懿放到了新床上。孔泽晟有点猴急，漆晓懿双手却紧紧捂住自己的身子，不让孔泽晟有进一步的动作。猴急了的孔泽晟有点不管不顾，执意要解漆晓懿的衣服。漆晓懿轻轻推开了孔泽晟，从床上坐起来，拉着孔泽晟的手赔不是，老孔啊，实在不好意思，大姨妈来着呢。

孔泽晟松开了手，有点懊丧，嘴里却喃喃道，没事，没事的。

回老家办理迁户手续，其实也很简单，就是到老家派出所开出一纸户口迁出证明。就那纸证明开出来了，大西北再也拴不住漆晓懿了。漆晓懿像很多离家的老一辈人一样，从家门口掏了把沙土带走。带走那把沙土，对漆晓懿来讲，一半是为了思念，一半是告别，告别故土，告别昨天，告别过去。

回广州办理完入户，漆晓懿感慨万分，多年的梦想终于成真了！有了广州户口，终于可以享受广州的诸多政策红利，比如买房，比如保险，比如医疗，比如成为正式工，比如小孩在广州入托入学……一句话，我漆晓懿不再寄广州篱下，是真正的广州人啦！

喝水不忘挖井人。漆晓懿犹豫了一下，还是给孔泽晟打了电话。漆晓懿约孔泽晟中午去老机场5号停机坪吃西北菜。漆晓懿说，这次回去，把吃西北菜的馋虫给勾引出来了，回来了还想吃。漆晓懿还说好，这一顿饭，一定要她请。孔泽晟说，行行行，反正只要你高兴，什么都行。孔泽晟心里却想，两个人都已经结婚了，还分得这么清楚吗？凉菜吃完，上面食。孔泽晟看漆晓懿吃得很高兴，也胃口大开，吃了很多。漆晓懿把一大口干面塞进嘴里，孔泽晟担心漆晓懿噎着，在旁边轻声提醒漆晓懿慢点吃，慢点吃。漆晓懿好不容易把一口面咽下去了，才腾出嘴说话，老孔啊，你知道吗，吃对我而言，很简单，不需要燕窝鱼翅，只要有碗面就行。孔泽晟笑笑，咱们的晓懿真容易养。可不吗？有面就行。漆晓懿说完又低头吃面。

　　漆晓懿吃得高兴，孔泽晟自然就高兴，吃完两个人还逛了5号停机坪。逛街的时候，孔泽晟老想抓住漆晓懿的手，像恋爱中的男女一样手牵手。鬼精灵的漆晓懿却老把手缩回去，让孔泽晟老牵着空气。逛了一会儿，漆晓懿说下午想去东莞住几天，把自己结婚领证以及入户广州的事好好告诉在东莞打工的父母。孔泽晟说好啊，好啊，并申请陪漆晓懿一起去东莞。孔泽晟自嘲人家丑媳妇迟早都要见公婆，我这老女婿迟早也是要拜见小岳父的。漆晓懿和孔泽晟讲过，孔泽晟比自己的父亲还大五岁。漆晓懿的父母比不得孔泽晟，这么大年纪了，还在建筑工地打工。漆晓懿不同意孔泽晟一起去见父母，漆晓懿告诉孔泽晟，该让你见父母的时候，自然会让你见的。听漆晓懿这么一说，孔泽晟不再坚持。

　　孔泽晟有午休的习惯，午饭后逛了一会儿街便开始犯困。看着哈欠连连的孔泽晟，漆晓懿说你回去休息吧，我再逛逛就出发去东莞了。孔泽晟说要给漆晓懿的父母买点手信，漆晓懿不让，说了一句，欠你的够多了。孔泽晟批评漆晓懿说的什么话，孝敬晓懿的父母是应该的，坚决要给漆晓懿的父母买手信。孔泽晟径直进了一家特产店里，买了烟和酒，还买了很多广州特产，装了满满两大袋子，非要漆晓懿带过去。漆晓懿这回拗不过，只好接了。漆晓懿朝孔泽晟微微鞠了躬，真诚地说，代我爸妈谢谢你，老孔。孔泽晟感受到了漆晓懿的真诚，伸手摸了摸漆晓懿的头。孔泽晟亲昵的动作像慈父，令漆晓懿十分感动，再次说感谢。孔泽晟不愿意了，假装不高兴地说，夫妻之间，说什么谢不谢的，见外了。孔泽晟又叮嘱漆晓懿，我回家了啊，你不要逛太晚，早点出发，路上注意安全。

　　眼里的龙头开关再也控制不住了，漆晓懿上前一步，紧紧抱着孔泽晟，任由泪水在孔泽晟肩膀上肆意流淌。

安慰好漆晓懿，孔泽晟走了。望着一转身就消失在茫茫人海中的孔泽晟，漆晓懿怅然若失。

漆晓懿消失了，就像那天孔泽晟在5号停机坪一转身就消失了一样，消失得彻彻底底。漆晓懿除了第一天报过平安，说顺利抵达东莞见到了父母，就再也没了音讯。连着十几天，打电话没接，发信息没回，后来电话也停机了。

联系不上漆晓懿，孔泽晟着急上火。但孔泽晟略感安慰的是，既然人已经到了父母身边，漆晓懿应该是平安的。孔泽晟想得最多的是，难不成漆晓懿的父母为难漆晓懿，不让漆晓懿和自己联系？孔泽晟想上门找漆晓懿的父母说清楚，可漆晓懿的父母在哪里呢？

孔泽晟开始不想满世界找漆晓懿，实在没办法了，孔泽晟打电话给徒弟小蒋。漆晓懿是小蒋介绍的，兴许小蒋知道点情况。小蒋的电话通了，孔泽晟问小蒋最近有没有和漆晓懿联系？小蒋说那次喝早茶之后，就再也没联系过了。小蒋说自己和漆晓懿其实也不是很熟悉，只是老乡而已。漆晓懿来广州一段时间了，苦于没户口，找不到稳定工作。后来听说要是找个有广州户口的人结婚，就能落户了。漆晓懿放话找个人把自己给嫁了，这样户口就能来广州了。当时听漆晓懿这么一讲，小蒋就想到了师傅，想把漆晓懿介绍给师傅。小蒋还关切地问师傅孔泽晟和漆晓懿的进展怎么样了。孔泽晟有点不高兴，你都不熟悉的人，居然就介绍给我，不说你安的什么心，起码你是很儿戏啊！孔泽晟没有说，孔泽晟也没有告诉小蒋，他已经和漆晓懿结婚了，孔泽晟说没什么事的，只是想问问小蒋，有没有漆晓懿的最新情况，或者亲戚朋友的联系方式，如若有，请告诉一声，想联系她而已。小蒋长长吁出一口气，说师傅吓死我了，我以为出什么事了，没事就好。

晓懿你在哪里啊？在孔泽晟的朋友圈里，除了徒弟小蒋，再没有线索了，去哪里找妻子漆晓懿呢？

师傅，找到了，找到了。几天后，小蒋像跑完三千米步般，上气不接下气地在电话里说,有那么一个定律,叫六人定律,意思是任何两个人之间的关系带,基本确定在六个人左右。两个陌生人之间,可以通过六个人来建立联系。他就是用这个定律,通过老乡找熟人,熟人找老乡,最终找到了漆晓懿。

小蒋说,漆晓懿她很好,不用担心。漆晓懿要他向师傅转述三句话。第一句,不用找了,忘了壹次心。第二句,老孔是好人,谢谢老孔。第三句,陶陶居的早茶很地道,她想请老孔在陶陶居再喝一次早茶。

其实,对漆晓懿有想法和怀疑,就像孔泽晟的左右手,一直相随相伴,只是孔泽晟不愿承认罢了。在找漆晓懿的过程中,孔泽晟多次进行复盘,结果只有两个字——情愿:认识了漆晓懿后,孔泽晟情愿达成漆晓懿做广州人的梦想,甚至情愿当那个所谓的"冤大头"。

师傅,都怪我,没搞清状况就乱拉郎配。这个漆晓懿,也真是的,太过分了,既欺骗了我,也欺骗了您!见孔泽晟电话里久久没吱声,小蒋又是自责,又可着劲地谴责漆晓懿。

孔泽晟感觉冰凉的手开始回温了,呵呵一下:权当这大半年换了种活法吧!

起风了。风很大,飞沙走石。孔泽晟想让小蒋转告漆晓懿"得闲再去一趟民政局"的话,被大风逼在嘴边喏喏着没说出来。

头顶的太阳,却是任尔东西南北风,高悬着,一动不动。

2022年5月3日

伊犁之夜

出发伊犁前，我一直在问自己，已经失联二十年了，能找到他吗？他还在吗？

伊犁是个好地方，我一直想到伊犁走走。我为去伊犁走走，理由列举了无数：那是左宗棠从俄国人手里收回的地方，是虎门销烟林则徐被贬的地方，也是孙中山想定都的地方，更是全国最美的地方。当然，想到伊犁走走，还有更重要的又不好明说的是，到伊犁，我心有所牵挂，想见见他。二十多年前他就说过，不到新疆不知中国之大，不到伊犁不知新疆之美嘛。伊犁的美，必须亲身去感受。我一直记着。

到了新疆，我真真切切感受到新疆之大。在这么辽阔的地方找一个人，无异于大海捞针、沙漠找水。在乌鲁木齐那几天，我都不好意思向接待的新疆朋友打问，怎么样寻找一个失联了二十年的人。直到临离开乌鲁木齐准备登机飞伊犁，我才鼓起勇气，请求朋友帮忙找找他。接待的朋友让我把他的基本情况编成了一条信息，由他转公安部门的朋友，用大数据查查，看能否找到失联人的联系方式。

伊犁位于北疆，人文积累深厚，地貌多元化，旅游景点众多。到达伊犁，我先去了惠远古城，感受伊犁庄重和素雅的历史。从古城回市区的车上，我还在感叹曾经的新疆政治、军事、经济、文化中心，历经岁月变迁，却是风雨飘摇，热闹不再，繁华不复。我收到了接待过我的乌鲁木齐朋友的信息。在伊犁的两天时间，我是多么迫切希望收到朋友的信息，又多么害怕收到他的信息。或许，信息没来，我心中的希望仍存。我犹豫着，要不要等到了酒店才读朋友发来的信息，以免在车上过于失望。终是忍不住，点开信息：

李老师好。经公安部门一朋友排查，李国涛人在伊犁。

188×××××××、137×××××××这两个号码是他的联系方式。祝您好运。小钟。

我一阵激动，真想立马给他电话。可看着陪了一天，累得昏昏欲睡的朋友，我紧紧握着手机，没打电话，手心却早已汗津津。

回到酒店，我迫不及待地打朋友提供的电话。两个电话都能通，却一直没人接。敢情把我这个外省电话当成诈骗电话了？电话诈骗流行，不熟悉的电话一般人也不会接，更不要说是外省的。我尝试编条信息分别发给两个电话号码：

李国涛，我是李敏，是你广州财经大学的同学，现在伊犁。这是我电话，收到请复。

信息是改了又改的，怕他记不起，我连读书的学校都写上了。电话没人复。倒是过了一刻钟，第二个号码137×××××××回了信息：

我爸正在开会，他的电话是188×××××××，我让办公室会后通知他。

收到信息回复的那一刻，我眼窝里的蓄水池像开了闸一样，在遥远的伊犁泻个不停。

盼着他复电话，就像小孩子盼过年，小姑娘盼出嫁。盼望等待的时间过得特别慢，特别长，从五点等到八点，他的电话和天上一直高悬着的太阳一样，迟迟没落山的迹象。

等待过程中的每一个来电，都让我兴奋，又让我失望。我应付每一个打进来的电话，全部不超三十秒。我不想让我的电话被别人占线，我的电话要一直为他随时畅通着。

晚上九点二十九分，我的手机"咚"的一声响起。那声响，如流水，从高处湍流而下；如响鼓，在静夜里作响。那"咚"的一声，也一下擂穿了我的五脏六腑。

是他的信息！这是时隔二十年的信息。我迫不及待地点开。他说：
李敏好。不好意思，刚开完会看到你的信息，我正从伊宁往市区赶，请问你住哪里？李国涛。

看完他的信息，我手心发汗，脸色潮红，一颗怦怦跳个不停的心似乎已经要到了嗓子眼，马上就要奔出来了。我手忙脚乱地在手机里输入我住的酒店和地址，一遍遍检查无误后才小心翼翼地发出去。他秒复，我大约一个半小时到，你去酒店正对面的伊力餐馆等我。

是真的吗？拿着手机，我看了无数遍，确认再确认后，长长地吁了口气。

二十年了，我终于又见到他了。我对他的牵挂，其实又何止二十年？

没变。还是和二十年前一样，牦牛般，高高壮壮，黝黑黝黑的。特别是笑起来，嘴角上翘，黑黑的胡须和当年一模一样，像极了一把秤的两个钩子。

实在不好意思，让你久等了，我先自罚一杯酒。他一进门，自知理亏，想用酒道歉。

没酒。再说，如果你用一杯酒来自罚我今晚等你一个小时，那大家找你二十年，你该罚多少？是不是得把酒店里的酒都喝完？我没说，是我自己找了他二十年。我故意说得恨恨的，但见到了人，我浅浅的眼窝，容量太小了，蓄水量有限，水眼看就要溢了。

沉默。曾经的学校辩论队长，也有放弃反驳的时候。我于心不忍，喊来服务员，要了一瓶伊力特。他看了我一眼，没说话。我开瓶，倒了两杯，自己先端一杯，对他说，喝吧！他嘿嘿笑了，端起酒，没和我碰杯，就朝两个秤钩子中间倒进去。放下杯子，他用右手的大巴掌豪迈地抹了一下嘴。大巴掌抹去嘴边的残酒，却怎么也抹不去两个秤钩子。

又沉默。他自己倒酒。倒完酒，端杯子，这回他没有一下子往两个秤钩子中间倒，似乎在等我端酒杯，和我碰杯。我心想：你难道就这样喝酒不说话？我故意不端杯子。他端着酒，嘴角一直挂着钩子，喝也不是，不喝也不是。矜持了一下，我端起酒杯，却不和他碰杯，一口干了。干完，我把杯子在他面前倒扣过来，酒一滴不剩。他似乎如获特赦般，赶紧把酒也喝了。喝完，大巴掌又重复刚才的动作。两个像是用锤子打压嵌进去，又像是用黑笔画着的秤钩子始终牢牢挂在他嘴角。

两人再次沉默。我看着窗外。湛蓝湛蓝的夜空，挂满密密麻麻的星星，繁星像天鹅绒上撒满碎钻，耀眼透亮。广州的夜空只有灯光。伊犁的夜空，星星怎么数也数不完。数着数着，往往把自己也数成了星星，而且是夜空里最亮的那颗星星。我多么想摘下触手可及的一颗星星，哪怕是最小的那一颗。他也看着窗外。我知道，他看的并不是令我惊讶的星星。果然，只一小会儿，他收回看窗外的眼光，倒了一杯酒，自己喝了。我倒酒，跟进。

伊力特生硬，劲大，要悠着点喝。还有，我记得，你以前不喝酒的。是那种喝一杯啤酒感觉地球在转的人吧？他的话像根羽毛，把我心里最柔软的地方挠了一下，麻麻的，酥酥的，痒痒的，又暖暖的。

我不接话。他继续倒酒。我跟着他的节奏喝第三杯。当年我是不喝酒，也喝不了酒，可我为什么喝酒了，还喝上了伊力特？我用眼睛狠狠地剜了一下他。

星星越来越多。

最后一次联系，是我们毕业后的第二年，他给我写了一封信。那时电话没普及，手机是奢侈品，联系只靠信件。那是我接到的他第一封信，也是最后一封。

他在信里说他回新疆后去了伊犁，在糖厂工作。我从他的信里记住了"不到新疆不知中国之大，不到伊犁不知新疆之美"这句话。我对伊犁的最初印象，以致后来几十年念念不忘想去走走的想法，都来源于他那封信。他文笔好，他描绘的惠远古城、那拉提草原、果子沟，绘声绘色，让人身临其境。他讲述左宗棠收复伊犁、林则徐治理伊犁、孙中山定都伊犁的设想，娓娓道来，打破时空界限，仿佛名人就在眼前。

如果说，看了他信的前半段，我对伊犁充满了向往，想去走走，领略新疆的辽阔，感受伊犁的壮美，聆听他亲口讲述伊犁故事。看到了信的最后，我顿感委屈和失望，也失去了到伊犁走走的想法和勇气。他给我写信的目的，最主要的是感谢，感谢我和另外三位留在广州工作的女同学，对徐娜来广州旅游时的热情接待。他特别交代我，要我代表他，

——向另外三位女同学致谢。

徐娜和他一样,是我们班的同学,也来自新疆。他高大的身材,古铜色的皮肤,一头自然卷的头发,还有很文艺气的说话方式,让他一进校园,就引人注目,更是被无数小女生的眼神吞噬了。刚开学大家相互不熟悉,班主任让大家自荐当班干部,他自荐当班长。乖乖,上台演讲时,他气定神闲,声如洪钟,手势果决。一番激情洋溢的演讲后,大伙都把票投给了来自大西北的他。

女生们都喜欢这个高大帅气的班长,有事没事老找他。我也是小女生,自然也不例外。只是,我是属于闷骚型的,不张扬,不外露,从不说出口,只在心里默默喜欢着。一学期过去了,班里有男生和女生横向发展跨年级跨院系,甚至跨学校组合成功,卿卿我我,一对对在校园里多了起来。班里有女生向他发起进攻,炮火一个猛烈过一个,他却一直巍然屹立。第二学期刚开学,正当女生们在嘀咕,他将成为哪位女生的菜时,高个子米粒在女生宿舍里公布了一个爆炸性,也是让很多女生心碎的消息:班长李国涛成了徐娜的盘中餐。

有人惊讶,有人哭泣,有人躲在宿舍不吃不喝。

徐娜怎么就成了他的菜呢?要个头没个头,要身材没身材,要脸蛋没脸蛋。徐娜是那种典型的放在人堆里,没人会多看一眼,也没人会记住她的人啊?!

怎么可能?可女生们不得不承认的事实是,新学期开学后,他和徐娜走在了一起,撒狗粮也不回避任何同学。

在宿舍里待了整整三天后,我虽然心里还难受着,还是走出宿舍去上课。刺眼的阳光照得我晕眩,照得路边原本灿烂无比的黄菊花蔫了。

徐娜回去后分配在乌鲁木齐食品厂。食品厂有淡旺季,厂里淡季没什么事做,徐娜又爱到处跑,于是乘了四天四夜的火车,来广州,逛北京路,行高第街,看大学同学。徐娜人长得不出众,情商却挺高。从刚开始,徐娜把他追到手——大家都这么认为的,不可能是他追徐娜,徐娜成了女生们的公敌——公众情敌。大家嫉妒徐娜,对徐娜不友好,可到最后,徐娜与众多情敌化敌为友,很多还成了好姐妹。

这次来广州，徐娜住在另一女生的单位宿舍。我们几位在广州的同学轮流做东，请徐娜吃饭。说实话，自从徐娜和他好上了，我一看到徐娜，心里一直不是很舒畅。轮到我做东，同学一场，我还是假装高高兴兴地请徐娜去吃了一顿自助餐。自助餐，自助吧，就像萝卜白菜各有所爱，各取所需。徐娜来广州第四天，她准备买回程火车票。几位同学商量了一下，让她别坐火车了，四天四夜呢，时间太长，路上辛苦。我们凑份子，给徐娜买了张机票，让她坐飞机回去，免得舟车劳顿，又可在广州多待几天。

徐娜在广州玩了七天。我们有陪逛街，有陪购物，有陪游玩，忙得不亦乐乎。客走主人安。送走了徐娜，大家舒了口气。陪徐娜一起去北京路买衣服的同学周末想和男朋友出去游玩，来找我借自行车。见到我的第一面就嚷，徐娜肯定虐待李国涛，把李国涛都给养瘦小了，和我男朋友一样的身材，徐娜却只给他买大号的衣服，连一个"加"都不用。我一直跟她说，小了，必须要两个"加"。徐娜一直说不会，不会。可怜的李国涛！

我心里一怔，也想说一句"可怜的李国涛"，却没吱声。

收到他的信，我心里很高兴。让我代谢，一下把我的好心情给代没了。

餐厅号称24小时营业，可还没到十一点，就没多少客人了。他是十一点十五分进来的。两个人十几分钟的沉默，把最后一桌客人也给沉默走了。整个大厅就剩我和他两个人，还有一个会讲几句维吾尔族话的汉族小伙子服务员。小伙子离我们远远的，似乎特意给我们创造私人空间。

在和他沉默的时间里，我一直在对自己说，见到了就好，我们应该像久别重逢的老朋友一样，大声说话，大杯喝酒，大块吃肉，可以说，可以笑，可以哭，可以骂，就不应是沉默。毕竟二十年音讯全无，人生有多少个二十年？都说十八年后又是一条汉子，二十年过去了，响当当的汉子不仅也生出来了，而且都两岁了。

这些年，你都到哪去了？过得怎么样啊？三杯酒过后，我不想再沉默了。我等他一个晚上，或者说找了他二十年，就是想知道答案。

在伊犁啊，挺好啊！他掏出烟，问也没问我就直接点上，然后深深吸了一口，吐出长长的烟雾。他点烟的动作很潇洒，抽烟的姿势很优美。用当年的话形容，一个字是酷，两个字是有型。二十年过去了，还是一样。但是二十年前的他，不会像现在这样答非所问，甚至是耍赖。

你难道不应该有所交代吗？我凝视着他的双眼，逼问他。他的眼睛还是和从前一样，深邃，有神，有股淡淡的忧伤。

你在伊犁，或者说在新疆，能待几天？他不接我的话茬。

看心情。我也不直接回答。

来一趟伊犁不容易。伊犁是疗伤之地，来了伊犁，心情绝对错不了。明天开始，我陪你去那拉提草原，就是王琪那首《可可托海的牧羊人》歌唱的地方，你一定会喜欢的。

疗你个鬼，看你这个样子，你一直在伊犁，伤也一直在，还疗伤呢。我嘴角上扬，轻蔑地看着他，不接他的话，也不吭声。

见我不接话，他自言自语说，王琪的歌可好听了，你听"那夜的雨也没能留住你／山谷的风它陪着我哭泣／你的驼铃声仿佛还在我耳边响起……"他刚唱几句，昏昏欲睡的汉族小伙子立即站起来鼓掌，为他喝彩。他反而不好意思再唱了。

我左手撑在桌上，托着腮，看了看窗外。街上静谧安详，天上繁星依旧。我想，满天的星星，哪一颗是我？还有他、她、他？

徐娜也在找你。我故意说得很小声。可有些话，像铃铛，自带声响，穿墙透壁，哪怕是远隔高山重洋，也是使命必达。

我发现，一听徐娜也在找他，他迅速不镇定，不自然了，欲言又止。

来新疆之前的头天晚上，我打电话找过徐娜。我告诉徐娜，我要去新疆，有没有李国涛最新情况，怎么样才能找到李国涛？徐娜答非所问，说什么我正在辅导小孩做作业，你的事急吗？我明天回单位查查后再告诉你吧。去你丫的我的事！挂了电话，我爆了一句粗口，恶狠狠地嚷了一句，徐娜，徐娜，算你狠！没想到，半夜徐娜给我复电话。徐娜知道家里就我一个人，我又是夜猫子。徐娜的声音小小的，旁边还有流水声，看样子应该在洗手间。她告诉我，自从她离开新疆，就没了李国涛的消息。而且，这些年，她也很少回乌鲁木齐。我问她，怎么样才能找到李国涛？她说，她只知道，她离开的时候，李国涛还在伊犁糖厂。她没去过伊犁，以前都是李国涛来乌鲁木齐找她。包括读书的时候从广州回来，都是李国涛陪她回到乌鲁木齐后，他自己再坐车回伊犁的。开学了，也是李国涛来乌鲁木齐接上她一起挤四天四夜的火车到学校。

我没有告诉徐娜，我查过了，伊犁糖厂早在二十世纪九十年代就改制了，没了。我没说徐娜你倒是把李国涛忘得干净，忘得彻底。我心里想，彻底点好，藕断丝连反而让人痛苦。

徐娜公事公办地说，你到了新疆，要是找到他，代我向他问好。徐娜似乎也感觉这样子有点公事公办，还想说什么，电话里传来敲门声，应该是有人敲洗手间的门。徐娜赶紧挂了电话。

再怎么公事公办，我还是要把徐娜的问候带到。这也许是让他开口说故事的动力。我一直理解，所谓故事，就是故去的事。徐娜和他的事，就是故事。

瞬间的不镇定不自然过后，他开始倒酒喝。他既不和我碰杯，也不劝我喝，自己一杯接一杯地喝。

我领略了他的好酒量。

一瓶伊力特，我只喝了三小杯，他给全部消灭了，一点也不见醉态。喝完最后一杯，他叫服务员再来一瓶，我没有阻拦他。喝吧。你爱喝就喝个够。我心里说得恨恨的。

第二瓶伊力特上桌，他还像刚才那样，一个人自斟自饮。我不乐意了，挤兑他，你平时就这样独食吗？他没回应，只是挑衅地斜了我一眼。我秒懂他眼里的不屑一顾：喝半杯啤酒都觉得地球在转的人，你行吗？你能喝吗？作为回应，我端起酒就喝，一口喝完，又续上，怼他，李国涛，你别小看人。从现在开始，你喝多少，我陪你喝多少！

他怔了一下，嘴角嵌着的秤钩子被拉直了，脸上写满疑惑。

李国涛啊李国涛，是的，我是曾经喝半杯啤酒都觉得地球在转的人，可你知道吗？自从知道了徐娜离开新疆来了深圳后，我就开始学喝酒，而且只喝一种酒，那就是伊力特。我不知道我为什么喝伊力特，我只知道伊力特是新疆产的酒，李国涛你人在新疆。伊力特着实不好喝，又硬又冲，还上头，多少回，我喝完吐，吐完喝。我喝伊力特的水平也不断在进步，从一小杯到一两，从一两到半斤，从半斤到……喝伊力特，我没怵过人。

我后发制人，向他发起挑战。

第二瓶酒很快下去了小半瓶，见我和他一样一点不见醉态，他看我的眼神没了挑衅，更不敢有蔑视，而是满满的惊讶和疑惑。一个半杯啤酒都喝不了的人，怎么就喝得了这么多新疆烈酒呢？我看穿了他的心思，拎起酒瓶，对他说，李国涛，咱俩做个交易，如何？

什么交易？他抬起头，疑惑地问。

我陪你把剩下的半瓶酒喝完，你把你的故事告诉我，如何？没等他应承，我赶紧倒满两杯酒，自己端起酒，李国涛，就这样说定了，我先喝了。他没答应，却也端起了酒。

窗外星星你眨眼，我眨眼，眨个不停。屋里你一杯，我一杯，一杯又一杯。第二瓶伊力特很快见底。他嚷着还要再上酒，我制止了，对他说，咱们先完成交易，再喝，你不能耍赖。他撇了撇嘴，把秤钩子又给拉平了，嘟囔着，酒都不让喝，没劲。再说，我又没应承你，哪来的耍赖？我横了他一眼，以示抗议。他摊了摊双手，一副无所谓的样子。人也见了，酒也喝了，夜也深了，你不说，那就算了吧，明天我还有事，我先回去休息了。我以退为进，双眼直勾勾看着他，喊叫散伙。他欲言又止，却是不躲避，不惊慌，抬头迎接我那一眼洞穿他的目光。

两眼相对，像四颗闪闪发光的星星，在餐厅里和窗外灿烂的星星相呼应。

这样吧，刚才我的确没应承你，从现在开始，咱们两人再来一瓶酒，喝完了，你想知道什么，我全都告诉你，怎么样？狡猾的李国涛！

他肯定想,我和他俩再喝一瓶,那我总共也喝一瓶酒了,到时我不醉才怪呢,还怎么问他问题!男人不喝多,不会跟你说实话,我佯装抗议,你不能这样欺负我!他习惯性地摆了摆手,那就算了。说完,他还呵呵笑了。我眨了眨眼,像小姑娘一样给他放放电,然后佯嗔道,你真是冷血,不懂怜花惜玉。他自觉过分,嘿嘿笑着掩饰自己的窘迫,不出声。欲擒故纵的目的已达到,怕他反悔,我故作勉强加了保险,那我就放纵一次了,就按你说的,再来一瓶,咱俩对半,喝完了,你交给我审问!他张大口,瞪着眼,眉梢上扬,似乎在问,你真的行吗?我恢复成二十年前的小女孩,假装天真无邪地说,拉钩上吊,不许变。我说完伸出右手,准备去交握他的左手。我惊住了!他的左手无名指居然少了一节。那可是一双弹钢琴的手啊!那双手,在学校大礼堂的国庆晚会上,弹奏《爱的礼赞》,其浪漫抒情的旋律迷倒了包括我在内的一批文艺小女生。

你的无名指怎么啦?我目瞪口呆,一脸惊恐。他赶紧放下左手,虚握拳头,无名指朝手心,不让我看他的无名指。他没准备回答我,但看我一脸的紧张,故作轻松地耸了耸肩,笑着说,大惊小怪!你还喝不喝?我的心始终平静不下来,揪得紧紧的。我想,我得赢他,让他交给我审问。于是赶紧回应他,喝,谁怕谁!

对酌繁星下,一杯复一杯,两人很快又喝了大半瓶酒。他真的海量,不仅不见状态,有时还担心我喝多,频频劝我放弃。

我又怎么会放弃呢?

最后一杯酒喝完,他摇了摇头,像斗败了的公鸡,无奈地轻轻说了一句,我服了你,你随意吧。

李国涛,请你讲清楚,四天四夜是怎么回事?我虽然没当过法官,身上也没穿法袍,手上没拿法槌,可没杀过猪,还没见过猪跑啊?我一本正经审问。大一第二学期开学,他就和徐娜走在了一起。徐娜在宿舍里讲火车上四天四夜的遭遇,徐娜看似在诉苦,我们却听出了甜丝丝的味道,完全没有艰辛和痛苦,按照现在的话讲,是属于典型的"凡尔赛"。

就是那个时候从广州到乌鲁木齐,从乌鲁木齐到广州,坐绿皮火车的时间啊!他回答得轻描淡写。

不能避重就轻,不要轻描淡写。我不满意他的回答,提醒他,我问的是在这四天四夜里发生的事。

仿佛回到昨天,他轻轻一笑,这有啥好说的?我看到了,他那笑后面,透出几多苦涩几多甜蜜。

说实在的,想起当年坐火车,想想心里都发憷。那时的火车,时速慢,车上人多,跟你说啊李敏,车上人多得真的就像现在天上的星星,你挨着我,我挤着你,几乎转不了身,上不了厕所,因为厕所也站满人。从广州到乌鲁木齐,虽然直线距离只有四千多公里,却要换三趟火车,要在火车上挤足四天四夜。那种苦,是你们没坐过长途火车的广东学生无法想象的。

就只有苦吗?我一针见血。他嘿嘿笑,有苦也有乐,算作苦中作乐吧。什么乐呢?我明知故问,鼓励他把话说完。

你不就想问我和徐娜的事吗?新疆就我和她两个人,第二学期开学,我本想约她做伴一起坐火车南下广州,奈何没有联系方式,只好作罢。没想到,我从伊犁坐了二十多个小时的汽车到了乌鲁木齐,刚进火车站,一眼就看见了她,别提多高兴了。

他眼里有亮光在闪。

我们就一起挤进火车,一起拼杀转站,一起忍受煎熬。火车上,座位是不可能有的,我们常常背靠背聊天休息,一起述说过去,一起畅谈未来。我发现,别看徐娜不起眼,人却机灵得很,我一个大男生,本想在拥挤的人堆里照顾照顾瘦小的女同学,没承想却变成了她一路上照顾我。是的,那天夜里,很多站着的人昏昏欲睡,东倒西歪,是她最早发现了火车座位底下的那个小空间,把实在站不稳了的我推进座位底下休息。我一直觉得,火车座位底下那个小长条空间,是世界上最安逸的地方。我一躲进去,虽然猫身曲腿,但不一会儿,我就进入了梦乡。在梦里,我大声歌唱我们伊犁民歌《阿娜尔汗》:啊/天空是我们宽敞的客厅/大地是我们华丽的地毯/星星月亮是我们客人/红柳沙丘做我们陪伴……唱完了《阿娜尔汗》，我又唱《吻别》：我和你吻别在无人的街/让风痴笑我不能拒绝/我和你吻别在狂乱的夜/我的心等着迎接伤悲……黑暗中，感觉有人抱住我，吻我。我用紧紧的拥抱回应拥抱，用激情的热吻回应热吻……在火车的咣当咣当声中，我睡了这辈子最舒服的一回觉。醒来，我发现，我居然和徐娜紧紧抱在一起，脸贴着脸，嘴对着嘴，徐娜的眼睫毛动了一下，挠到了我的眼睛，我的眼睛瞬间痒痒的，麻麻的……四年假期，火车座位底下的空间，成就了我和徐娜的爱情。

  他讲完，望着窗外，默默无语。我看着他，心里五味杂陈。窗外一阵风横着扫过，星星突然不见了，天上居然下起雨。

  夜深了，累了吧？他突然问。我摇了摇头。想听完整的《可可托海的牧羊人》吗？他问。我点了点头。

  那夜的雨也没能留住你，
  山谷的风它陪着我哭泣。
  你的驼铃声仿佛还在我耳边响起，
  告诉我你曾来过这里。
  …………

  他的歌声像我们正在喝着的伊力特酒，醇厚而浓烈，他的歌声也让雨夜的伊犁变得更加空灵，更加凄美，更加伤感。我担心，我的泪腺很快便不受我控制，我借故去了趟洗手间。

  一代枭雄曹操说，对酒当歌，人生几何！有歌怎么能没有酒呢？你还能喝吗？再陪我一点点呗。我好久没喝这么多酒了，也好久没唱过歌了。看我从洗手间回来，他便吩咐服务员再上一瓶酒。

  歌是酒伴侣。酒何尝不是歌伴侣。我没阻拦，歪着脑袋说，酒可以喝，不过，拉钩承诺受审的事还没完。他像牦牛出水一样把头甩个不停，嚷道，这样审个没完没了，不行。我哪能轻易放了他，揪住不放，男子汉大丈夫,能说话不算数吗?他抗议,谁说我不算数,我只是说这样不公平。我不理他,怎么样才算公平?再说,你刚才也认了的。他泄了气,嘟嘟囔囔道,女人真是没道理可讲,你问吧。

我指着他左手的无名指问,你的无名指是怎么回事?他像触电了般又收回左手,虚握拳头,不出声。我催促他,说啊!他看了我一眼,迅速低下头。我有意激他,你不说我也知道,不就为了徐娜吗,都这么久了,还有什么不能说的!他很抗拒,你既然知道了,还明知故问?我有备而来,不会退缩,说,我就想听你亲口说。他显然有点不高兴了,呼吸声加重,语气加重,这问题我实在不想回答,请你另提问题。我没逼他,倒了两杯酒,对他笑笑,酒是好东西,酒能使人高兴使人愁,酒能使人忘记一切,也能使人牢记一辈子。喝吧,喝吧,一醉解千愁。他看也不看我,端起酒一饮而尽。我陪他一饮而尽。

窗外的风歇了,雨停了,星星又缀满天。

这样吧,我不审问你了。我们来"剪刀石头布",三把两胜,谁输,谁回答对方一个问题,如何?他看着我,撇了撇嘴,似乎在笑我幼稚。我不在乎,撒起小女生式的娇,来嘛,就三把,还不知道谁输呢,是不是?他无奈地摊了摊手说,你真执着。

石头,剪刀。剪刀,布。我先赢两把。我嘴角翘了翘,对不起了,我先问,不许不答,不许耍赖。他摇了摇头,又点点头。我直视他,我的问题还是你的无名指是怎么回事?

他倒了杯酒,仰头倒进嘴里。我陪他又喝了一杯。喝完,看我又把杯子在他面前倒扣过来。他看着我,轻声说,我服了你,我说,我都告诉你。

南国广州,那是滋生爱情、见证爱情的美好地方。大一第二学期一开学后,白云山上,我和徐娜相依相偎,坐看日出。珠江岸边,我们和着涛声,深情拥吻。繁华北京路,我们旁若无人,手挽手,逛街购物。夜晚绿茵操场边,我们看星望月,憧憬未来。课室饭堂影院,我们形影不离,卿卿我我。小旅馆农民屋出租房,我们情到深处,激情恣意,缠缠绵绵。花城无处不绿树如荫百花争艳，花城也无处不留下我们热烈的爱幸福的爱。感谢广州，让我们收获了爱情，飞扬了青春。

因为高调的爱情，我被班主任找去谈话。青春年少的我觉得，班干诚可贵，爱情价更高。为了我们的爱，我宁愿不当班长。不当班长的我无顾虑，变本加厉地精心经营我和徐娜的爱情。

当然了，大家看到的是我们两人蜜缸里快乐的四年时光。但所有的爱情都一样，不只有甜蜜，我们俩也不例外。我们也会因为傲娇，因为醋意，因为误会，吵吵闹闹，磕磕碰碰，只是大家不知道而已。我们俩闹别扭最长的一次，足足有半个月相互不理睬。起因就是大三时她和接替我当班长的男生接触多，和我激情少了，让我醋意大发。她不退让，还说我醋劲大，心眼小……闹到最后还是我让步，放弃计较，守卫住了我们的爱情。

毕业前半年，我们商定一起留广州，还说好一毕业就领证，做班里最先过上二人世界的一对小夫妻。我因成绩好，被确定留校。她的工作几经周折，也落实了。虽然是去一家小工厂，厂子效益也一般，但好歹广州是留下了。正当我们认真谋划着怎么过好毕业后的小日子之际，她妈妈来信说在乌鲁木齐给她找到了一家食品厂，工厂效益不错，离家又近。妈妈要她回乌工作。开始她也不愿意，经不起妈妈一封接一封晓以利害动之以情的信和电报，她屈服了。她把决定告诉我时，我说那我们怎么办。她哭了，哭得很伤心，说，我不能没有妈妈。我理解她从小在单亲家庭长大，她很听妈妈的话，妈妈是她的一切。我最终放弃了留校的机会，和她一起回新疆。回来后，她直接到食品厂报到，我等自治区人事局二次分配。自治区人事局分配结果出来，我留不下乌鲁木齐，回伊犁再次分配。

郁闷了几天，我回伊犁报到。回伊犁的头天晚上，我们在一起吃饭，还喝了酒。在小旅馆睡到半夜，她担心妈妈放心不下她，硬是把我拉起床，送她回她家楼下。尽管是夏天，入夜的乌鲁木齐还是有点凉。在她家楼下，我们紧紧相拥，难舍难分。我安慰她，两情若是长相久，又岂在朝朝暮暮。她抬头吻我，十分热烈，十分疯狂。迎着她的热烈和疯狂，我恨不得把她裹进我的身子里，永远合二为一。突然，我痛得"啊"了一声，我的舌尖被她咬住了……

在回伊犁的车上，我回味着昨晚嘴巴的咸腥味，回想着耳边的"在你的舌头盖印了"，我下定决心，一定争取早日重回乌鲁木齐，和她团聚。伊犁人事局把我分到糖厂，厂里让我去机修车间报到。你不知道，那个时候，从伊犁到乌鲁木齐，虽然只有800多公里，但路不好走，坐车得一天一夜，来回得三天。那年代没有双休日，每周要上满五天半班。周末是不可能到乌鲁木齐见她的，只能等五一和春节长假。厂里打不了长途电话，联系基本靠写信。回伊犁后再见到她，已是半年后。见面的激情过后，两个人被现实狠狠地打了脸。她劝我，辞职来乌鲁木齐。那个时候，我正在找人活动，帮我调去乌鲁木齐食品厂，和她一起工作。事情没落实，我没告诉她，我让她再等等，久则一年，快则半载，我们一定能会师乌鲁木齐，陪她朝朝暮暮。再次见面，又是半年后。她妈妈因急性心肌梗死走了，她一个人孤零零在乌鲁木齐。陪她伤心了几天，我临走时，她把我行李藏起来。她强烈要求我，来乌鲁木齐或是一起辞职去广东。我拥抱着她，答应她，我会尽快来乌鲁木齐的。

离开乌鲁木齐她的家，她双眼迷茫，眼泪哗哗掉下来了。我不忍心看她垂珠般的眼泪，快速出门，大步朝车站走去。

回厂后，因为担心，更因为思念，我给她的信更频繁了，调动的活动也加紧了。许是心情不好，她给我的回信少了。那一年的春节，原本买好车票去乌鲁木齐陪她过年，准备出发当天，父亲突发脑溢血住院，去乌鲁木齐的计划落空。父亲还没出院，假期已过完，我白天上班，晚上跑医院。忙了三个月，父亲的病情相对稳定，可以回家，我赶紧找帮忙活动调动的人。人家回复，食品厂的进人指标被人顶了，还得另寻机会。原想给她惊喜，现在落实不了，我只好写信如实告诉她。她很不高兴，质问我，就不能辞职来吗？她说，天大地大，难道还没地方容身？我只好写信安慰她再等等。她生气了，很长一段时间不给我回信。五一节还没放假，我的心早就飞到了乌鲁木齐。为了给她惊喜，我没告诉她，我五一节去乌鲁木齐。坐了一天一夜的车，赶到她家时，铁将军把门。守了一天，她还没回家。不会有什么事吧？我的心提到了嗓子眼。问了左邻右舍，均说不知道。后来还是门口值班室一位来换班的大爷说，前天上午看到她拉着一个行李箱出门了。我不仅悬着的心放了下来，还一阵窃喜。我的宝贝，她也想给我惊喜啊！我急忙奔向汽车站，买了回伊犁的票。摇摇晃晃的一天一夜车程，我感觉比一生一世的酸甜苦辣人生还要漫长。我恨不得变成一只鸟，立即飞到伊犁，飞到她身边。飞是飞不动的。在车上，我反复回味我们幸福时光的点点滴滴，来减缓急迫的心情。

到了。终于到了伊犁。我飞奔回家。她虽然没来过伊犁，但她知道家的地址。兴冲冲回到家，不见人。难道路上出了什么事？我赶紧打开电视，关注新闻。又打电话去交警大队和汽车公司询问。阿弥陀佛，这两天，乌鲁木齐到伊犁的路上没发生交通事故。难道是她没来伊犁？但愿是。如果没来，她去了哪里呢？我一夜没睡，第二天又坐车去了乌鲁木齐。在她家楼下蹲了一天一夜，正当我准备去车站坐车返回伊犁时，我远远看见她拉着一个橘黄色的拉杆箱，神采飞扬地走回来。就像小孩见到了妈妈，我撒腿朝她飞奔过去。见到灰头灰脸气喘吁吁的我，她吃了一惊。我接过她的拉杆箱，高兴极了。问她这几天去哪里，她不说。见到了就好，我没追问。两个人在家吃了饭，她催促我赶紧去车站坐车，迟了就赶不上了。好不容易见上面了，我打死也不肯回去，我宁愿旷工一天，在乌陪陪她。晚上，她对我的亲热，显出了些许不耐烦，也没了先前的激情。我小心翼翼地问她，不舒服？她应付着说，没事，累了，想睡觉。那天晚上，我们第一次没有像平时一样，激情过后聊个没完，我们一直有聊不完的话，聊到激动处，我们又相拥着激情澎湃。

第二天，她还在睡觉，我起床去车站赶最早回伊犁的班车。出门前，我吻了吻她，她没有迎接我热烈的吻，应付了一下。

就在那年的食品厂淡季，她请了十几天的假，一个人去了广州，得到了你们的关照。她写信告诉我，我又给你写了感谢信。后来我才知道，她去广州前，先去了趟甘肃，在甘肃住了三天。这是她第二次去甘肃，第一次就是我一周连跑两次乌鲁木齐的那年的五一节。你知道的，接替我当班长的阎西光就在甘肃。她和阎西光什么时候好上的，我不知道，她给我的分手信只说阎西光愿意陪她一起到广东。她愿意和阎西光在一起，请我原谅。你知道吗？接到她的分手信的时候，我正好接到了乌鲁木齐食品厂的商调函，我就可以去乌鲁木齐和她团聚了！我疯了般赶到乌鲁木齐她的家。她的房子已经租出去了，租客正在粉刷墙壁，还没搬进来。望着人去楼空的家，我连夜登上开往广州的火车。

辽阔广州，茫茫人海，何处找佳人？半个月后，我无功而返。回到伊犁，我病了一场。又半月，我病愈了，去了一家烧烤店吃串喝酒。就在那天晚上，借酒消愁，我愁更长。我喝醉了，我脱了上衣，疯狂地歌唱：

> 曾经对她说的话，
> 变成不敢提起的伤，
> 曾经和她相遇的地方，
> 如今早已变了样。
> …………

烧烤店的老板事后告诉我，那天我的那首《你将成为别人的新娘》唱哭了很多人。唱完后，我把一纸信函，就是那份商调函，撕得粉碎，然后高高抛起来，碎了的函件像雪花一样纷纷扬扬散落下来，沾满我一身。我听到有人欢呼，有人喊叫。在欢呼声中，我冲进厨房，抢过师傅手里的菜刀，跑回大厅，大喊着"请大家见证我逝去的爱情"，随后生生切下了半截无名指……

他一口气把他和徐娜的情事讲完，然后低垂着头，目光迷离，有点激动，有点难受。

我拍了拍他的肩膀，算是安慰。我为他惋惜，也为他深感不值。有些事，永远憋着，心里难受，说出来，让它透透气吹吹风，反倒轻松多了，舒服多了。我轻轻问，你就从此与同学们失联了？

是的。直到今天你找到了我。

还继续"剪刀石头布吗"？两人静坐了很久，我看他目光虽然还散漫，但心情已然慢慢平复下来，笑着问他。他摇了摇头，意思是累了，不想说了。

你不想知道徐娜现在怎么样了吗？

他嘴里虽然说徐娜过得怎么样，不关我事。眼里散漫的光却一下聚拢起来，变得炯炯有神。还是"剪刀石头布"，还是三盘两胜，我说完握着拳头，等他出拳。

石头，布。剪刀，石头。我输了。我说，你不用问了，我告诉你。徐娜和阎西光来广东后，并没在广州落脚，他们去了深圳一家电子厂。

怪不得，当年我把广州的犄角旮旯都找遍了，就差掘地三尺了，就是找不到她。他似乎找到了答案。

再来一把？他的问题我回答完了。我又握上拳，剪刀石头布，我又轻轻松松赢了。

我问，说说你现在的家庭和工作情况。他反应很快，讨价还价，家庭和工作情况，那是两个问题了。我嘟嘟嘴，佯装生气，小气鬼，没有一点西北男人的豪爽。他嘿嘿一笑，说，要讲规矩，守规则嘛。我瞪了他一眼，很不满，那你愿意讲啥就说啥吧。其实，我关心的是他的家庭，他是否过得幸福。

这有啥好讲的，平淡无奇。我结过婚，有一小孩，后来分开了。我现在和小孩开办了一家食品加工企业，生意还不错。他有点自责地继续说，她其实是个好女孩，我们分开的原因主要在我。他缓缓道，徐娜离开几年后，我遇到了一个和徐娜长得很像的女孩，交往了一段时间，就结婚了。第一次和她在一起，兴奋的时候，我"娜、娜、娜"地叫了几次，搞得她莫名其妙。后来，她知道了我和徐娜的事，她又和徐娜长得挺像，心里别扭，不愿当徐娜的替代品，就分开了。

尽说我，你呢，这些年你过得怎么样？他还知道关心我的状况，我心里一暖，鼻子酸酸的，有些许高兴，却假装若无其事般俏皮地对他说，想听我的情况，先赢了我再问。

那就再来一把。这回他主动提议。好，最后一把。我答应。这回他赢了。

我告诉他，这些年，我很好。生活上，一个人吃饱全家不饿。工作上，白领，高薪，不累。

他不满意，批评我说得轻描淡写。

我想很多事情没必要告诉他了，尽管有些是憋在我心里多年，我一直想亲口告诉他的。我从随身带的包里掏出名片和笔，在名片背面写下徐娜的电话，意味深长地说，广州、深圳欢迎你。

我没告诉他，徐娜也离婚了，手续就在我离开乌鲁木齐乘机到伊犁的当天，徐娜发信息告诉我的。

他接过名片，瞄了一眼徐娜的电话，看着我说，你的字越来越漂亮了。

我站起来，静静地看着窗外。

伊犁的夜，繁星无眠，璀璨无比。

2022年8月3日

9号门

洁莹快到小区时在车上接了前夫电话。洁莹本不想接，电话一直响个不停。洁莹接了。前夫电话里换了个人般，对洁莹嘘寒问暖。洁莹告诉前夫，开着车呢，有事说事，别整那些虚情假意的东西。前夫说，那你好好开车，没事，就想见一面。洁莹说得恨恨的，一离百了，有啥好见的？洁莹说完挂了电话。洁莹担心前夫再磨牙，自己心就软了，答应下来。

前夫啥都好，就是不会虚情假意，用洁莹的话讲，虚情假意本身就不是真的，哪怕你是装装样子，也好。前夫就是不会。

这么多年了，突然听到前夫的虚情假意，洁莹嘴里说得恨，心里倒暖暖的。早干吗去了呢？

车子拐了个弯到小区的车库入口9号门。9号门安装了摄像头，自动识别车牌。

停车等识别的瞬间，穿着蓝制服的门岗小跑着到了洁莹车的左侧，站定，立正，敬礼，响亮地说："小妹好！回来了。"门岗的一连串动作和一声问候，把洁莹弄蒙了。洁莹摇下车窗，看了一眼门岗。清瘦，高个，短发，一脸灿烂的笑，挺像一个人。洁莹愣了一下。

门岗见洁莹摇下车窗，显得特别高兴："小妹好，我是新来的9号门岗，很高兴为您服务。我登记一下，您是几号几楼？"

小区是高档小区，车辆进出自动识别，人员往来自己刷卡。门岗对小区里的住户来讲，摆设一般。洁莹纳闷，自己在这个小区住了好几年，从来不用登记啊？

"我刚来，我想尽快熟悉小区的住户。您不说也没事。"门岗看出了洁莹的疑惑，笑着解释。

伸手不打笑脸人，洁莹报了门号："9栋909。"

"小妹9门9栋9房，货真价实的999金，好啊！"门岗笑得让人暖心暖肺。

这个门岗，真有意思。洁莹微微笑了，没吱声。

"小妹的车洗得真干净！"车杠抬起，洁莹准备启动车子，门岗的话如蜜。洁莹望了一眼门岗。门岗说得一脸认真，不像恭维。

"小妹人也长得真漂亮！"洁莹的车子已进车库，门岗又赞了一句。洁莹从观后镜看到，门岗还立正着，目送洁莹的车子缓缓入车库。

洁莹心里又暖暖的。

停好车，进电梯，上楼。不知是前夫的嘘寒问暖，还是新来门岗的灿烂笑脸和如蜜的话语，暖心了的洁莹脚步出奇地轻快。

"你怎么来了？！"家门口站着一男人。男人也是清瘦，高个，短发。地上放着两个印着某某超市的白色塑料袋。袋里装得鼓鼓囊囊的。男人讪讪地笑着说，想见你！

"我们不是离了吗，你来干吗？"洁莹把男人堵在门口，不急着开门。洁莹想，开了门，男人不就进来了吗。

男人说，还好吧？洁莹不吱声。男人又说，你瘦了。说完又自言自语，瘦了更精神，更漂亮。洁莹正感叹着男人变化了，不再木头样，会虚情假意哄人了。男人却又回到了从前的样子，说，可别一味为了瘦，伤了身子。男人话一出口，洁莹一下子回到了从前，嘲讽道，好不好跟你有关系吗？胖瘦跟你有关系吗？男人又讪讪地说道，我又说错话了！

你走吧！洁莹嘴里赶着男人，手却从包里掏出钥匙，开门。门一开，洁莹闪身进屋。男人拎起地上的两大袋东西，也跟着进门。

"你进来干什么？拎上你的东西走吧。"洁莹作势要驱赶男人。洁莹知道男人，不会哄人，但脸皮厚，既然进来了，你赶不走。男人也知道洁莹，刀子嘴，豆腐心，嘴上说说而已，不会真正赶他走。男人进门后，径直把两大袋东西拎进厨房，折腾起来。

"你不走，我走！"洁莹丢下男人，进房间，把门反锁。锁门的时候，故意把声音弄得很大。男人不在意。胆大心细脸皮厚，是男人应付女人的绝招。男人除了嘴拙，其他都行。男人独自在厨房里忙碌。

洁莹和男人的结合源于一次旅游途中的英雄救美，很老套。那是在初夏的香山。喜欢单独出行的洁莹下午了还突然想去香山走走。爬到半山，躲雨耽误了点时间。从山上下来时，天已擦黑。山上几乎空无一人，天黑路滑，洁莹大气不敢出，越走越紧张。到半山腰，洁莹突然听到身后有两个男人边聊天边下山。洁莹悄悄躲一边，让两个男人走到前面，自己偷偷跟着下山。洁莹从两个男人的聊天判断，他们是一个单位的设计人员，一老一少。洁莹一边跟着走，一边偷听两个男人肆无忌惮的话。突然，一不留神，洁莹滑倒了，惊叫起来，把两个人男人吓了一跳。

这一滑，把洁莹的脚扭了。老的连问了洁莹能不能走路下山。洁莹试了几次，都不敢站起来。年轻的一直没吭声，这时轻轻说了一句："脚都肿了，不能走，我背你下山吧！"

这一背，把洁莹和男人背到了一块。

不一会的工夫，四菜一汤就从厨房端上来饭桌。男人敲洁莹的房门，告诉洁莹，他走了，起来吃饭了。

男人其实挺好。男人在厨房做饭，洁莹在房间，听着厨房里的声响，想男人的过往。一听男人给自己做好了饭，要走了，洁莹心里可怜起男人来，打开门出来。

男人说要走，却没有要离开的意思。拿出碗筷，给洁莹盛了汤，坐下来看洁莹吃饭。洁莹说男人，你这样看着，我能吃得下饭吗？男人讪讪笑着说，要不我陪你一起吃？洁莹瞪了眼男人，男人低下头说，那你吃吧，我走了。洁莹说，你这又何必呢？我们已经离婚了。我愿意。男人说完真的出门，走了。

男人一走，洁莹没啥心情。洁莹说不清楚，是因为男人没留下来，还是怎么的，反正心里空落落的，吃得无滋无味，草草扒拉了几口，全倒了。

洁莹有晚饭后散步的习惯。换了一套运动服，用手绢扎着头发，洁莹一身轻盈地从车库走上9号门。

"小妹出去散步啊！"9号门岗远远见了洁莹就打招呼，自来熟，"饭后百步走，活到九十九。"

这人真有意思。洁莹心里想。洁莹点了点头，算是回应。

"小妹这身运动装，青春十足，活力四射！青春真好啊！"9号门岗嘴碎却甜，洁莹听了，心里乐滋滋的。洁莹心想，前夫的嘴要有9号门岗的一半甜，兴许他们的婚姻就不会搁浅。就说刚刚的晚餐，洁莹没有真的要赶前夫走，饭都做好了，又做了这么多，你就不会说两句好听的，然后留下来一起吃晚餐？然后……洁莹脸红了一下，心里骂了一句，真是头木讷的驴！

洁莹脚步没停。

"晚上走路，注意安全。"9号门岗对着洁莹的背后提醒。

洁莹已走出老远。

个把钟头走回来，门岗换人。不见9号门岗，不见灿烂笑脸和如蜜的话语，洁莹入9号门，进电梯，上楼，心里又空落落的。

洗漱完毕，对着宽大的床，洁莹下午心里暖暖的感觉早已荡然无存，既空空落落的，又堵堵闷闷。就像被掏了什么东西，又像被什么东西顶住了，真难受。

下班，车到9号门车库入口。停车等识别的瞬间，9号门岗又响亮地说："小妹，下班了，今天比平时晚啊！"

"嗯，嗯。"洁莹提前下班去剪了个发，回来天已黑了。

"小妹新剪了头发，青春美少女一样，倍精神。"9号门岗居然关注到洁莹新剪了头发。

"是吗？师傅，您真会夸人。"洁莹嘴上这样应，心里却倍甜。心情好的洁莹和9号门岗多聊几句，得知9号门岗姓王，和自己居然是一个县的。老乡见老乡，虽然不是两眼泪汪汪，却有说不完的话。拦车杠高高抬着，欲落不落。直到后面的车子等得不耐烦了，鸣笛提醒，洁莹才赶紧开车入库。

晚上出来散步，洁莹刻意比平时提早了有一刻钟。远远见到洁莹，

9号门岗夸洁莹今晚的气色好。9号门岗真会说话，夸人不重复。没了后面汽车的催促，停下脚步的洁莹和9号门岗聊得很开心。口口声声叫洁莹"小妹"的9号门岗竟然比洁莹还小一岁。洁莹要9号门岗喊自己"大姐"。9号门岗笑了，露出一口洁白的牙齿，说，哪个女的愿意被别人叫大？洁莹故意说，我就愿意当"大姐"。9号门岗弯腰抱拳，一本正经地说：大姐好，小弟这厢有礼了！顿时把洁莹笑得花枝乱颤。还没等洁莹缓过气来，9号门岗又说：怎么样，还是叫你小妹老乡好吧？洁莹俏皮地说：那你就是楼下老王！洁莹说完，两个人都大笑。

"不早了，我要散步了。"有车来访，9号门岗去做登记，洁莹说了一声，走了。

"慢慢走啊！小妹。"登记完了，9号门岗对着洁莹的背影说。

真有意思的一个人！洁莹心里笑着说。

个把钟后洁莹回来，门岗换人了，9号门岗还在："小妹走完回来了。"9号门岗像在专门等候洁莹。还有一个年轻门岗在，洁莹矜持地笑了笑，应了一声"是的"，没停脚步。

"祝您做个好梦！晚安！"9号门岗又对着洁莹越走越远的后背说。

洁莹晚上真的做了好梦。梦里，洁莹穿着一袭像百合花一样淡泊、娇柔的洁白婚纱，在自家的花园里，坐在秋千架上，悠闲地荡着秋千。一阵香风吹过，洁莹裙裾飞旋，长发飞扬。穿着一袭白西装的男人从屋里出来，走到洁莹身边，俯下身子，轻轻拥吻洁莹。舌头碰着舌头的那一刹那，洁莹浑身像触了电般，打了个激灵，人醒了。

洁莹从小就梦想着自己有朝一日穿着洁白的婚纱和心爱的人一起拍照，然后举行婚礼，让自己的青春和美丽定格。洁莹和前夫结婚时，为了装修新房，没空去拍婚纱照。后来准备去补拍，前夫又因单位一项目时间紧，被派出差……用洁莹的话讲，就是前夫不喜欢，一直在推，才导致一切都落空了。洁莹为此和前夫闹过别扭。洁莹和前夫的结也就在那时结下了。

为弥补，前夫发誓要一辈子对洁莹好。当时，洁莹就应了前夫一句，一辈子那么长，谁说得准？却是一语成谶。凭良心说话，前夫对自己确实不赖。家里甚至连洁莹的裤头都是前夫洗的。一个男人，裤头都肯为自己洗，还有什么不行的？但洁莹要的不是一个只会对你好的木讷男人，洁莹要的是一个有情趣的爱人。情趣，爱人。懂吗？

洁莹躺在宽大的床上，叹了口气。

洁莹习惯周末睡到自然醒。这一点，婚前婚后一样，现在离了婚，没人管，自是想睡到什么时候就睡到什么时候。周末早上起来时，洁莹看了看调成静音的手机。前夫打了好多个电话，洁莹没回复，把响铃调回来，然后懒洋洋地进洗手间洗漱。电话又来了，又是前夫。洁莹不想接，电话很长气，一直响。洁莹按了通话键，却不说话。前夫火急火燎地说，我知道你在家，起来了吗？洁莹心不在焉地问前夫有事吗？前夫说没事，就想见见你。洁莹回他有什么好见的，我洗漱好准备出门了。洁莹说完准备按掉电话。前夫赶紧说，我在门口，来了好久了，快开门。

"真烦人！"洁莹打开门，前夫站在门口，地上还是放着两个印着某某超市的白色塑料袋。袋里装得鼓鼓囊囊的。

"都中午十二点了，又是两餐二合一……"前夫还想说什么，看见洁莹皱着眉，便打住，赶紧拎起地上的两袋子东西，进屋。

洁莹带上门，进洗手间继续洗漱收拾。前夫把两大袋子东西带进厨房里忙碌起来。这一幕，在洁莹结婚的这三年，每到周末和节假日，都是这样上演。以前，洁莹习惯成自然，不当一回事。当洁莹收拾妥当出来，看到餐桌上摆着清蒸鱼头、盐水菜心、清炒藕片等都是洁莹爱吃的菜时，好久没吃过这几样菜的洁莹，还是微微有些感动。

"吃饭了。"前夫帮洁莹盛好了汤。洁莹坐下吃饭，前夫站着，不知该坐还是该走。洁莹看了一眼前夫说：这么多菜，我哪吃得完？前夫如遇特赦说，那我陪你一起干掉它。然后拿碗盛汤，坐下，默默一起吃。洁莹不知是心情好，还是前夫做的菜合自己的胃口，吃得很尽兴。吃完了，洁莹说了一句很让前夫鼓舞的话，好久没吃过这么合口的菜了！

有人告诫过女人，要想抓住男人的心，就要抓住他的胃。前夫一直想要抓住洁莹的心，于是把这句话改成了，要想抓住女人的心，就要抓住她的胃。以前，洁莹想吃什么，他做什么。前夫一有空，还经常琢磨，怎么做出洁莹喜欢的菜。洁莹喜欢的菜是做出来了，胃也抓住，可人就是没能留住。

前夫看着洁莹高兴，自告奋勇地说，你要喜欢，我天天过来给你做。说真的，前夫真的愿意一辈子给洁莹做喜欢吃的菜。这点，洁莹相信。

洁莹看着前夫，皱了皱眉。前夫不再说话，赶紧把碗筷端进厨房。前夫收拾完碗筷出来，洁莹已坐在沙发看电视。今天两人相处的气氛不错，从厨房出来，前夫没急着走，洁莹也没赶。前夫便坐下陪洁莹看电视。洁莹看的都是小女人式的电视剧，看得还很投入，很入戏。看到戏里男欢女爱，洁莹嘴唇咬得紧紧，手还轻轻摩挲着身旁的小狗熊公仔。

多熟悉的一幕！

前夫伸出右手，轻轻把洁莹揽过来。洁莹居然没反抗。前夫突然找回了昔日的感觉，胆子大了起来，亲吻起洁莹，洁莹欲拒还迎。前夫像得到了鼓舞，抱起洁莹，冲进卧室。

熟悉的路径，熟悉的动作，就像老司机入库停车，该拐时拐，该转时转，该停时停，该加油加油，两个人几乎一气呵成。可奇怪的是，以前，洁莹每回都要大喊大叫的，这次，却居然平静如水，好像没了感觉。

事毕，洁莹催促前夫该走了。前夫还想多停留一会儿，洁莹又皱了皱眉。前夫识趣地赶紧起身走人。

洁莹躺在床上，心里空落落的。

老乡见老乡，不仅两眼泪汪汪，还可亲亲切切说个家乡话，偶尔在门岗放放东西再迟点来取。一些较重的，9号门岗会说，女人就该貌美如花，粗重活，男人的事。又说，我一当过兵的，什么都缺，就不缺气力。9号门岗坚决要帮洁莹把东西送到家。推辞不过，洁莹就任由9号门岗送。自从知道9号门岗是老乡后，洁莹对他的印象也大变。9号门岗不仅嘴甜，人幽默，虽瘦却健壮，浑身有使不完的气力。9号门岗知道洁莹家里就她一个人，每回送东西，都不进门，要么放门外，要么让洁莹开了门，把东西放门口。这让洁莹对9号门岗更是心生好感。洁莹客套邀请9号门岗进屋坐坐，9号门岗戏说，要进小妹的豪宅，我得沐浴更衣，才显得隆重啊！一下把洁莹逗笑。春节前，洁莹买了一盆花，很重。9号门岗自然自告奋勇要帮洁莹搬上来。到了洁莹家门口，9号门岗照例从门口把花放进大门内，就没有要进来帮忙把花搬到阳台的意思。看着那么大那么重的一盆花，洁莹很难移到阳台，就笑说，我家里有老虎？9号门岗不好意思，也笑了一下，是有老虎，还是只美丽温柔的女老虎。洁莹笑弯了腰。弯腰那一瞬间，胸前的亮白耀了一下9号门岗的眼。9号门岗装作没看见，脱鞋，进门，把花搬到了阳台，按洁莹的意思把花摆放好。

　　凡事都有第一次。进过一回洁莹家，往后就不再陌生。9号门岗再搬东西上来，洁莹会帮他拿好鞋，指挥着把东西按洁莹的要求放好，甚至收拾好，省得洁莹再过一次手。9号门岗也习惯了。忙完了，洁莹常常会冲杯茶，弄些小点心，和9号门岗喝茶聊家常。9号门岗的觜可真甜，每回都把洁莹说得心花怒放，说得洁莹舍不得9号门岗走。渐渐地，洁莹大事小事都会叫9号门岗来，9号门岗上来洁莹家更勤了。来了也更无拘束了，不用洁莹拿拖鞋，自己熟门熟路拿拖鞋换，有时还自己冲茶。

　　周日上午舒舒服服地睡到自然醒，洁莹起床，发现卧室的洗手间水龙头在滴滴答答漏水。洁莹洗漱完毕，还特意化了淡妆，然后才打电话给9号门岗。不一会儿，9号门岗拎着工具上来了。一进门看到洁莹穿着一身粉红的睡衣，9号门岗说，清早的小妹像仙女一样，仙气十足。洁莹笑了。9号门岗进卧室洗手间，背对门口鼓捣龙头。洁莹侧身倚在门框上，看着9号门岗宽大的肩膀随着双手操作在一起一伏。看着看着，洁莹一会儿就恍惚了。9号门岗话稠，边鼓捣边说。折腾了很久，水龙头还没搞好。

洁莹着看9号门岗的后背，看得心里十五只兔子般在七上八下，一语双关地挑衅着问9号门岗，你行不行啊？9号门岗转过头，正面迎接洁莹的挑衅，没试过，怎么知道？

　　洁莹的脸迅速红了。

　　9号门岗继续鼓捣。忽然，"啪"的一声，龙头掉落地上。伴随着龙头落地，水管里的水四处喷射。倚在门口的洁莹"哇哇"叫着。9号门岗将新龙头迅速拧进水管，喷射的水逐渐小了下来。

　　一会儿，大功告成，9号门岗松了口气说，小妹，我还行吧？洁莹脸又红了一下。9号门岗转身出来，洁莹发现，9号门岗上身全湿透了，鼓鼓的胸肌和腹肌透过贴在身上的白上衣，一块一块，清晰可见。洁莹脸红耳热，心旌荡漾，颤着声说，衣服太湿了，换下来吹干吧。9号门岗"嗯嗯"应着，没动。

　　"脱啊！"洁莹催促。9号门岗乖乖脱了。洁莹伸手接湿衣服，手碰到9号门岗突出的胸肌。洁莹的手痉挛了般，抓不住衣服，衣服掉在地上。洁莹的手变得贪婪起来，轻轻抚摸着9号门岗的上身。9号门岗突然如雄起的公牛，一把抱住洁莹。两个人先在洗手间手忙脚乱，后来又到了床上。很久没大喊大叫的洁莹，在床上歇斯底里地喊叫了个不停……

　　忙完，两个人累瘫在床头上。洁莹枕在9号门岗的身上，俏皮地说，别看你瘦，特别能战斗。9号门岗挠着洁莹光滑白净的身子，自豪地回应，别看我瘦，还特别有节奏，不是吗？

　　两个人又滚在了一块。

　　9号门岗远远看到洁莹的车下班回来，立即跑过去，对着洁莹暧昧地说了一句，回来了。洁莹对着9号门岗笑了笑，把驾驶室的玻璃车窗摇下大半。9号门岗看了看车后没有车子跟过来，迅速把手伸进了车窗里，揉捏洁莹的手。洁莹出其不意快速地把车窗摇上，9号门岗的手顿时抽不出来，着急地嚷，啊、啊，手、手。洁莹"哈哈"笑着骂9号门岗，色心不小，小心被抓。姑奶奶，饶了我吧！9号门岗嘴上求饶，车窗里的手却不老实，捏洁莹的手臂，摸洁莹的脸蛋。9号门岗的手越折腾，洁莹越不想开窗。哎，后面有车来了。9号门岗突然声音带颤。洁莹从观后镜看到一辆白色凯美瑞朝9号门驶来，遂摇下车窗玻璃。

"小妹，物管给您的这份材料，请您仔细看看啊！"白色车已经到了洁莹车后，9号门岗把手从洁莹的车里抽出来，还轻轻敲了敲玻璃窗，提醒道。

"你就装吧！"洁莹对9号门岗嘟了下嘴，然后一踩油门，车倏地进了车库。

洁莹一路偷笑着进电梯上楼进屋。衣服还没换好，就听到了敲门声。洁莹嘴里骂了一句，这么猴急？心里却乐滋滋的，一边扣上衣的扣子，一边轻快地跑到大门口。

洁莹边开门边兴冲冲地嚷嚷，你胆子越来越大了，不是还没到点下班吗？敢情脱岗啊？！

门开了。洁莹愣住了。门口站着前夫，手里还是提着两个大大的白色塑料袋，袋里装得鼓鼓囊囊的。

"你怎么又来了？"洁莹眉皱了皱，像被兜头浇了一盆冷水。前夫没吭声，拎着东西就想进屋。

洁莹把前夫拦在门口，坚决不让他进屋，我今晚约了人吃饭，我要出去了。你走吧。

前夫从来都不是洁莹的对手。拉扯了一会儿，前夫败下阵来，悻悻地走了。

"我们离婚了，以后你不要再来了。算我求你了，行吗？"洁莹对着前夫的背影，哀怨地说，"我们over了，拜托！"

前夫好长一段时间没给洁莹打电话了。

没离婚时，前夫虽然天天给洁莹打电话，但每次像完成作业一样，三言两语，把事情讲完了就没话。一想起作业，洁莹脸上热了一下。洁莹和前夫每次完事后，老批评他作业都不好好做，好像老师逼的一样，没有前奏，没有过门，更没有浓情蜜意，上来了目标明确，直奔主题，一点情趣都没有。

前夫也好久没再来了。其实，洁莹对前夫，没有怨，也没有恨。只是当年的英雄救美新鲜劲一过，崇尚浪漫的洁莹就受不了前夫的木讷，老抱怨前夫，哪怕你虚情假意地说说都不行吗？前夫崇尚实干，对待女人，也像设计图纸一样，说出来的话横是横，直是直，方是方。尽管前夫还想一直演绎下去，但在女人的坚决坚持下，英雄救美的后续故事在三年后结束了。

洁莹知道，故事在她这里是结束了。但在前夫那里，他好像一直没结束。可是，没有结束，哪来新的开始？

洁莹已经有新的开始了。和9号门岗虽然有点偷偷摸摸，却打得火热。洁莹把家里的钥匙给了9号门岗一套。告诉9号门岗，来了不用再敲门，省得被左邻右舍发现。9号门岗却老忘了带钥匙上来，一来就"呯呯呯"地敲门，生怕邻居不知道他来了一般。

端午小长假第一天，洁莹还在床上梦周公，门"砰砰砰"地响。洁莹醒了，骂了一句："这驴又不带钥匙！"驴是洁莹对9号门岗在床上的爱称。洁莹爱死了床上的驴。放假前，洁莹提出，好久没出去走走了，端午小长假去周边逛逛。9号门岗说，物业公司给他排了三天班。洁莹心里不高兴。这驴真行，既动口又动手，三下两下把洁莹折腾舒服了，把洁莹的气也说消了。

再不带钥匙，你别进来了，一边晾着去。洁莹睡眼惺忪，趿着拖鞋，嚷嚷着开门。

门口又站着前夫。地上却没有了鼓鼓囊囊的塑料袋子，前夫也没有要进门的意思。洁莹脸色十分难看，刻薄地说，你阴魂不散啊！前夫的脸一下涨成了猪肝色。嘴张了张，却没说话。

洁莹知道自己说过了，换了个口气说，你我都需要新的开始，懂吗？可那人不适合你！前夫几乎一字一顿地说。洁莹连珠炮轰前夫，鞋适不适合自己，只有脚知道。谁适合我，我自己不清楚？你别咸吃萝卜淡操心，多管闲事了。那人不适合你！前夫再说一遍，还是一字一顿的。

洁莹愤怒了，大声地喊叫，关你屁事！然后重重把门关上。走回卧室，躺到床上，心里堵得慌。

好好的假期，好好的心情，都没了。

出差三周不见9号门岗。坐同事的车回家路上，洁莹心里有点小激动，心想，几天不见了，这驴在值班吗？这驴……洁莹脸上瞬间红闪了一下。担心同事发现，洁莹故意用手抹了抹脸。

车子拐个弯，远远看到9号门，洁莹心跳莫名地加速。近了，越来越近，9号门岗在值班，洁莹已经看到了。9号门岗此时正站在一辆红色轿车左边，脸几乎贴着车窗玻璃，和车主说话。

"小妹，你真的越来越漂亮了！"洁莹听到9号门岗对着红色轿车说。9号门岗说时，眉飞色舞地，眼睛直盯着车窗玻璃。

车窗开了，先是一头乌黑的长发从车里甩出来，接着是嗲嗲的声音："是吗，大哥？就你会欣赏，谢谢你啊！"9号门岗一脸谄媚："你家先生真有福气！"红色女车主飞了个媚眼，调戏9号门岗："换你就好了。"

…………

洁莹恶毒地骂了一句，男人都是老狗。同事小李没听清，问洁莹："莹姐，您说啥？"洁莹自觉失言，赶紧调整自己的情绪："我说，我有行李，麻烦你送我进车库吧。"同事小李爽快地应了。

"我什么都缺，就不缺气力。小妹有什么需要效劳的，不用客气，随时吩咐，保证让您满意！"9号门岗曾经对洁莹说过的话，此刻又在洁莹耳边响起，只是9号门岗说的对象不同而已。

"能让我满意吗？"红色轿车车主春心荡漾，挑逗9号门岗。

"关键看疗效！"9号门岗得意地来了一句广告词。

红色轿车车主笑得前俯后仰。

坐在车里，跟在红色车子后面的洁莹，脸臊得通红。

9号门岗和红色女车主说得太投入了，没留意到后面的车等着入车库，还在不依不舍地撩骚。红色女车主甚至把半个头都伸出了车窗，9号门岗弯腰低头，两个人的脸几乎就要贴在一起了。

洁莹说得咬牙切齿，这狗男女，没完没了。小李也看不下去了，骂了一句，骚情也讲讲场合，讲讲时间。小李说完按响了喇叭。

清脆的喇叭声惊吓了一对撩骚的货。红色轿车主不满地瞪了后面的车一眼，恋恋不舍地启动车子进车库。洁莹在后座低下头，示意小李快速通过。许是对小李刚才鸣喇叭坏了好事的不满，9号门岗好像气鼓鼓的，看也不看小李，任由车子入库。

拎着手包、推着大箱子回到家，洁莹啥事也不干，径直躺在床上，呆呆的。

一夜无眠。

休整了一天，回单位上班。洁莹成天浑浑噩噩的。晚上下班，洁莹不想见到9号门岗，谎称自己车子坏了，央一同事顺路送回家。

车到9号门，昨天熟悉的场景再现。只是车子换成了一辆白色宝马，车主换成一贵妇，"小妹"变成了"大姐"。

洁莹的小拳头捏出了水。同事热情，洁莹没出声就把车开进车库，停在了电梯口。进电梯时，洁莹狠狠踢了电梯侧边。痛。洁莹瞬间流泪了。

一进家门，洁莹饭也不煮，先打电话，叫来了师傅，换大门锁。

翌日下班，洁莹自己开车回家。远远见到洁莹的车，9号门岗乐滋滋地小跑过来，隔着玻璃窗暧昧地说，小妹什么时候回来的？想死宝宝了。

洁莹双手握紧方向盘，目不斜视。

见洁莹没摇下车窗和自己说话，9号门岗拍了拍车子。洁莹感觉到一阵恶心，木头人般，踩油门，鱼贯而入。倒车入库，停车开门，洁莹朝电梯间走。

9号门岗气喘吁吁跑过来了，拦在洁莹前面问："小妹怎么啦？"洁莹看也不看9号门岗，冷冷地说："麻烦把大门钥匙还给我。""你这是怎么啦？哪里不舒服了吗？我亲亲的小妹，我看看。"9号门岗嘴上带蜜地说完，伸手拉洁莹的手。"放手！"洁莹甩开了9号门岗的手,恶狠狠地吼叫。

9号门岗愣了一下。

"钥匙你不还我也可以。我家要是丢了什么东西,我第一个报警抓你!"洁莹说完,快步走向电梯间。9号门岗还想纠缠,洁莹厉声告诫他:"你再动,我告你性骚扰!"9号门岗看着电梯间里的监控摄像头,极不情愿地放洁莹进电梯。

晚上,大门"呼呼呼"声响过好几回,钥匙插锁孔的声音也响了好几回,洁莹心如止水。

当晚,洁莹还在业主群里发出一条建议:

建议更换9号门岗。理由:一是工作时间太久,了解每家情况,一进门就哥哥姐姐弟弟妹妹地叫,让人不舒服。二是喜欢探听别家隐私。三是私下会和其他业主交流别家隐私,譬如:谁爱晚归,谁带了人,甚至谁家不是原配……

没料到,洁莹的建议在群里炸了锅。有的说好,有的反对。众说纷纭,莫衷一是。洁莹发现,不同意更换9号门岗的大多数是女业主。

都来现身吧!我倒要看看你究竟有几个好妹妹!

洁莹冷冷地笑了。

又是周末,可以睡到自然醒。可好好的一个周末,就像家里的砂锅,被"呼呼呼"的敲门声打碎了。洁莹知道是谁,自然不会去开门。

几次回家经过9号门,9号门岗都小跑着过来,想和洁莹解释。洁莹一次也没给机会。每次进车库,都是双手握紧方向盘,目不斜视,更不会开车窗。停车栏杆一起,洁莹的车就溜进车库,一秒也没多停留。几个晚上,洁莹家里的门"呼呼呼"响过,但只要不是整个门被拆了,洁莹是不会到大门口的。当然了,自从换了大门的锁,9号门岗在洁莹的所有通信工具里,都被拉黑了。

9号门岗还是不死心。这不,周末早上又来"骚扰"了。好好的觉被搅了，洁莹心里十分窝火。

　　终于在床上赖到肚子饿了，起来草草弄了点吃的。洁莹突然想起下午约了人逛街，一看时间，差不多到了，赶紧梳洗，化妆，出门。

　　门口。地上放着两个印着某某超市的白色塑料袋，袋里装得鼓鼓囊囊的。洁莹打开手机，好多前夫的未接电话。把两袋子东西提进厨房，洁莹鼻子居然酸酸的。

　　放好东西，出门口准备换鞋子。坐在小矮凳上，打开鞋柜，洁莹发现，大门的旧钥匙静静地躺着。

　　开车上路，马路笔直，看不到尽头。

　　午后的阳光亮晃晃，十分刺眼，洁莹一阵晕眩。

2020年7月13日

月亮眼

第一眼见到她，我就挪不开腿了。我爱上了她。确切地说，我爱上了她的大眼睛，好大好圆好亮的大眼睛。她就像，就像……对，就像邓丽君歌里唱的那个姑娘：

我在那小河边上，
遇到一位姑娘。
她的嘴儿红发儿长，
她的眼睛像月亮。
…………

对。她的大眼睛像月亮。弯弯的月牙里，一对黑晶晶的溜圆大眼睛，好像随时呼之欲出。

我掐了掐自己的心尖儿，终于顿悟过来：我喜欢的人必须是大眼睛。眼睛是心灵的窗户，眼睛大，心里自然敞亮。难怪之前谈的几个都告吹了。我喜欢"大眼睛"，前面的几个都是小眼睛。笑是一条线，哭是一条线，连生起气来也是一条线。你说，从这么小的一条线望进去，能看到心灵里的房子吗？

月亮眼就住在我楼下。我住的是一栋小高层，楼高六层，一梯两户，三个楼梯，叫"人才楼"。顾名思义，楼里住的都是学校花了血本从国内外引进的人才。领我来看房的后勤处长有点歉意地说，其他楼层都分出去了，只剩顶楼两套房。顶楼夏天有点热，不过，放心，漏水之类的，倒不会。后勤处长说完又补充，顶楼上天台方便，夏纳凉，冬晾被，可好了。我不计较楼层，笑着告诉后勤处长，六楼好，顶天立地。

我是搬来住的第二天傍晚，在人才楼下遇到"月亮眼"的。夕阳下，落日燃烧，红透了西边，染遍万物。我朝楼外走，远远地，看到一袭沾染了金光的洁白连衣裙缓缓朝人才楼移过来，我没在意。走近了，白衣女子衣袂飘飘，款款而来，宛如仙女。我抬起了头，发现白连衣裙女子微微笑着，正在看着我。四目相逢那一刻，我顿时如触电了般，杵在了原地，张着的半圆嘴固化了……

那一瞬，我无法形容女子的眼睛，如星星，啊，不，比星星大多了；像月亮，对，就像倒映在脸盆里的水中月，把脸盆里的水挤得快溢出了。

众里寻她千百度，蓦然回首，我在苦苦寻找的那双"月亮眼"，就在我跟前。

我居然忘了我下楼是要干什么。"月亮眼"已经进了人才楼的门洞了，我还停在原地。感觉到了失态后，我朝前走了几步。走着走着，我转身回人才楼，紧紧跟在"月亮眼"后面上楼。

我知道了"月亮眼"就住我楼下时，我也很快知道了她的情况。姓金，蒙古族，有贵族血统，计算机专家，获过很多奖，喜欢一个人独来独往。婚否却未知，管他呢。

往后每天上班下班，我特别希望能见到"月亮眼"，确切地讲，是看到她的大眼睛。那双大眼睛让我慌乱了。

"楼上的风景很好哦！"星星满天的夜晚，我不喜欢待在房间。一个人的房间，会让人越待越孤独。我走上天台，说不定在天台上还能不经意遇到"月亮眼"……我是个思维缜密的人，在我没计划周全之前，我不敢也不能轻举妄动——可在孤独的夜晚，我还是希望能偶遇"月亮眼"。我坐在不知谁吊着的一个木板秋千上，把烟抽得一闪一闪地，天上的星星也一闪一闪地，我谓之星星和烟火并存，生活和理想同在。正当我把烟吸得起劲时，"月亮眼"悄无声息地出现在了天台上，忽然说了一句。

我先是吓了一跳。当我知道说话的是"月亮眼"时，我慌乱了。

朦胧的夜色下，我只顾着寻找"月亮眼"脸上的月亮。我看到了，夜色下我看到了月亮，圆圆的，大大的，亮亮的，我一阵激动，颤着声说："星星好亮！"其实我想说月亮好亮，怕她误会，临出口，改了。

"星星藏不住罪恶！""月亮眼"像哲学家，说得我一愣一愣的。怕我不明白，"月亮眼"又补了一句："坏人是不分繁星满天还是夜黑风高的。"

"金老师眼睛太阳般明亮！"我感觉，"月亮眼"喜欢哲学，我恭维一句，随口讲出新柏拉图主义奠基人普罗提诺的名言："如果眼睛没有变得像太阳，它就看不见太阳。"

"月亮眼"没接我的话。喜欢哲学的都是言简意赅。我喜欢哲学家。我平时也是言语不多。

"你慢慢欣赏风景！""月亮眼"站了一小会儿，轻轻地说完后转身退回天台门洞，像来时一样，无声无息地走了。

"月亮眼"一走，我顿时感觉星星失去了光芒，夜空没了妩媚，手上的烟点着就像在烧柴火棍。我怅然若失起来，坐在秋千上，一摇一晃的秋千和身体，一闪一闪的烟火和星星，全都了无生趣。

南方的秋天，闷热袭上来，我退出天台，回屋冲凉。

楼顶天台其实不大，三个蓄水池和三个开放的楼梯口占去了很大的空间。三个楼梯的顶楼目前只住我一个，其他都空着。楼下的人很少上天台来，不大的天台对我来讲，正好。初来乍到的我，晚上孤独时经常上来天台透透气，有时哪怕是一小会儿，我都不放过。我肚子里的那点小心思，其实不说也明白，就是想在天台邂逅……

为了营造邂逅的好环境好氛围，家里一盆花都不养的我，专门去了一趟花卉市场，买了好多盆花花草草，硬把天台摆弄成了花园。你想，在天台花园里，繁星满天，顶不上一个姑娘脸上的月亮，而你，正和这姑娘在她明亮的月亮照耀下，谈笑风生，这种感觉，那是何等的惬意、何等的浪漫！

的确，荡着秋千，闻着花香，抛开琐事，那是惬意！

我每天晚上期待着。

"风景变了哦！"来了。一如既往地悄无声息。我在心里告诫自己，莫慌，莫乱。

"金老师晚上好啊！"我赶紧从秋千板上下来，站着寻找"月亮眼"脸上的月亮。

"只要阴暗，皆可藏污纳垢。""月亮眼"看着高大盆景下的阴影，又说出哲学家般的话语。

"存在着存在，不存在着不存在。"哲学是我的爱好，我赶紧说出巴门尼德的话，和"月亮眼"对起哲学来。

"你喜欢天台？天天上来？上来干吗？""月亮眼"虽然换了频道，不讲哲学语言，却像哲学家一样连发振聋发聩的三问——"我是谁？从哪来？到哪去？"那三问，就像是雪亮的探照灯，把我的内心照亮和洞穿，让内心阴暗地方的污垢亮出来。

这让我无处藏身！

"……"

"你继续吧！"月亮眼问完，没等我回答，就转身退回天台门洞，一阵风似的走了。

"等等……"我还有好多话没说呢！看着"月亮眼"的背影消失在黑暗中，我嘴张了张，却没喊出来。

柏拉图说过，孩子害怕黑暗，情有可原。难道大人就不害怕黑暗？不是的，是黑暗，谁都担心害怕。我想，"月亮眼"尤甚。我不能让我和"月亮眼"见面的天台继续阴暗下去，我要让天台亮堂起来。利用周末，我从家里拉了电线到天台，又在天台上装了一盏柔和的日光灯。没有月亮的晚上，灯就是月亮。天台的黑暗，被那盏灯没收了。

"月亮眼"的确是害怕黑暗，有了灯光，她上来时在天台待的时间长多了，话也多了。当然，每次说话，"月亮眼"还是像哲学家一样。

"楼里有坏人！"天黑压压的，下着毛毛雨，有点冷。我以为"月亮眼"当天晚上不会上来天台了。没想到，我正准备回家时，"月亮眼"上天台来了。灯光下，我感觉"月亮眼"脸上的月亮比平日更大更圆。站了一会儿，"月亮眼"从不在天台坐下来，忧郁地说。

"谁？"我心里顿时一紧，脸上现出愤怒，握紧拳头。是的，一个女人大半夜和一个男人说害怕，怎不叫人怜爱呢？

"坏人就在好人中间。""月亮眼"又变成了哲学家。

"有证据吗？"我把拳头捏得咯咯响。

"水过有痕，脚过留迹。""月亮眼"脸上的月亮真大真圆。

"我能帮上什么忙吗？"我朝"月亮眼"走过去，我真想一把揽住她，为她遮风挡雨。可我前进一小步，"月亮眼"就后退一大步。"月亮眼"整个人始终站在我的影子之外，浑身光光亮亮的。退到门洞，"月亮眼"像个精灵一样，闪进门洞，溜了。

"需要帮忙告诉我。"我对着门洞说。

"月亮眼"的背影早已消失得无影无踪。

"月亮眼"遇到了什么事？有人欺负她？女人不容易，漂亮女人更不容易。我十分揪心。

楼里谁会欺负"月亮眼"呢？我借着感谢后勤处长对我到学校工作后的帮助，晚上请他吃饭，顺便把楼梯里住着的另外9户人家摸了个清清楚楚：

一楼两户人家都是教授。物理学教授从南京某大学引进，五十多岁了，孩子在国外读书，家里就他和太太，太太也是学校的教授，两个人来了几年，用后勤处长的话说，是好人一对，从不争权夺利，从不与人争论。住对门的生物学家是个年轻学者，这半年带着学生在外面实习，家里没人住，空着。

二楼是两个艺术家。东侧的是年轻画家，有课上课，没课画画，很少与人交往。西侧是个年轻女高音歌唱家，在学校教声乐。两个都是单身。艺术家嘛，行为独特点，但都是德艺双馨之人。后勤处长强调，学校引进的时候，规定必须德才兼备，以德为先。

三楼两户嘛，都是海归，也都是三口之家。东侧的，男的在学校汽车学院上课，女的在图书馆上班，有个小男孩在读小学。西侧的女主人是学校引进的,先生在外企上班,有个女儿,还在读幼儿园。这两户嘛,都很感恩。我只是按照学校要求,帮他们跑跑腿,办理家庭入户和小孩入学入园,他们一再感谢,还要给我送东西呢。后勤处长朝我摆了摆手,那是我的分内事,我怎么能要他们的东西呢?!

…………

说起我这楼梯的住户,后勤处长如数家珍。我像个福尔摩斯,静静地听,悄悄地问,默默地分析。这九户人家,按照后勤处长说的,不像是会欺负"月亮眼"的人啊?!

谁会欺负"月亮眼"呢?也许,就像"月亮眼"说的,坏人就在好人中间。知人知面不知心,更何况,这九户人家怎么样,也只是后勤处长的一种个人感觉。

康德说过,感觉这东西是以人为转移的经验性判断。我们感觉玫瑰花是红的,就是直观感觉,是经验性判断。可事实上,玫瑰花有很多种颜色。

后勤处长的感觉不一定可靠。

我相信"月亮眼"!

"坏人就要现身了!"灯光下,星星遥远了,暗淡了,"月亮眼"脸上的月亮如故。"月亮眼"穿着我第一次遇见时的一袭白裙子,一脸认真地说。

"月亮眼"脸上又大又圆的月亮和一袭白裙子包裹下前凸后翘的身材,让夜晚的我心旌荡漾。

我竟忘了说话。我想,说出"美是道德的象征"的康德老先生,在此情此景下,要是也面对这样一个美人,对审美又有一番怎样的批判呢?

"月亮眼"见我没反应,抬脚又想闪回门洞。我知道我失态了,赶紧收回我的心猿意马,问"月亮眼":"有证据了?"

"我冲凉前,在家门口倒了水。冲凉时,又发现有人在偷窥我。赶紧冲完凉出来,我顺着潮湿的鞋印寻找,结果发现……""月亮眼"停下往回闪的脚步,没用哲学语言,急切地说。

"找到了吗?"我着急想知道结果,跟着"月亮眼"说人话。

"潮湿的鞋印到了二楼西侧,就不见了。""月亮眼"脸上的月亮特别大,特别圆。

"可是,二楼西侧住的是女老师啊?"我心里疑惑。

"女的?""月亮眼"突然间像好不容易解出了一道数学难题,却发现套错了公式。

"我调查过。二楼西侧住的是一位教音乐的女老师。"

"难道女的就不会偷窥?""月亮眼"从刚才的惊讶中快速走出来,反问我。

是啊,女的就不会偷窥女的吗?如果……我不敢往下想。"月亮眼"边闪回天台门洞,边喃喃自语:"坏人就在好人中间。"

女音乐老师原来不是一个人。她从南方一所著名高校毕业后回北方一所高校任教,什么都好,就是腻烦北方高校的拖拉和低效,一直在寻找机会南下广州发展。刚好学校招贤纳才,于是背着先生报了名。先生在北方的政府部门工作,年轻有为,前途看好。在来不来南方的问题上,夫妻俩意见相左。先生不愿来南方后屈就,女音乐老师却毅然决然。最终,夫妻俩商量的结果是,女音乐老师先行南下试水,先生以后再来。女音乐老师来了有两年,连着两年被评为先进。我去音乐学院打听女音乐老师的时候,音乐学院的党委书记还开玩笑告诫我,人家可是名花有主,你可别乱打人家主意哦!还说人家现在尽管是牛郎织女,可恩爱着呢!我笑着回了书记一句"是花总养眼"就走了。

我很想把女音乐老师的事告诉"月亮眼",女音乐老师正常得很,不可能偷窥人家冲凉,更不可能偷窥一个女孩子冲凉。

可既然脚步到了二楼就没了,多少跟二楼有关联吧?学哲学的喜欢分析推理,分析来推理去,二楼东侧的画家有嫌疑。尽管东侧的画家按照后勤处长说也是德艺双馨,可画画的人,谁能说得清楚呢!

我心里虽然挂了个大大的问号,想和"月亮眼"分析,又怕说不明白。这种事,关系一个人的名声,还是慎重为好。

"坏人又出现了！"雨后多云，星星和月亮都隐退了，天灰蒙蒙的。天台上微凉。"月亮眼"又悄无声息地上来了。

"应该不是二楼的女音乐老师。"一见"月亮眼"，我忍不住说出自己的分析判断。

"这回不是二楼。""月亮眼"说，是楼下的一对年轻夫妻，他们晚上折腾就折腾呗，干吗老往我上面折腾？见我一头雾水，"月亮眼"接着说，楼下这对年轻夫妇，每天晚上没完没了地折腾。两个人都在还好，在床上折腾，影响不到我。可只要女的不在，这男的就折腾起天花板来，每天弄得我的地板邦邦响，这让楼上的我还能安生睡觉？！

在"月亮眼"脸上的月亮照耀下，我的脸倏地红了。我接不上话。哎！寡妇门前是非多，漂亮女人也不例外啊！

"你在楼上，他在楼下，他再折腾你，你折腾回她。"我大着胆，用回"月亮眼"的"折腾"两个字，居然不再脸红。我大着胆子继续说，卑鄙是卑鄙者的通行证。既然人家不让人做高尚者，那你也做一回卑鄙者。

喜欢哲学的"月亮眼"一定喜欢听我的哲学语言。"月亮眼"却没回应我的卑鄙论，转身走了。

没了星星和月亮，天台再亮的灯也是灰蒙蒙的。我在灰蒙蒙的夜晚理着我迷蒙的头绪："月亮眼"喜欢我吗？如果不喜欢，她怎么会把这么多私密的事告诉我？还有，"月亮眼"这么赤裸裸地讲楼下小年轻每天晚上在折腾，难道她在暗示什么？

普罗提诺说，如果眼睛没有变得像太阳，它就看不见太阳。我希望我的眼睛变成太阳，我就能看清"月亮眼"。或许，我该有所行动了——对一个年轻漂亮的姑娘。是的。我要开始行动了。加缪说，一切伟大的行动和思想，都有一个微不足道的开始。

当你为你喜欢的人行动时，行动是幸福和甜蜜的。我沉浸在幸福和甜蜜中。看天台的花，花会说话，说很多好听的话；看楼下的猫，猫会祝福，摇着尾巴表达很多祝福；看家里的书，书里会跳出一行行祝愿的字眼……一切都是那么美好！一切也只等待着那一刻的来临。

来了。十五的月亮升上来了。我吃完晚饭，上到天台，圆圆的白玉盘就已经高悬空中。皓月当空，皎洁的月光照得天台如同白昼，照得我那束玫瑰花愈加鲜红。我心"怦怦怦"跳得厉害，我把天台的灯关了，假装静静地在看那彩云追月，眼睛却不离天台的门洞……我想，"月亮眼"一定会上来天台的。"月亮眼"也一定会接受我的行动的。

"月亮眼"上来了，还是那样悄无声息。"月亮眼"好像知道我有行动一样，要不，怎么配合着换了一袭鲜艳的红裙子？

"金老师，晚上好！"在天台上，这么长时间以来，我第一次先开口和"月亮眼"说话了。这可是我生命中一次具有历史意义的第一次啊！就像恩格斯第一次提出了有关哲学基本问题，具有重大的理论意义和现实意义。

"你卑鄙！"月光下，"月亮眼"脸上的月亮大得变了形。

"……"我设想了"月亮眼"回应我的很多种情景，我甚至设想她会用那句哲学语言回应我，可千设想万设想就是没想到"月亮眼"说的竟是这一句话。

我顿时蒙了。

"果真是卑鄙是卑鄙者的通行证。""月亮眼"是在说哲学语言，可为什么扯上我呢？

"怎么回事？"我丈二和尚摸不着头脑。

"还在装？！"

"……"我忽闪忽闪着一对可怜的小眼睛。

"你敢说，你刚刚没偷窥我冲凉？"

"我偷窥？！"犹如晴天霹雳，我把嘴张成了个大大的洞，固化了，哦，不，是石化了。

"月亮眼"快步走到我跟前，不由分说，拉起我的手走进天台门洞。我居然像做了错事的小朋友，乖乖跟着"月亮眼"走。

"我冲凉的时候，我在我家门口撒了白灰。冲凉时，我发现有一双猥琐的眼睛趴在我家防盗门上的猫眼朝屋里偷窥。冲完凉出来，我仔细检查，白鞋印就在你六楼东侧！"

在我家门口，确实有凌乱的白鞋印。

"你怎么解释？""月亮眼"指着白鞋印质问。

我的天！这真让我跳进黄河洗不清啊！我只想在地下掰条缝，钻进去。

"知人知面不知心，画虎画皮难画骨！亏我把你当正人君子，把啥秘密都告诉你！却又是坏人一个，人渣一枚……""月亮眼"后来还说了什么，我一句也没听清楚。

傍晚时分，我是下过五楼，可那时是我心里激动，想看看"月亮眼"在不在家，我走到门口连门把手都没碰一下啊！我怎么可能干龌龊事啊！

我没干龌龊事。"月亮眼"相信吗？

回到天台，月亮躲进了云层里，天台瞬间暗下来。没了月光照耀的鲜红玫瑰，暗淡无光，垂头丧气。

"月亮眼"脸上那大大的月亮照得我一夜无眠，更照得我那初开的情窦就像刚冒头的小苗，遇了霜冻，蔫了。

第二天晚上，我没脸上天台。虽然我没干坏事，但在"月亮眼"那里，我想，我一定卑鄙透了，一边和她一起谴责卑鄙者，一边干卑鄙的事，我算什么人啊？！

连着几个晚上，我躲着"月亮眼"，没上天台。我没干亏心事，我堂堂正正，我干吗要躲在屋里？我干吗不去好好解释？这他妈的像啥事啊？我越想越憋屈。有天晚上，我实在忍不住，悄悄出门，想学月亮眼一样，悄无声息地像风一样飘上天台。上到天台门洞却发现，天台门洞的铁闸门被人用摩托车锁锁住了。是谁这么多事跑上来锁天台的门？憋着一肚子气的我，把天台的不锈钢闸门摇得震天响。

"哗哗哗"的声音清脆响亮，传得很远很远。我肚子里憋着的气慢慢随着那清脆的铁门声，飘啊飘，最后飘没了。

"你要上天台吗？"气消了，天台又出不去，我转身准备想回家时，熟悉的声音飘过来，熟悉的身体也悄无声息地飘过来，刚好堵在了我跟前。

"好久没上来了。"我低着头，始终不敢看"月亮眼"脸上的月亮，怯怯地说。

"晚上不安全。锁了放心。早上我会打开的。""月亮眼"拿出钥匙，想帮我开门。

谢天谢地，对我"偷窥"她冲凉的事，"月亮眼"并没表现出太大的愤怒。兴许时间真如水冲淡了她熬着的那壶茶，兴许"月亮眼"知道了真相……我心略微安下来："不了。晚了。休息了。"

"月亮眼"好像就等着我说不用开门。我一说完，"月亮眼"就收了钥匙，风一样下楼了。

看着"月亮眼"的背影，我感叹，伤害就像树上长着的伤痕，会留有印记。在"月亮眼"心里，印记一定在的。哎，我问心无愧，随它去吧。

那晚之后，我虽然不上天台，却时时刻刻关注着天台。"月亮眼"每天晚上都会上天台锁门，"月亮眼"锁门时，我会停下手里的活，再忙再急，我也会停下来，然后静静地听"月亮眼"拉闸门的金属撞击声，摩托车锁锁好铁闸的磕碰声。多少次，我想开门出来，哪怕假装是碰巧也好，和"月亮眼"说说话——误会是需要消除的，误会不消除，只会越积越深。说我怯懦也好，每次我都忍住了。

也许，也许是缘分没到吧！其实我不相信缘分，我相信自己的坚持和努力。柏拉图说，成功的唯一秘诀，是坚持到最后一分钟。夜深人静，我问自己，我会坚持到最后一分钟吗？

我没开门出来见"月亮眼"，我却每天都看到她。当然，我肯定，她见不着我。我是趴在我家的门上，通过猫眼，每天看着"月亮眼"像风一样，悄无声息地到天台锁门，然后，如风一样从天台下五楼。这么说吧，我还是忘不了"月亮眼"。虽然通过猫眼见不到"月亮眼"脸上的月亮，但她每天或白或红、或蓝或绿、或黑或橙的裙子在我眼前一闪而过，总让我晚上无眠。我发现，"月亮眼"喜欢纯色的裙子，她最喜欢的还是我第一次见、让我十分迷恋的白裙子。好像她知道我喜欢一样，一个星期总穿两三天。一段时间，每天从猫眼里看"月亮眼"上天台锁门，成了我每天的必修课，"月亮眼"一天不落，我也一天不落。

又是一个晚上，我正趴在猫眼看楼道。楼道的灯没亮，黑魆魆一片。一阵，灯亮了，我知道"月亮眼"上天台来了。我左眼睛使劲朝猫眼贴，不大的眼睛几乎把猫眼堵实了。来了，"月亮眼"来了，还是一袭白裙子，轻轻地走上楼。我的眼睛一如既往在努力寻找"月亮眼"脸上的月亮。让我惊喜的是，"月亮眼"没有直接上天台，而是抬起头，在六楼的楼道里四处张望。我终于见到了让我魂牵梦萦的月亮。我无比激动。

"月亮眼"在楼道里张望了一下，突然径直朝我门口走来。"月亮眼"来找我？要敲我的门吗？"月亮眼"知道了真相？我的心提到了嗓子眼，双手随时做好打开门的准备。

近了，更近了，"月亮眼"就站在我家门口。我不能主动开门，我等待着"月亮眼"敲门。

"月亮眼"没敲我的门，"月亮眼"把脸贴在了我的防盗门猫眼上。一张变了形的脸像泰山一样朝我的眼睛压过来。泰山脸在不断放大，从一整张脸变成半个脸，又从半个脸放大为一个大眼眶。眼眶急剧放大，一会儿眼睫毛不见了，眼白不见了，最后只剩下黑魆魆的眼珠子……

我竟然如此近距离地看到了"月亮眼"脸上的月亮，不，应该是拥有了"月亮眼"脸上的月亮。虽然有点变形，我还是激动不已。我屏住呼吸，静静地看着门外的月亮——尽管眼前漆黑一片，我什么也看不见。

"让你偷窥！"门外黑魆魆的眼珠子不见了，"月亮眼"转身离开，嘟囔了一句。光明驱逐了黑暗。月亮眼转身的那一瞬，黑乎乎的长发划过猫眼，犹如一根根黑蒺藜齐齐向我眼睛射来。黑蒺藜没伤到我的眼睛，射倒我的是"月亮眼"的嘟囔，我软软地瘫下去。

瘫下去的人，站起来也是软软的。我再也不从猫眼里看楼道，我怀疑，我是否能坚持下去了。我把柏拉图的书扔到了一边，晚上不停地刷"快手"。可刷了几个晚上后，我还是拿起了柏拉图的书：

很难得看见一株不错的，却不知道是不是最好的，因为只可以摘一株，无奈只好放弃；于是，再往前走，看看有没有更好的，可是我越往前走，越发觉不如以前见到的好，所以我没有摘；当已经走到尽头时，才发觉原来最大的最饱满的麦穗早已错过了，只好空手而归咯！

我把"错过""空手"两个词圈了出来，看着静静的窗外，怅然若失。扔了书，躺在床上，眼睛睁得大大的。

"哪里？"
"往那边！"
"快追！"

急促的脚步声和嘈杂的叫喊声自下而上，似乎已到了天台。我从床上爬起，推开阳台的门，看到凌乱的人群和晃荡的手电光已经从天台下到一楼，像是学校的保安在追小偷。

有小偷进来学校作案了？"月亮眼"怎么样了？我第一时间又想到了"月亮眼"，我还是关注着她！

人群和手电光很快消失在夜幕中。

第二天，我向保卫处打听，人才楼昨晚出了什么状况？保卫处的人说，昨晚人才楼的金老师半夜报警称，有小偷正准备偷窃五楼她家，工具都用上了，她人在家里，不敢动。我们一听报警，立即派了一组人马赶过去。到了金老师家门口，什么都没发现。金老师告诉我们，小偷往天台跑了，于是带着我们到天台捉小偷。"白折腾了一晚，找遍了校园，回看了所有视频，蚊子都没发现一个，哪来的小偷？神经兮兮的！"

"天台的门不是被金老师她锁了吗？""月亮眼"不是每天晚上都

上天台锁门吗？我提出疑问。

"金老师说，就昨晚她忘了锁，小偷好像知道了似的。"保卫处的同志证实昨晚天台的门确实没锁。

"金老师爱钻牛角尖，要我说，不是有小偷，是她这里有问题。"保卫处的同志指了指自己的脑袋。

"你可不能乱说！"怎么能这样说"月亮眼"呢？我生气了，不大的眼睛立刻变得鼓鼓的，气愤地对保卫处的同志说。

"你住她楼上，难道没发现她有什么异常？"保卫处的同志对我的反应有点惊讶，停了一会儿，又心有不甘地反问我。

"你可别再瞎说了！"我警告保卫处的同志。好好的"月亮眼"，怎么会有问题呢？

当晚，我又趴在我家的门上，通过猫眼，想看"月亮眼"像风一样，从五楼上六楼，再到天台锁门。

说实在的，我始终忘不了"月亮眼"脸上的月亮。

可等了一个晚上，没见到"月亮眼"上天台锁门。难道是我错过了？我可是眼都不眨地盯着猫眼，一盯就是一个晚上的。或是我还没开始盯猫眼，她早早就锁了？抑或是她忘了？我怕再次产生误会，我宁可盯着猫眼也不开门。第二天，我一起床就跑上天台，发现门锁着，我一颗惦记着的心落了地。

隔着铁闸门，我发现，天台花园里我亲手种的花花草草，或折或断，或枯或死，一片萧杀之气，令人扼腕叹息。

是生命总不能辜负。下班回家，我提了水，备了肥料，带了工具，准备上天台修枝剪叶，让天台花园重新焕发新的生机。

我心里还有生机在。

天台的门锁还没开。也许，"月亮眼"白天忘了开锁。我没有使劲摇铁闸门，我也没下五楼请"月亮眼"帮忙开门，我把准备好的东西拎回家。

"月亮眼"会上来开锁的。我想。

可如是几天，天台的门日夜锁住了。这让我想让天台花园重新焕发新的生机的愿望落空了。

半个月后的一个周末，我在外面应酬完回家。在五楼"月亮眼"家门口，我碰到计算机学院党委书记和保卫处的几个同志正在打开"月亮眼"的门。

"你们？"我惊诧万分。

"金老师住院了，我们来帮金老师拿点换洗衣服。"党委书记怕我误会他们，赶紧解释。

"金老师病了？什么病？要紧吗？"那一刻，我绝对不是在做哲学三问，我心里本能地着急。

还没人回应我，我又连着三问："住在哪家医院？病情好转了吗？有人照顾吗？"

党委书记听着我连珠炮发问，默默看着我，欲言又止。

"我上次说过，金老师这里有问题。"保卫处的同志指了指自己的脑袋说。停了一会儿，他又说："金老师的眼睛又圆又大，学校里都在传她的那双眼睛会摄人魂魄。可就是这双眼睛，一发起病来，那对黑魆魆的眼珠子像两颗大大的黑色玻璃球，直勾勾看着人，看着看着感觉就像要从眼眶里跳出来一样，吓死人了！"

"你胡说。金老师的眼睛是'月亮眼'。"我最喜欢的就是"月亮眼"脸上的月亮，我不能容忍任何人亵渎她那双月亮眼，我瞪着保卫处的同志，生气地说。

"李老师，你去忙吧，我们要赶紧帮金老师捡点东西送去医院！"党委书记终于说话了。

"金老师不会有事的！"我不相信"月亮眼"那双又大又圆的眼睛出了问题。

没人答我。静。现场安静得可怕。"我能和你们一起去看看金老师吗？"我心里害怕了，怯怯着说。

"金老师刚调来我们学校的时候，花一样的青春年华，活泼可爱，真可谓人见人爱。特别是她那双又圆又亮的大眼睛，不知迷煞了多少男老师。后来不知怎么啦，金老师突然变得不相信任何人，常常嘀咕着有人欺负，故意捎走她门口的东西，趴在门上偷窥她洗澡，甚至是入屋盗窃……还常常说一些莫名其妙的话，我还笑她，是哲学书看多了还是入迷了电视剧《甄嬛传》，不好好说人话。大家都没太在意。没想到这次……"党委书记重重地叹了口气，一脸惋惜。

"金老师怎么啦？"我的心揪得紧紧的。

"金老师怀疑有人在她的衣服上下毒，是那种慢性的毒，要害她全身溃烂而死。"我发现，党委书记说着说着身子颤抖了一下。

瞬间，鸡皮疙瘩满身。

"我们担心她出问题，就把她送去医院。没想到，在医院里，她怀疑衣服已被下了毒，便一件一件地脱掉……"党委书记有点难为情，没了平时作报告的铿锵语调，音量低低的。

我像一条线的眼睛直勾勾盯着党委书记那张在不断嚅动的嘴，半天回不过神来。

"医生说，金老师得了幻想症，还比较严重。"

"怎么会是这样呢？"我嘴上问党委书记，心里却早已认定：是你们。

在去医院看望"月亮眼"的路上，天边的月亮，好大好圆。

我似乎看到了"月亮眼"脸上的月亮。

2020年10月8日

少年风

长颈鹿走在路上，总带着一股风。

长颈鹿是我的朋友，确切地说，长颈鹿是我的同学，我是他的跟班。

我痴迷长颈鹿走路迎面带来的风，就像我中学时痴迷香港"四大天王"的歌，大学时痴迷隔壁班女生的笑，一个样。

我第一次感受到长颈鹿走路带风，是在我走进两河两山小学第一天，第一次上厕所。

在课室呆呆看着年轻的女老师小小的嘴巴足足动了四十五分钟。小嘴巴一停，走出课室，大家突然像鸡笼子里的鸡仔，被关久了，虽是出了笼，却茫然无措。

我们小心翼翼挤挤挨挨地按照小嘴巴老师的要求，沿着坑坑洼洼的校园小路，到学校东边低矮的厕所里，不是"尿尿"，而是"小便"。掏出小便的"鸡鸡"，个个乖乖的，不敢像以往尿尿一样，比谁尿得远，比谁尿得久，都像真正的小便，摁着"鸡鸡"，聚精会神地朝水槽里飞流直下。

要多压抑有多压抑！

出了厕所，迎面走来一个人，长颈鹿般高出我们一个头。那人手大脚大，圆滚圆滚的脑袋高昂着，粗短粗短的头发竖立着，鼓突鼓突的眼睛直视着。

那人从我身旁走过，带着一股风。

一个人怎么能走路带风呢？

那股风一下让我痴迷。

那个人是谁啊？

长颈鹿呗！一个星期后，我不仅看见女老师的小嘴巴在不停地动，还能听懂女老师嘴巴里说出的话。下课后我也不再像刚出笼的鸡仔，呆若木鸡。我好奇地问"老草鱼"，我们管留级的同学叫"老草鱼"。"老草鱼"一脸惊讶地告诉我。

"他真的叫长颈鹿？"

"'长颈鹿'当然是绰号，他还有一个绰号叫'鲁智深'，就是连环画里倒拔垂杨柳的鲁智深。""老草鱼"见我疑惑，解释说，"长颈鹿"这绰号叫久了，以致他的真名大家慢慢陌生了。

长颈鹿一年级就留过级，现在读二年级。

我因为痴迷长颈鹿走路带着风，经常有意无意地靠近他，为的就是感受到他从身边走过时带来的那股风。

那一年，我就像个追风的少年，一直在追长颈鹿从身旁走过带来的可遇不可求的风，痴痴的，迷迷的。

苦苦追求的这股风，居然在我读二年级时，结结实实地拥有了。哈哈，长颈鹿二年级又留级了，和我同班。能和长颈鹿同班，我比谁都高兴。我也一直以为，那是我刻苦追求并且每天默默向上天祈求的结果。

感谢上天！

二年级这一年，我死心塌地地追随长颈鹿，他走哪我跟哪，他指东我往东，他走西我朝西。我叫他"长颈鹿"，他喊我"钩鼻"——盖因我长着一个长长大大的鹰钩鼻子。

"行动！"午自习还没开始，长颈鹿朝教室轻轻喊了一声。我立即飞奔出教室，在柿子树下候他。

左等右等没见长颈鹿出来，我一会抓耳挠腮，一会跷足回望教室，脚底就像扎了钉子一样。长颈鹿终于出来了，身后跟着很不情愿的树猴。

长颈鹿带着树猴走到柿树底下我身边时，我感觉到树叶都感受到了他带来的一股风。

"行动"是长颈鹿叫的，他说叫"行动"带劲——我深有体会，就像他走路，带风。每次行动，都是三个人，长颈鹿叫作三人小组——运筹帷幄的长颈鹿，屁颠屁颠跟着的我，扭扭捏捏的树猴。树猴也是"老草鱼"，二年级留了级，已经跟了长颈鹿一年了。每回树猴都说他犯困，愁眉苦脸不情愿跟出来。长颈鹿说三人小组是一个集体，一个也不能落，每回都拽着树猴不放。

"你不去，欠打？"长颈鹿举起拳头，作势要朝树猴头上擂去。

我真希望长颈鹿一拳狠狠打下去，打醒树猴。我真不理解树猴，长颈鹿走路带风，够威风。三人小组集体行动，多带劲。为什么树猴每次都像个女生一样，娘娘的。

"我去。我去。"树猴赶紧捂着头，生怕长颈鹿打爆他的头，带着哭腔。长颈鹿没打树猴，那天中午的行动是去偷摘黄皮，我们却差点被打得够呛。

两河两山西边有个小果园，离学校不远。果园里有一株经年老黄皮树，每年盛夏时节，黄皮果缀满枝头，一串串，圆圆的，诱得人口水直流。黄皮快成熟时，守园的老头吃住都在园子里，下不了手。果子未熟，守园的老头不在，中午摘黄皮正当时。

翻越一人多高的篱笆，猫身在果园里匍匐前进，悄悄靠近黄皮树。到了树底下，长颈鹿命令敏捷的树猴上树摘黄皮，我在树下捡树猴从树上摘下的黄皮，他个高，负责放风。

"来人了。快撤！"突然，长颈鹿跑回到树下，压着嗓子喊了一声。

树猴像猴子一样，从树上跳下，还没站稳，箭一般朝果园边飞奔。

摸不着头脑的我，紧跟树猴朝果园边窜。

长颈鹿连枝连叶一起抱起黄皮，最后一个朝果园边上跑。

守园的老头手持打麦子的麦秋千，如狼狗般从后面朝我们追来。

手长脚长的长颈鹿跑得快，最后一个撤退，却第一个飞跃出篱笆。树猴个子虽小却也轻盈跃出。我愣了一下，妈呀，这么高的篱笆，怎么办？

"快跳出来啊！"出了园子，树猴头也不回地狂奔，长颈鹿没跑，在园子外着急地喊叫。

眼看着守园老头的麦秋千已经挥起来了!

我使出浑身气力,起跳,飞——跃——篱笆太高了,我卡在了篱笆上。

"完了!"趴在篱笆上,我痛苦地闭上了眼……我没事,紧急关头,长颈鹿奋不顾身地从园子外攀上篱笆,生拉硬拽,把我拖下。

我刚掉落在园子外,守园老头的麦秋千就砸在了篱笆上。

腿划伤了,加上惊吓,尽管人已在园子外,我瑟瑟发抖,跑不动。长颈鹿二话没说,一把背起我,狂奔!

回到学校,我流血的腿还在发抖。

"这是一次完败的行动,这也是一次需要好好总结的行动。"长颈鹿事后如是说。

当然了,行动完败不影响下次的行动。

还是三人小组,还是午后。走到半道,长颈鹿才告诉我们"目标是围楼边的杧果"。每回行动,长颈鹿像怕我或者树猴会泄密一样,都是半道才讲行动方向和目标,从来不会提前说一声。

那是一株老杧果树,三人合抱粗,几十米高,拇指大的青皮杧果长成串,从翠绿的阔大叶子里露出来,垂吊着。

这么大这么高的杧果树,量树猴再敏捷,他也不敢上树。

"砸!"长颈鹿捡起地上的小石头,瞄准着树上的杧果,率先开砸。我和树猴也不甘落后。一时间,石头乱飞,偶尔被砸中,掉下一个两个浑身伤疤的"婴儿杧"。被长颈鹿叫"婴儿杧"的青杧果,未长大,连核都是软的。"婴儿杧"既酸又涩,三人小组个个却吃得津津有味。

吃"婴儿杧"的代价是三人小组的成员均被各自家长揍了一顿——打杧果乱飞的石头把围楼里一户人家的瓦顶砸了个千疮百孔。

狂野又快乐的二年级,用现在的话讲,"行动"两字是那一年我们三人小组的高频词。有行动的二年级,对我们三人小组来说,就如校园菜地里的老鼠,跑得飞快,瞬间就没了。我们都上三年级了。三年级的功课紧张了些,我们三人小组还是频频行动。依旧是长颈鹿运筹帷幄,我屁颠屁颠跟,树猴扭扭捏捏不情愿。

三年级的第一次行动，长颈鹿选择在他家隔壁一间倒了一半的空屋子。屋子倒了，屋主没让地空着，种了几小排甘蔗。

"看着一天天长高的甘蔗，早就想啃一口了。"三年级的午休改成了午自习，老师盯得紧，我们行动不了。下午下课虽早，中午吃的两碗稀粥却早已化成两泡尿，没了。长颈鹿喊行动时，我们正都饿着肚子，见到啥东西都想啃一口，"我早晚给甘蔗施肥，肯定甜！"

进了甘蔗地，我们选择在靠里的地方猫下。我和树猴等不及，要对面前的甘蔗动手，长颈鹿不让，要我和树猴错开掰甘蔗，吃完还要把甘蔗渣和叶埋了，这样主家才不会发现。按长颈鹿的要求，每人迅速掰断一根甘蔗，掐尾去叶，啃了起来。一根不够，每人足足啃了两根。正当三人喝了一肚子甘蔗水，准备走时，长颈鹿大喊了一句："我一颗牙断了！"

之前甘蔗啃得急，长颈鹿啃断了一颗门牙，没发觉，吃完擦嘴，发现满嘴血，才感觉嘴里漏风——门牙断了。

"要倒霉了！"长颈鹿相信老人家的话，"门牙断，霉事撞。"

倒霉事果然来了，不过不是长颈鹿，是我。当天晚上，我又吐又泻，还发烧，第二天回不了学校。

"我就知道要倒霉了！"下午下课后，长颈鹿跑到家里来看我，"主家发现了我们埋得不够严实的甘蔗叶，知道被偷了甘蔗。大中午一个人在甘蔗地里说，他的甘蔗地刚下过药，不能吃啊！"

"我会死吗？"我吓坏了，带着哭腔。

"这是我老政府以前生病时吃的药，叫牛黄解毒片，你赶紧吃了，解毒。"长颈鹿悄悄塞给我三粒黄药片。长颈鹿管他父亲叫"老政府"，啥都管着他。

"顶用吗？"

"把药吃了，毒解了，应该就没事了。"长颈鹿像两河两山的赤脚医生。医生都这样，说药吃了，就没事，可药吃完，十天半月，病还是那个样。我最讨厌看医生，这不，昨天到现在，我还没吃过药。刚才听长颈鹿一讲甘蔗有毒，我怕了，赶紧接过长颈鹿的药，还没等他递水，就直接咽了下去。

长颈鹿连续两天给我送来牛黄解毒片。第三天他来看我，没带药。一见面便紧紧张张地问我："今天我再去偷我老政府的药，被他发现了。我老政府说，药早过期了，吃了会死人的！你……你吃了没事吧？"

"……"躺了三天，烧退了，也不吐不拉了，我已经下地，准备第二天回学校，一听长颈鹿说我吃了过期药，会死人，吓得赶紧又躺回床上。

阿弥陀佛！隔天起来，我不仅没死，还恢复了体力，可以回学校了。

长颈鹿见到我，就像见到了已经告别了亲人背送上山头，突然间又活过来了的一样，既惊喜又高兴。

"我们还能行动吗？"长颈鹿的确高兴，居然换了一种语气，商量着和我说。

"我不好好的吗！"我昂起头，用手大力拍了拍肋骨一根根凸显的胸脯。干瘦的胸脯拍不响，倒是把我的手拍痛了。

长颈鹿商量的语气也就局限于见我吃了过期药没死的那一瞬间。当天一过，他又恢复成了发号施令。

那天行动的目的地是下李角。走在半道上，长颈鹿说，他发现火婆家养的一只老母鸡经常到她家附近的草丛里猫窝。每隔两天，火婆就会去草丛里找鸡蛋，次次都有收获。长颈鹿观察很仔细，他了解到，火婆去了她女儿家，有四天没到草丛里去了，"蛋一定还在草丛里！"

草丛里果然躺着两个白白亮亮的鸡蛋！

"拿回去煮了吃！"树猴手快，一手一个鸡蛋拿起来。

"你想找你老政府揍啊？！"长颈鹿学着树猴老政府的样子，一脚就要踢过去。

"小心鸡蛋！"我惊叫。

长颈鹿只做了个样子，没真把脚踢过去。

"那不要了？"两个鸡蛋被树猴攥得紧紧的。

"把它吃了。"长颈鹿当然不会放弃好不容易得到的两个鸡蛋，从树猴手里要过一个鸡蛋。

"怎么吃？"我看着长颈鹿。

长颈鹿不吭声，把手里的鸡蛋轻轻在地上磕了一下，然后小心翼翼地揭开一个小口，把鸡蛋举起来，从小口往嘴里倒。白的蛋清和黄的蛋黄混合成一条稠稠的水带子，缓缓地流进长颈鹿的嘴巴。

长颈鹿的动作把我和树猴看傻了，鸡蛋竟然能这样吃啊？

"真好吃！"水带子流了一会儿，长颈鹿一脸满足，"你们也试一下。"

我和树猴先后学着长颈鹿，把鸡蛋拿起来，让水带子缓缓流进嘴里。那是一种说不出来的感觉，滑滑的，黏黏的，有点腥，有点甜。

两个鸡蛋很快被吃完了。

"走。"长颈鹿抹了抹嘴，一脸满足地下命令。没走出多远，长颈鹿像想起什么，转身回草丛里。

"怎么啦？"我跟着长颈鹿，走回草丛。

长颈鹿没理我，径直走到刚才吃鸡蛋的地方，把扔在草丛里的蛋壳捡起来，带走。

"带那破蛋壳干什么？"树猴不耐烦了。

长颈鹿也没理。走了很远，长颈鹿才把蛋壳扔了，说："这下发现不了啦！"

第二天下午下课，我们心里又惦记着滑滑的腥腥的鸡蛋，又朝草丛方向走。

"我的蛋啊，那是救命的蛋啊！谁偷了？"远远地，就听到火婆哭得十分悲伤。

火婆发现鸡蛋丢了，哭着把草丛翻了个底朝天。

我们低着头，赶紧逃离现场。

第三天，火婆还在哭，哭得很伤心。好多人在劝。

"一个鸡蛋换三十斤番薯啊。"火婆像祥林嫂——我那时还不知道祥林嫂——哭着说，她家的鸡蛋都是拿到圩上去卖，然后买药给她长年患病的孙子吃的。

第四天，我们经过草丛时，火婆不哭了。火婆高高兴兴地说，老天有眼，鸡蛋没丢，家里那只老母鸡那几天耍疯了，把蛋下到墙边啦！

火婆找回了鸡蛋，高兴了。长颈鹿却因告诉家里，他饿极了，偷吃了家里存着的两个鸡蛋，被父亲结结实实打了一顿。长颈鹿不想让人知道他挨了老政府的揍，大热天的，穿起了长衣长裤。我还是发现了长颈鹿手和脚青一块紫一块，我逼问了长颈鹿很久，他才告诉我实情，鸡蛋是他从家里偷偷拿出来还给了火婆。长颈鹿还嘱咐我，不要告诉树猴。

四年级时，我转学到镇中心小学，长颈鹿又留级了，原地踏步，长颈鹿从身旁走过带来的那股风与我越走越远了。

到了中心小学，新人新事新玩法很多，我不再痴迷长颈鹿从身旁走过带来的风，不在一个学校面也见不着了，就慢慢忘了长颈鹿。

再次见到长颈鹿，他已经辍学回家种地。也和我陌生了，没了命令口气，变得很客气。

"五年级有篇课文《少年中国说》，你学了吗？"长颈鹿问我。

"有啊！梁启超的名篇。"

"会背吗？"

"会。"昨天刚被老师点名上台，我勉强背诵了下来。

"那我背一段，你听听，对不对。"长颈鹿说完，背诵起《少年中国说》：

……红日初升，其道大光。河出伏流，一泻汪洋。潜龙腾渊，鳞爪飞扬。乳虎啸谷，百兽震惶。鹰隼试翼，风尘翕张。奇花初胎，矞矞皇皇。干将发硎，有作其芒。天戴其苍，地履其黄。纵有千古，横有八荒。前途似海，来日方长……

"美哉我少年中国，与天不老！壮哉我中国少年，与国无疆！"我和长颈鹿一起背诵最后一句。

"你怎么会背诵《少年中国说》？"这篇课文，连一贯公认读书好的我都背得很辛苦，长颈鹿没学过，居然完整地背诵下来，令我大吃一惊。

"老草鱼,留级听多了!"长颈鹿变谦虚了,说完羞涩一笑,"我喜欢这文章!"

时间就像沙漏的口子,慢慢地把人的记忆漏掉。上了初中高中,我已经把长颈鹿走路带风的事忘得差不多了。考上大学那一年,我听说一直在两河两山种地的长颈鹿当兵去了,到了海南。后来就没了他的消息。

最后一次见长颈鹿,是我大学毕业后第一次回两河两山过年。圆滚圆滚的脑袋被岁月的利刀削得方方正正,却依旧微微高昂着。粗短粗短的头发缺失了那么一小块,却依旧根根竖立着。鼓突鼓突的眼睛不见了,走路带来的风也彻底没了……躺在宽大棺木上的长颈鹿像婴儿般安详地睡着了。长颈鹿身上覆盖着鲜红的党旗。

宽大的棺木停在两河两山的晒谷场上,黑压压的人群围着长颈鹿。

"黄斌同志是个好战士,他的牺牲,是我们部队的重大损失!"来两河两山主持追悼会的军官脱掉了帽子,动情地说。黄斌是长颈鹿的大名。军官介绍,黄斌同志到部队后因政治表现好,身体素质优,平时训练刻苦,入了党,还被武警部队选为特警。这些年他执行任务经常冲锋在前,英勇作战,立了很多战功。在一次抓捕中,歹徒躲进一间废弃的工厂,凭借里面的空瓶空罐,负隅顽抗。身为班长的黄斌同志带领三名战士,进入工厂搜捕。躲在暗处的歹徒突然拔刀,从背后袭击我一名战士。就在这万分危急之际,黄斌同志一把推开被袭的战士,自己迎了上去。面对歹徒明晃晃的刺刀,黄斌同志毫不畏惧,与之肉搏,身中四刀却死死抱住歹徒不放。歹徒被捕了,战士得救了,黄斌同志却不幸牺牲了。

长颈鹿成了两河两山第一个在村里开追悼会的人。

追悼会极其隆重。

开完追悼会,我送长颈鹿到烈士陵园安息。回来两河两山的路上,一股风吹过,我惊讶,这风居然和长颈鹿走路时带的风一样。

我痴迷不已。

2020年5月6日

燕声叽叽

三只嘴角泛黄的小燕子在窝里一直不停地叽叫，展翅，欲飞却不敢飞。

你们倒是飞啊！准胳膊肘撑桌上，手心托着一颗小脑袋，眼睛一眨不眨地盯着不断在折腾的小燕子，十分着急。

秋天时，一对燕子来准家里筑窝。"燕子进家门，多福多儿孙"。这是燕子时隔多年重回家里，一家人都很高兴。当三只小燕子依次破壳而出，叽叽叫时，准就下定决心，小燕子长大离巢时，也是准的离家日。

准脚大嘴大脑袋小。算命的说，脑小读不了书，脚大走四方，嘴大有饭食。准觉得算命的算得奇准，准从读书这里便找到了佐证。拿起书本，准觉得不是他在读书，而是书在读他。书被准都快翻烂了，书里的字都认得准了，准却认不了书里几个字。准想，反正有饭食，再读下去，也没啥意义。上完三年级的课后，准宁愿去山上放牛，也不愿再进校门。任谁劝，准都说，算命的都说了，我脑袋小，读不了书。

飞啊！咋还不飞呢？准是真真切切盼望小燕子展翅高飞。小燕子一飞，准立马就走。准厌烦了放牛，一刻也不愿意在家里待了。准决计要去走四方。

燕妈妈翘着剪刀尾巴，从低矮的门框里掠进来。燕妈妈一回来，窝里的三只小燕子叫得更欢了，你唱罢我登场，燕声叽叽，此起彼伏。

飞了！第一只小燕子在燕妈妈的鼓励和督促下，突然拼命抖翅，离巢起飞了。紧接着，第二只、第三只也相继飞离窝巢，飞出低矮的屋子。

准双手像竹靶子一样理了理杂乱的头发，完了还不忘使劲揪了揪，让自己的头皮感觉到痛。等等我！准对着远去的小燕子喊，然后迈着轻快的步子，走出低矮狭小的屋子，头也不回地迎着灿烂明媚的阳光，追随小燕子而去。

第一只小燕子拼尽全力，稳稳当当停在门前的草垛上，叽叽叫着庆祝首飞胜利。第二只小燕子铆足了劲，似乎想飞得更远些，却只能跌跌撞撞落在电线杆上。第三只小燕子一起飞就感觉踉踉跄跄的，看着让人担心，果不其然，一出门口就掉落在空地上，被好奇的小猫盯得瑟瑟发抖。

我会是哪只小燕子呢？

准被门外刺眼的阳光一照，步子沉重起来，脑壳沉重起来，眼皮也沉重了起来。

你会下棋吗？老者留意准很多天了，突然问。老者天天午后来，在公园亭台的石凳上，和人家下几把象棋。都是些臭棋篓子，三下两下，老者就把对方结束。曲高和寡，老者的水平高，渐渐地没多少人愿意和老者下棋。老者发现，每回下到关键处，眼前这个大嘴巴青年，嘴巴老想张开，却就像沾了糖般，老是舔着，没开口。

懂得一点点。被老者冷不丁一问，准一下把嘴边的糖给舔了，怯怯地应着。绵绵春雨让准愁死了，准真希望嘴角沾有糖，舔舔就能饱，那多好！

来一把？

准扭捏了一下。

来吧！输了又不用钱。老者鼓励道。

准啥也不缺，就缺钱。准从家里出来后，跟着同村一起出来的一些人，每天骑着三轮车，早出晚归到深圳这座新兴的城市周边的工厂去收布碎，然后卖给废品店。满满一车布，挣个十来块，只够每天的花销，存不下几个子。连着几个阴雨天，怕收了的布碎被淋湿，湿了的布碎很难卖，准干脆不出门干活，到公园里瞎逛。碰到下棋的，准会看上半天。准从小就喜欢下棋。

来就来！准正手痒，毫不客气地坐到了棋盘前。

老者让准执红先行。准中炮，跳马，出车，整局和开局前三步一样，中规中矩。老者稳扎稳打，历经数十回合，最终险胜。第二局，准还是执红先行。这一局，准的野路子频出，开局敢死炮，送炮吃，马锁炮。老者虽然见招拆招，却很快丢了车，一步不留意还被绝杀了。第三局，老者还让准执红。准又是一局野路子的棋，老者中盘认输。

2∶1，准赢得干净利索。准站起，向老者躬身抱拳，轻轻说了一句"承让"便准备走。老者叫住了准：小伙子好棋路，别急着走啊！准心想，我不走，你还请我吃晚饭不成？嘴里却说：先生有事吗？

没事，没事。小伙子在哪高就啊？老者情知突兀，还是忍不住问。

我？高就？准哈哈大笑，我就一垃圾佬，收碎布的。

同行。我也是垃圾佬，收废油的。老者看着准，也哈哈大笑。

收油的老者和收布的准就这样认识了。阴雨天时，老者和准常常一起在公园里对弈，两人有输有赢。

南方的夏天，酷暑难熬。个把月没下雨，城市的绿色生命靠一车车绿化水苟延残喘着。午后的公园，老者长时间见不着准，似乎和渴了的绿色生命一样，叶片耷拉，无精打采。

一场风雨，把准送到公园来。多时不见老者，准很高兴。老者更高兴，赶紧抹台摆棋。

如故，三盘两胜。两人却下得难解难分，1∶1平后，第三局，准略占优势，却不小心被老者兑了车，这对雨中棋友最终战成了平局。

准，明天还来吗？临走，老者问。

那要看天。老天爷要让我明天挣十几二十块，我就不来了。准看了看天空，六月的雨，不长气，明天肯定能出工。准其实今天上午还出工了，听说下午有雨，准想着很久没见老者了，所以只收了半车碎布，中午就回来了。

老者沉默了。

谁让我们是雨中棋友呢？！准劝慰老者。说实在的，准挺喜欢老者。这个比父亲年纪还大的老者，不像在乡下种地粗鲁暴躁小气的父亲，虽说也是收废品的，却是一个有文化有涵养有素质的厚道老人。

准，你愿意跟我一起收废油吗？老者沉默了好久，终于把在心里憋了很久的话说了。说实话，老者也挺欣赏准，聪明、善良、勤快，还懂进退，心眼好。

那敢情好！准心想都是收废品，还不都一个样。既然老者真心相约，准并没拒绝。

那一言为定。老者说完，给准写了一个地址，告诉准，明天见。

如约见面。准惊掉了下巴。此废品非那废品。老者是一家航油公司的董事长。老者所说的收废品，是到码头回收大轮船的废油。轮船有百吨级千吨级，甚至还有万吨级的。老者雇了一批人把废油从轮船里抽上来，然后运到炼油厂去卖。老者是抽废油有钱挣，卖废油还有钱挣。

我能做什么呢？！准看了老者的公司后心里打鼓。

原来的主管准备走，你来我公司当主管。工作不难，轮船公司的废油回收合同、炼油厂的收购合同都已经签订好了，你只要在公司值守，一接到轮船靠岸通知，第一时间安排工人上船抽油，司机会把油拉到炼油厂。老者看出了准的担心，轻描淡写地说。

准在老者的公司勤勤恳恳当了三年主管。三年里，老者一有空就来公司。来了就找准杀几局。每回都杀得难分难解，输了赢了，老者都高兴。

老者的儿子女儿都在澳洲的大学里教书，每年春节前，老者都会去澳洲和子女团聚，节后才回来。那年正月都过完了，老者还没回来。回来后，老者又很久没来找准杀一把。准正纳闷着，老者来了。那天，老者的棋下得有点心不在焉的，昏招频频。居然三把棋连输。下完棋，老者感叹：老了，老了！准俏皮地应了一句：老板春秋鼎盛着呢！老者哈哈大笑：电视剧看多了，你以为我是皇帝啊！我七十了，我俗人一个！准看老板高兴，笑着赶紧去煮水冲功夫茶。老者下完棋，喜欢喝功夫茶，而且只喝老家的乌岽单枞茶。

乌龙入宫、悬壶高冲，关公巡城、韩信点兵，茶盘上，三杯金黄的茶汤烟气袅袅，茶香袭人。

准陪着老者慢慢品茗。

准啊！你在我这干了三整年了哦！老者品着茶，漫不经心地问。

准的前任主管是干了三年走的。难道轮到我了？准心里一怔，心想，三年来，自己兢兢业业，不贪不占，没有什么做得不对啊？准不知道怎么应答，只是诺诺着点头。

轮船公司是我们公司的衣食父母，与我们公司签约的三家轮船公司这两个月合同就到期了。老者云淡风轻地说。

我们找他们续约啊！原来是这样。准心里一块石头落了地，赶紧说。

人家说我们是坐着挣钱，都虎视眈眈着呢！轮船公司抽废油，如今成了香饽饽，竞争可激烈了，他们不一定肯跟我们续签合同呢。老者摆出了问题。

我们去努力一把，再说，这三家不行，我们还可以找其他轮船公司嘛！准不愿放弃。老者定定看着准，足足有半分钟，看得准以为说错了话，低下了头。

杯子空了，老者示意准冲茶。准赶紧把茶续上。老者端茶慢慢品，品完，慢条斯理地说：准啊！我想跟你商量个事啊！

老板，您有事就吩咐，有啥好商量的！上刀山下火海，一句话的事。准打断老者的话，急忙表态。

准啊！我年纪大了，子女又老催我去澳洲。其实我挺舍不得你的。我想啊，轮船公司合同又快到期了。皮之不存，毛将焉附？没了轮船公司的合同，我们公司也就没了生存的基础。这样好不好，轮船公司的合同你去谈，就像你说的，原有的三家若不行，还可以找其他家嘛！谈不下来，公司关张。谈下来，公司转给你继续营业。我呢啥也不要，你今后要挣到钱了，我回来，你好好请我，行不行？

老板，这怎么可以呢？天上掉馅饼，一下子把准给砸蒙了。

就这样说定了！再来一局棋。老者端起茶，一饮而尽，感叹道：好茶！

这一局棋，老者每一步都像电脑计算好了般，准怎么下也下不赢老者。

如老者所算，准成了和老者一样坐着挣钱的老板。

你带我收碎布吧，我第一个月收的都给你！准离开家来到特区深圳后，想进工厂打工，工厂的主管嫌他小学都没毕业，不要他。准去民工集中的街角，就差身上插稻草，在那里候着工头们招去当零工。准去过很多建筑工地，准却不懂泥、水、木、电，只能打杂。准虽然脚大，个子却瘦小，嘴还大，特能吃，每个工地都干不过三天，就被工头撵走了。

准身上的钱早用光了。准靠捡废品卖过活。一个矿泉水瓶、一张纸皮板，只要能换钱，在准眼里都是宝。靠捡废品能解决准的一日三餐，却解决不了住的问题。准睡过马路边，后来发现了一个好去处——天桥底下。可天桥底下还有势力范围的，一伙和另一伙间经常干仗。准单独一个人，常常睡到半夜被人扔进臭气熏天的水沟里。

在城里，靠着捡废品，准度过了半年。这半年，虽然过得艰辛，但只要勤快走，准一直记着算命的话，上天给了准一对大脚，其实就是用来走的啊！多走走，走四方，就有饭吃，就能养活自己。用流行的话说靠着一双大脚，起码实现了吃饭自由，吃饭不用再看父母的脸色了。

半年后，准在深圳这个陌生的城市遇到了一个同村人。他每天骑着三轮车，去城市周边的服装厂收碎布，然后卖给废品店。他乡遇故知，准一是高兴，二又看到了希望。同样是卖废品，收碎布卖碎布比捡废品稳定多了，也高大上多了。准于是死乞白赖央村里人带他入行。准还承诺他第一个月收的布全都给带他入行的人。

收碎布的生意，不像开店，可以成行成市，互惠互补。多个人收碎布，自己就少收了。同村人给了准十块钱，却说什么也不愿意带他入行。

没人愿意带，只好自己带自己。废品店，准打过交道。服装厂，准一家一家去找。准心想，我有的是一双大脚丫！

从深圳郊区到东莞，准硬是凭着一双大脚，居然给走遍了。有谈成的，有谈不成的。生意成，大家高兴；生意不成，仁义在。尽管满满一车布，也只挣个十来块钱，每天存下的不多，但准也高兴——至少解决了生存问题，何况，小小生意能发家嘛！

　　家一时半会发不了，准却遭遇了一次生死考验。在东莞收购了满满一车碎布，正兴冲冲骑往废品店的路上，准被一个醉驾司机开车撞翻了。准被埋在碎布下，右手压断了，还差点窒息而亡。那时，醉驾还没入刑，按交通事故处理，司机负全责。准住了三个月医院，断了的手虽然接回去了，却使不上劲，落下永远的伤。司机承担了准的医药和住院费用，另外赔了准一笔钱，算是准的断手和误工补偿。

　　三个月后准出院，重操旧业。虽然断过的右手影响准的工作效率，但准努力克服，慢慢地恢复业务。准再次来到东莞一家小型服装厂，老板依然很热情和客气。这是准第一家谈下业务的服装厂，当时准就是感动老板的热情和客气，心想就是不挣钱，也要做他业务。老板开玩笑：准啊！这么久没见到你，我以为你发大财了，不来了呢！准笑道：全靠张老板赏赐，我才有口饭吃，哪能不来。准把上回从这里拉了一满车碎布路上出了交通事故住了三个月医院的事，一五一十告诉了老板。准感叹：人生无常啊！好在命大，不碍事。老板也感叹：谁说不是呢，你再不来，我都出国了，见不着我了。准一激灵：张老板你出国，那工厂呢？老板说：正在找人接手，准备转让掉呢！

　　老板说着一拍大腿，站起来说：准啊！我怎么就没想到你呢？你可以接手啊！

　　我？

　　老板给准分析：工厂有十几个熟练工，设备虽不是很新，但也还能对付，固定订单是不多，但也勉勉强强能维持生存。这厂还可以的！

　　准有点动心，对老板说，容我想想。老板急了：准啊！还想啥呢？过了此村可没有那店，至于价格，好说。

　　准最终用交通事故的那笔补偿金，支付了盘下服装厂的首付款。

　　希望你把服装厂发扬光大，更希望今后在国外能穿上你工厂做的服装！办好交割手续，老板拍拍准的肩膀，真心希望。

诚如老板所言，准兢兢业业，把小厂不断做强做大，把服装越卖越远，准的一双大脚走到的地方有卖，没走到的地方也有的卖，最终漂洋过海，行销世界。

先生，给我一张表，招了我吧。我没技术，但我干啥都行！鞋厂招工，除了技术工如介面工、针车工、猛鞋工等需要有经验外，其他工种无特别要求。准被黑压压的应聘人员挤到了最前面，张开大嘴不停地对招聘人员说。

看着准不停地翕动的一张大嘴，招聘人员仿佛看见了一条嘴巴大张的鳄鱼，正在不断地逼近自己，愣了一下。就在招聘人员发愣的一瞬间，准迅速抓起招聘人员桌面上的登记表。招聘人员反应过来，"喂喂"了两声想抢回登记表。准早已转身挤出人堆，站到了拟聘用人员的人群里。

这是准从家里出来后，在深圳的人才市场，经历了无数次失败之后，找到的第一份工作——鞋厂工人。

只要有口饭吃就行！进了工厂，准没有更多的要求，从杂工做起。当杂工，准不惜气力，分内活干，分外活也干；材料仓库拉货，裁断车间推料，针车车间、成型车间、半成品仓库不仅都有准的身影，而且啥活都干得干净利索。主管，也就是当时的招聘人员看在眼里，便让准转当技术工，就是把牛皮按纸板裁开的介面工。这虽是技术工的活，但技术含量不高，准跟了师傅两天就出师了。后来主管又让准去当针车工。针车工说白了就像服装厂车衣服的女工一样，把裁开的牛皮缝合起来。这工种要求手脚要快。这也难不倒准。干了不到半年，准把很多老大姐小姑娘都给比了下去，居然成了针车车间里缝合牛皮最快的一个。鞋厂里，猛鞋活儿苦，却挣钱多。这回是准主动向主管请缨，想去当猛鞋工。所谓猛鞋，就是工人用力抓或拉，把针车之后的鞋帮和中底板猛在鞋模上，猛好后，鞋子的形状就出来了，后面只要把鞋子的大底用胶水黏合在鞋帮下面，一双鞋就差不多了。

鞋帮猛鞋是苦活，也是最重要的工序之一。猛鞋不能把鞋猛歪，鞋的左右脚高低对称也必须一致！主管提醒准。准点了点头，表示心里有准备。就这样，准成了鞋厂的猛鞋工。干得苦，收入却多了不少。

在鞋厂干了五年，准所有工种都干过，所有工种也都很精通。一双鞋到了准手里，材质、做工、款式，准若说"差"没人敢说好，准评价"好"也没人挑出毛病。

准啊！深圳是寸土寸金，工厂在深圳无法待了。老板在东莞看好了新厂房，很快就要搬迁过去。你在厂里干五年了，往后有什么打算啊？这些年，主管看准踏实肯干，对准很欣赏，也很信任。这不，已升任工厂质量总监的准，事实上早就成为主管的左膀右臂。啤酒是夏夜的绝配，夜晚主管约准宵夜。两人一瓶一瓶对吹。

我还能有什么打算？李哥你待我好，工厂效益也行。工厂搬了，我跟李哥你过去干呗，干到干不了为止。准拎着酒瓶子碰了碰主管手里的瓶子。

老板让我过去东莞厂当厂长，我当然是希望你能跟我过来东莞，然后接替我当主管！主管也拿酒瓶子回碰准手里的瓶子，然后喝了一大口，继续说：马来西亚的陈老板，来过厂里下订单，你见过的。他最近老找我，希望我留在深圳当他在国内的代理商。你说我是去东莞当厂长，还是留深圳做代理商？

东莞，深圳。厂长，代理商。准小脑袋里不停地转起来，却怎么也转不明白。

准啊！我是这么想：做熟不做生；况且，老板这些年对我不错，他搬迁，厂长走了，这时候我不跟过东莞，确实有点说不过去。再说，老板已明确让我过去东莞当厂长，管全面。我想，我还是跟过去东莞。至于陈老板这边呢，陈老板人不错，讲信义，值得跟。我把情况和他讲清楚，然后推荐你去给他当代理商。主管把瓶里的半瓶酒一口吹完。

我行吗？准被馅饼砸晕了，不敢相信地问。

你怎么不行？论鞋厂管理，你目前还不如我。若论制鞋技术和市场眼光，我十个还比不上你。代理嘛，要的是你看市场的毒辣眼光，还有对质量的严苛把控。说实在话，你比我更适合当代理商。

我？

准啊！你什么都不要说了，这事就这么定了。今晚过后，你我虽然不在一起，但依然是兄弟，一辈子的好兄弟。主管说完找酒喝。

准和主管两个人都喝醉了。喝醉了的准把主管准确无误地送回家，然后自己倒在主管的家门口，美美地睡了一夜。

如主管所言，准的市场眼光一流，质量把控一流，当然，准当代理商也是一流的。

下地干活了！

春来耕种夏来收。清明前后，是侍弄庄稼的关键时期。父亲又喊又嚷：清明前休三天，清明后停三天，母牛下崽歇三天，耽误了三三九天，地就荒了！

春眠不觉晓。准感觉春来特别容易犯困，怎么睡都睡不足觉，早上老醒不来。父亲已经喊了三遍。父亲把重要的事喊叫了三遍，三遍过后，父亲的喊叫会变成电影里的武打动作片。准担心动作电影一早在自己身上上演，极不情愿地起床。

上午把下李角的地犁了，下午再耙过。过了清明，就要插秧了，等不得。父亲把活安排好，自个儿就出门下地了。

准懒洋洋地刷着牙，没应。准没应不等于他没听到，或是他敢不完成父亲交办的活。父亲只看结果，你落实了就行。若完不成，父亲的武打动作随时可能在准身上出现。准其实很怕父亲的武打动作。这些年，在父亲武打动作的威慑下，准学会了干农活的所有基本功。用父亲的话讲，既然读不了书，甩不掉"三尺六"，就是那把锄头，那就得把"三尺六"耍得顺溜。那是看家的本领。

当小小年纪的准把犁、耙、插等等干农活的基本功都学会了，父亲蹲在门口，眼睛直直看着准硕大的嘴和小船般的脚，温暖地笑了。准问父亲笑啥。父亲收住笑容，不语。多年后，准才领悟到父亲当年那一温暖的笑。父亲应该是欣慰准的一双大脚能踩平脚下的泥土地，准的一张硕大无比的嘴也能填满。

分田到户，家家分了地。只要肯干会干，饭绝对有的吃。这是父亲的先见之明。早早教会了准干农活的基本本领。有了自己的地，就像男人有了女人，你想怎么耕耘就怎么耕耘。种瓜得瓜，种豆得豆。春天，准插下成片的秧苗，夏天，准就收获数千斤稻谷。秋天，准又播种水稻，种下番薯、玉米、花生，冬天来了，准的家里稻谷飘香，番薯成堆，五谷丰登。

准嘴大能吃。准收获的东西，足够满足吃饭自由。准可着劲吃，家里还是主粮有余，副食丰富。

土地丢荒了多可惜。村主任农闲时来准家串门。说起丢荒，连连摇头。

何尝不是呢！准有同感。准说：土地是农民的命根子，浪费土地就是在糟蹋粮食。

上面有政策，允许土地进行流转。这是解决丢荒的好政策。我想让那些丢荒土地的人，把土地经营权转让出来，给愿意种地的人耕种。我来组织流转，你来耕种，当农场主，如何？看来，村主任早想好这一出了。

我？准可从来没想过这个事。

对啊！你啊！你对土地有感情，你又是老农，你来组织耕种，最合适不过了。村主任善于画大饼，继续给准描绘美好前景：你把土地都流转过来，再按你的设想耕种起来，形成规模效应。村里、镇里，说不定到时县里也出面，都帮你推广你种的农产品。哈哈，到那时你就像国外的农场主一样，叼着烟，骑着马，不，应该是开着车，俯瞰这连片金黄的稻田，那霸气，啧啧！

准被说动心了。说过就干，村里组织土地流转，准把村一大半的土地都流转了过来，种上了优质水稻，还开了个稻谷加工厂。准给他的稻谷起了个名，叫"达达"牌大米。准讲，这"达达"大米，就像是在地里耕种的拖拉机的"哒哒"声，听着亲切；咬起来，一粒一粒的，"哒哒"响。准没说的是，这"达达"，就是他的两个"大大"：大脚丫和大嘴巴。

真如村主任描绘，准的"达达"牌大米，不仅亩产高，还品质好。在各级的推广下，"达达"大米打响了品牌，行销各地。

食。食。食。

瞎眼的老娘在隔壁屋里睡了一觉，醒来听到准和一帮狐朋狗友一直在食食食。食什么好吃的，也不晓得留点给老娘。老娘心里不痛快，骂了一句：不孝子！

食了大半个晚上，大多数人的眼皮都打架了，于是纷纷告辞回家。人走了，夜深了，家里安静无比。食了满满一肚子的茶水，准的肚子咕咕响。躺在床上，准辗转反侧，怎么也睡不着。转了大半夜，准的眼皮终于像当年一样沉重了起来。

收废油的准回来了。他开着大奔驰车回来的。一下车，最先进入大家眼帘的是他圆圆的肉肉的脑袋，当然还是小脑袋。头发掉光了，脑袋便越发显小。阳光下照耀下，小脑袋闪闪发亮。宽大的衣服套在他的身上，却还是怎么看都像是大人穿了小孩的衣服。跟在他身后的女人，长发披肩，年轻，漂亮。女人穿得花枝招展，双手紧紧挽着他的手臂，像是在宣告自己的主权。他向眼露疑惑的村人，伸出三根手指，高声宣称：这是我的女人！第三任老婆。女人长着一张稚嫩的脸，看起来比他的大女儿还小。几十年了，他还在做废油回收，收废油卖废油，旱涝保收的。他嚷道，赶得急，来不及给大家准备礼物。他让司机打开皮包，直接发红包，见者有份，一人一个，厚厚的。

开工厂的准回来了。他也是开着金光闪闪的车子回来的。他脸庞消瘦，颧骨微凸，看起来要比实际年龄大。他胡子刮得精光，没有胡子的脸，光秃秃的，嘴巴越发显大。他一开口，滔滔不绝，那话稠得让人担心他的大嘴巴快撑不住了。毕竟是开服装厂的，衣服搭配得很时尚，穿在身上显得很精神。他拍拍身上的衣服，不无得意地说：我这一身衣服，全都是自家工厂做的。这不，回来了带点自家生产的服装送村里人，也让大家帮着宣传宣传。说完，他亲自到车尾厢搬衣服，派给大家，一人一套，帅帅的。

当代理商的准回来了。他坐的是加长版劳斯莱斯。车子停在村委会门口，顿时把空旷的村道挤得满满当当。和硕大的汽车在一起，他似乎长小了，浓缩成了精华。他的一头黑发梳得油光滑亮，身上的西装笔挺笔挺，像极了早年的港商。脚还是大脚，他脚上那对大鞋子，锃亮锃亮，闪闪发光。他说，车子、衣装，好比是种地的犁和耙，这都是工具，也是做生意的门面。他也有礼物送给大家，他的礼物是自家的产品——皮凉鞋，一人一对。他特别指出，这些鞋子属于限量版，纯手工制作，全部是独一无二的。

种地卖粮的准回来了。平日开货车的他今天改开了一辆墨色四驱沃尔沃越野车。车门一开，他的右脚首先落地，大家惊讶的是他的一双大脚丫似乎越来越大了。他走路带劲又带风，把地面踩得吱吱响。他穿着黑T恤黑裤子白鞋子，衣着看着随意，却是精心挑选的——黑T恤黑裤子分散了大家的注意力，他黑魆魆的脸庞反倒没太引人关注。他话不多，一上来就瓮声瓮气地对大家说：地里的事耽误了，来晚了，抱歉！说完，他打开宽大的后备箱，搬出自家地里种的菜，嚷嚷：我给大家送财（菜）来了！一人一份，都有。

四个人刚好凑一桌。麻将台立马被支撑起来，哗哗的麻将声响个不停。

牌桌无大小，牌桌不讲场面话。大家越聊越随意。

收废油的准先抱怨，船东的漂亮女儿跟我好的时候说：money talks, money talks。于是我拼命挣钱供她花，她最终还是跟一个鬼佬走了。我的维吾尔族女朋友曾说过：一荷包金钱，一麻袋苦恼。她想离开我的时候，我把一大叠钱摆在她面前，送给她，恳求她留下，她却拿起来直接甩在我脸上，冷冷地说了一句"金钱造不出好汉"，便头也不回地走了。钱多有啥用？关键是你用得了！用不了，钱就是草纸一张张、数字一串串。他坦言，都说钱多身子弱，果不其然，自己是坐着轻轻松松把钱挣了，却长期弱不禁风，药不离身。他哀怨道，老婆再年轻再漂亮，也只有看的份。哪天自己两腿一蹬，年轻老婆改嫁了，自己辛苦了一辈子，变成了给人打工，人家还没半句感谢。

开工厂的准憋了很久，终于说出了他的真实情况。他的工厂其实早关闭了。他嘟囔道：这些年，珠三角的人工成本猛涨，劳动密集型的工厂大都从广东沿海地区转移到人工成本更低的越南和印度去了。他不是不愿去东南亚办厂，可人生地不熟的，怎么去啊？他眼里潮湿的，嗓子发紧：办工厂哪有么容易？要管生产，要搞销售，要控成本，要有利润，要对付工商，要应酬税务，要付租金水电，要发人员工资。工厂不搬迁，只好眼巴巴地看着自己的工厂像王小二过年，一年不如一年，最后过不下去了。

当代理商的准开始只专注打牌，一直没出声。兴许是受到了大家的感染，几把牌过后也吐起口水。他看着开工厂的准说：鞋厂和服装厂一样，受人工成本上涨影响巨大。珠三角的鞋厂陆续搬离，纷纷落户人工成本低的东南亚其他国家。没了工厂，我的订单下给谁？我早就不当代理商了。好在我有技术，我在东莞开了间手工鞋店。如今跟在工厂打工差不离，勉勉强强养活自己。不瞒诸位，我的头发是染的，我开的车子是租的，我自己的女人跟人跑了，带回的女人也是网上租的，一天两百元，同居另算。

种地卖粮的准一会儿看看收废油的准，一会儿看看开工厂的准，完了又看看当代理商的准，挨个看了个遍，没说话。大家的苦诉得差不多了，他猛地站起来，用如船般的大脚丫跺了跺地板，又用右手摸了摸小脑袋，大嘴巴才缓缓道：我信算命的，他算得可真准。你们看我，每天脚踏四方地，嘴吃自家饭，手里有粮，嘴里饭香。足矣！知足矣。

麻将桌上没人再开口，安静了下来。

麻将继续。

燕子回来了！燕子回来了！

一桌麻将还没打完，老娘就在隔壁屋喊。准被老娘喊醒了，侧耳听，没听到燕子的叽叽叫声。准嘟囔了一句：老娘你哪只眼睛看见燕子回来了？说起燕子，准都有点不好意思。当年，自己跟着小燕子出了家门，走着走着，被门外刺眼的阳光一照，步子沉重起来，脑壳沉重起来，眼皮沉重了。刚刚学会飞的小燕子回家了，在门口草垛里美美睡了一觉的准也回来了。小燕子是跟着燕爸爸燕妈妈高高兴兴飞回来的，准却是被父亲拎着耳朵龇牙咧嘴回来的。回来的小燕子几天后飞走了，一去不复返。准还在，准在等待燕归来。一年复一年。

燕子已经回来了。老娘还在隔壁嚷。

觉是睡不成了，准懒洋洋地从床上爬起，窗外太阳已经升上去老高了。阳光照进屋里来，晒着准的屁股，晃眼得很。老娘眼瞎耳朵灵，春来了，一对燕子回来了！

小燕子出生了，准天天听着小燕子叽叽叫。小燕子长大了，准天天盼望着小燕子展翅飞。

年年燕南飞，年年燕子回。脚大走四方，嘴大有饭食，准一直记着算命的话，准的决心年年在。

飞啊！你们倒是飞啊！准眼睛一眨不眨地盯着在窝里不停叽叫、展翅欲飞却不敢飞的小燕子。

飞了！第一只小燕子蹬腿，离巢，抖翅，斜着飞出低矮的屋子……第二只、第三只紧紧相随。

准走出低矮狭小的屋子，迈着轻快的步子，追随小燕子。

屋外，阳光明媚。

远处，燕声叽叽。

2022年10月5日

肉价几何

粮价是百价之基。粮价涨百价涨。关注物价，势必关注粮价。卖了一辈子猪肉的洪林，反其道而行，关注价格的基准是肉价。在洪林的价值体系里，什么东西都可以与猪肉挂上钩。吃的米面油、坐的车子、住的房子、娶儿媳的彩礼，就连他的体重也是。

早上起床看手机新闻，猪肉又涨价了。洪林长长叹了口气：看来我的体重又要看涨了。老伴很不屑地看了洪林一眼，没理他。洪林洗漱完毕，又自言自语地以他的体重和肉价作比，猪肉一斤一块三毛五时，他的体重只有九十三斤，猪肉涨到三块，他的体重长到了一百三，猪肉飙到了一斤十三块，他的体重坐直升飞机上到了二百，肉价不下来，他的体重也一直在高位横盘。

一说起肉价和体重，洪林常常没完没了。老伴本不想和洪林辩驳，心里有事，实在听得不耐烦了，讥讽洪林：肉价跟你体重有个毛关系啊？真是胆小不敢过河，却嫌裆大。敢情肉价再往上涨，你这身肉还要跟着往上长？都说有本事整大别人的肚子，没本事只能弄大自己的肚子，不嫌丢人？

老伴说话一贯不留情面。和洪林关注不一样的是，老伴一辈子看重的是男人的本事，没本事，窝囊受气。

洪林怵老伴，怵了几十年。老伴一说话，洪林便不吭声了，默默地吃早餐。洪林干活温吞，吃饭也温吞，一顿饭，吃到饭菜都凉了，吃到大家都不知走到哪里去了，他还在细嚼慢咽。看着人着急。洪林解释说，辛苦做，舒服吃。吃顿饭都不舒服，做人还有啥乐头？

老伴比洪林迟上桌吃早餐，却早早吃完在房间进进出出，收拾这样收拾那样。该收拾的都收拾妥了，洪林还在细嚼慢咽。

早餐是老伴精心准备的，自己虽然没胃口吃，洪林却吃得很满足。时间不早了，老伴几次想催洪林快点，却都忍着没催，任由洪林有滋有味地慢慢品早餐。

不知道，不知道洪林会怎么样，还能不能这样舒舒服服地吃自己做的饭……一想到这，老伴眼睛潮湿了。

让洪林舒舒服服吃顿早餐吧。

按常理，吃饭狼吞虎咽的人容易发胖，细嚼慢咽的人不长肉。洪林的身体不按常理来。一米六不到的身高，两百多的体重，怎么看都像个圆鼓鼓的气球。

老伴听了电视上那个鹤发童颜的专家讲肥胖的危害后，总担心洪林这气球样的身子哪天会破了。老伴于是逼着洪林到县人民医院，像城里人一样做一次体检。洪林嘟嘟囔囔不愿去，说无病无痛，不就胖点吗？检查啥？花啥冤枉钱？洪林迅速把体检费换算成猪肉：一次体检一千多，做一次体检，能买上近百斤肉，吃好久呢！

老伴白了洪林一眼：就知道钱。洪林"哼"了一声：人为财死，鸟为食亡，想当年，你比我还看重钱呢。一说当年老伴看重钱，老伴心里就来气：当年是当年，一块钱掰成十几分用。现在是现在。洪林感觉到老伴恼了，不敢扯远，却继续抗拒：再说了，我晕血，我怕医院。

老伴轻蔑地看了眼洪林，双手叉腰：你去不去？你不去，我去！

我去检查身体，我不去，你去？洪林觉得好笑，终于有机会可以抬抬杠了，来劲了：我不去，你去吧。洪林一说完，抬头看着老伴蔑视的眼光，顿时就泄气了。

你不去，我去！这是老伴的撒手锏，这也是洪林最怵老伴的一招。

洪林和老伴年轻时经媒人介绍结婚。洪林怵老伴，据说是在新婚第一夜就落下的。新婚第一夜，干练利索的老伴硬是在木板床的中央摆了三个碗，碗里都装满了水。摆弄完后，老伴告诉洪林：睡觉了，可别把水弄倒了。老伴说完自己和衣躺一边。性子绵软的洪林没见过这阵势，顿时蒙了，衣服脱了一半，最终还是穿回去，乖乖地在床的另一边睡了一晚。这都是谣传,或者说是人家故意编排这一对女强男弱夫妻的。但洪林怵老伴,却是人所共知。结婚后,洪林还在隔壁镇食品站当伙头——就为十来个员工煮一日三餐,厨师的名头显然够不着。煮饭这活轻松,关键是在两餐中间的间隙,洪林可以骑着站里用来采购的28寸自行车回家,帮老伴干点活,在老伴年轻娇嫩的身上浇水施肥,完了心满意足地哼着不着边不着际的曲子回食品站煮饭。该是那天有事,出门时被站长喊去干了点私活。活干完了,时间已经不早了,赶紧出门,路上车子又老掉链。终于到家,时间紧迫,洪林急急忙忙把老伴弄到床上,没等老伴准备好,就手忙脚乱地入巷,猴急猴急地鼓捣起来。洪林满足了,老伴此刻却是船到中流,更需大桨来撑划。看着老伴悻悻的眼神,洪林心生愧疚,把准备推出门的自行车架好,找出斧头,帮老伴劈些柴。柴一块没劈成,洪林自己的腰却给闪了。洪林丢下斧头,一手捂着腰,龇牙咧嘴。真是没用!老伴气鼓鼓地骂了一句,把洪林没劈好的柴劈了。洪林惦记着中午大家的午餐,急得团团转,几次硬撑着想推自行车出门回食品站,每回都痛得大汗淋漓。看着满头大汗的洪林,老伴说话了:你能不能去?你不能去,我去!洪林以为老伴说的是气话,没想到老伴收拾了换洗衣服,准备出门。洪林呆住了,良久才反应过来,哭丧着脸对老伴说:你真的去啊?老伴连珠炮反问洪林:那么多人等着吃饭,不去,他们吃啥?不去,你的工资不被扣完了?洪林张口结舌,无言以对。家里三个嗷嗷待哺的小孩,两个体弱多病的老人,七张嘴,就靠洪林每月18.6块钱的工资和老伴一个人的工分。老伴一年挣的工分分的粮食,四个月不到就吃完了。洪林每月的工资,用洪林的折算法,买不到15斤猪肉。一家人每月再怎么省吃俭用,老伴再怎么把一块钱掰成十几分,依旧是寅吃卯粮。如果再被扣掉十天半月的工资,日子怎么过?

就这样,洪林留在家养伤,老伴自己走路到镇食品站,和站长好说歹说,顶替洪林当了两个多星期的伙头。洪林腰伤好了回食品站,老伴才回家。伙头的活没落下,第二个月工资结算,洪林却被扣了一半。洪林找站长理论,站长反问洪林:你是不是请假了?请假要不要扣工资？洪林说我是请假，可活没落下。站长说一码归一码，请假就得扣工资，这是规定，也是制度。洪林说不过站长，气鼓鼓回家。老伴听了，顿时柳眉倒竖，要洪林马上回去找站长说清楚，把扣洪林的工资，补发给她。洪林想着说不赢站长，忍住算了，不肯回去说。老伴站在客厅中央，双手叉腰，瞪着洪林：你去不去？你不去，我去！老伴说完就出门……洪林被克扣的半个月9.6元的工资被老伴拿回来了，但从那之后，老伴那一句"你不去，我去！"的话，洪林怵了一辈子。

嘟囔归嘟囔，洪林还是在老伴的安排下，到县人民医院做一次全面体检。体检一切顺利，洪林却气嘟嘟地说：折腾死人了！看着医生护士们一张张长长的驴脸，真的不爽。医生就像是我们站里的屠夫，人到了医生手上，就像一只只活蹦乱跳的猪到了我们手上，想怎么收拾，全在我们一念之间。洪林说完还不解气，又补充了一句：病人敢情连我们手上的猪还不如。

老伴白了一眼洪林：就你事多，我看抽血那个护士，给你抽血，笑得见牙不见脸呢。老伴不说还好，一说抽血的护士，洪林更来气：那是笑话我呢，笑我一个大男人，见到一点血都吓成那个样！一想到洪林刚才抽血的熊样子，老伴也扑哧一笑，好奇地问：你原来天天杀猪不是要天天见血吗？你咋不怕？洪林着急了，连珠炮地反问老伴：猪和人是一个样吗？猪血和人血是一个样吗？我杀猪无数，我杀过人吗？

在老伴眼里，猪血和人血都是血，没什么不一样的。老伴百思不解，一个晕血的人，怎么杀得了猪？可在洪林眼里，猪血和人血差别可大了。从猪脖子里喷洒而出的鲜红猪血，温暖着握刀的手，血落在盆子里，一圈圈冒着白泡，喜庆十足，快感十足。人血呢，只有两个字，冷和静。那种冷，让人生畏；而那种静，在洪林看来，像极了躺在ICU里的病人，又让他感觉生命正在悄悄流逝。

认识到猪血和人血不同的洪林，却只当着伙头，做不了屠夫，接触不到鲜红猪血。那时的食品站，负责全镇生猪统一收购，十来个人，一天杀十头八头生猪，大部分在镇门市部销售，小部分由工作人员拉到乡下出售。虽说烧瓷器的用次品，卖肉的却不甘于只吃猪下水。每天杀好猪，屠宰场地里光着膀子的同事便对着厨房方向喊：洪林，还不快点来拿点肉煮早餐！洪林便端着盆子，小跑着到场里。光膀的同事随手切下还微微冒热气，或是肩胛肉，或是里脊肉，或是弹子肉，都是最好吃的部位的肉。再顺手往盆子里扔进同样冒着热气的，或是猪肚，或是猪肝，或是猪心。看着盆子装不下去了，同事们便嚷，赶紧煮啊，饿死了。洪林诺诺点头，端起盆子小跑回厨房，洗切煎炒焖。一番忙碌后，洪林敲了敲铁盆，示意早餐开餐了。厨房顿时热闹起来，一个个争先恐后装饭舀菜，狼吞虎咽起来。吃完，又一个个剔着牙齿，骂骂咧咧：洪林把猪肝炒老了，弹子肉切厚了，肉汤淡了……骂咧完了，个个回到屠宰场，拉上分配好的肉，到各自的点卖肉去。人走完了，厨房冷清起来，洪林洗锅碗瓢盆，准备午餐，抽空回家……日复一日，年复一年。

随着三个小孩日渐长大，接触不到鲜红猪血的洪林回家常常嘀咕：门市部生意旺，琼文他们三个人油水最多；陈上村人口多，日才这个点挣了不少；下李角人老实，辉然心黑老缺秤。老伴开始不搭理洪林的嘀咕。洪林说多了，老伴便说洪林吃饱了管闲事。一说吃饱了，洪林就心生愧疚。当伙头，只有死工资，不像下点卖肉的同事，多多少少有外快收入。自己每天在站里饱吃三餐，餐餐见肉。老伴和孩子们，却难闻肉味，实在过意不去了，洪林才找点上卖肉的同事，买点降价的隔夜肉，让老伴和孩子们闻闻肉味。

一段时间，洪林回家嘀咕的次数逐渐多起来。你是不是羡慕人家下点卖肉有钱挣，你也想去啊？老伴有点恼火，不屑地反问洪林。洪林嘴动了动，没说话。说实在的，老伴何尝不希望洪林像食品站其他人一样，杀猪卖肉，多少捞点好处。可洪林是那个料吗？有那个能耐吗？在老伴心目中，洪林属于没多少本事、窝囊受气的男人。老伴有点哀怨：鸡和鸡不一样，鸭和鸭也不同。知足吧，当伙头虽然没什么外快，却安稳，每月有工资，好过种地。洪林却不是这样认为，有点小激动：杀猪有什么难？新来的江波都行，我怎么就不行？我还不如一个还没长开的生瓜蛋子？老伴知道，食品站里，不想去卖肉的员工，就像人家讲的不想当将军的士兵一样，肯定不是好员工。洪林想去卖肉的想法肯定是根深蒂固的，只是以前没有这么明确过。老伴不知道的是，多少年了，多少个早上，洪林端着盆子，站在屠宰场门口，看着同事们生生把猪压在台子上，一刀捅进去，鲜红的血立即喷薄而出……洪林从惊恐，到接受，再到看得热血沸腾。

看着激动时眼睛有点暴突的洪林，老伴有意激他：那你去找你们站长说说，你想去卖肉呗！洪林立即哑巴。在老伴的眼里，洪林就是这样的人，嘴上是巨人，说说行，真正要他行动，肯定是个矮子。

洪林再次说去卖肉的事，老伴盯了他半天，没好气：你不去跟站长说，和我讲，有屁用啊？洪林又不吭声了。想做又不敢行动，只能在家空叹气！老伴看着洪林的窝囊样，心里来气，甩出撒手锏：你去不去说？你不去？我去说。

在老伴的激将下，洪林当天下午鼓足了勇气去找站长。站长眼镜片后的两只小眼睛睁得大大的，像极了两个炙人的强光灯，把唯唯诺诺的洪林严严实实笼罩着。洪林倏地低下了头，而且越来越低。站长环抱双臂，讥讽加挖苦：洪林啊！你以为是个人就能杀猪卖肉啊？！你啊，手无缚鸡之力，怎么拿得起杀猪刀？见人唯唯诺诺，又怎么卖得了肉？省省吧！第二天回到家，洪林不敢告诉老伴，昨天被站长羞辱了一番，也不再去提杀猪卖肉的事，却忍不住一个人默默地唉声叹气。老伴一看就明白，啥也没问，换了身干净的衣服，准备出门去食品站。洪林拦着老伴，虚怯不安：算了，别去了，我不去卖肉了，还不行吗？老伴白了洪林一眼，有点恨铁不成钢：为什么不去卖肉？既然说开了，就必须去！老伴说完推开洪林，大踏步出门……洪林自此由伙夫变成了屠夫，按照老伴的话讲是完成了人生的一次华丽转身。

洪林的体检结果出来了，无大碍，老伴悬着的心稍稍落下。可看着洪林圆滚圆滚的身子，老伴还是不放心，拉着洪林去问体检医生。医生仔仔细细看了洪林的报告，认认真真分析：病人属于典型的"三高"——高血压、高血脂、高血糖。目前来看，三大杀手正在悄悄向病人逼近，必须引起高度重视。医生顿了顿，指着体检报告上一排排密密麻麻的数字，既专业又忧心忡忡：高血压是病人的"悄悄的杀手"。病人血压145/100毫米汞柱，如果长期不治疗，会损害心、脑、肾和主动脉等，最终导致脑出血、心力衰竭、肾功能衰竭等严重并发症，严重影响健康，甚至生命。高血脂是病人的"隐形杀手"。病人血液中胆固醇、甘油三酯过高，高密度脂蛋白胆固醇过低，它将导致洪林动脉粥样硬化，诱发心脑血管病。高血糖是病人的"甜蜜杀手"。病人空腹血糖7.1mmol/L，餐后两小时血糖高达9.8mmol/L，控制高血糖势在必行，不然，长期高血糖会使洪林全身各个组织器官发生病变。

洪林笑了笑，没当一回事，冷不丁对体检医生来了一句：我是最大的杀手，医生你不知道啊，我这一生杀了……体检医生对洪林的态度很反感，很生气，严肃地打断洪林的话：生命无take two，千万别不当回事。有病必须治，知道吗？洪林本来还有很多话要说的，被医生打断了，心里不爽，索性闭嘴不吱声了。老伴瞪了一眼洪林，忙不迭地对医生说：是的，是的。医生感觉对牛弹琴了，心里不高兴，给洪林开了一批复查项目，头也不抬，言简意赅：复查后，到专科门诊吧。

从体检医生办公室出来，脸上讪讪着的洪林开始抱怨：是人到医院就有病，没病也看出病来。老伴没理会洪林的牢骚，拿着体检医生开的复查单，要洪林照单复查。洪林见拗不过老伴，半是求饶半是讥讽老伴：你要查一下，说不定问题比我还多呢！洪林说完，有意往大门口走。老伴不跟洪林走，停下脚步，一字一顿地说：你不去，我去。洪林驻足，望了望面无表情的老伴，望了望熙熙攘攘的医院，极不情愿地往回走，嘴上呜呜咽咽：什么"三高"，那就是"富贵病"，都是好生活惹的祸。

洪林的好生活，就从洪林卖上了猪肉开始。洪林卖肉，既不像镇门市部，生意好，每天早早卖完，不仅挣得多，还被买肉的当爷一样呵着护着。洪林也不敢和其他人一样，心黑，一斤肉，连着浸泡了一夜水的两根捆肉草，才平秤。洪林刚开始卖肉的地点偏僻，人少人穷，一天卖不了多少肉，但好歹卖上肉了，多多少少有些挣头，比起当伙头一个人吃饱全家饿着强多了。洪林很满足。卖上了肉,洪林不仅自己能天天吃肉,也常常让老伴和三个孩子有了肉吃。下乡卖肉点,站里实行一年一轮流,几年轮下来,洪林发现月光族的他手里居然有了余粮,而且余粮越攒越多。当然,那个时候的猪肉一斤已涨到三块,洪林的体重长到了一百三十斤,初具规模了。

  生活好了,余粮有了,干什么用?老伴果断,提出建房子。老伴十分果决:老屋只有两间房,住不下,必须建新房。洪林其实也有建房子的想法,可建房需要地,洪林家在村里没有宅基地,怎么建?洪林看着老伴,有点泄气:哪来的地?老伴好像早想好了,对洪林说:找啊,找村长要地。村长能给地?你不找,怎么知道?洪林沉默了。老伴却不依不饶,要洪林赶紧去找村长。洪林不愿去。老伴连发三问:你就忍心看着日渐长大的三个娃挤一间小屋子?你就不怕你儿子长大没房子住娶不到老婆?你去找村长要地建房难道丢了你的脸?洪林被老伴问得低下了头。第二天晚上,洪林极不情愿地提着老伴安排好的几斤猪肉,去了村长家。猪肉是留下了,地的事,村长顾左右而言他。深一脚浅一脚踏夜回家,洪林心里如暗夜般黑漆漆。老伴却如黑夜里的萤火虫,一闪一亮。老伴给洪林分析道:村长不是你几斤肉就能搞定的!隔三天,老伴要洪林带回一只猪肚和整个猪头。晚饭过后,天还没擦黑,老伴便要洪林带着猪肚和猪头再去村长家。洪林坚决不肯第二次去村长家。老伴只好将洪林的军:你去不去?你不去,我去!磨蹭到天已黑透,洪林极不情愿地一手拿猪肚,一手提猪头,朝村长家走去。东西又留下了,地的事,还是像阴雨天天上的星星一样,不见影子。回到家,洪林看着黑魆魆的窗外,骂村长家是"狼窝子",村长是个"无底洞",他的猪肉"喂狗了"……老伴不接洪林的话,老伴自有她的打算。一周后,老伴又让洪林带整个猪后腿回来。洪林嘟囔着说:是不是又要送那只狼?要是送那只狼,没门。肉在洪林手里,老伴生怕洪林犯倔,只好连哄带骗,让洪林把猪后腿带回家。吃完晚饭,老伴话里软中带硬,几乎让洪林无法拒绝:事不过三,去吧!再去村长家里,把地的事敲定下来。这回,洪林说什么也不愿意再去村长家。你去不去?你不去,我去!老伴见洪林铁了心不去，一直坐着没动，便把整只猪后腿放进篮子里，提上，出门，消失在暗夜里……一年后，成了村里标志性建筑的洪林家，屹立在村东头。

洪林被老伴逼着一个科室一个科室去做复查。几天后，复查结果出来了，小问题不少。医生开了这药那药，嘱咐了这事那事。洪林一点也没放心上，就像在听别人的事一样，心不在焉。在洪林眼里，医生和老师都一样，好为人师，啰啰嗦嗦，上纲上线。洪林心里不屑：不就是几项指标稍稍高了点吗？搞得像得了大病一样。都几十年了，自己的身体自己知道。医生滔滔不绝地讲个不停，洪林却一直盯着医生办公室的窗台。空空荡荡的窗台，居中只有一小盆君子兰，格外显得形单影只。深绿色的宽片叶子，如剑挂壁，整齐并列。一阵风突然从窗外吹进来，兰叶随风摇曳，一起一伏……洪林看得入迷。你在听吗？医生颇为恼火，十分不满地敲了敲办公台。老伴胳膊肘子碰了碰洪林，又瞪了洪林一眼，对医生歉意地点了点头。

直到离开，洪林也不知道医生讲了啥。老伴却一句不落记下了医生的话，并且记得牢牢的。回到家，老伴把医生的要求当作金科玉律，把医生的吩咐视若皇帝圣旨。圣旨不执行，那是要人头落地的。老伴每天监督洪林按时吃降压药，量血压；督促洪林餐前餐后测血糖，做记录；从严管洪林的饮食，要求洪林多吃粗粮、水果和蔬菜，少糖少盐少酒，杜绝吃红肉。杀了几十年猪，几十年来都是大块吃肉大碗喝酒的洪林，你让他不吃肉、不喝酒，过起不甜不咸的日子，这让洪林怎么受得了？洪林哭丧着脸反问老伴：这样的人生还有什么意义？活着还有什么意思？老伴杏眼一瞪，佯装生气：你是想多活几天，还是不管不顾想放纵？洪林怕老伴听到，小声诺诺：放纵一下又何妨？

不能吃不能喝还不算，更甚的是，老伴遵照医嘱，要洪林加强锻炼。洪林不愿出门，与老伴争论：乌龟从来不运动，却有千年之寿。老伴套用洪林猪血不是人血的说法，反讥洪林：人是乌龟吗？乌龟是人吗？洪林不上套，继续振振有词：人说生命在于运动，此话要是乌龟能听懂，绝对会嗤之以鼻，嘲笑说话的人，无知小儿也。

老伴不管不顾，每天晚上时间一到，便催洪林去散步。老伴在前，洪林在后，老伴老催促后面的洪林：快点，快点，快步走，微微出汗，效果才好。连走了三天，洪林耍赖皮了，怎么说也不愿意出门。

洪林恳求老伴：好好喝口茶，不好吗？老伴换好衣服，用眼神逼视着洪林。洪林装作没看见，在屋里坐着不动。老伴在门外换好鞋子，不走，和洪林一个在屋里，一个在屋外，僵持着。最终，洪林败下阵来，磨磨蹭蹭换衣服，磨磨蹭蹭换鞋子，磨磨蹭蹭走出来。路上，一前一后，一个兴致勃勃，一个垂头丧气。老伴走了一会儿，放慢脚步，催促洪林：快点啊！洪林在后面紧跟上来，嘴里嘟嘟囔囔：催啥催，你每天不是去散步走路，你是把我当狗遛，就只差根牵狗的绳子。老伴又好气又好笑，终于忍不住笑了：看来明天我得去买根绳子了！洪林恳求老伴：求求你，别管我了，行不行？老伴不笑了，长叹一声：你爱咋整咋整，我才不管你呢！洪林顺杆子上，不屑地说：你就是爱管事儿。儿子女儿长大了，不在身边，没人好管，只有管我。

儿女大了，由不了娘，管不了。儿子在省城工作，从来不会主动来个电话。想孙子了，老伴才会让洪林给儿子打视频电话，和孙子视频聊一会儿。两个女儿在国外定居，十天半月虽有次越洋电话或视频，但远在天边，够不着。怎么管？儿子电话虽然少，但孝心还是有，这点像洪林。儿子买了大房子，打来电话商量，央他们夫妻俩一起去城里住，方便照顾。洪林的基因强大，儿子像爹，有点软皮，儿媳和老伴一样强势。老伴担心和儿媳不对付，不愿意去城里住。洪林却被儿子说服了，想去城里住，可以天天看着小孙子。儿子知道母亲的性格，为了能让他们一起到城里，央洪林和两个妹妹轮流劝说。老伴说出的话如钉钉子，没得回旋。洪林学老伴，威胁她：你去不去？你不去，我去。洪林说完佯装一个人收拾衣服。老伴冷冷地看着洪林，右手朝门口一挥：反正我不去，你去，你去啊！洪林和老伴最终没去城里，还住在早年建的三层小洋房里。这栋南北向的小洋房，现如今虽然不再是村里的标志性建筑了，但按老伴的话说，当时要是村长批地时多批一点，后花园再宽大点，这房子一点也不逊色城里的别墅。

城里没去成，洪林准备把收拾好的衣服放回衣柜，老伴制止了洪林。自己也跑进屋子去收拾衣服。收拾好衣服，老伴风风火火：不是一直说要去一趟丽江吗？走，咱们现在就来一趟说走就走的旅行。

洪林和老伴去了一趟丽江，补了说了无数次的结婚旅行。从丽江回来，老伴深有感触地告诉洪林：咱就踏踏实实在家里住，等到两个人都动不了，就去住养老院，哪也不去。洪林一个劲地点头赞成。

日子就在老伴的监督和督促下，就像洪林早年骑自行车拉猪肉下乡一样，上坡下坡，或推车或刹车，摇摇晃晃朝前走。老伴每天雷打不动监督洪林吃降压药和疏通血管的药，量血压，测血糖，督促洪林少吃荤菜多吃水果蔬菜，陪伴洪林每天万步走。老伴担心洪林吃的药少了漏了，还把吃药的时间和用量制作成表，贴在墙上，美其名曰挂图作战。对老伴每天监督和管理自己，洪林无比抗拒，常常把药含在嘴里，趁老伴不注意，吐了。洪林说老伴管了自己几十年，还死死攥着不放手！老伴则生气洪林不听话：几十岁的人了，还这么让人不省心。两个人每天就像猫和老鼠，又抓又玩，你进我退，你退我进，唧唧叫，叫唧唧。

洪林怕热，老伴怕冷。儿子买了两台冷暖两用的空调，请人给洪林和老伴的房子都装上。空调送来了，洪林问送货师傅，一台空调多少钱？一个晚上要多少度电？师傅是个年轻人，话稠，立即给洪林算起来：原来一台要6000多块，现在开展家电下乡，搞促销，降价了，才4000出头，不贵！师傅又算起用电：一匹半的空调，一个钟1.5度电，一个晚上开10个钟，总共15度。算完多少度电后，师傅又给洪林换算成电费：一度电六毛一，一个晚上15度电，总共九块一毛五，不到十块钱，便宜！在师傅报出空调价格和电费的同时，洪林也在快速地算：一斤猪肉12块，一台空调相当于333斤猪肉，两台空调抵666斤；一个晚上一台的电费八两三钱肉，两台空调一晚上可以买1.6斤的猪肉……

再听师傅说话，洪林的脸色便不大好看：不当家，不知柴米油盐贵。打开空调包装，师傅问洪林：老板，空调主机装在哪里合适？洪林看了眼师傅，心里甚是不快，装着没听见。师傅又再问了一次。洪林却反问师傅：能退货吗？师傅看了看洪林，疑惑不解：老板，我只负责安装，退货的事我不管。洪林嘴张了张没再说话，师傅也不说话，闷热的屋里静极了，两个人似乎都听到了身体里的汗在争先恐后冲破皮层的声音。一秒有如十年，一刻宛若隔世。师傅率先打破沉默：究竟装哪里啊？师傅的不耐烦写在脸上，说完剜了一眼洪林。师傅的那一眼，如刀似剑，剜得洪林气愤难忍。我花钱还买气受了？我还得看你的脸色了？洪林气呼呼地说：不装了。师傅也生气了：不装，我走了。洪林下逐客令：走走走，走吧。老伴就在这时走过来，给师傅说好话。然后用一贯的生硬口气对洪林说：装不装？你不装，我装！

空调装起来了，怕热的洪林对家里新装的空调宝贝得不得了。宛如当年，洪林把老伴新娶回家一样，天天宝贝着老伴。夏天来了，只要感觉到热，洪林就躲进房间吹空调，整天不出客厅。老伴怕洪林在空调房里待太久，得了空调病，常常喊洪林来客厅喝茶，任老伴喊破喉咙，也无济于事。老伴只好嚷：电费用掉了半斤猪肉了！刚开始，一听半斤猪肉没了，洪林便关了房间的空调走来客厅，深有感触地说：还真是钱花哪，哪舒服！

这么多年来，老伴所担心洪林皮球样的身子，倒没发生什么事。老伴说这是她多年监管的功劳。洪林不服气，嘲讽老伴：我胖是胖点，却是底子好，一贯生龙活虎。让我每天吃那么多药，不被毒死才怪呢！好在我……感觉说漏嘴了，洪林赶紧打住。其实，老伴早发现了洪林吐掉药的秘密，只是没说而已。第一次发现后，老伴再督促洪林吃药时，每次都盯着洪林的嘴，盯上半天，直盯到洪林的嘴角能长出胡子。魔高一尺道高一丈，洪林把它反过来变成了"道高一尺魔高一丈"——因为，洪林总有办法吐掉自己不想吃的药。洪林越说越起劲：要是回到从前，娶个三妻四妾，都能应付得来。老伴狠狠地瞪了洪林一眼：哎哟哟，真是委屈你了，赶紧娶回来啊，我一定让位。洪林不接老伴的茬，反而讥讽她：管天管地，就是不管自己，典型的只许州官放火不许百姓点灯，我没病，要我去医院检查，要我吃药，自己生病了，却不去医院看医生。

老伴其实和洪林一样，不愿意去医院。这不，自己感觉浑身不舒服，就是不肯去医院检查。洪林学老伴，也让儿子女儿齐上阵，劝说老伴去看医生。老伴答应得好好的，到了临出门，又推三阻四，总有理由不去医院。这样推了很多次。有天晚上，老伴半夜敲洪林的门说肚子痛，洪林起来给老伴拿了药，又给老伴揉了半天肚子，老伴才说好多了，回自己的屋子睡觉。临睡前，老伴答应洪林，第二天就去医院检查。第二天起来，洪林吃完早餐，收拾好东西，催促老伴出门。老伴又变卦了。洪林盯着老伴，一本正经地说：你去不去？你不去，我去！老伴笑了，笑了很久，笑得洪林都感觉到嘴上的肌肉发酸，也笑得一本正经的洪林泄气了。笑完，老伴轻声安慰洪林：没事的，老毛病，不用去。看着十分虚弱的老伴，洪林这回不依不饶，重复了一遍：你去不去？你不去，我去！老伴又耍赖：我不去，你去啊！你去吧。洪林生气了，一脚把刚刚收拾好的东西踢开了，一屁股瘫坐在客厅沙发上。

这一辈子，洪林对老伴一点办法也没有。

过了年，送走儿子一家回省城。小洋楼里热热闹闹的日子恢复了平静。

原本，儿子要洪林和老伴随他们一起回城，先住上几天，然后去检查。老伴不同意：哪有大过年去医院的，不吉利。儿子只好让步，那就过了正月，他开车回来接。老伴答应了儿子，节后就到城里做检查。儿子担心母亲出尔反尔，当着母亲的面，在网上给母亲挂号交钱。老伴不想扫大家的兴，答应得很爽快。

儿子一家回了省城，家里顿时十分冷清。儿子一家回城的第一个晚上，老伴居然跑到洪林的屋子来睡觉。很久没在一起住，老伴似乎还有点不好意思。年纪大了觉少，两个人早早躺在床上，眼睛却睁得大大的，睡不着。老伴说起年轻时的事，一桩桩，一件件，历历在目，仿佛就在昨天。过往的事，有艰辛，也有快乐。说完了过往，两个人又说起儿子和女儿。说到儿子城里的房子。老伴说：听儿子说，城里的房子在不停地涨价，他们前些年买的那套房子，年前涨到了每平方15万元了。洪林自豪地说：还是咱儿子有眼光，下手早。儿子买的时候每平方才一万多点，搁在现在，怎么买？老伴捅了捅洪林：老头子，你算算，儿子的这套房子值多少钱？洪林立马又把这套房子换成了猪肉：200平方米，一平方米15万，一套房子就值3000万。猪肉年内紧俏，涨了价，一斤15块。一套3000万的房子，相当于200万斤猪肉。洪林算完，惊叫起来：我的天啊！200万斤猪肉，这要多少人吃啊！老伴又捅了捅洪林：小点声。被窝里，洪林和老伴一说一算，一下子幸福满满。抑制不住，洪林在被窝里轻轻哼起《幸福的日子》。洪林的歌，还是一如既往地不着边不着际：

山水围绕着小村庄门前开鲜花
燕子呢喃在屋檐下
有我的青梅竹马
谁和你说着心里话把你常牵挂
谁勤劳善良本事大乐了爸和妈
追求幸福我总在说幸福是什么
这幸福的日子
我也总在问幸福是什么
其实那就在你的身边
其实那就在每一天
…………

　　洪林哼着哼着，发现老伴已经睡着了。
　　连着几天，老伴都到洪林的屋子里来睡觉。洪林感觉，老伴的身子的确大不如前，睡了大半个晚上，身子还是冷的。睡眠质量也差，洪林半夜醒来，常常见老伴还睁大着眼睛。
　　真的需要到城里好好检查了。洪林心想。

在乡下，过了正月二十，年就算是过了。晚上睡觉前，洪林问老伴：什么时候上城里？洪林不说检查身体，免得老伴抗拒和反悔。老伴很敏感：还早着呢，年还没过完呢。洪林不放心：说好的，这次不能反悔了。老伴声音小小的，意味深长地说：不反悔，不反悔。老伴说完把手伸过去，想抱抱洪林。洪林故意往旁边躲了躲，老伴却紧紧抱着洪林，不松手。

年二十四那天，老同事来家里做客。早年卖肉时，老同事能说会道，可风光了。早几年，老同事的老伴走了，老同事的几个子女又没什么出息，这些年，任其自生自灭，过得囫囫囵囵。老同事每年二十四都来，来了和洪林喝几杯。都说年轻靠自己，老了靠子女。每回见到老同事，洪林都感触很多。中午喝多了几杯，又陪着老同事说话，没睡午觉。傍晚，草草吃了老伴热的中午剩菜，洪林没注意老伴中午没怎么吃，晚上也没吃，就早早上床睡觉了。酒真是个好东西，喝通了喝透了，居然一觉睡到自然醒。早上洪林醒来时，发现天早已亮了，老伴还在赖床。洪林用脚轻轻踢了踢老伴，喊老伴：天亮了，起来煮早餐了。老伴没吭声。洪林又轻轻踢了下老伴，逗老伴：你起不起来？你不起来，我起来！许是昨晚没睡好，老伴还在沉沉入睡。洪林便自个起来，洗漱完毕，去了厨房，却一脸茫然：煮什么呢？煮粥？煮面？米面在哪里？哎，自从娶了老伴，洪林就没真正进厨房煮过一餐像样的饭了。退休后，子女出息了，洪林更不知柴米油盐价，只知道他每月2500块退休工资可以买160多斤猪肉，挺满足的。在厨房呆呆站了一会儿，洪林折回房间，叫老伴起来煮早餐。喊了半天，老伴没反应。难不成睡得这么沉？洪林俯下身，扳过老伴朝一侧偏着的头。接触老伴脸蛋的那一刻，洪林手发抖了：老伴不知什么时候走了，身子已冰凉！

送走了老伴，儿子让洪林到城里住。洪林突然想起和老伴的约定：到了动不了，就去住养老院。洪林没有马上答应儿子，洪林告诉儿子，家里还有事情要处理，让儿子先回城里。儿子问洪林需不需要帮忙，洪林静静地看着儿子，摇了摇头。儿子叮嘱洪林，处理完就到城里来。

儿子回城了。洪林在一个人的家里，望着墙上老伴的遗像，自言自语：去不去呢？养老院。去不去呢？城里。

　　一阵风吹来，老伴从墙上的画像飘然落下，站在客厅中央，双手叉腰，用一贯的腔调对洪林说：你去不去？你不去，我去！洪林揉了揉眼睛，老伴不见了。洪林关了门上床睡觉。一会儿，老伴又推门进来，站在洪林床头，不无忧虑：哎，你的体重又见长了！洪林噌地坐起，着急忙慌地问：猪肉什么时候又涨价了？肉价几何？

　　门外的风一阵紧似一阵。

2022年1月3日

神补刀

一

和班长马炳江在北京吃了餐饭后,薛明就有了明确的想法。

那段时间,薛明被公派到北京学习半年。其间,班长马炳江打了几次电话约薛明吃饭。马炳江是薛明读在职研究生时的班长,年龄比薛明大了差不多一轮。读书时,马炳江是热门单位的老正处,薛明是个冷板凳单位新晋的副处长。那时,请马炳江吃饭的多了去,马炳江哪有空请薛明吃饭。马炳江第一次给薛明打电话约饭,难掩兴奋,薛明在电话的另一头都感觉到了。薛明没当一回事,说是在北京。马炳江说吃饭,薛明只当是广州人的口头禅"得闲饮茶",随口说说而已。马炳江第二次打电话,依旧是抑制不住高兴,问薛明什么时候回广州,一起吃饭。薛明后来也提了正处,又换了炙手可热的单位,约吃饭的也多了。难不成马炳江有什么事找?薛明应付着,说没那么快回广州。没隔多久,马炳江又给薛明打电话,约饭。接二连三约饭,薛明感受到了马炳江的诚意,只好如实告诉马炳江,要年底才回广州。薛明开玩笑说,学校的伙食清汤寡水的,班长要是诚心请客,不妨来北京改善改善小弟的生活。马炳江连说好啊,好啊。薛明心想,好你个大头鬼,认识你马炳江十几年了,虽然没少聚过,可哪一次吃过你马炳江的请?

没想到,马炳江真的来北京请客了。马炳江是借到北京出差之机,约薛明吃饭的。饭桌上的马炳江,过去那种船到码头车到站的暮气消失了,替而代之的是从内到外洋溢着青春和激情,如同软糯的面团进了油锅,炸起来。马炳江喝酒,也全然不是昔日的蜻蜓点水、小杯慢抿,而是一大杯一大杯往喉咙里倒。升官发财换老婆,中年男人三大喜。难不成马炳江还有机会进步——属牛的,马上58岁了,去年已经"改非"了,不可能!发大财——一个兢兢业业的公务员,能发什么财?即便发了财,也只敢在被窝里偷着乐。换老婆——马炳江不是喜新厌旧的人,两口子感情一直很好,可能性不大。男人的三大喜虽然在心里一一排除,薛明嘴上却不放过马炳江,班长换嫂子了?马炳江又喝了一大杯,爽朗地说,家有贤妻,实乃福气。老婆可不能随便换啊!

马炳江的变化把薛明彻底弄糊涂了。

告诉你,薛明,我生二胎了,我有儿子了!马炳江看出了薛明的疑惑,豪气冲天地又喝了一杯,冲着薛明嚷。马炳江说话那架势,就像是刚从十万乱军中取敌帅首级归来的将军。薛明愣了一下,眼睁睁盯着马炳江,像要从马炳江脸上看出什么事来。

找人生的?

马炳江重重拍了拍薛明的肩膀,哈哈哈大笑:告诉你老弟,绝对是原装原配。

吃完饭回到学校,薛明耳边一直回响着马炳江的那句"你也可以",在窄窄的单人床上烙饼。

薛明三代单传,早年薛明承载着家族的重大希望,亚历山大。妻子怀孕时,薛明多么希望怀的是儿子。希望要靠努力去实现,薛明清楚。当年,为了实现目标,薛明是够努力的,也做足了功夫。薛明遍寻高人,终得高人一个秘方。那段时间,一切的活动为了目标让路,该吃的吃了,该用的也用了,就连时间、时辰,房间的温度、湿度,甚至连床位、姿势,都按照高人的要求,有条不紊地准备着。算好了月圆的日子,只待出征,传下男儿。也是命中注定,日子到了,却在关键时刻出了点意外——薛明那天被领导喊去临时加班写汇报材料,对付第二天上级领导来检查。弄完材料,薛明回到家,明月虽还圆,却已是西斜。家里,妻子睡意蒙眬,哈欠连连。服下最后的羹汤,洗漱完毕,薛明唤醒妻子,挑灯夜战……战斗的结果是有了女儿。

真是人努力,天不帮忙,到头来也是白折腾。

女儿出生,薛明虽也兴奋,却始终提不起劲,像是身上有根筋被抽了。望着刚出生、清澈透明的小眼睛在产房里四处遛遛转,仿佛在寻找薛明。女儿的小眼神和薛明对上了的那一刻,小眼睛似乎更圆更亮了,小嘴巴还瘪了瘪,动了动,薛明突然又有了初恋的感觉,心瞬间和女儿的心紧紧贴在了一块。都说女儿是父亲的前世情人,这话一点不假。

生男生女都一样,反正只生一个!虽然没完成家族重任,薛明还是打通了父亲的电话,报告生产结果。妻子头天进产房前,薛明已经向父亲报告了进展,当时父亲说已经买好了票准备去广州。再次接到薛明电话,父亲足足有一分钟没说话。薛明知道,父亲心里失落。薛明赶紧劝慰父亲,男女都一样。父亲说了一句"知道了"就挂了电话。半个钟头后,父亲来电直接告诉薛明,家里母猪要下仔,就不去广州了。

父亲直到女儿会走路,会喊爷爷了,才来广州,才见到小孙女。为这事,妻子和父亲怄气了很多年。女儿长大后,也常常拿这事和父亲开玩笑。

早年,看着乡下的同学生两三个小孩,薛明曾经多次萌发过想法。可每次的这种想法,都会像秋天里柿树枝头的黄叶子,风吹叶落。随着女儿长大,薛明这个想法就如同在泡的茶叶,被时间这一大壶水给慢慢泡淡了,泡没味了,最后被倒掉了。

二孩政策出来后,薛明嘀咕过,抱怨过,政策要是早点出来,多好!早先,你硬的时候,政策比你更硬;你想生时,政府不让你生。如今,你年龄大了,生不出了,政府却号召你生。这不是造化弄人吗?

和班长马炳江在北京吃过饭,薛明先前已经淡化的想法就像散落在泥沙里看不见摸不着的铁粉,被一块巨大的磁铁一搅,慢慢地聚拢在一起,越聚越多,最终成了黑魆魆毛茸茸的一大片。

二

妻子不仅没有任何想法,还极力反对。

妻子列举了不想生二胎的N个理由:一是不想重复。妻子说,好不容易把孩子养大了,刚过上了舒心的生活,把屎把尿,一月换三个保姆的日子可不想再来一遍。二是身体不同意。这些年又工作又带娃，精力透支，力不从心，再养一个娃的话，身体会被彻底掏空。三是精力不济。两边的老人年纪都大了，没人帮带孩子，自己带娃时间和精力不济，请保姆又太操心。四是经济不行。家里的房子还在供，生二胎，必须添置房子，现在的房价买不起；还要上好学校，要补课，经济负担不起。五是不想当高龄产妇。已经过了45岁，年纪大了，再怀孕就是高龄产妇，危险。六是不想分薄爱。女儿这么乖巧，这么可爱，怕不够爱她，不想把给她的爱对半分……

一个巴掌拍不响，妻子不支持，薛明的想法遭受重大挫折，无法兑现。

薛明也给妻子列举生二胎的若干好处：一是家庭不孤单。女儿出国，就如放虎归山，你还能要求她回来？女儿一出国，两个人立马成空巢老人。可两人都不老啊！生二胎，家里多个孩子，不孤单。二是减轻孩子负担。虽然老了有退休金，经济上不用靠小孩，但人都有生老病死的时候，这是自然规律，避免不了。女儿要是也找个独生子女，今后两个年轻人，上面两代四到八个老人，不要说照顾，人老病多，光跑医院照看一眼都够呛。三是减少风险。月有阴晴圆缺，人有悲欢离合，天灾人祸，无可避免。人生无常，风险难测，多一个孩子，降低失独风险。四是"好"字成双。如果再生个男孩，就凑成个"好"字，有儿有女更圆满。五是多份欢乐。多一个孩子，家里就会多一份欢乐，二宝的到来将给家里注入新鲜活力，给生活增添很多乐趣，给日益平淡的夫妻生活带来活力。六是有益健康。生育二孩，可以帮女性保持子宫健康，提高免疫力，降低卵巢癌的概率，预防乳腺疾病，还可延缓衰老……

妻子的N个理由挡不住薛明日益明确的想法。薛明的若干好处也说服不了妻子。薛明初心不改，妻子不为所动。两人就如在湖里划舟，你东划一桨，我西拨一水，方向相左，目标难达。薛明认为，平时退让也就罢了，原则问题，不能退让，一定要拿下妻子。

得知女儿回学校办理出国有关证明，当天不回家。薛明早早下班，买了妻子爱吃的马鲛、鲜鱿、扇贝等海鲜，回家做了香煎马鲛、白灼鲜鱿、粉丝扇贝、清蒸龙虾。妻子是个吃货，当年就是被薛明做的一桌饭菜拿下的。薛明是学校学生会主席，比妻子早两届，毕业后留校，还在读书的妻子和学生会的同事经常周末到薛明那里蹭吃蹭喝。蹭了两年，妻子毕业，薛明向她表白。妻子想，能把普普通通的东西做成这么丰盛的一桌菜的人，生活也一定会过得很精致的。妻子毫不犹豫地答应了。谁承想结婚后，薛明平时很少做饭了，只有重要日子，薛明才会亲自下厨。

妻子看着满满一桌都是自己喜欢的菜，脸上露出了久违的欢愉之色，问薛明，今天是什么日子？薛明呵呵笑着说，晴天丽日。妻子怎么也想不起今天是什么重要日子，抬头望着薛明，嘴角翘了翘说道，无事献殷勤，非奸即盗。薛明暧昧地看着妻子，笑而不语。

女儿在家，薛明和妻子是绿叶，红花女儿的欢乐，成就一家的热闹和欢乐。女儿不在家，绿叶虽然还常青，却难寻昔日的浪漫。

吃完饭，薛明要主动去洗碗，妻子拦住了他，自己站起来进厨房。妻子洗碗时，薛明从后面轻轻抱住了妻子，就像《泰坦尼克号》里的杰克拥抱露丝一样抱住她。薛明多希望妻子像露丝一样，闭上眼，伸展双臂，迎接前面哪怕是冰山雪海的爱情。妻子瞬间有一丝感动，却没了感觉，手也没停，继续在水槽里洗碗。俱往矣，卿卿我我那都是年轻人的玩意。薛明感叹，时间早把两个人的爱情变成了亲情，爱情热烈如火，亲情温润如玉。

妻子轻轻挣脱了薛明的拥抱。

是夜，妻子配合着薛明，极尽缠绵。船到码头临入港，清醒着的妻子突然拦住了薛明，伸手到床头柜里找套套。

柜子里啥也没有！

脸红脖子粗的薛明喘着粗重的浊气，央求妻子，别找了。妻子没理会薛明，光着身子执着地下地，开灯找套套。床头柜没有，小药箱没有，抽屉也没有。妻子嘟囔着，套哪去了呢？薛明无奈地叹了口气，下床，把白天收藏起来的套套拿出来。再回床上，薛明发现枪膛已冷却，仗是打不成了。

担心薛明使小动作，往后每次亲密行动前，妻子硬是要检查床头柜里有没有套套，有时甚至还要把套套对着灯光小心翼翼地看看透不透光，生怕出闪失。

亲密行动前妻子没完没了的前置动作，让薛明焦躁不安，心生厌烦。早年，薛明和妻子白天吵架，晚上激情过后必定和好如初。现如今，激情没了，床头吵架床尾和好的日子一去不复返了。

薛明从厌烦妻子的前置动作，慢慢地变成厌烦妻子，不愿和妻子多说话。妻子也变得嘴碎唠叨，只要女儿不在家，就喋喋不休地抖芝麻绿豆般的陈年旧事：

你这些年一直嫌弃我没给你生个儿子。你爸这样，你也是这样，别以为我不知道。

我生的虽是女儿，可我的女儿差吗？我女儿乖巧上进，学习不用愁，初中、高中，甚至是大学，想上哪就考进哪。

我是不生了，你要传宗接代，你找别人生去。

…………

那天，妻子又表明态度，坚决不生二胎，要生找别人去。薛明被吵烦了，心想着原来知书达理的妻子什么时候变得这么不可理喻了，于是故意激将妻子：让我找别人生，这可是你说的，你以后不要后悔啊！

不要脸的，你找去啊！妻子多年来积聚的委屈爆发了，号啕大哭起来。

看着妻子伤心委屈，薛明本想退让一步，安慰下妻子，却又拉不下面子，索性走开了，好让妻子冷静冷静。

你要走，就别回来了。薛明刚打开门，妻子就对着薛明的后背喊。薛明脚步犹豫了一下，回头看了一眼妻子，河东狮吼样，薛明抬脚出门。

夜晚的街道是灯光的海洋，高大雄伟的中华灯把街道照得如同白昼，街道两边的绿树被灯带缠绕成了火树银花，商店门前的霓虹灯五光十色。街上的人，三三两两，脚步都慢了下来，脸上流光溢彩，笑容洋溢。远处街心花园里，喜庆的音乐震天响，穿着红红火火的大妈们随着音乐翩翩起舞。

开心的锣鼓敲出年年的喜庆,
好看的舞蹈送来天天的欢腾,
阳光的油彩涂红了今天的日子哟,
生活的花朵是我们的笑容,
哎——
今天是个好日子,
心想的事儿都能成,
…………

看着街上欢乐的人群,听着耳边欢快的歌声,薛明的气一点一点消了。薛明感觉肚子饿了,发现早过了晚饭的点了。薛明在街边找了家小吃店,叫了碗牛腩粉。牛腩入味,汤汁鲜美,粉条滑口,薛明连汤都喝了个精光,心满意足回家。

妻子躺在床上,无视薛明存在。

还在生气呢?每回闹矛盾,都是薛明先让步,最后是妻子认错。

妻子一声不吭。

薛明再问了一次,还生气啊?妻子转过了身子,给了薛明个后脊背。薛明绕到床的另一边,妻子又转过了身子。薛明坐下,扳过妻子的头,妻子十分抗拒,头迅速别到一边去了。薛明讨了个没趣,站起来,想进洗手间洗漱,却发现,床头柜上摆着一份手写的离婚协议。

薛明迅速浏览了一遍离婚协议,刚才好好的心情没了,心里有点窝气。你这是干吗呢?

不妨碍你找人生儿子。妻子终于说话了。

薛明看着躺在床上,脸朝侧面的妻子,啥也不想说。

先签好名,女儿出国后我们再办手续。妻子像是深思熟虑过,警告薛明,离婚这事先不要让女儿知道。

离就离!薛明一股无名火瞬间燃起,进了洗手间,重重地关上门。

房间里,哭泣声轻轻响起。

三

　　夫妻之间，有些话是不能说的，有些事也是不能做的。说了，做了，就没法回头。妻子提出了离婚，又写好了离婚协议，等于说胡话、做胡事了。薛明心里虽不想离，自尊却受到极大的伤害，憋着气，话赶话说出了"离就离"的气话。话已出口，薛明也不主动让步、不主动和妻子说话。一个屋檐下，两个大活人的话越来越少，像哑了一样。

　　女儿出国时间定下来后，在女儿面前，薛明和妻子还装得和以往一样笑容满面，但心细的女儿却发现，他们的笑始终很勉强。女儿以为父母舍不得她离开，处于离别纠结状态。女儿心大。女儿告诉父母，互联网时代，世界是平的，世界也变小了，真的是天涯若比邻，出国不像到太空旅游，其实就像上街一样，买够了逛累了，转眼就回来了。

　　都说母女是冤家，父女是情人。许是女儿自小不用人愁，妻子少管少说女儿，女儿不仅和薛明亲，和妻子也如姐妹般，没大没小，无话不说。女儿搂着妻子的肩膀说，妈妈，你说是不是？妻子笑了笑，却笑得很勉强。

　　妻子确实笑不出来。那天两个人吵架后，薛明离开，妻子一时冲动，提出了离婚，又写了离婚协议。薛明回来，主动和妻子说话，妻子没有顺坡下。妻子事后也有点后悔，真的要离婚吗？妻子其实没有真正想过要离婚。可看着大活人一个的薛明，每天抬头不见低头见，却对自己视若无睹，妻子气不顺，更不会向薛明妥协。

　　碗筷在一起都会磕碰，何况天天在一块的夫妻俩。在家里，女儿是父母的润滑剂，父母间有磕碰，有摩擦，有不愉快，有不和谐，女儿一出面，这些年都妥妥帖帖的。看着父母的离别纠结，女儿很想解开父母心里的结，让父母开开心心。

　　爸爸妈妈，你们可以给我生个弟弟啊。这样我出国后，你们还可以像从前一样快快乐乐，无忧无虑。几天后，女儿终于想到解开父母心结的办法——鼓动他们生二胎。

　　这个惊天动议从女儿嘴里说出，薛明和妻子都惊掉了下巴。

你们看啊，你们要是给我生了个弟弟或妹妹，我一出国，家里还像我在时一样热热闹闹，弟弟妹妹小，兴许还更热闹呢！

自私点说，多个弟弟妹妹，起码你们老了，有人帮我一起照顾你们，我对你们的赡养压力会大大减轻。

还有啊，有个弟弟妹妹，手足情深，血脉相连，我们今后有人互相帮助，相互牵挂，相互陪伴，多好啊！

…………

女儿发现父母都在认真听，一口气说出了很多条有弟弟妹妹的好处。女儿的意思，恨不得父母马上给她添个弟弟妹妹。

丫头，妈妈老啦，生不动了，以后给你带孩子还行。生二胎动议从女儿嘴里提出，妻子没那么抗拒。

妈妈，你们其实年纪都不大。再说了，现在的技术好着呢，只要愿意，一准行的。

丫头，咱们先别提这茬，你出国的时间已经定下来了，现在的中心任务就是保障你顺顺利利出国。

妈妈，我出国和你生二胎，不矛盾啊！老爸，你说是不是？女儿属于那种想说就说、想干就干的。薛明没出声，看着女儿，眼里满是赞许，知我者，女儿也。生女若此，此生足矣。妻子偷偷瞄了一眼薛明，鼻子轻轻哼了一下，心里在骂，敢情拉我女儿下水，没门！

有门没门，不在说，在于有没办法。女儿认定要做的事，办法总比困难多。在等待出国的日子里，女儿不知道用了什么办法，居然磨通了妻子，还撺掇妻子偷偷去医院做了检查。

做子宫颈刮片检查的医生看着女儿跑上跑下，热心又体贴，好奇地问妻子，先生没来？是你妹妹？真热心！妻子自豪地笑，是我家丫头，二胎完全是为她生的。医生十分羡慕，幽幽地说，多好的丫头！我家的丫头威胁，要是敢给她生个弟弟或妹妹，就掐死他（她）。

老爸，据医院检查，妈妈的身体只要略加调理，生二胎完全没问题。妈妈肥沃的土地没问题了，老爸是不是也该去好好检查一下啊。不能打无准备之仗啊！当女儿公布了妻子的孕前检查结果时，薛明和当初女儿提出生二胎的动议一样惊得嘴巴合不拢。

妻子什么时候想通了？什么时候去检查的？妻子……和妻子冷战以来，两个人几乎没有了任何沟通。薛明有太多的疑问，有太多的惊奇，都统统化作感恩，化作感动。薛明深情地望着妻子，妻子却不接薛明的眼神。薛明深情地看着女儿，在心里大声喊：感谢女儿！感谢女儿！

是夜，女儿亲自下厨，煮了一大桌子菜。餐桌上，女儿不断地夹大虾、生蚝给薛明吃。老爸，吃这些有用。老爸，下来就看你的啦！

薛明尴尬地笑了，却笑得十分开心。妻子望着薛明，看着女儿，也笑了。

久违的灿烂笑容回到了父母的脸上，回到了一家人的脸上。

四

什么是幸福，有家有爱，一家人其乐融融。女儿无意间解了父母的结后，幸福顷刻盈满了薛明一家。薛明有时想，要是女儿不出国，每天这样妻贤女孝，一家团聚，多好！随着女儿出国时间的临近，女儿像小时候薛明和妻子催促她完成作业一样，督促着薛明和妻子尽快给她添个弟弟或妹妹。

女儿说得对，不能打无准备的战嘛。薛明虽然相信自己的身体，但还是按照女儿的要求，悄悄去医院——虽然薛明最怕到医院，做了次全身体检。约好三天后拿体检报告，临出门有事耽误，担心医生下班走了，薛明在医院大门口下车后，风一样小跑着到体检中心。还好，医生都还在。

薛先生，您的胸部CT报告有肿块，我们体检科建议您去专家门诊。体检科的女医生翻到体检报告书CT报告那一页，提醒薛明。薛明愣了一下，马上鸡啄米般点头应答：好的，好的。

内科医生仔仔细细看了薛明的CT报告，又看了看薛明，欲言又止。薛明心里咯噔了一下，鼓励医生：有什么说什么，没什么问题的。医生指着报告，说胸部CT显示有块2cm的淋巴肿块。肿块形状不规则，边缘有毛刺，周边淋巴结没肿大，初步判定是早期肺癌……

薛明的脸色霎时青了，颤抖着声音恳求医生：您再看仔细点。医生又仔细看了看CT片，肯定地点了点头。得到医生肯定的答复，薛明站起来想离开医院，却站不稳差点摔下来。

薛明最后是被医院的手推车推出大门口的。

薛明不知道在医院大门口蹲了多久，直蹲到繁忙的医院冷清了下来，多如牛毛的繁星缀满天，才叫了部车回家。

妻子和女儿在客厅边看电视边聊天。妻子问薛明：没事吧，怎么这么晚？电话也不接，吃了没？女儿却二话没说跑进厨房端出在锅里热着的饭菜，说，爸爸肯定还没吃，赶紧吃饭。薛明眼里瞬间含着热泪，真想痛痛快快地哭一场。薛明装作很渴的样子，抓起桌上的茶杯，一边喝水，一边一遍又一遍地对自己说，千万不能让妻子和女儿知道体检结果。喝完了水，薛明清了清喉咙，让自己恢复平静，故作轻松地说：临下班被老刘拉去吃饭，到了吃饭的地方才发现手机落在办公室。这不，手机还在办公室呢。薛明说完偷偷按住裤袋里的手机，生怕手机突然响起，露馅了。

爸爸，你今天有没抽烟啊？你可要把烟戒了！女儿随时随地督促薛明做好备孕工作。女儿告诉薛明，不仅女性需要做好备孕工作，男性也是需要的。女儿要求薛明在备孕期间改掉不良的生活习惯，除了戒烟戒酒，还需要调整饮食，多吃一些富含胆固醇的食物，比如鱼类、禽类、蛋类，多补充蛋白质高的食物，比如瘦肉、鸡蛋、虾、动物肝脏、贝类。

薛明心里巨浪翻滚，肺癌最忌烟，我今后哪还敢抽烟？薛明面上装作波澜不惊，甚至还幽了女儿一默：谨记女儿的话，少喝酒不抽烟，多吃富含胆固醇的食物，补充高蛋白质，对吗，宝贝女儿？

爸爸也学会幽默了，妈妈以后不枯燥啊！女儿笑了。妻子爱怜地看着女儿，手指头轻轻点了点女儿的额头说：就你贫嘴。

一夜无事。

家里灿烂的阳光和父母灿烂的笑容依旧。心细的女儿却发现薛明脸上的灿烂阳光还是有点勉强，有时甚至有点做作。女儿感觉，薛明脸上灿烂阳光的背后似乎蕴藏着一股说不清道不明的淡淡的忧愁。

女儿这回以为是薛明因为准备生二胎焦虑。女儿开涮薛明：爸爸为生二胎，突然变得亚历山大哦。女儿说：生二胎是我们一家人共同的事。不过，给我生个弟弟，却只能靠爸爸你自己。

薛明笑了笑，又摇了摇头，女儿啊女儿，我的天都已经塌了，我哪还有心想着生二胎？

体检结果出来后，薛明成了"两面人"。在女儿面前，薛明的笑容永远装的是阳光灿烂。薛明不想让女儿知道病情，特别是在女儿出国前夕，灿烂的笑容才能让女儿感到温暖，觉得幸福。可一离开女儿，薛明立即换成了一副担心、无助、沮丧的面孔。薛明害怕苍白的环境、痛苦的呻吟、度日如年的煎熬。薛明想哭，想喊，想叫。薛明觉得好累好累。

五

在最孤苦无援的时刻，薛明想到了老朋友叶子华。叶子华是人民医院的外科医生，早年和薛明一起在县里扶贫。当时，两人分在同镇隔壁村，周末会相互走动，关系处得不错。叶子华兼着村卫生所的医生，一次薛明去找叶子华，刚好碰到一个村民摔伤被送来卫生所。叶子华简单检查后提出赶紧送镇卫生院做手术。村里到镇卫生院有四五里路，村民把病人抬到板车上，叶子华拉着薛明一起帮忙推车。路崎岖难走，板车晃动不停，病人一路喊叫，痛苦不堪。到了医院，板车不晃，病人喊叫累了，睡着了。叶子华却发现薛明浑身软绵绵的，完全不像是送人来看病，倒像是自己生病来看医生。因为一路颠簸，病人在等待进手术室期间，受伤的腿流出殷红殷红的血。软绵绵的薛明不经意发现了，顿时晕了过去。

因为害怕医院和晕血，薛明和叶子华扶贫结束回城后联系不多。薛明听说，靠手术刀吃饭的叶子华，把一把手术刀玩得出神入化，被医生和病人尊为"神补刀"。

神补刀叶子华的手术首先是快。长得矮胖，再加上手臂短十指粗，怎么看都不像是个快手，偏偏叶子华的手术以神速著称。早年他和同科室的其他医生主刀相同的手术，两组人员各自推着病人进入手术室。没多久，叶子华的手术完成。叶子华缝皮，净手，然后溜到人家手术室门口，背着双手努嘴问巡回护士：缝皮了吗？巡回护士撇了撇嘴：刚切开口呢。

除了快，神补刀叶子华最被津津乐道的还有准。肿瘤手术，最怕切除不干净。叶子华的手术，往往是手起刀落，该切掉的，一分不留；该保留的，一厘不少。话说叶子华主刀一例后腹膜肿瘤手术。该例病人的肿瘤长在人体的深部，肿块占据了整个后腹膜空间，甚至连动静脉的间隙也被侵蚀了，还覆盖了几乎所有的大血管。这例手术，叶子华把"精""准"二字发挥得淋漓尽致：打开患者腹腔，叶子华从病人下腹腔腹主动脉、髂血管、输尿管等开始入手解剖。病人的肿瘤如同树根一样密布，叶子华精细分离肿瘤、准确剥离器官血管，完了手起刀落，将紧贴着神经、大血管的肿瘤精准切除。那一例手术，叶子华实现了血管的骨骼化，让血管变成如骨骼一般"干净"。

成为"神"的叶子华还常常被请去江湖救急，给病人补最后一刀。有些手术事前预案不足，或预判不准，导致手术过程中，病人已在手术台上，主刀医生却举刀不定。叶子华时常在这时被请去江湖救急。艺高人胆大，叶子华从不退却，经常像阵风般跑别人的手术室。一番望闻问切，在众目睽睽和众人的满脸惊疑中，叶子华操起手术刀，果断补上一刀……很多人还没反应过来，叶子华已弃刀扬长而去，留下一屋子的目瞪口呆。

神补刀叶子华的这些江湖传闻，薛明虽是听来的，但薛明对老朋友叶子华的高超医术，深信不疑。

接到薛明的电话，叶子华十分惊讶，也十分高兴。叶子华告诉薛明，电话里讲不清楚，让薛明抽空带着CT报告来看，顺便聊聊。听薛明说话的口气比较沉重，叶子华安慰薛明，肺癌有很多是误判的，不用紧张。再说了，果真是肺癌的话，怕什么啊，我的手术刀，外可去死肌，内可除腐脏。啥病到了我神补刀手里，刀到病除。叶子华还开薛明的玩笑，说好多年没见，是不是还是那个到了医院就害怕、见了血就晕的老薛啊？

叶子华的一番话，让薛明轻松了些许。薛明告诉叶子华，本性难移，我最怕去医院，医院那种氛围，没病去了都吓出病。叶子华批评薛明，你这可是偏见。你可要早点过来啊，我想你。薛明担心耽误病情，贻误治病良机，答应叶子华，会尽快过来麻烦他的。薛明想好了，女儿一出国，他就过来找叶子华。薛明不想再当"两面人"了，当"两面人"好辛苦。

女儿一登机，薛明就拨通了叶子华的电话。从上回给叶子华打电话到女儿出国，其实还不到一周，薛明却像过了一个世纪。薛明每天在妻子和女儿面前努力挤出灿烂的笑容，背对妻子和女儿却忧心忡忡，眉头拧出水。电话一通，薛明有点语无伦次：子华，我女儿今天走了，我想现在来医院找你。

电话那头的叶子华沉吟了一会儿，心情十分沉重，几乎是带着哭泣说：老薛，生命无常，节哀保重啊。

不、不、不，我女儿刚上飞机出国读书了。知道叶子华误会了，薛明赶紧解释。见惯生死的叶子华长长舒了口气：老薛，你吓了我一跳。来吧，下午3点，我不安排手术，在办公室等你。

送走了女儿，紧绷着的一根弦懈了下来，薛明松了口气，整个人也松弛了下来。从机场回到家，一坐下，薛明居然坐着不愿站起来。站起来了，又居然踉踉跄跄地。妻子问薛明怎么啦。薛明开始还一直说没事，架不住妻子的再三追问，就把自己去医院体检的事告诉了妻子。妻子忧心忡忡，硬要陪薛明到医院找叶子华。

偌大的医院如菜场早市，人头攒动，个个行色匆匆。挂号、缴费、检查、取药，到处排长龙。浓烈的来苏水味，幽灵一般，无处不在，无孔不入，把你的衣服、你的头发、你的五脏六腑，包裹得严严实实，让你窒息，让你心悸，让你恐惧。

呼吸了第一口带有来苏水味道的空气，薛明的腿就发软了。薛明是被妻子搀扶着进了叶子华办公室。

叶子华的办公室干净整洁，四面白墙，没有锦旗，没有画作。办公台的正上方，悬挂着一个书本大的玻璃镜框，框里斜挂着一把手术刀。那是叶子华的成名刀，也是叶子华"封神"之刀，柳叶状，巧而薄。隔着玻璃镜框，手术刀依旧闪着冰冷的寒光。

多年未见，看着略显苍老又一脸悲戚的薛明，叶子华没有了重逢的喜悦，心揪得紧紧的。叶子华连忙招呼薛明夫妇俩坐下，倒了两杯水，笑着安慰薛明：没这么严重吧？薛明一脸苦笑：严不严重，就看你神补刀的。这当口，有病人看到叶子华在办公室，有探头进来询问的，有约请主刀的，还有的拿着片子冲进来请叶子华看的。叶子华只好关了办公室的门，苦笑了一下：医院真不是个叙旧的地方。简单寒暄后，叶子华站起来把薛明先前检查过的CT片挂在观片灯上。灯下的肺片像一只背上长着树枝的虫子，叶子华左左右右、前前后后、上上下下，仔仔细细地端详。叶子华时而瞪大眼，时而眯缝着，时而斜视，时而俯视，时而张嘴，时而蹙眉……足足一刻钟。在那一刻钟里，薛明感觉，时间凝固了，世界凝固了，一切都凝固了

一刻钟后，叶子华的目光从观片灯上的CT片收回来，看着薛明。薛明不敢迎接叶子华炯炯如炬的眼光，低垂着头。叶子华在凳子上坐下，正准备和薛明详细分析CT片。坐下的那一刻，叶子华的脚不经意触碰到薛明不停抖动的双腿。叶子华突然站了起来，大手拍了拍薛明抖动着的双腿，嚷了一句：庸医！

什么？！薛明张大着嘴，脚不抖了。

老薛，你看肺纹理，整体较细，分支较少，边缘清楚，怎么判断成了肿瘤？不是肿瘤，何来肺癌之说？叶子华指着灯上的CT片，言之凿凿，一锤定音：这就是个肺炎，慢性肺炎而已，没大碍啊！

肺癌警报解除，薛明长长舒了口气，已然颓废下去的腰倏地直了起来。薛明还是有点不放心，追问叶子华：当真？叶子华单手立掌，一脸俏皮：出家人不打诳语。我虽不是出家人，你见我打过诳语吗？老薛

啊，你啊，歌照唱，舞照跳，马照跑，紧张什么啊？薛明终于笑了，还是从前认识的那个叶子华，风趣、幽默、狡黠。

看到薛明笑了，叶子华的俏皮换成了认真，立掌变为一指禅，点着薛明的脑袋说，老薛，你这个肺炎有点耽误了，治疗周期估计会长点！你要吃一段时间的药，消消炎，然后定期过来复查。

只要不是谈之色变的肺癌，那就没什么问题！薛明瞬间满血复活，灿烂地笑了。叶子华提醒薛明，还有啊，以后不要乱找"庸医"了，有什么问题，给我电话，直接过来看。牛皮不是吹的，泰山不是堆的，我这神补刀，当然也不是浪得虚名的！

庸医害人！薛明狠狠地骂了句。薛明把憋了个把月的愁苦、个把月的辛酸泪都算到了庸医头上。想想那段日子，真不是人过的。薛明其实是个把喜怒哀乐写在脸上的人，不会装，更当不了"两面人"。体检结果出来，薛明感觉天都要塌了。可天塌下来，也不能让女儿知道啊。薛明心里痛苦、悲伤、紧张、彷徨、害怕，可薛明在女儿面前，永远是乐观、向上、幸福、淡定。薛明的笑和愁就像那天上的云，随时变幻。在女儿面前舒展开，洁净无垠，明媚无比；背着女儿又卷上，黑黑的，厚厚的，压得人喘不过气。

可薛明毕竟不是天上的云，可以轻飘飘地云舒云卷。

那段时间，薛明烟不敢抽了，还常常整宿整宿睡不着，头发渐渐白起来了，不经意地咳嗽声一准也会让他胆战心惊。

哎，一切拜庸医所赐！好在，一切结束了。

有烟吗？一刻钟前，肺癌的嫌疑没排除，薛明俨然是医生手术台上待开刀的病人、屠夫案板上待宰的肉猪，丝毫没有自主的权利。一刻钟后，身上的雷排了，薛明摸了摸口袋，想掏烟抽，发现已经好久没抽烟了，口袋里空空的。薛明伸手向叶子华讨烟抽。叶子华脱口而出：老薛，抽烟对肺不好，我看你还是把烟戒了，这样有利于康复。薛明苦笑了一下。叶子华感觉言重了，讲了个笑话：判断一个男人有病没病，一是问他想不想美女，二是抽不抽烟，三是喝不喝酒。要是三样都不想要，估计病得不轻。大凡还有想法，肯定没问题。

薛明听完对着妻子暧昧地大笑，笑得妻子都不好意思起来。

老薛啊，慢性肺炎问题不大，发病原因却多。为对症下药，你再去多做几项检查吧。叶子华说完在纸上刷刷开检查单。

检查完，开药离开医院。薛明说，女儿出国了，我们俩不能亏待自己啊。薛明拉着妻子去市场买新鲜的肉菜。晚上薛明下厨，煮了很多菜。菜上来，薛明拉灭了灯，点上蜡烛，非要和妻子过起两人世界的烛光晚餐。吃螃蟹时，薛明说，两只螃蟹被洗净放进锅里蒸，蒸着蒸着，一只螃蟹憋不住了，顶出锅盖痛苦地叫：我热！另一只螃蟹在一旁安慰道：宝贝，想红，就得忍着。忍忍，热完就红了。

妻子靠在薛明身上，笑得花枝乱颤。盘马弯弓多时的薛明顺势把妻子抱进了房间。

六

遵医嘱，薛明每月定期到医院找叶子华复查。

每回到医院，薛明好像是来探望老朋友，而不是来看病的。浓烈的来苏水味道也似乎是针对别的病人的，闻着闻着，薛明居然慢慢习惯，反应没那么大了。

叶子华很善聊，又是段子高手，薛明每回来复查，必定被叶子华的段子和笑话逗乐。

叶子华说：一男异常风流，四处留情。一天发现自己的小弟弟变黑了，赶紧去求医。医生开了一些补药，并嘱咐要节欲。过了段时间，病人发现自己病情没有缓和，再次到医院。医生打算给病人做个活体检查。检查前，护士用酒精消毒，棉签刚涂抹了一下，诊断结果出来了，是内衣褪色。

叶子华讲完自己不笑，看着薛明哈哈大笑。

叶子华又讲：一对小情侣在抽血室等待抽血。女的害怕，伸着手，头一直埋在男的怀里。男的轻轻拍着女的头说，别怕，放松点，还没进去，不疼的。女的更紧张了，幽怨地说，恋爱的时候你就这么骗我的！

资深男人间的玩笑话三句不离男女那点事,叶子华也如此,叶子华自嘲是过过嘴瘾。薛明有时也开叶子华的玩笑,每天见这么多漂亮女护士,行不行啊?叶子华笑而不答,挑衅地反问薛明,你怎么样啊?薛明这些年坚持健身,身上虽没有八块肌肉,但三角肌、胸大肌和腹肌还是隐约可见的。薛明十分自豪,我是上山打死虎、上床猛如牛。

老薛,你行啊!叶子华由衷夸薛明。

薛明虽然年龄比叶子华小,但长得着急。叶子华早年就喊薛明老薛。现如今,两人都已年过半百,青春不再了。两个老朋友的一说一笑间,让薛明忘了烦恼,忘了不快。

快乐不知时日过。薛明每次准备走,叶子华才好像记起薛明是来复查的,于是简单问问薛明的病情,然后把把脉,看看舌苔,完了告诉薛明:炎症有所减轻,正在康复,不碍事啊。见叶子华又要开药,薛明拦住叶子华:不就是个肺炎嘛,都快吃成了药罐子,还要用药吗?

慢性肺炎不严重,关键是要彻底消炎,治疗起来挺啰嗦。用药呢,要系统性,要精准,吃多了对身体不好,吃少了,有耐药性。医生和老师一样,都把病人当不谙世事的小孩,苦口婆心劝说,事无巨细叮嘱。神补刀叶子华也不例外。

薛明笑了笑,心想要不是来看看叶子华你,我才不来复查呢!自己的身体,自己难道还不知道?就凭晚上在床上的表现,薛明给自己的身体打满分。

三次定期检查过后,薛明开始在叶子华那里遛号了。薛明却在妻子那里留了号。一天起床后,妻子上完厕所,拿着验孕纸兴冲冲跑出来,兴奋地告诉薛明:有了。薛明激动地蹬开了被子,跳下床,猛地抱住妻子。哎哎哎,顶住我了,妻子娇羞地抱怨。薛明这才发现,自己光着身子,朝天的小钢炮直顶妻子的肚脐。

妻子第一时间在家庭微信群里发布好消息。没想到正是深夜的女儿居然在群里连发三串鞭炮,以示热烈祝贺。

为迎接二胎的到来,薛明仿佛回到了二十年前,每天除了上下班,就是悉心照顾家里的高龄孕妇。

妻子怀孕前三个月，和怀女儿时不一样，反应特别大，吃啥吐啥，又啥都想吃。薛明笑妻子，怀第一胎时太轻巧了，这回算总账了。妻子辛苦，薛明也好不到哪去。薛明每天变着样给妻子弄吃的，尽管最后都吐掉了。薛明说，好过什么也没吃。三个月下来，薛明人足足瘦了十斤，每天累并快活着。

三个月过后，妻子逐渐正常起来。薛明松了口气，陪妻子到人民医院产检，才突然想起好久没有去叶子华那里复查了。检查就不用了，告诉叶子华好消息才是关键。薛明没跟叶子华预约，利用妻子在产检的间隙，直接到了叶子华办公室。叶子华不在，叶子华的助理接待了薛明。

您怎么这么久没有回来复查啊？现在怎么样了？当初叶教授决定给您做保守治疗是担着风险的，您可好，复查都不来了。出了事谁负责啊？助理在电脑里找出薛明的诊疗记录，连珠炮般质问薛明。

我不是好好的吗？薛明一头雾水，笑笑对助理说。薛明还拍了拍自己健硕的胸脯，告诉助理：我的肺炎好了，没事。我来只是告诉叶子华教授，我媳妇准备生二胎了。

薛先生，别闹了，赶紧去拍片子检查吧。助理一脸严肃提醒薛明。

我好好的，拍什么片啊？！

叶教授在诊断备忘里写了，不做介入手术，每月定期复查，中西医结合治疗，这都多久了，病情不知发展成怎么样了，还不拍片检查？

我究竟得的什么病啊？又介入手术，又每月定期复查的。叶子华不是说，是肺炎吗？

要是肺炎，就简单了。你可是肺癌……助理感觉自己说漏嘴了，赶紧止住。

肺癌？叶子华没告诉我真相？薛明浑身打冷战。助理闭嘴不说话了。好端端的薛明突然软软地瘫在地上。

薛明被紧急送去检查。抽血、X光、CT等等，该检查的项目都做了。

奇了，怪了，薛明的肺纹理平滑，肿块不见了。薛明血常规里的癌胚抗原、神经元特异性烯醇化酶、细胞角蛋白19片段、胃泌素释放肽前体以及鳞状上皮细胞癌抗原等五种肿瘤标志物当中，均无异常。

助理关起门和其他医生们讨论了很久，无比惊讶。助理开门出来，看着躺在推车上下不了地的薛明，像看着动物园里的猩猩和大象，百思不解：薛先生，检查结果出来了，您没事，可以回家了。

躺在推车上，薛明浑身软绵，软皮皮地问助理：都检查了吗？真的没事？可以回家了？是的。薛先生，你没事了，您现在就可以回家了。薛明不相信助理的话，躺在推车上，要助理好好检查，千万别弄错了。

一个让走，一个不敢走，薛明和助理两人在走廊里拉锯，谁也说服不了谁。助理走开了，留下薛明一人在走廊。

走廊里，人来人往，行色匆匆。人一走过，伴随着刺鼻的消毒水味而来的，还有一股阴冷的风。恐惧笼罩在走廊上，包裹着薛明。躺在担架上的薛明，感觉自己就像躺在一个断头台上，穿苍白色衣服的助理，随时会要了他的命。

老薛啊，你本来就没事啊！叶子华刚从手术室出来，和助理交流了一番后，把各种检查报告摊在薛明的推车上，跟薛明道歉：老薛，真对不起，助理调错了别人的诊疗记录。

当真？薛明将信将疑。叶子华没接话，转身严厉批评助理，你们真是岂有此理！委屈着的助理看了一眼叶子华的眼色，随即低头垂手，一副认错的表情。

老薛，实在抱歉，近段时间，不是手术就是出差，几次要给你打电话问问情况，一忙，都给忘了。好在，没事了。薛明看出来，叶子华很是自责。叶子华是老薛的主心骨，老薛相信叶子华。叶子华说没事，那自然就是没事。受了鼓舞，薛明不用搀扶，当即自己下地，却还是心有余悸地问叶子华，还要不要用药？叶子华拍了拍薛明的肩膀，手上的力度很大，你当药是饭啊？炎症都消了，还吃什么药？就是，就是。那我回去了。谢谢了，子华！

走了几步，薛明掉头回来，大声说：子华，忘了告诉您，我老婆怀第二胎了！

恭喜！恭喜！叶子华抬起头，和薛明神采飞扬的眼神相遇，叶子华叶眉飞色舞起来。

　　叶教授，病人肺里的病灶哪去了呢？助理比对着薛明前后几次的CT影像，一脸疑惑。

　　看着玻璃镜框里那把明晃晃的手术刀，叶子华像是对助理说，更像自言自语：古希腊"医学之父"说过医生有"三宝"——语言、药物和手术刀。手术刀是药物无效的最有力证明。

　　看着离开医院的薛明越走越快，腰越挺越直，叶子华吩咐助理取下办公台上方的玻璃镜框，取出手术刀，小心翼翼地收藏起来。

　　没有了寒光闪闪的神补刀，墙上洁白一片。

2021年9月19日

量体裁衣

胖胖的女人像一堵墙一样横亘着进店里时,阳光似乎感受到了压力。店里光线挤挤挨挨的,顿时暗了下来。

裁缝张灿烂的心情随着阳光瞬间没了,心咯噔了一下。

裁缝是门手艺活,不仅要裁,还要缝。论手艺,在两河两山,裁缝张绝对算头一个。两河两山有手艺的人不少,什么泥瓦林、木工李、打铁陈,那都是粗重活、糙手艺。裁缝张和他们比手艺,靠的是真(针)本事。裁缝张裁剪的衣服,那一个得体啊,多一分宽了,少一分紧了。一针一线合衬锁边,如绣花般,灭尽针线迹。开的扣眼、钉的扣子,又如画龙点睛。做成后,烧好烙铁,裁缝张"滋——"地烫下去,衣服立马笔挺,威风凛凛。

有手艺的裁缝张在两河两山开了一家裁缝店。说是店,其实就是一杂物间改造的,前店后宿,不足二十平方,在村东头的旮旯角落,既不临街也不靠路。店里,正中一张裁衣服的大案板,上面整齐摆放着笨拙的灰黑熨斗、大号的灰黑裁刀,还有软尺、针垫、针头、顶针、画块。靠门的是一根铁管子,上面挂着做好的衣服,大都灰黑灰黑的,间或有件把哪个小女人或红或粉、或白或花的衣服,那绝对令裁缝店蓬荜生辉,惊艳无数人。一台蝴蝶牌缝纫机好货沉底,虽然静静地坐落在店的最里边,却是店里的硬实力和镇店之宝。锁边机和另外一台缝纫机是后面添了人再添置的。

裁缝张的店不大,却承接了两河两山所有的新衣制作。腊月二十七添新衣,两河两山的中上人家,买上两块布料,送到裁缝张那里,阖家齐做新衣。一般人家,一年勉强给小孩添上套把衣服。大多数人,缝缝补补又三年,又哪能年年做新衣?一年四季,裁缝张除了年前忙碌点,平时客不多，大部分时间闲着。

张师傅，这是上海灯芯绒，最好的啦，可难搞到手了。胖胖的女人捧着一块墨绿色的灯芯绒，就像捧着自己的亲女儿，生怕人家不知道一样高声嚷嚷。好的、好的。您放心。来的都是客，裁缝张一律笑脸相迎。裁缝张伸手接布，女人双手把布捧到裁缝张跟前，却又舍不得似的收回了手，扭捏了一下，才很不情愿似的把布递给裁缝张。

裁缝张阅布无数，接过布料，摸了摸，料是好牌子的布料，可就是放了很久，成了陈料，绒都磨平了。您想做成什么？裁缝张轻声问。

给她做一件外套。女人侧身指着身后一个十来岁的女孩说，她干妈从上海专门带布料给她。女人一说，裁缝张这才注意到，跟着她来店里的还有一个白白胖胖大眼睛的女孩。女孩跟在女人身后，阳光洒满脸上，恬恬静静地站着，浅浅地笑。那笑容，就像那含苞欲放的花骨朵儿，别具一番可爱。

好的，好的。看着女孩那浅浅的笑，裁缝张的好心情似乎又回来了，脸上堆满了笑。他们说只做一件，布料多了。多出的布料，给我做条裤子吧。女人别过了脸，不敢看裁缝张，大呼小叫的声调也降了下来，成了商量的口气。裁缝张用手比画了一下布料，眉头皱了皱。

张师傅，你可要好好帮我做啊！女人降下的声调就像门外吹过来的风，一瞬间跑得远远的。女人恢复了进门时的高声嚷嚷，话像机关枪一样，噼里啪啦。

灿烂的阳光从女人四周渗透进来，店里的光线在慢慢恢复。阳光让店里生动活络了起来，墙壁上光影斑斑驳驳，色彩斑斓，灰尘在阳光里上下纷飞，永不疲倦。

给您量体吧！量体裁衣，首先得量体。裁缝张拿起了软尺，招呼女孩。大眼睛女孩看着赏心悦目，给女孩量体，裁缝张没理由皱眉头。裁缝张的软尺轻轻落在女孩身上，左左右右、前前后后、上上下下，仔仔细细地测量。裁缝张每测量一个数，就在纸上记录一下。

女孩不管妈妈和裁缝张说什么，不管裁缝张怎么测量，一直浅浅地笑着，好像世事皆与我无关，我只负责美丽地笑。女孩笑的时候，一对清澈无瑕的大眼睛一闪一闪地，就像是天上的星星。那星星闪得裁缝张有点心猿意马。

张师傅，给我也量一下。看裁缝张已经给女孩量完体，女人赶紧凑到裁缝张跟前，要裁缝张给她量裤子尺码。

张师傅，我的裤子可是要宽点哦，紧巴巴的不好啊！

张师傅，裤子短了也不行哦。

张师傅，灯芯绒厚，锁边要锁瓷实啊！

…………

量腰围，度裤长，测裤口，裁缝张每测量完记录一个数字，女人就要交代一番。裁缝张一直"嗯嗯"应着。量完女人的体，裁缝张在布料上左量右度，上比下画，眉头又拧在了一起，而且越拧越紧，最后拧成了一条大大的苦瓜。苦瓜最终还是开口说话了：大姐啊，您这块布料，要么裁上衣，要么做裤子，做不了两件啊！

可以的啦，张师傅帮忙想想办法嘛！女人抛给了裁缝张一个媚笑。那媚笑就像蒸包子时忘了放酵母，包子发不起来，不仅裂不开口，还硬邦邦皱巴巴的。

"大姐……"没等裁缝张把话说完，女人拉着女儿的手就出门跑了。

巧妇难为无米之炊，布料不够，我能怎么做？裁缝张想喊女人回来把布取走，女人和她的女儿已经走远了。裁缝张对着案板上那块墨绿色的灯芯绒发愁。

张师傅，别为难了，我的上衣不做了，给我妈妈做裤子，我妈妈可喜欢了。女孩不知什么时候挣脱了女人紧紧攥着的手，跑回店里，怯生生地对裁缝张说。女孩说话的时候，嘴里散发出一种香香的、让人闻着麻舒麻舒的味道。那个时候，裁缝张不懂得"吹气如兰"这个词。裁缝张闻到这味道，感觉舒服极了，很想多闻一会儿，又生怕把人家的味道给闻完了。

裁缝张的愁顷刻间飞到九霄云外。

可以的，可以的。裁缝张居然连声对女孩说。真的？女孩得到确信后，朝裁缝张鞠了个躬，高高兴兴地跑出去追妈妈。

裁缝张目送着女孩的背影消失在灿烂的阳光里，把布料平铺在案板上，左比画右比画。下刀时，裁缝张眼里皆是星星。

女孩会长高。

灯芯绒会缩水。

袖口不能太窄小。

衣服不能太小气了。

星星要穿最好的衣服。

…………

裁剪完女孩的上衣，裁缝张望了望店门口。

门外，阳光明媚如豆蔻少女的脸。

胖胖的女人再次横亘着进店里时，绵绵春雨潮湿了整个春天。裁缝店里的墙壁上，水珠越聚越多，蜿蜒向下。水珠过处，墙壁像被蚯蚓爬过，留下一壁的痕迹。

张师傅，我的衣服做好了吗？好久了哦！女人的黑影子连同高分贝的声音一齐向裁缝张袭来，裁缝张有点喘不过气。

好了，好了。您稍等。裁缝张说话的时候，手里的软尺没停下来，继续在我身上量体。但我感觉到了，裁缝张有点紧张，似乎在做深呼吸。

我是第一次去裁缝张店里，妈妈带着去的。下半年要上小学了，妈妈特意买了块深绿色的粗布，带着我到裁缝张店里，给我做一套新衣服。裁缝张和我们家是亲戚，远房的，究竟有多远，妈妈只说，是"番薯藤亲"。裁缝张和我们家就像番薯藤一样，只是枝枝蔓蔓有点关联。裁缝张，面白身长，左脚比右略微短点，走路有点跛，大家人前人后喊他拐脚张。我跟着妈妈进到店里，按妈妈的要求，恭恭敬敬地喊他"三哥"。裁缝张很高兴，隔着老远，在我毫无防备的情况下，伸手摸了我的头。我最讨厌人家摸我的头，裁缝张的手刚一触摸到我的头，我就迅速地闪开了。但就是那一刹那的接触，我一辈子忘不了裁缝张的那双手：手臂长——讲古佬说刘备双手过膝，我估计裁缝张的双手比刘备的还长，他和我隔着一张大案板，还够得着我，这手要多长啊？手指也长——十根手指，我感觉像家里吃饭用的竹筷子，长长的。指头硬——长长的手指，像是过年被啃光了肉的爪子，摸在我的光头上，生硬生硬的不说，还硌着疼，十分不舒服。说也怪，裁缝张的双手在我身上量体时，刚才摸我头时那种生硬生硬的感觉不见了。裁缝张像换了双手般，手和尺子从身上掠过，感觉裁缝张的手像上了油，特别灵巧，特别温柔。

这是灯芯绒上衣，姑娘您穿上试试。给我量完体，裁缝张从衣架上取下一件墨绿色的灯芯绒上衣，递给女人身后浅浅笑着的女孩。

好漂亮啊！灯芯绒穿在女孩身上，女孩恍若从画报上走出来的人，漂亮极了。那时我不懂"人靠衣裳马靠鞍"这句话，我只觉得，这灯芯绒穿在女孩身上，灯芯绒漂亮，白白胖胖的女孩更漂亮。

喜欢吗？裁缝张为自己的作品傲娇，得意地问女孩。女孩依旧浅浅笑着，频频点头。

衣服是不是做大了？女人漫不经心地看着女孩身上的衣服。女人其实并不关心女孩的衣服，女人更关心的是女孩的上衣是不是浪费了布料。

孩子正在抽条，灯芯绒会缩水，我特意做大了一点点的。裁缝张解释：姑娘的这件外套，起码要穿两三年，衣服很快就显小了。

我的裤子呢？女人不想听裁缝张多啰唆，急切地想知道她的灯芯绒裤子到底做成怎么样了。在这呢。裁缝张把女人的灯芯绒裤子从案板角落里拿过来，递给女人。

啊？这是我的灯芯绒裤？！东补一块，西接一截。还有这裤袋，根本就不是灯芯绒！拐脚张，敢情你把我的布料裁坏了？女人大喊大叫地，把我吓得站在角落里不敢乱动。

大姐，我打出道以来，从来没裁坏过一件衣服！被人诋毁手艺，对自诩手艺第一的裁缝张是莫大的羞辱。裁缝张急得脸红耳赤。不是裁错了，那就是偷了布料？女人不依不饶。大姐，布料不够，是我想办法拼接的！我当时就说了，布料做不成两件。裁缝张辩白。你没说，你把活接了。你接了活，就得做仔细。这裤子我不要，你赔我裤子。女人打横来。大姐，做人要凭良心哦，我好心好意想尽办法给你做了一条裤子，凭什么要我赔？裁缝张秀才遇上兵。

他大姐，有什么事好商量。妈妈看不下去了，想帮裁缝张圆场子，开口劝女人。他做坏的又不是你的衣服，你说得倒轻松。女人一句把妈妈顶住了。

拐脚张，你不赔我的裤子，我跟你没完。女人揪住裁缝张不放。妈，张师傅当时是说了，布料不够做的！女孩也看不下去了，说了实话。你不开口，没人当你是哑巴！女人凶巴巴地吼叫女孩。

女孩不敢再说话，怵在角落里，手足无措。

裁缝张突然发现，女孩眼里的星星被泪水淹没了，不见了。星星呢？星星哪去了呢？裁缝张不想和女人理论了，认输了：三天后你来取新裤子吧！

这才差不多！女人像得胜的将军，趾高气扬地拉起女孩的手朝门口走。女孩想挣脱女人的手，却被牢牢攥着，挣脱不了。出了门，女孩回头望了眼裁缝张。裁缝张发现，星星还在，只是星星像是生了病般垂头丧气。

裁缝张心里像被淋了雨。

遭遇胖胖的女人这种生活小插曲，对开门迎客的裁缝张来说，就像天气一样，有时阳光灿烂，有时阴雨连绵，再正常不过。生活也因为有了各种插曲，才变得更丰满和真实。我很快也忘了让吓得我站在角落里不敢动弹的那场小插曲，但我一直忘不了裁缝张的那双手。多年来，我一直纳闷的是，裁缝张的手怎么会有这么大的变化呢？生硬和温柔，哪一双才是裁缝张真实的手呢？

两河两山人和我的纳闷不同。他们纳闷的是两河两山哪个女的没在裁缝张店里做过衣服？为了让裁缝张给做得仔细点，哪个女的又不对着裁缝张笑得春风摇曳？接触女人最多的裁缝张，怎么就未能近水楼台先得月呢？这么多年来，裁缝张就像是银行里勤勤恳恳的柜员，每天和钞票打交道，却只有过手的份儿，一张都不是他的。同龄人都儿女成群了，裁缝张还单着。

裁缝不算重活，与泥瓦匠、木工匠、打铁匠比，轻松多了。裁缝就是细碎，量体、排料、裁料、锁边、缝制、熨烫、修剪，成衣后，开扣眼、钉扣子、缝垫肩、烫平整，不需要风吹日晒，也不需要下苦力气，只要有细心和耐心。裁缝张的工作既不晒太阳，又不花大气力，长得斯文白净，像个城里人。

像城里人的裁缝张也算是阅人无数。阅得多了，就阅出了感觉。就说女人吧，虽然都是地里干活，却也分三六九等。有的健硕，手臂胳膊大腿，粗大无比，说是女的，其实更像男人；有的粗糙，浑身上下水桶一般粗细，毫无特色；有的羸弱，麻雀手脚，机场胸脯，像没发育好的小鸡仔；有的精致，该突的突，该翘的翘，该大的大，该细的细，恰到好处；有的让人近不得，大嘴一张，熏人的味道让人头昏脑胀；有的一开口，嘴里就散发出一种香香的、让人闻着麻舒麻舒的味道，就像多年前裁缝张给做过灯芯绒上衣、眼里有星星的那个女孩。

裁缝张在两河两山很受欢迎和尊重。这不仅因为在两河两山裁缝店只此一家，别无他店，师傅也是唯一的师傅，手艺又杠杠的，更因为裁缝张会替客人着想。客人送来布料，裁缝张和客人商量好后，下剪刀前，反复比画，尽最大可能来裁剪，尽量不浪费。有时，客人只想着做一件外衣，来取货时，却意外多收到一件小短裤，或是一件小背心，让客人如捡到元宝般高兴。

客人送来的布料，裁剪下来后，实在用不上的边边角角碎料，刚开始裁缝张把它们都当垃圾扔了。后来有一天，裁缝张突发奇想，要把边边角角碎布料派上用场——他一小片一小片积攒众多客人剩余的边角碎布料，一段时间一段时间别出心裁地做成一条百布裤头。裁缝张做的百布裤头，布与布的搭配、颜色与颜色的搭配，完全看不出是用余料做成的，像是刻意而为，简直绝了。

裁缝张只做百布女裤头。

一条条百布裤头，像一件件艺术品般挂在店里展示，成了裁缝店的一道亮丽的风景。

裁缝张有"两不"规矩：一不收徒。因为手艺人受尊重，两河两山一直有人想拜裁缝张为师，向他学艺，这么多年，裁缝张一个也没收。二不送百布裤头。裁缝张艺术品般的百布裤头，引得两河两山众多女人争相索要，裁缝张却是任谁也讨不到。

胖丫第一次自己来店里做衣服，裁缝张就差点破了自己的规矩。

胖丫就是早年我见过的做墨绿色灯芯绒的女孩。那次做灯芯绒上衣之后，女孩再也不肯跟妈妈到裁缝店来。女孩长大了，女孩第一次自己来店里做衣服。

胖丫来店里的那天，下雨。雨天无事，裁缝张一直望着屋外扯长线般下个不停的雨发呆。胖丫就在这个时候，拿着一块白色的的确良布进店里来。裁缝张和胖丫的眼睛对上的那一刻，裁缝张眼里又见到了星星——多年未见，星星依然可爱，依然闪得裁缝张心猿意马。

原来，这么多年，寻寻觅觅，裁缝张只在等待星星出现，就像孩子等待妈妈、学生等待老师、老鼠等待大米。

胖丫身上被雨淋湿了，手里的的确良布却是滴水未沾。放下布，胖丫有点慌张，浅浅笑着，怯生生地问裁缝张：张哥，手上这块布，做件衬衣够不够？胖丫一开口，久违的香香的麻舒麻舒的味道又回来了。那味道，有如新鲜橘子剥开皮的清香，又如吃甘蔗时的甜味，还像热气腾腾的茶水香。裁缝张心里顿时有如万马奔腾，慌慌张张地递了条毛巾给胖丫：你先擦擦雨水，我看看啊！胖丫不好意思地接过裁缝张递来的毛巾，感激地看了他一眼。裁缝张随即把布摊开在案板上，没拿软尺，只用长长的手指比画了一下，随即告诉胖丫：不多不少，够做一件。胖丫不敢确信，追问：真的吗？再次得到肯定的答复，胖丫几乎快跳起来了，高兴地说：太好了！胖丫告诉裁缝张，她的一个好姐妹下个月出嫁，她要穿得漂漂亮亮地去给她当伴娘，不能给姐妹丢脸。胖丫又说，为买这块的确良，她到山里割了好多天的山草，晒干后分几次挑去卖给砖窑厂。挣了钱到了布店，却只剩下这么一块的确良了，怕不够做一件衬衣，心里忐忑不安。

　　麻舒麻舒的味道把裁缝张包裹得严严实实。看着兴奋地说个不停的胖丫，裁缝张心里恍恍惚惚，眼里柔情蜜意。卷起布料，裁缝张拿起软尺，柔声细气对胖丫说：量量尺寸吧。胖丫噌地一步到了裁缝张跟前，挺直了身子。尺子落在胖丫潮湿的衣服上，衣服沾在胖丫青春的胴体上：高高的山，清晰可见；深深的沟，清澈见底。潮湿的衣服，在温热的体温烘烤下，化作白蒙蒙的烟。烟透过衣服，在裁缝张眼前袅袅上升……量着量着，裁缝张不镇定了。

　　张哥，量好了吗？胖丫感觉到裁缝张走神了。

　　胖丫一提醒，裁缝张慌慌地赶紧说：好了，好了。三天后来拿吧。哪里高一点，哪里瘦一点，毫厘之差，软尺量不出来，裁缝张却在心里记牢了。

　　谢谢张哥！胖丫正准备高高兴兴出门，眼睛却突然被一条条花花绿绿的裤头勾住了，呆呆看着墙上挂着的百布裤头，傻眼了，心里惊呼：天啊！世上居然有这么漂亮的裤头！这是怎么做出来的？这裁缝张……胖丫看着百布裤头，裁缝张看着胖丫。那一刻，时间似乎停顿了。当胖丫发觉裁缝张在看自己时，羞羞地低下了头，逃也似的冲进雨幕里。

　　胖丫是个有想法的人。三天后，羞答答的太阳似醒未醒，胖丫便早早来到店里。胖丫有话要对裁缝张说，又怕裁缝张拒绝，心里忐忑。胖丫一个晚上没睡着，强睁着和太阳一样似醒未醒的大眼睛，鼓了一次又一次的勇气，把心里的想法鼓成了烧红的炭，再也存不住了，终于把炭火般的想法说了出来：张哥，能收我做徒弟吗？话一出口，胖丫就怪自己没用，怎么把炭火般的想法说得怯生生了呢？！

　　裁缝张又一次被香香的麻舒麻舒的味道包裹严实了。裁缝张竟一时不知道说什么，只是定定看着胖丫。裁缝张原以为胖丫是想向他讨要百布裤头的。其实，裁缝张那天都已经准备把最好的那条百布裤头送给胖丫了，只要胖丫开口。没料到，胖丫不是要百布裤头，是想拜师学艺。

　　张哥，行吗？炭火从心里喷出来了，眼里写满了崇敬的胖丫反倒轻松了。可以的，可以的。多年前对女孩说过的话，裁缝张居然又说了一次。谢谢师傅！胖丫朝裁缝张鞠了个躬。

胖丫就这样成了裁缝张的第一个徒弟，跟着裁缝张学做衣服。

一年后，裁缝店里亮丽的风景不见了，裁缝张往后做的百布裤头不再挂在店里，全都穿到了胖丫的身上。

胖丫成了裁缝张的老婆。艺术品般的百布裤头不胖不瘦，好像专门为胖丫量体裁衣的。

第二次去裁缝张店里，我是去接回我弟弟。弟弟那天早上起床听奶奶说上午要去镇上逛墟，弟弟想跟奶奶去墟上吃一碗饺子。弟弟可馋墟上的饺子。奶奶因要办其他事，没让弟弟跟。弟弟便偷偷地跟在奶奶身后，奶奶快，他跟快，奶奶慢，他走慢，一直跟到了墟上。赶墟的人多，远远跟着奶奶的弟弟一不留神，跟丢了。弟弟急得团团转，来来回回转了几个圈，还没找到奶奶。弟弟着急，哭了，弟弟边哭着边逢人讲，我是两河两山的某某某，我的爷爷叫什么名字，我的爸爸叫什么名字……弟弟后来被一个胖胖的阿姨带回裁缝张店里。

胖阿姨就是裁缝张的老婆胖丫。碰巧那天胖丫到墟上买东西，遇到了迷路的弟弟。

胖阿姨对弟弟很好。把弟弟带回店里后，让人带话去店里接弟弟。刚放学回到家，我就急急赶去裁缝店。

弟弟自个儿在店里玩，一点也不生分。店里正好有客人，裁缝张和胖丫正忙着。一个仔仔细细量身体，一个认认真真记尺码。客人走了，一个刚想要裁衣服，另一个赶紧送上剪刀。拿刀的目光炯炯，瞄了瞄手上的布料，手起刀落，刷刷几下，一衣一裤的料便备齐。递刀者默默拾捡衣料，收拾碎布。裁剪完毕，一个坐到衣车前，另一个立即把案板上裁好的布料呈过去。坐着的，神情肃然，换线穿针，两脚踩动踏板，和着清脆悦耳的"哒哒"声，一手前拉一手后推，剪片飞快缝接，渐成衣服模样。站着的看着布料翻飞，脸上写满崇敬。

我感叹裁缝张精湛的裁缝技术，我更感叹裁缝张和胖丫两个人的默契配合，简直就像一个人一样。那个时候我刚学了"夫唱妇随"这个成语，我觉得对这个成语的最佳解释就是裁缝店里裁缝张和胖丫夫妇。

夫唱妇随的默契时光因裁缝张得了一场大病，不见了。那段时间，生病的裁缝张手拿不了剪刀，脚踩不了衣车。客人拿来了布料，胖丫不敢接活，只能干着急。连着个把月，裁缝店硬是没接下一单活。手艺人靠手艺吃饭，没了手艺，只好坐吃山空。不能啊！在县城寻医问药的路上，胖丫看到有人在大街上摆摊卖成衣和袜子，生意不错。胖丫灵机一动，拿了药出来，把身上不多的钱全部买成了袜子和成衣。

胖丫把从县城里买回来的袜子和成衣挂在裁缝店里卖。裁缝张不乐意，说裁缝店卖成衣，牛头不搭马嘴。胖丫很自责，埋怨自己没本事，跟了裁缝张这么多年，一件衣服都做不来。裁缝张心里不忍，不再说什么，示意胖丫靠近身边来。胖丫走过去，拉了拉裁缝张身上盖的被子。裁缝张一把抱住了站着的胖丫。胖丫发现，裁缝张流泪了。胖丫轻轻擦拭了裁缝张眼角的泪，安慰道：你很快会好起来的，我们的裁缝店又可以开张了。裁缝张却说了一句令胖丫莫名其妙的话：我爱兰花香。胖丫挣扎着推开裁缝张：你说你爱谁？裁缝张不松手，把胖丫抱得更紧：我说我爱兰花香，爱你吹气如兰的兰花香。裁缝张说完，抬头，嘴朝着胖丫正冒兰花气的地方亲去。胖丫瞬间红了脸。

裁缝店里的袜子和成衣虽然不像在县城那么好卖，却也在不久后全部出手了。这期间，在胖丫的精心照料下，裁缝张的病逐渐好了起来。卖完最后一对袜子，胖丫认认真真算了账：除去本金，略有盈余。胖丫很是高兴，在裁缝张休息的日子里，起码不用坐吃山空。胖丫心里更高兴的是，自己找到了生活的另一条路径。

裁缝张痊愈，裁缝店正常营业。但店里的生意却大不如从前，一日比一日冷清。倒是时不时有人来问，有成衣卖吗？问多了，胖丫就和裁缝张商量，店里干脆改卖成衣算了，省得这么辛苦，又挣不了几个钱。

裁缝张连珠炮轰胖丫：每个人高矮胖瘦不一样，衣服尺寸能一样吗？一模一样的成衣，每个人都能穿吗？你以为衣服是粮食啊？一样的米可以吃百样人。就你和燕——燕是胖丫的表姐，经常来店里做衣服，身材虽然差不多，但衣服能一样？我告诉你，你的肩膀比她大了三公分，你的下围比她小了两公分。你穿上松，她穿上紧。松的，耷拉着，蔫不拉叽。紧的，小丑样，滑稽不堪。

可是，成衣多人买，卖成衣比做衣服挣钱！胖丫不服。胖丫说的也是事实，不管裁缝张怎么反对，成衣在两河两山里还是悄悄流行了起来。看着越来越多的人来店里问有没有新款成衣，看着很多人失望地离开裁缝店，胖丫多么想把裁缝店改成服装店卖成衣！

我是做衣服的师傅，不是卖衣服的奸商。裁缝张坚决不肯！

成衣大流行后，裁缝店的生意更是一落千丈，有时十天半月没接一单生意。店里，不再是你量体来我记尺码，你车衣服来我递布，常常是你看我，我看你，一只苍蝇两人追着打。看着看着，打着打着，胖丫和裁缝张经常莫名其妙地吵起嘴来。裁缝张说胖丫的如兰气息不见了，口气又重又冲。胖丫讥讽裁缝张：你裁的不是衣服，裁的是梦想。裁缝张赌气：生活和梦想、诗与远方，都是我所求，怎么样？胖丫反讥：你就是要在裁缝店里吊死。裁缝张冷笑：我死了，你称心快活！

吵架没好嘴。吵架也解决不了问题！

一道斜阳光柱从不大的店门缓缓进来，落在缝纫机上。缝纫机上厚厚的飞尘在阳光的鼓舞下，上上下下翻飞。正是上午最好时光，裁缝店安静极了。静得在阳光中飞舞的飞尘碰撞声似乎都能听见。一只可恶的金色大苍蝇就在这时飞进店里，苍蝇"嗡嗡"的叫声有如像轰炸机一样。刚刚还坐着的裁缝张和胖丫两个人几乎同时起身，又几乎同时把手伸向苍蝇拍。

一个中年妇女就在这时，踩着斜照的阳光进来的。裁缝张和胖丫激动得同时停住了手。

您好！欢迎！胖丫赶紧招呼。

有裙子卖吗？中年妇女进店后，左看右看。

裁缝张把眼睛从中年妇女身上收回，抓起苍蝇拍，厌烦地朝着"嗡嗡"叫着的苍蝇挥拍。苍蝇狡猾地从裁缝张的拍子下飞走了。裁缝张没好气地说：我们只做衣服！

看着中年女人离开时失望的神情，胖丫一脸落寞。

老子是做衣服的！裁缝张对着中年妇人的背影嘀咕了一句。

说话的裁缝张，一半脸沐浴着阳光，一半脸落在黑暗里。明脸暗脸，究竟哪张是裁缝张的脸？胖丫恍惚了。

胖丫也在那一刻坚定了自己的想法。当胖丫把想法告诉裁缝张时，胖丫没想到的是，裁缝张居然没有态度，既不反对，也不支持。也许，在裁缝张心目中，只要不打裁缝店的主意，胖丫你爱咋整咋整。

二月二龙抬头那天，几串鞭炮响过后，胖丫成衣店开张，胖丫正式离开裁缝张单干。

胖丫成衣店不大，只有一间小铺面，但位置好，是胖丫精心挑选的，在墟上的旺地。

与裁缝店灰黑的主色调相比，胖丫成衣店不仅亮堂，而且色彩斑斓。高大的大闸门一拉，店里本就明亮。一进店，胖丫把四周柔和的灯，一盏不落全打开，角角落落顿时明亮如白昼。镀锌管做成的架子，一排排齐整地摆在店的四周。架子上，或是衬衣，或是裤子，或是裙子，琳琅满目，色彩缤纷。店里最引人注目的是，一个穿戴齐整的塑料模特，正对门口站着。模特修身挺胸，突突翘翘。模特身上的每一件服饰，似乎又都是专门给她定做的，既得体，又漂亮。

新店开张，胖丫给每件衣服都打八折，外加买够百元，送袜子或手巾。一时，胖丫成衣店宾客盈门，生意红火。与胖丫成衣店红火的生意形成鲜明对比，裁缝店依旧，门前冷落车马稀，生意如秋日树枝头，一日比一日萧条，十天半月，甚至更长时间接不到一单活是常事。

胖丫成衣店一直红火。开张进的一大批服装，没多久就售罄了。胖丫一个人又要看店，又要跑县城进货，实在忙不过来。胖丫找裁缝张商量，希望裁缝张或是关了裁缝店一起开成衣店，或是她去进货时帮忙看看店。胖丫告诉裁缝张，她现在一天卖成衣挣的钱抵过裁缝店一月的收入。裁缝张看着胖丫，像看着天外来客，面无表情，也不言语，只是哼了哼鼻子。

胖丫委屈地离开了裁缝店。

胖丫有眼光，进的货对路，成衣店的生意越来越好。实在忙不过来，胖丫请了个帮工，平时和自己一起看店，一起招呼客人。要进货了，自己去，店里只留帮工看守。

裁缝张一直在村东头坚守着他的裁缝店。有衣服做，就有边角碎布料。有了碎布料，裁缝张一直在做百布裤头。只是，有了成衣后，胖丫不再穿百布裤头了。百布裤头做完后，又被裁缝张一条条挂起来，多年不见的亮丽风景又重现了。

胖丫的成衣店生意越做越大。胖丫又有了新的想法，胖丫想把她的生意转到县里，把店改成了公司，把零售改成批发。胖丫连退路都想好了：要是在县城立不了足，顶多退回来。裁缝张又和胖丫当初想开成衣店一样没有态度，眼睛落在一墙的百布裤头上，默不作声。墙上的百布裤头似乎有钩子，牢牢地勾住了裁缝张的双眼。你倒是给个说法啊？胖丫也看到了一墙的百布裤头，却没了当初的激动。

裁缝张还是没言语。胖丫不再逼问了。胖丫出门走了几步，又跑回来。胖丫要裁缝张把墙上的百布裤头全部收下来。裁缝张坐着没动。胖丫站起来，自己去收拾一墙的百布裤头。

你……裁缝张终于开口说话了。我带走吧。把百布裤头装进包里，胖丫出门，胖丫眼睛红红的。

批发和零售相比，要说不同，零售是劳累，批发是劳心。做批发，胖丫觉得最难把握的是要选准货品。首先，你要考虑的是服装的款式，款式定下来了，你还得选好布料，搭配颜色，同一款式，哪怕布料颜色都一样，服装上的图案略微有差别，市场都能反映出来。其次，你要敏感，对市场要有"春江水暖鸭先知"的先知先觉，春夏秋冬，每个季节，大概会流行什么。

选布料，定款式，胖丫一定亲力亲为。定款式时，胖丫会找来市场里卖的、图册上画的款式，摊开在桌上，仔仔细细琢磨。定下若干个款式，加工样板时，每个样板胖丫都会让厂家多生产十来件。样板拿回来后,胖丫让人挂在店里,告诉员工,每人可以免费挑选一件带回家。看着员工们欢欣雀跃在挑选自己喜欢的衣服,胖丫在旁边默默记着:在有的选又只能选一件的情况下,哪款衣服被员工带走的最多,哪种款式无人问津……员工们挑选完了,下厂生产的当季主打款式,胖丫心里就有数了。

胖丫的这个办法,很受员工们称赞,都说老板是好人,当季最新款衣服员工们最先拥有。胖丫却利用员工,做了一回最基本的市场调研——员工也是顾客,最受员工欢迎的款式自然会受客人喜欢,错不了。

这办法的确不错。胖丫每季下大单生产的服装,都成了市场的抢手货。这下,胖丫不用想着退回两河两山,胖丫在县城里立了足,扎稳了根。

选布料、瞄市场、做样板、督生产、接客人、发货品、收付款……胖丫每天忙得不亦乐乎。因为忙,胖丫平时很少回两河两山。逢年过节,生意尤为好,胖丫更加没办法回来。年后生意更加蒸蒸日上,原来的一家合作厂家已经应付不过来。胖丫趁着转季去考察一家准备合作的工厂,路经两河两山,胖丫顺道回了趟裁缝店。

午后的阳光已经从店里退了出来。店外明晃晃的光斑肆意流窜,反射进店里,让人眼花缭乱。正好有客人在。裁缝张和一女青年正忙着。一个仔仔细细量体,一个认认真真记尺码,两个人默契配合,恍若昨天的裁缝张和自己。

回来了?裁缝张量好最后一个尺码,正好看到从阳光里走进来的胖丫,有点意外。店里光线暗淡,裁缝张感觉胖丫脸黑黑的,有点不知所措。

大姐是要做衣服吗?女青年口齿伶俐,看到生人进来,赶紧热情招呼。

这是我的徒弟,喜欢学裁缝。裁缝张把女青年介绍给胖丫。又把胖丫介绍给女青年:这是胖丫。

老板娘回来了,赶紧坐!女徒弟嘴甜手快,拉了一张凳子,还用手拂了拂尘，又跑去倒了杯水：老板娘喝水。

谢谢！胖丫当仁不让地坐下。跑了一路，胖丫确实口渴了，大口大口喝水。喝完了水，胖丫适应了店里的光线，抬头望了望站着的裁缝张：还好吧？裁缝张不置可否，"嗯嗯"应了一句。胖丫站起来，看了看店里，胖丫发现，店里没了百布裤头。胖丫有点怅然若失，想问裁缝张，是没做了呢？还是……胖丫终究没问。

客人量好尺码，女青年热情送客。胖丫看了裁缝张一眼，裁缝张低着头，继续把玩着软尺。胖丫站起来讪讪地说：店里忙，回了啊。裁缝张又"嗯嗯"了一声，没有挽留。乍暖还寒的初春，胖丫感觉到了寒意，不觉打了个冷战。

哎！这么久没见，胖丫其实有很多话要对裁缝张说，可裁缝张……起了身，胖丫不好再坐下，径直朝门口走，心里像被掏空了般，轻飘飘的。

店外，阳光刺眼。胖丫的眼睛被阳光刺了一下，有点痛，瞬间模糊了。

批发生意做久了，胖丫逐渐明白一个道理，光盯着国内潮流是不够的。要想产品畅销，必须紧跟国际时装变化。米兰时装周是国际四大著名时装周之一，也是世界时装设计和消费的"晴雨表"。胖丫虽然做的不是时装，却也很关注。胖丫每年从米兰时装周里找灵感，学习时装周里面各种时尚穿搭，比如什么淑女风、时尚风、甜酷风、休闲风，把时装周里的一些好的用料、元素，甚至是理念，用到了自己的服装款式设计上。

学习国际潮流，追求时尚，这成了胖丫多年来批发生意长盛不衰的秘诀。

但秘诀也有不灵的时候。

米兰时装周一款光洁匀净、织纹清晰、色泽鲜明的呢子绒衣，以其简约大方的风格风靡了时装周，也深深吸引了胖丫。那年夏天，胖丫在储备冬装时，毫不犹豫地想到了呢绒衣。修修改改后，挂出去的呢绒衣样板被员工们秒抢而空。胖丫很满意，亲自督办备料，亲自督办工厂，务必赶在秋季来临前，储备十万件呢绒衣。

秋天如约而至。胖丫第一时间推出呢绒衣。这批精心准备的呢绒衣，无论是选料，还是款式，抑或是颜色，都很抢眼，刚一上市即受市场追捧。各地的经销商们纷纷打款下单，购买样品，做好上架准备。市场的反应是对自己水平和能力的肯定，也是对几个月来辛劳的最好安慰，胖丫心里高兴。经过一番盘算后，胖丫决定全力以赴，追加十万件备货。

人算不如天算，这批看好的呢绒衣不叫好——这年的冬天，天气反常，冷不下来，呢绒衣太厚，没了市场。拿了样品的经销商，几乎都如泥牛入海，没一个回头要补货。

冬天转瞬即逝，同行的春装推出来了，已然着手筹备夏装。胖丫此刻还在为呢绒衣背水一战，哪里顾得上春装和夏装。然而，此时的冬装就像是夏日的隔夜肉，愣是没人问津。想着仓库里堆积如山的滞销呢绒衣，看着门外围得水泄不通的无情债主，胖丫强忍着将泪水吞回眼眶，却是徒然。

一场秋雨，落叶纷飞。胖丫整夜辗转，愁上加愁。黎明时分，胖丫起床开窗。雨小了，公司门口执着又敬业的讨债人还真不少。胖丫关了窗，倒了杯水，喝了一口，烫！泪随即又流下来。胖丫呆呆坐着，看着窗外飘飞的细雨，想起了两河两山，想起了裁缝张，想起了百布裤头。

天快亮了，回去休息的讨债人陆续回来"上班"讨债，楼下又熙熙攘攘起来。这何时是个头啊？胖丫打了个冷战。是啊！何时是头！一个可怕的念头在胖丫脑里一闪而过。那个念头，就像两河两山牵牛的绳子，牢牢地拴住了胖丫。

下车库，乔装打扮躲开围堵的人。纷纷扬扬的雨伴着胖丫，越走越远。面前是一条让城市更加灵动、更加秀美、更有魅力、更有活力的大河。两河两山没有大河，只有涓涓细流的溪。城里人叫面前的河为母亲河。母亲是孕育生命的。胖丫想，她的生命或许要和母亲河永远地连在一起了。

春日的河水像两河两山的黑狗，咬人的牙齿寒光闪闪。水，一步步没上来，湿了裤脚，湿了大腿，湿了裤头。冰凉的河水让胖丫的脑袋清醒起来。胖丫想了很多很多。胖丫此刻最想念的是花花绿绿的百布裤头。她多么希望再穿一回百布裤头啊！可胖丫知道，此刻她穿的是精美的蕾丝裤头，她已然好久好久没再穿过百布裤头了。

没机会了。再见了！胖丫加快步伐，朝河中央走去。

胖丫的生命没有和母亲河永远连在一起。在胖丫行将倒下的那一刻，一个脸白身长的人不顾一切，冲进河里，把胖丫救了起来。

没错，救胖丫的是裁缝张。裁缝张是那天清早进城来的。裁缝张听说胖丫的公司出了很大的状况，于是处理了两河两山的裁缝店，就赶着出来了。这是裁缝张第一次到胖丫的公司来。在胖丫的公司楼下，裁缝张遇到了很多讨债的人。胖丫出公司大楼的时候，裁缝张不敢确认穿着环卫工装拿着扫把的人就是胖丫。离开了大楼，扔了扫把，脱下工装，裁缝张一眼就认出，那就是胖丫。裁缝张就这样一直在雨中跟着胖丫来到了河边。

胖丫病倒了，病得不轻。裁缝张一边照顾胖丫，就像当年胖丫照顾卧床不起的自己，一边像英雄救美般出现在公司：联系客户处理堆积在仓库里的呢绒衣，协调工厂并支付了部分加工费，承诺定期还债劝退围堵在公司门口的债主……在裁缝张的斡旋下，部分债主走了，公司安静了下来。

在裁缝张的照料下，胖丫身体一日日好转。其间，裁缝张跑布料市场，磨布料商，好说歹说，终于帮胖丫要来了下锅的米——赊到了一批夏装的布料。

抚摸着那匹在以往连看都不会看一眼的布料，胖丫感慨万千，扑在裁缝张怀里，肩膀一抖一抖的，没声音，泪腺却如坏了的龙头。

病去如抽丝。胖丫的病反反复复。生病的日子里，胖丫耳边一直回响着裁缝张在河里把自己抱起来时说的话：什么都可以做，就是不能把事做绝啊！可胖丫心里不甘心啊，辛辛苦苦十几年，一着不慎又回到了从前，甚至还不如从前，起码从前不负债！

胖丫病好后，裁缝张陪她回公司。

办公室里一株粗大的发财树，像是受了重伤般，没点生机，叶子病恹恹，一片片枯黄，落了一地。绿叶如心，看着枯叶，胖丫心里难受，让工人搬走。

不用扔，只要树干没事，绿叶一定会从头开始，重新长出来。裁缝张找来一把大剪子，把发财树当成了手里的布料，刷刷刷，一下子连枝带叶全被裁缝张剪干净了，发财树只剩下一截青褐色的茁壮枝干。

剪完枝叶，裁缝张让胖丫装点水过来。胖丫当即端了一小盆水过来。裁缝张看了眼胖丫，接过水盆，顺手拿起桌上的杯子，从盆里装了一小半杯水，淋到发财树根部。

盆里的土都干了，浇这么点水，能解渴吗？胖丫不解。喜水的花草要勤浇，不喜水的花草要少浇。不喜水的花草浇多了水会烂根！裁缝张说得意味深长。

胖丫看着裁缝，没出声，把多余的水端走了。

几天后，发财树在剪枝的地方长出来了叶子，小小的，嫩嫩的，绿绿的。嫩绿的叶子渐渐长大长开，发财树的枝头很快就郁郁葱葱了，办公室充满了生机。

裁缝张赊回来的料虽然不是什么时尚好布料，做成的T恤衫胜在款式新颖，价格合理，推出市场后反应良好，让胖丫喘过了一口气。

还回两河两山吗？晃过劲的胖丫，就像当初自己第一回拿着布料来找裁缝张做衣服问布料够不够一样，怯生生地问裁缝张。

裁缝张没回应，却变戏法般掏出两条百布裤头，递给胖丫：还穿吗？

胖丫紧紧攥着百布裤头，生怕被抢了一般。

沉舟侧畔千帆过，病树前头万木春。经历了挫折和生死，胖丫汲取经验教训，不再激进，稳扎稳打。一年后，公司慢慢地走回了正轨。

公司上了正轨，裁缝张就像迟暮的英雄，无了用武之地，整天在公司无所事事，又显得心事重重。

你还是做百布裤头吧！那天，忙完公司的事，回到城里的家已经很晚了，胖丫看着茶几上满满当当的烟头，于心不忍。胖丫说完独自走进卧室沐浴。坐在沙发上的裁缝张"嘿嘿"笑了笑。心想，店都没了，我还怎么做百布裤头？不一会儿，胖丫沐浴完毕，身上披着条粉色大浴巾，湿漉着头发，朝裁缝张走来。

麻舒麻舒的味道不仅回来了，还一下把裁缝张包裹得严严实实。裁缝张一把抱起胖丫，扔到床上，贪婪地闻着麻舒麻舒的味道。

百布裤头都穿旧了，你继续给我做吧！事毕，胖丫指着散落在床头的百布裤头，软绵绵地说。裁缝张的头深埋在胖丫身上，鼻子十分夸张地吸溜着，没空回应胖丫。

次日一早，胖丫在公司宣布，公司欠的最后一笔外债还清了，从今往后，公司可以轻装上阵了。大家欢欣鼓舞。胖丫同时宣布：公司决定增加服装定制业务，开一间服装定制工作室，专门定做高档服装。定制工作室具体工作由张总负责。

裁缝张虽然难掩心头之喜，却有担心，会后第一时间问胖丫：工作室不就是裁缝店吗？城里的裁缝店有生意吗？胖丫信心满满，笑着对裁缝张说：工作室不是简单的裁缝店！工作室有工匠张大师加持，量体裁衣，高端定做，生意一定好！

胖丫吩咐办公室在公司一楼装修工作室，然后又安排人给裁缝张化妆拍照，印制大幅宣传画，生生把裁缝张打造成了张大师。

高端大气的工作室如期开张。工作室里，裁缝张叼着烟斗，侧身俯视的巨幅画像悬挂在落地玻璃上。画像里的裁缝张，面白身长，笑容可掬，目光炯炯，似乎要洞穿人世间的一切。

真如胖丫所言，由张大师主持的工作室，走了高端路线，宾客盈门，生意兴隆。每天，客人来了，工作人员热情招呼，先介绍布料。客人选定布料，裁缝张亲自量体。裁缝张用那双像上了油般特别细长的手，拿着软尺轻盈地温柔地从客人身上滑过，不放过一分一毫。

客走，裁缝张裁衣。裁缝张端详着布料，目光炯炯，突然手起刀落，心中的世界便裁剪出来了。裁缝张裁剪的定制服装，还是和先前一个样：多一分宽了，少一分紧了，一针一线如绣花般。衣服挂起来，件件威风凛凛。

　　成了大师的裁缝张改变不了的是还用边角碎布料做百布裤头。只是张大师做的百布裤头还没来得及挂上墙，就被胖丫收走了，始终成不了服装定制工作室里亮丽的风景。

2022年3月13日

房之事

千人千般愁。这个愁啊，它就像空气一样，无处不在，无时不有，可把一个人包围得密密实实，甚至窒息。这个愁啊，也像夏天的雨，说来就来，可长可短，可大可小。这不，整天没心没肺，自诩天塌下来照样能一觉睡到天亮的许大姐，接了一个电话，先是惊喜，随后就愁上了。

许大姐是一家家政公司的保姆。许大姐做梦也不会想到自己后半辈子会去当保姆伺候人。先前，丈夫做外贸生意，收入可观，婚后有了小孩，许大姐便在家做起了全职太太。40岁那年，丈夫不幸车祸去世，留下上初中的儿子和许大姐相依为命。许大姐不懂外贸生意，丈夫去世后，只能眼睁睁地看着公司倒闭。遣散公司员工花了一大笔钱，坐吃山空了一段时间，殷实的家眼看见底了。为了供小孩继续上学，许大姐毅然去了家政公司应聘当保姆。

刚当保姆那阵子，许大姐啥也不懂，可她凭着勤快好学，人又乐观，脾气又好，很快进入角色，受到雇主欢迎。在一个月连换了十个保姆的一户人家里，妥妥地干满三个月后，公司里其他保姆顿时对许大姐另眼相看，公司也郑重地把许大姐评为一星级保姆。往后，公司碰到一些难啃的客户，第一个想到的是许大姐。许大姐也果真不负众望，再难对付的雇主，到了她手里，都能拿下来。许大姐为此赢得了专治疑难杂症专家的美名。公司给许大姐评的星级越来越高，最终成了五星级金牌保姆。许大姐的收入也自然越来越可观，供小孩读大学、读研究生，甚至读博士的底气也越来越足。

结束上一家雇主后，许大姐告诉家政公司，要好好休息一段时间。公司虽然不愿意金牌保姆许大姐停下来——难啃的客户多，用得着许大姐的地方自然多。可许大姐在上一家雇主家里，毕竟足足干了五年，没休息过。公司主管咬咬牙批准许大姐休息半个月。半个月早过去了，许大姐还迟迟没回去上班。公司主管催了无数次后，最后是公司经理出面，软硬兼磨，许大姐才很不情愿般地到公司报到。许大姐一回来，公司立马把她派到下一家雇主，一个独身多年的老男人家上班。自然，这也是一个不容易对付的主，在许大姐来前，公司在一个月里已经为雇主换了三个保姆了。

五星级金牌保姆许大姐这回似乎不在状态。到新雇主家的头几天，许大姐感觉还没从上一家雇主中走出来，很是不习惯，也很不适应，嘴里叫的、手上做的、眼前出现的尽是前雇主。

让许大姐惊喜和发愁的电话就是在这个时候接到的。接电话的时候，许大姐正在给雇主熬老咸萝卜干肉末粥。加点肉末和陈年咸萝卜干，小火慢慢熬出来的粥，稠稠的，糯糯的，又香又有营养，还消食。

老咸萝卜干肉末粥是上一家雇主老胡的最爱。许大姐也正是凭着这道粥征服老胡的——都说想要留住男人，就要留住他的胃。对这，五星级金牌保姆许大姐有深刻的体会。

老胡非常不好对付。在许大姐去老胡家当保姆前，去过他家的两个保姆回来公司都说老胡不是个善茬，脾气躁，骂人毒，坚决不肯在他家继续做下去。没办法，公司只好请许大姐出马。许大姐到老胡家时，老胡坐在客厅的轮椅上，一对三角眼朝上斜着看窗外，完全无视许大姐的存在。许大姐和他打招呼，老胡半天才冷冷地应了一句："来了？"说完眼睛继续斜着看窗外。

是人都是肉身子，肉身子包就的心，再冷再硬，仔细包裹好了，也会变软变暖。许大姐坚信这一点。许大姐不在乎老胡对自己的态度，一进老胡家，就用自己的"三大法宝"——勤快的手、甜蜜的嘴、灿烂的笑，包裹着老胡。

老胡还是对许大姐发难了。那是许大姐到老胡家的第三天早上。许大姐给老胡熬了一锅菜心粒粥，盛好放凉端给老胡。老胡看了看粥，眉头皱了皱，很不情愿地接了。许大姐心里咯噔了一下，但脸上依旧堆满笑容。老胡看了一眼许大姐，三角眼里流露出一丝厌烦。许大姐谨记一条，当感觉雇主心里的火苗准备霍霍燃烧时，要第一时间借故避开，避免殃及池鱼，无辜受累。许大姐赶紧转身朝厨房走。可人还没进厨房，老胡手里的碗便被老胡砸到了许大姐脚下："你喂猪啊？"许大姐的脸瞬间僵住了，愣了一下，缓缓转过身。面对老胡的那一刻，笑容又挂回脸上。许大姐柔声道歉："不好意思，胡大哥，粥不合口，我再煮过。"许大姐说完，弯腰收拾地上的碎碗。老胡却不依不饶，指着许大姐骂："不要以为你嘴甜，年轻，又长得还不错，男人都喜欢。你就是脱光了在我家里，我也不会多看一眼。"许大姐脸红了一下，没生气，把碗收拾了，依然柔声细语地说："胡大哥，别生气，气大伤身，我重新煮过就是。"

许大姐居然没和老胡对骂，没有摔门走人，这与其他保姆不一样。许大姐的反应大大超出老胡的意料。老胡就像嘎嘣脆的子弹遇上了软绵绵的棉花，用不上劲了。老胡也像被吹胀了的气球，眼看着就要爆，却突然被放了气，瘪了。看着许大姐进厨房，老胡没再继续说出狠毒的话。这事之后，许大姐像什么事也没发生一样，依然用勤快的手、甜蜜的嘴、灿烂的笑，包裹着老胡。这让老胡惊讶，也让老胡对许大姐开始另眼相看。

老胡最终接纳许大姐，就是许大姐为老胡熬的一锅老咸萝卜干肉末粥。

一段时间的接触，许大姐理解了来自潮汕平原的老胡不喜欢粥里有菜——老胡小时候家里养猪，猪食就是这样熬出来的。许大姐也知道了老胡喜欢腌制品，什么咸萝卜、咸菜、咸黑榄、咸鱼，就像湖南人喜欢辣、江浙人喜欢甜、江西人喜欢醋。于是，许大姐别出心裁地用腌制的陈年咸萝卜干给老胡熬了一锅粥。正是这锅粥留住了老胡的胃，老胡第一次足足吃了三碗，吃完一个劲地夸好吃，还说这是他这辈子吃过的最好吃的粥。也正是这锅粥，让老胡认可了许大姐，并在心里接纳了她。

因为得到老胡的接纳，许大姐逐渐走进了老胡那颗被自己严严实实包裹的心。许大姐知晓了老胡在人生最风光的时候，自己毅然决然和妻子离婚。老胡在挣够了几辈子花不完的钱，准备退休享受生活时，却得了一场几乎要了命的怪病。治了几年病，命虽是保住了，龙精虎猛的一个人却从此坐到了轮椅上，不能自理。久病床前无孝子，久病身边也没朋友。平日里前呼后拥的朋友少来往了，子女们又各自忙自己的事。老胡感觉身边只剩下钱，啥也没了。在许大姐到来之前，老胡变得心灰意冷，自暴自弃，对抗人生，报复命运。

说到变，这个世界每天都在变，不断地变。好的会变坏，比如说身体。有会变没有，比如钱财。只有太阳每天升起落下，永远不变。许大姐来到老胡家后，老胡也在变。清早，不变的太阳照常升起，照耀着老胡宽大的客厅。

老胡问许大姐："有钱？有钱有什么用？没了健康，没了自由，一切都没了！"

许大姐微微笑着看老胡："没钱？有健康是用来当保姆伺候人，一样没自由，还得受气！"老胡没再言语。许大姐说："每个人都是一本书，只不过是内容不同而已，有的精彩，有的平淡，有的幸福，有的悲催。"

许大姐把自己那本书里的故事也告诉老胡。许大姐感叹，人生无常！要不是丈夫遭遇不幸，我何至于沦落到来给人当保姆，伺候人呢？想当年，我家也请保姆，有钟点工，也有住家保姆。许大姐劝说老胡，太阳每天都会升起来，但不一定是你的，过好每一天最重要！

许大姐说太阳的时候，太阳正从东边窗外喷薄而出，冉冉升起。窗外的太阳圆圆的，红红的。阳光落在屋子里，屋子也是红的。落在人身上，许大姐和老胡一身红彤彤。

同是人生无常，同病相怜，许大姐对老胡照顾得很尽心。以致公司里的姐妹笑话许大姐，简直像照顾自己的老公一样。许大姐笑着对姐妹们说："公司的客户，我的雇主，我必须照顾好，这是我的工作原则。我对每个雇主都是这样，希望你们也要这样啊！"

姐妹们逼问许大姐:"是不是看上人家了?"

许大姐不屑一顾:"切!一个土都埋到脖子的人,我图啥?"

"图人家的钱多房子多呗!"

"别人的金山银山,跟我有什么关系?"许大姐告诫姐妹们,"告诉你们啊,贪恋钱财是一切的祸根!切记!切记!"

在老胡家一年,老胡变了,变得和许大姐和谐相处,变得乐观向上。这期间,公司又接了一个难缠的主,去了几个保姆,都灰头灰脸地回来说干不了。公司经理找了个人把许大姐替换回来,让许大姐去治疑难杂症。好不容易和老胡处好了关系,一下又要离开,许大姐虽不舍,却也得服从。

换去照顾老胡的姐妹一天不到就气鼓鼓地跑回公司,告诉经理,这样的主,给再多钱,她也不去照顾他:"一个半身不遂的偏瘫人,脾气大得像着了火的柴垛,嘴里说出的话能毒死满塘鱼。"再换一个,不过半天,不是自己气跑回来的,是直接被老胡撵回来的。

离开了老胡两天,许大姐又被派回到老胡家。再见到许大姐,老胡又高兴又生气。高兴的是许大姐终于回来了,过后又生气,质问许大姐在他家做得好好的,为什么要离开?许大姐和老胡解释,干我们保姆这一行,都是铁打的雇主流水的保姆。许大姐佯装也生气了,抱怨道:"你啊,不是变好了吗?怎么还是这样?"

老胡气鼓鼓地说:"我还是我!我变什么!变孙悟空还是猪八戒?"许大姐看出老胡的生气是假装的,便批评起老胡来:"你啊,就是小气。我同事来照顾你不行吗?我能照顾你一辈子吗?"

老胡蛮横起来很吓人:"我就要你照顾我一辈子!"

"你就想啊!"许大姐嘴上虽是这样说,心里却很温暖。

"反正我的日子不多了。出多少钱我都愿意!"老胡的话有点伤感。许大姐听着有点难受,没再与老胡争论。

许大姐后来才得知,为了让许大姐能一直照顾自己,老胡背着许大姐给公司经理打电话,他愿意付高价钱——每年涨,每月涨,都行,就是要让许大姐一直照顾他。许大姐知道后,很是感动。感动的不仅仅是因为老胡给她涨保姆费，更是为自己的真心付出得到了认可，就像画家用心画的画得到人们的欣赏、厨师做了一桌好菜得到客人的喜爱。

许大姐接到让她既惊喜又发愁的电话是律师行打来的。一个自称姓江的律师在电话里说，胡东中——就是许大姐的上一家雇主老胡，生前委托他们做的遗嘱里，有一套房子是赠与给她的，请她一定要到律师行来一趟。

接完电话那一刻，许大姐惊喜万分，这个老胡，随便说说怎么就当真了呢？

不生气不骂人的老胡，其实很好照顾，也很好相处。许大姐每天买买菜，搞搞卫生，照顾老胡三餐。老胡每天坐在轮椅上，像个小孩一样，许大姐走到哪，他把轮椅推到哪，看着许大姐拖地搞卫生，看着许大姐在厨房里做饭，很开心，很高兴。许大姐闲下来，和老胡聊聊天，两个人有说有笑，一天很快过去，一月很快过去，一年也很快过去。

老胡看许大姐像只勤劳的小蜜蜂，每天在屋子里忙来忙去，半开玩笑对许大姐说："小许啊，你把这房子搞得这么干净，我走后，干脆把房子给你算了！"

"老胡，你拿我开涮啊！你不就是为了骗我照顾你好点吗？"许大姐没停下手里的活，也没看老胡，笑笑说，"放心好了，我拿你的钱，就得全心全意照顾好你，不是吗？"

惊喜过后，许大姐就发愁了。

收不收老胡赠与的房子？人家自愿给的，又不是我向他讨的，更不是抢的，为什么不要？可是，可是……无功不受禄，一套房子几百万，我怎么能要呢？

许大姐愁了一个晚上。第二天起来，许大姐眼睛红红的，服伺好雇主吃完早餐，许大姐跟雇主请了假，到律师行去找江律师。在去的路上，许大姐想好了，一定要好好跟律师讲，这房子我不能要，"是我的才是我的！不是我的，我一定不能要"。

到了律师行，年轻的江律师告诉许大姐，受胡东中先生委托，他要给许大姐办理受赠房子的手续。江律师把老胡的遗嘱拿给许大姐看，告诉许大姐，胡东中先生是在意识清醒的时候做的遗嘱，这是份有效遗嘱。老胡自愿把他生前所居住的那套120平方的房子赠与许红女士，以答谢她对自己多年的照顾。

江律师提醒许大姐："办个手续吧！"

"不，我不能要他的房子。他每月付的保姆费是全公司最高的，我照顾他是我的本职工作。"许大姐看到那份遗嘱，像被电触了般。

"这是胡东中先生的遗愿。"江律师再次提醒许大姐。

"我不能要！我不能要！退回去吧！"许大姐连连摆手，说完逃也似的离开了律师行。

"许大姐，不行的！赠与本身是单方法律行为。胡先生已经赠与给你了，他人又不在了，我们没办法退的。"江律师对着仓皇逃跑的许大姐背影喊。

江律师后来又来过几次电话，催促许大姐去律师行办手续。许大姐下定决心了，坚决不要老胡赠与的房子，一次也没再去过律师行。

许大姐不去律师行，江律师只好找上门来。大热天的，江律师找到许大姐工作的雇主家来了。没等江律师开口，许大姐就抱怨："人家送东西，我不接受还不行吗？哪有这样强迫人家的！"但看着烈日下满脸的汗水却还西装齐整的江律师，嘴里说出的话是一点商量的余地都没有，心里却有点过意不去。

江律师一边擦汗一边说："大姐，这是我们的工作。我们律师行既然受胡东中生前委托，就一定要想方设法完成他的遗愿。"

一讲到工作，许大姐和江律师的距离一下子拉近了。是啊，都是工作！都不容易。要不，江律师也不用跑来找我。我许大姐也不用伺候人有时还挨人骂。

对待工作，江律师和许大姐一样敬业。在"攻坚克难"方面，江律师完全可以和五星级金牌保姆许大姐相媲美。为了攻下许大姐这个堡垒，啃下这单硬骨头案子，江律师不厌其烦找上门做许大姐的工作。一次不行,两次。两次不行,三次……

第五次到雇主家找许大姐,江律师感叹,现在看来,胡先生是有先见之明的。许大姐好奇,问江律师,老胡有何先见之明?江律师告诉许大姐,胡先生当时请他们律师行的律师到家里去立遗嘱,说是专门把大姐您支走了。胡先生说就怕大姐您不愿意接受,直接拒绝了,不好办。胡先生还专门交代,无论如何,一定要替他把房子交到大姐您手上。

许大姐记起来了,就在老胡那次半开玩笑说"干脆把房子给你算了"的头天下午,老胡突然说是有朋友来访,许大姐在家不方便,硬是把许大姐支出去。许大姐当时还笑老胡,是不是昔日的什么老情人来啊?在老胡家几年,许大姐没见过什么人来看过他。许大姐心里还嘀咕,一个曾经风光无限、整天呼朋唤友聚会的人——这是老胡亲口告诉许大姐的,怎么一到了病榻上,一个朋友也不见了呢?就连自己的儿子和女儿,一年也见不上几回。子女们就是回来看看老胡,饭也从没陪他吃一顿,扔下点钱和东西,就说生意忙,匆匆来,匆匆去。那几年里,老胡住了几次院,开头,许大姐打电话通知老胡的子女。老胡的子女是来了,但用老胡的话说,"是来探望隔壁老王的,打个转就走了"。走前交代老胡,要是保姆一个人忙不过来,就多请个护工。后来,老胡再住院,老胡干脆不让许大姐给子女打电话:"不就请个护工吗,我有钱,不用他们。"对生病后一年见不到几个人,老胡常常感叹曾经的门前车马非为贵,如今冷落是自然。

"许大姐啊,律师行指定我来跟进您的案子。按照我们和胡先生生前的协议,胡先生赠与您房子的案子我们要完成不了,胡先生预支的高额律师费我们律师行是没办法拿到的。"江律师欲言又止,最后还是说了,"这样的话,我这几个月的业绩也够呛。能不能继续待在律师行,真还不知道。"

来的次数多了,江律师和许大姐逐渐熟络了。江律师有时也诉诉苦。许大姐感叹,为了生活,都不容易。看着比自家儿子大不了多少的江律师,女性的天然母爱油然而生。许大姐没再那么坚拒了,答应江律师:"让我再考虑考虑吧。"

江律师再次来雇主家找许大姐时，下了一场大雨。这场雨不仅大，还下得久，从早晨一直下到了晚上。江律师尽管是开车来的，但从车里到楼梯门洞那一小段路，还是把他淋成落汤鸡。

看着眼前湿漉漉的江律师，许大姐心里有点过意不去，赶紧递了一条毛巾给江律师："新的，擦擦雨水。"江律师擦完身上的雨水，许大姐又递了一杯热水给江律师。江律师接了水，没有急着喝。许大姐慈母般看着江律师说："孩子，喝吧，喝了热水再说。"

"大姐，恳请您支持我们的工作……"喝了水，江律师又开始游说许大姐。

"好吧。我去你们律师行办手续。"这回，江律师的话还没讲完，许大姐居然应承了。

"真的？！"这消息来得太突然，乍一听，江律师还有点不敢相信。

"是的。你们，你也不容易。"许大姐十分平静，看江律师的眼神满是慈爱。

"谢谢您，大姐！谢谢您！我回去赶紧准备！"江律师高兴得有点手舞足蹈。

送走江律师，雨还在下。许大姐进屋看了看雇主老李，想问她晚上想吃什么，见老李正在打盹，便蹑手蹑脚地退出来，一个人在客厅沙发上发呆。

刚接手老李，许大姐很难从上一雇主老胡那里走出来，以致嘴里叫的、手里做的、眼前出现的都是老胡。许大姐有时都怀疑自己，还是不是那个五星级的金牌保姆？可话说回来，毕竟在老胡家里干了整整五年，就是养一只猫啊狗啊，照顾它五年，也有割舍不了的情感。许大姐自认是个有情有义的人。五年里，许大姐和老胡越来越像一家人一样和谐相处。许大姐尽心照顾，体贴入微。老胡支持理解，关心宽容。在不知情的人眼里，真看不出是主仆二人。

黄昏时，雨下得更大，四处噼噼啪啪响，很是瘆人。这场雨，像极一个多月前的那场雨，那是场让人伤心的雨。那场雨也是从早上就开始下,到黄昏时下得更大。那天早上,雨刚下不久,许大姐就感觉老胡有点异常:眼睛老是不想睁开,手一直软绵绵地垂下来,不愿意开口,一说话断断续续,声音越来越小。许大姐想叫车送老胡去医院,老胡不愿意,说下这么大的雨,他哪也不去。许大姐和往常一样,给老胡喂粥。老胡老不张开嘴,几乎喂不进去。任许大姐怎么哄,就是不肯吃。许大姐给老胡喂药,老胡药也吃不下了,许大姐有点慌。到了中午,许大姐坚决要送老胡去医院。老胡还是没让,只让许大姐打电话通知儿子女儿回来。许大姐没告诉老胡,上午她就已经打过电话了,女儿说在外地出差,有什么事让许大姐帮着办。儿子的电话一直打不通,想必是在飞机上——儿子经常到处飞。黄昏时,雨下得更大。许大姐看老胡的眼睛越来越睁不开了,感觉老胡越来越不行了。许大姐不再征求老胡的意见,直接叫了救护车。救护车来的时候,瓢泼大雨打得四处作响,很是瘆人。

到了医院,老胡基本上处于昏迷中。晚上,老胡醒来过一次,醒后睁开眼在病房里四处看了看,见只有许大姐一个人静静陪着自己,老胡摇了摇头,把眼睛闭上了。一会儿,老胡又睁开眼,默默地看着许大姐,示意许大姐把手伸过去。看着满眼的祈求,许大姐毫不犹豫地伸出了手。老胡用干冷的手,缓缓地握着,却越握越紧。许大姐发现,老胡的眼里淌下了一滴浑浊的泪水。

当天深夜,老胡握着许大姐的手走了。许大姐没有叫醒任何人,一直任老胡握着自己的手,直到第二天早上医生进来查房,拔掉了老胡身上的针和管。护士要用白布覆盖老胡时,许大姐恳求,希望再等等,等老胡的子女来病房看一眼。老胡的子女是在老胡被白布覆盖,被送到太平间冷冻了三天后才陆续赶来的。

"雨太大了,低洼地要淹了。"老李醒了,在房间里自言自语。

"是啊,老大哥。您醒了啊,晚上喜欢吃点什么?我来做。"许大姐应着走进房间。许大姐不愧是五星级金牌保姆,用她的"三大法宝"很快摆平老李。这不,个把月下来,主仆二人就像兄妹一样了。

既然是江律师的工作，许大姐一定会支持到底。许大姐按照和江律师约定的时间，再次来律师行。来之前，许大姐专门到老胡的房子去过一趟。老胡的子女忙，火化了老胡，接回了老胡的骨灰，却没空给老胡找墓地，自然就没给老胡下葬了。老胡的骨灰被老胡的儿子女儿暂时放在了老胡生前居住的房子里。

许大姐给老胡带来了他生前最爱吃的咸萝卜干熬肉末粥，还有脆梨。锁头还没换，熟门熟路，开门进屋，打扫卫生后，许大姐坐下来，仔仔细细地擦拭老胡的骨灰盒。擦拭完了，摆正，把粥和梨摆上，点香，许大姐拜了三拜。看着袅袅升起的青烟，许大姐仿佛看到老胡就在眼前，于是和往日一样，和老胡絮叨起来：

"你怎么说走就走了呢？"

"你不是说你的日子还没过够吗？"

"你怎么就舍得走了呢？"

"你说把房子给我，我没说要啊？你这不是强人所难吗？你走了，我退都没地方退啊。"

"那个小律师很倔强，打了无数次电话，上了无数次门，我要不答应，他就不罢休。"

"其实，小律师也很可怜，比我家儿子大不了多少，我不答应，他们律师行拿不到佣金，他负责这个事，有可能就要走人，你说，你不是为难可怜人吗。"

"哎！"

………

离开老胡房子时，许大姐突然有了主意，自言自语说："老胡啊！既然你把房子给了我，那我就让你留在家里，我经常来陪陪你。"

到了律师行，看着难掩兴奋的江律师，许大姐的心里稍稍宽慰下来。江律师忙前忙后，一会儿让许大姐在这签个名，一会儿在那签个名。许大姐完全像木偶一样，江律师抽一下，许大姐就动一下。

办了手续，江律师送许大姐出门。江律师感谢许大姐的支持配合，说要请许大姐吃餐饭，许大姐拒绝了。

走出律师行的大门，外面阳光灿烂。许大姐又想起来和老胡说过的一句话，太阳每天都会升起来，但不一定是你的，过好每一天最重要。是的，太阳依然灿烂，可老胡却永远失去了温暖万物的阳光。

想到老胡再看不到阳光了，许大姐又拐到了老胡的房子——江律师告诉许大姐，办了手续这房子就是你的，不再是老胡的了。许大姐心里始终还是认为，这是老胡的房子。

在房子里和老胡又坐了半天，又絮叨了半天，直到雇主老李打电话来催问了，许大姐才离开。

有房子这事，许大姐谁也没说，就连许大姐正在读大学的宝贝儿子都没说。许大姐也没搬过去住，只在有空的时候，过去看看老胡，陪老胡说说话。在许大姐心里，这房子是老胡的，她是看江律师可怜，为帮他拿到佣金，才答应接下来的。

那次去看老胡又陪老胡说了一箩筐话。说完开了门准备走，许大姐临时想起有件事忘了和老胡说，转身折回房间。

"门怎么被开了？进小偷了？"有人进来后，慌慌张张地大喊大叫。许大姐赶紧从房间出来，看是个中年妇女，觉得对方有点面熟，可又不知是谁，正想问。中年女人却像见了鬼般，大声嚷叫："你是谁？你怎么在这？你……"

见中年女人这么焦躁，许大姐冷静地反问中年女人："你是谁？又怎么在这？"

中年女人看贼般看着许大姐："我是谁？我是老头子的儿媳妇，是这房的房主！"

得知中年女人是老胡的儿媳妇，许大姐才醒悟过来，怪不得有点面熟，原来在照片上见过。许大姐请中年女人安静下来，平心静气地告诉她，自己是老胡的保姆，伺候了老胡五年，老胡走了，也是自己送走的。

中年女人很警惕，质问许大姐，他都走了这么久了，你还来干什么？许大姐告诉中年女人，老胡走前，硬是把房子赠与她了。听完许大姐的解释，中年女人感觉像是被欺骗了，又像被玩弄了，脸涨得变了形，大声冲着许大姐嚷："你是开国际玩笑？还是在天方夜谭？老头子把一套好几百万的房子赠给你一个保姆？！你当他傻了？还是你有问题？"

许大姐告诉中年女人，这不是天方夜谭，也不是国际玩笑。这的的确确是真事，律师行都办了手续的。

"这绝对不可能！难不成是你勾引老头子？"中年女人用鄙视的眼神盯着许大姐，"你们这些人啊，最会这一套了，照顾人都照顾到了床上，哪个男人经得住你们的软磨硬泡？"

"请你不要侮辱人！"许大姐脸上飞过一坨潮红，笑脸虽然没了，却还是控制着自己的情绪，说出的话如钢铁般硬，"是非曲直，到律师行一问就知道。"

"我一定会去查的。你别高兴得太早！"中年女人说完，大力关上门，气嘟嘟走了。

无端端受到怀疑和侮辱，许大姐又委屈又生气，却又没地方讲，以致那段时间，许大姐有点不在状态。有天早上，许大姐给老李熬老咸萝卜干肉末粥时，居然加了两次盐。"小许啊，你怎么啦，心神不宁的！"粥一入口，老李就皱了皱眉。许大姐很是自责，连连向老李道歉。这种事在她的保姆生涯里，可从没出现过。要不，许大姐怎么会是五星级的金牌保姆？老李倒不计较，边吃粥边问许大姐，遇到什么事了吗？需要帮忙吗？

许大姐支支吾吾，说没事，自己以后会注意的。老李吃完粥，许大姐收拾妥当，向他请假，想出去办点事，不过会尽早回来，不会耽误午饭。老李很爽快，说去吧去吧，顺便出去透透气。

那天许大姐确实有点心神不宁。在给老李熬粥的时候，许大姐就想着，当天是老胡的生忌，往年的今日，许大姐会订个小蛋糕，给老胡梳洗干净，打扮一番，晚上给老胡过生日。许大姐会为老胡唱生日歌，唱生日歌时，许大姐又唱又拍手，十分投入。许大姐看出，老胡虽然过得很高兴，但爱热闹的他老期盼有人突然过来，给他惊喜。对老胡的这点小心思，许大姐每年都会劝说老胡，烟花点燃那一刻是灿烂，可过后呢？只有安安静静的太阳，每天升起落下，每天照耀着万物，每天被万物依恋。

哎！如今，阴阳两隔。生日变成了生忌。许大姐向老李请假，就是想买个蛋糕和一些点心，到老胡的房子去，给老胡过生忌。

拎着蛋糕和点心，还有老胡生前最喜欢的脆梨，许大姐兴冲冲来到老胡的房子。掏出钥匙开门，许大姐发现门锁已经被换了。进不去屋子，许大姐只好站在屋外，心里既懊丧又憋屈。这叫什么事啊？你送我房子，我不要，你逼着非让我要，现在我收了，我来看你，给你过生忌，却变成了好像是我去偷去抢一样！哎！老胡啊老胡！

许大姐把东西摆放在地上，香不好在门口点燃，但她相信，老胡一定知道她来了。于是许大姐站在门口，对着屋子和老胡絮叨起来。絮叨了一会儿，许大姐还唱起了生日歌。开始唱的时候，许大姐担心邻居听见，只在心里默唱，后来不管不顾了，索性唱出声音来，还越唱越大声。

生日歌唱了，话也唠叨完了，许大姐收起地上的东西，回雇主家。离开时，许大姐心里还挺高兴的。许大姐就是这样，乐天派。

回老李家的路上，许大姐回想了这五年来很多和老胡在一起的往事。辛酸苦辣，五味杂陈。想想真是不容易，五年来，许大姐愣是让一个半身不遂的人活出了尊严。尊严是老胡在一次和许大姐絮叨的时候说的。老胡说，瘫痪后，他觉得人生从此废了，不仅自暴自弃，还仇视社会，仇视所有和他接触的人，包括他的子女，花钱来照顾他的前保姆更不用说了。是善良的许大姐的真心呵护，还有对他不嫌弃、不放弃，让他活出了尊严。

想老胡，自然又想到老胡赠与的房子。许大姐想，既然我签了名，接收了老胡的房子，那房子就应该是我的。中年女人你凭什么换了房子的门锁，不让我进门？许大姐想着抽空找上江律师，好好和中年女人说道说道。路归路，桥归桥啊，凡事都得讲理啊！

许大姐还没去找中年女人，人家倒是先找上门来，带着几个人到公司点名找许大姐。

许大姐接到公司主管通知，回到公司时，中年女人像在讲故事一样，眉飞色舞地大讲特讲许大姐和老胡的丑闻。这些事，大家都爱听，公司里的人围拢在中年女人身边，竖起耳朵，生怕听漏了哪个细节。

"为了得到老头子的房子，她的手段可多着呢。老头子过生日，她又唱又跳；老头子牙痛，她熬好粥亲口试试；老头子肾不好，她给他买补药壮阳；冬天天冷，她先进被窝暖被子，候着老头子……"

公司里其他保姆窃窃私语：五星级金牌保姆原来是这么来的！照顾人居然照顾到了床上。

"无耻！你说谁呢？"许大姐受到奇耻大辱，颤抖着手，涨红着脸，哆嗦着嘴，大声吼中年女人。

"你终于出现了，我还以为你不敢来了呢！我说谁，谁心里清楚。你说，什么时候把房子还给我们？"好像理都在中年女人这边，这回，她不再大声嚷叫。

"你、做、梦、去！"许大姐咬牙切齿，一字一顿地说。

"大家看看，我说准了吧？这个女人啊，做了这么多，就是为了得到老头子的房子，没错吧？"中年女人看着众人，极力争取大家的支持。

底下又议论开了：人家怎么会平白无故给你套房子？这可是值好几百万啊！

许大姐无论如何冷静不下来："你再这样污蔑人，我告你！"

中年女人洋洋得意："你去告啊！我还生怕你勾引老头子的丑闻，知道的人少呢！"

"你……你……"许大姐完全乱了方寸了，一头朝中年女人撞过去。中年女人带过来的人有的拉开中年女人，有的伸出脚绊许大姐。许大姐不仅扑了个空，还被绊倒摔在地上。

公司里哄堂大笑。

"怎么回事？打架斗殴啊！"公司经理回来了，看到乱哄哄的场面，把中年女人带到他办公室，又吩咐其他人散了，闹剧才得以解决。

天下没有免费的午餐。天上掉馅饼的事，都不是好事，你就别去占有。中年女人这么一闹，公司里其他保姆从此看许大姐的眼神都变了，许大姐的心情被彻底闹坏了。夜深人静时，在床上辗转反侧睡不着的许大姐老在反思，自己为什么没有坚持住而去律师行签名接受老胡赠与房子呢？

多少个晚上，许大姐想第二天就找江律师，跟他说这套房子她不要了，还给那个恶毒的女人吧。可一想到中年女人对自己的污蔑，许大姐就来气。她这样污蔑我，我凭什么要把房子给她？！她凭什么得到这套房子？再说了，我在照顾老胡的五年，她在哪里？她露过面吗？把房子给她，我看老胡都不答应。

在还与不还之间，许大姐一直在纠结。纠结来纠结去，许大姐病了。从来不生病的人一病起来真要命。半个多月过去，许大姐的病还没有见好的迹象。没办法到雇主家上班的许大姐只好打电话向公司辞工。公司开始挽留了一下，后来考虑到许大姐因为收了客户的房子在公司引发的负面影响，同意了许大姐辞工。

许大姐的病时好时坏，休息了个把月，那天，勉强能下地，许大姐到自家楼下走走，晒太阳。遇见相熟的人，打完招呼后，人家都神色慌张地急急忙忙走开。平日里不打招呼的，看着许大姐的眼神也都怪怪的。有的还在小声议论：

"吃不到鱼，惹一身腥。"

"看着挺实在挺正派，谁知道竟然是……"

…………

许大姐听不下去了，赶紧回家。一进屋里，关了大门，身子软软地靠在门上，许大姐的泪就出来了。

"有人在家吗？"许大姐不知在门上靠了多久，有人敲门，许大姐开了门。

"许红在吗？"门口站的是邮递员。

"我是。"

"这是挂号信。是法院的传票，麻烦您签收！"邮递员把信和笔一并递给许大姐。

许大姐愣住了。中年女人居然到法院告许大姐用非法手段强占胡东中的房子。法院受理了此案，拟近期开庭审理。

在屋子里，许大姐既彷徨又无助，想哭却又无泪。不知过了多久，许大姐才想起，要给江律师打个电话，问问怎么办。拨通了江律师的电话，江律师让许大姐等等，他赶紧向律师行领导做汇报。一会儿，江律师打回电话，高兴地告诉许大姐，让许大姐放心，他们律师行免费为她打这场官司。江律师说："一定帮您拿回房子，还您清白！"

许大姐的泪刷地流了下来。

法院开庭了。律师行提供的证据确凿，许大姐的官司毫无悬念地赢了。

官司虽然赢了，房子却还收不回来。许大姐当保姆和雇主上床骗房子的谣言还在四处飞。江律师找到许大姐，告诉她，房子一定会要回来的，他们正在向法院申请强制执行："大姐，我们不仅要帮您拿回房子，我们还要维护您的名誉权。"江律师说，他们律师行拟代她反诉郭美美散布谣言、造谣中伤、侮辱诽谤许大姐，一定要让她受到法律的制裁。

"谢谢！谢谢！"许大姐的泪刷地又流了下来。

法院强制执行，许大姐收回了老胡赠与的房子。

房子收回来的第二天，江律师一大早又过来找许大姐，说是陪许大姐到房子那边，看看还有什么需要他们做的。江律师很自责："都是我们工作没到位，让您受委屈了。"许大姐开始不愿去，但看着江律师的一番好心意，答应了。

到老胡的房子——到现在，许大姐还是认为那是老胡的房子，许大姐百感交集。

在屋子里待了一阵，许大姐让江律师先走，自己再待一会儿。江律师走了,许大姐又坐下来和老胡絮叨了大半天。

　　许大姐离开时,在楼下不小心一脚踩空,人摔倒在地上。躺在地上的许大姐像睡着了般,安安静静的。

　　太阳暖暖地照着许大姐。

2020年12月6日

夜　话

大学毕业，我留城进了一家报社当记者。那时的城市，城里有村，村中有城。城里上班，村中生活。有序与杂乱、安静与喧嚣，就像电影里的镜头一样，每天随时切换，再自然不过。

和我一块进报社的还有另外两个男生和一个女生，他们都和我一样，为了留城，不敢有过多的奢求。因此，当报社办公室主任告知我们，可以为我们在城中村提供宿舍住时，我们心里别提多高兴了。

在村口牌坊下车，办公室主任领着我们四个毕业生提着行李穿行一条小巷。小巷很深很长，还七拐八拐的。巷道很狭窄很阴暗，巷两边的房子都握着手，你挨着我的门，我贴着你的窗，虽然都只有三四层，却显得特别高，从狭窄的巷道朝上看，天空成了弯弯曲曲的一线天。

走在后头的周帆小声嘀咕了一句：这一栋栋房子，就像一对对生活男女，嘴对嘴，臀对臀，不管高矮，但该对的总能对得上。女生李钰跟着主任走在前面，像是没听到，继续朝前走。莫迪和我同时回头看着周帆，周帆捂着嘴朝我们猥琐地笑，那笑满是内容。

在一栋三层旧楼门前停下，办公室主任开了一楼的大门，对我们说：这楼报社租下了，收拾收拾，就是你们的宿舍。进了门，屋子很暗，从一线天的小巷走进来，都要待一会儿才适应。屋子也很小，一房一厅，里面房间摆一张床，外面客厅摆了两张。房间肯定得给女生住，难道我们三个男生要挤在小客厅里？办公室主任看出了我们的疑虑，笑着说，一楼就住你们三个男生，李钰住三楼。我们看了看，一楼没有楼梯上二楼三楼啊？办公室主任走出一楼屋子，解答我们的疑惑——屋外右侧有飘出来的楼梯可上二楼，三楼则要经过二楼客厅门外的通道走上去。办公室主任还告诉我们，二楼之前临时分给了报社的谢副总编，不过,他好像一家三口很少过来住,只堆放了一些东西。

办公室主任交代完,留了钥匙就走了。办公室主任一走,李钰因为不用跟我们三个男生挤一楼,提了行李,高高兴兴地出门上楼收拾去了。周帆赶紧跟出来,很绅士地对李钰说:我来帮你。那时的记者,不仅要说得写得,还有干得扛得,女记者当男人用,男记者当牛使。李钰一句"不用,谢谢"还在嘴边,两袋行李已随她上了二楼了。周帆看着李钰进了二楼,眼睛还一眨不眨地盯着上面看。

办公室主任走时,一股携带萧杀之气的穿堂风从巷道里吹来,这风如野马脱缰般狂暴不驯。风过后,五颜六色的塑料袋在巷道上空飞舞。主任走了,我们的问题就来了。我们三个男生,同时毕业,学历一样,毕业的学校又差不多。谁住里面房间?谁住客厅?办公室主任是老油条,谁也不得罪,把矛盾交给我们自己解决。

别看了,人家都上楼了。赶紧来商量房子怎么分配吧!莫迪性子急,提着自己的行李,不知该朝哪放,见周帆还痴痴站在门口,眼睛直勾勾地看着空空如也的二楼梯子,腾出一只手在周帆眼前扫了扫。

大千世界,芸芸众生,不患寡而患不均。刚留城,大家开始不敢有过多的奢求,只求有个床位能落脚足矣。现在不仅床位有了,还有可能住单间,尽管单间很小,摆了床就没更多地方落脚了,但毕竟私密啊!除了性子急的莫迪提着行李,我和周帆的行李都还在一楼客厅的地板上躺着,此刻三个人谁也没吭声。

哎呀!都是单身狗一只,谁住里面单间都一样!周帆做出一副无所谓的样子,最先打破了大家的尴尬,完了又油嘴滑舌地说:最多,以后谁的女朋友来了,单间让出来,做临时洞房就是。

我和莫迪都被周帆逗笑了。想想也是,身无一物,无女无友,住哪都一样。我心里释然,笑着大方说:就是就是。莫迪嘴张了张,却像被北风吹裂了嘴角一样,龇牙裂齿开不了口。

给陈东住吧。陈东比我大一个月,比莫迪大三个月。尊老嘛!莫迪,怎么样?我惊讶周帆怎么这么快就摸清了我和莫迪的出生年月,不禁对他刮目相看。我更没料到周帆会把球踢给我,弄得我有点不知所措。但我心里还是热乎乎的,这周帆,虽然嘴花花的,心地还不错。我嘴上却客套起来,说别了别了,但说"别了别了"四个字时怎么也没刚才说"就是就是"那么顺口,那么大声。

莫迪没吭声。周帆示意我看莫迪的脸色。莫迪这回不仅嘴角像裂开了般,开不了口,而且脸也像是屋里的灯突然关了般,迅速暗下来。

我的脸色也迅速暗了下来。

要不,莫迪最小,我们爱幼嘛!把房间让给莫迪住。周帆见冷场了,赶紧打圆场,故作轻松地说:不过,我们可说好,要是我和陈东来了女朋友,莫迪你可要让一让啊!

莫迪的脸顿时像是屋里的白光灯换成了红光灯,潮红了,想应承下来,却不好意思说。莫迪眼睁睁看着我,多希望我能点头答应。可这回,我的脸也像被红光灯照着了般,涨红了。你不仁别怪我不义,既然你不同意我住,我也不给你住。我的嘴巴被501胶水牢牢粘住了,不开口。

见我也不松口,周帆自言自语:那咋整啊?总不能让房间空着吧?要不,我住进去。以后啊,你们俩谁来了女朋友,我都贡献出来,怎么样?我因为生着莫迪的气,赌气点头答应了。没想到莫迪居然和我一样,也点头答应了。

矛盾立时迎刃而解。

既然陈东莫迪都礼让,那我就不客气了。生怕我和莫迪反悔,周帆赶紧把行李搬进了房间,精心布置起来。

看着周帆吹着口哨,兴高采烈地布置房间,我和莫迪才恍然大悟,让来让去,争来争去,最后却便宜了周帆。莫迪看着我说,早知道这样,还不如抽签,大家机会平等。我呵呵笑了一下。

房间比客厅好很多,想热闹了,客厅里随便一坐,天南海北,海阔天空,聊个没完,吵个不停。想安静了,进屋关起门来成一统,管他外面春夏秋冬。用莫迪的话讲,周帆在房间干啥事都行。住进来后,周帆却除了进房间睡觉外,大部分时间都待在客厅里。我们三个人,莫迪性子急,藏不住事,直来直去。我爱思考,人随和,有时比较木。周帆脑瓜灵，有想法，有谋略，话又稠，每天晚上老有讲不完的故事。刚开始，我和莫迪还插插话，后来，每天晚上都变成了周帆一个人的专场，我和莫迪只有听的份儿。晚上周帆讲的，万变不离其宗，都与女人和性有关。刚开始，周帆还讲得含蓄一点，后来越讲越露骨，有时甚至把三级片里看来的情节和动作绘声绘色地讲述给我们听。在那孤独寂寞的夜晚，周帆的故事就是我们青春的印记，也是陪伴我们度过漫漫长夜的鸡汤。周帆经常讲得口干舌燥，我和莫迪也听得气喘吁吁。深夜窄小逼仄的出租屋里，我们三个人最后都面红耳赤，焦躁难安。

住进出租屋半年，我才知道了我和莫迪、周帆三个人同时在追李钰。这个李钰，我第一眼见就惊为天人：长辫垂肩，玉臂纤腰，端鼻修眉，粉面红唇，一笑两颊梨涡浅浅。金庸迷的我，感觉李钰就是"丽若春梅绽雪，神如秋蕙披霜"的青桐再现。李钰心性高，一般男生，轻易看不上。这不，李钰一到报社，很多编辑记者都有意无意往她跟前凑。李钰不卑不亢，谁也不得罪，却是谁也够不着。近水楼台先得月，我和莫迪，在深更半夜，被周帆说得浑身焦躁时，都在心里打李钰的主意，以致白天都想多看看她两眼——晚上下班回来，李钰是不会出去的，我们自然见不着。

那段时间，我频频约会李钰。李钰虽然一次也没赴约，事后她总会说"抱歉"，也总承诺抽空到一楼来坐坐。说多了，让我感觉李钰说的"抽空坐坐"，就像我们平日里和人家见面打招呼说的"得闲喝茶"一样，是不用兑现的。

春末的一天晚上，乍暖还寒，明月悬西，星斗满天。李钰真的到我们一楼来坐坐。那晚，照例又是周帆在主讲，话题依旧是女人和性。周帆正讲到男生和女生进了屋，拉灭了灯时，客厅的门被敲响了。莫迪的床靠近门口，衣服也没穿齐整，就起身开了门。一看，莫迪傻眼了，愣着没动。

不欢迎吗？一袭粉色连衣裙的李钰，双目晶晶，娇如春花，宛如天仙一般，在黑暗的夜里飘然而至，俏皮地说。

欢迎！欢迎女神！还是周帆反应快，赶紧拉了一张凳子，用衣袖抹了抹后，做了一个请的手势。

李钰袅袅婷婷地进来一楼客厅。

快乐的夜晚苦短。少了女人和性话题的夜晚，却依然让人兴奋。李钰来坐了一个来钟头，说天晚了，要回三楼休息了。我们三个人都很不舍，却动作一致地起身送李钰出门，看着李钰玉步款款上楼去，最后消失在黑夜中，我们三个人都怅然若失。

啊，仙女，你终于践诺来了！李钰走了，回到屋里，周帆感叹着说。

李钰是践你的诺来了？可笑！一个晚上，周帆先入为主，处处表现得像男主人，莫迪很不满，又不好发作。这回，一听周帆说李钰践诺来了，莫迪很是不屑。

当然是践我的诺了，她答应的！周帆一副无可争辩的样子，看着我和莫迪得意地说。

哼哼，她也答应过我！莫迪不服，轻蔑地回应周帆。

看着周帆和莫迪两个，我诡秘地一笑。

难道闷骚陈东也约过李钰？周帆莫迪异口同声地问。

三个人顿时明白了一切，你看我，我看你，都不吭声了。

但不管践谁的诺，李钰后来常常到一楼来坐坐，和我们三个人一起聊天，有时聊得还挺晚。有一回，我笑说我们三男一女，每天晚上在这小小的出租屋里谈生活、讲工作、议社会、论世情，很有意思，干脆就叫"四人夜话"，怎么样？没想到大家一致同意。"四人夜话"从此在我们四个人中叫开了。李钰在，女人和性的故事不好再讲。尽管我和莫迪都争着抢发言权，奈何周帆跑政法线，稀奇古怪的事多，加上口才好，我和莫迪常常抢得了开头，却抢不了结尾，周帆渐渐成了"四人夜话"的常设主持人。

每次李钰来一楼参加"四人夜话"，周帆都表现得像男主人一样，热情地招呼这招呼那，让我和莫迪心里不舒服。但我感觉，李钰对我们三个人的情分是一样的，该疏时疏，该近时近。如果说，感情能用秤来称，我敢说李钰对我们三个的情感，一定是半斤八两，分毫不差。李钰没有给周帆太多的热络，让我和莫迪很受用，也很受鼓舞。

你俩别掺和了，也别争了，李钰不会跟你俩的。李钰是我的！莫迪白天去啤酒厂采访顺带扛了一箱啤酒回来。晚上，李钰没来一楼参加"四人夜话"，我们用啤酒送夜话。先是用杯喝，一瓶三杯。莫迪嫌不带劲，一口气连开了三瓶，自己拿起一瓶，用右手大拇指压住瓶口，使劲晃了晃。瓶里的气顿时爆发了，从莫迪的大拇指两侧"嗤嗤嗤"朝外蹿。莫迪昂起头，张大了嘴巴，含住酒瓶口，像是嘴上架了门大水炮，任由水弹"咕咕咕"地朝莫迪的五脏六腑发射。莫迪吹啤酒的动作帅呆了，惹得我和周帆也跟着拿起啤酒瓶，一人一瓶吹起来。周帆的酒量没我和莫迪好，一人两瓶啤酒下去，周帆喝高了，嚷嚷着要我和莫迪退出，成全他。刚开始嚷，我和莫迪都没太当一回事。周帆说了几次，莫迪火了，借着酒劲骂他：就你这毯样，老色鬼一个，李钰看上谁都不会看上你！周帆居然没生气：莫迪你不懂，男人不坏，女人不爱！男人不色，女人不好。莫迪当周帆喝多了，没再争辩，却放出话：告诉你，周帆，我是绝对不会放弃李钰的！莫迪说完为表示他的巨大决心，又一口吹了一瓶啤酒。

"四人夜谈"大概持续了有一年。那是快乐又幸福的一年！这一年里，李钰参加得很勤，来聊聊天，吹吹牛，完了每天差不多时间回三楼。这一年里，李钰与我们仨的关系也仅限于此，止步于此。

初秋的一天晚上，李钰出差不在场，周帆又大谈女人和性。聊着聊着，本该是激情昂扬的周帆，突然间蔫了，发出感叹：这么好的女孩子每天和咱们朝夕相处，相谈甚欢，我们三个却是谁也无缘消受！与李钰相处了一年，李钰的活泼、可爱、聪慧、善良越发让我们迷恋。我们三个在暗暗使劲，都希望得到这棵像被故宫博物馆里珍藏的大白菜，又害怕这么好的大白菜，给对方拱了。但任凭我们怎么使劲，李钰对我们三个还是和一年前一样。这多少让我们有挫败感。周帆这一说，刺痛了我和莫迪自尊又自大的脆弱玻璃心。

我和莫迪都默不吭声。出租屋里只有我们老牛般粗重的喘气声。

一会儿，莫迪站起来问：还有酒吗？周帆变戏法般从口袋里掏出三瓶九江双蒸，一人递给一瓶。莫迪喝得太猛，连咳了几声。周帆慢慢抿了一口，有点伤感：李钰说了，我们四个人，一起走出校门，一起进报社，一起租房住，当一辈子的闺蜜不好吗？

莫迪性急，把剩下的半杯酒全倒进嘴里。这一年里，莫迪追李钰也一样性急，他把追女孩的各种招数都使出来了，却迟迟未有进展，早已江郎才尽了。经周帆这一说，莫迪有点坐不住了。不要说莫迪，闷骚如我者，也冷静不下来。

兄弟们，大家别争了，李钰说，我们四个既然是闺蜜，她就不会当陈东的女朋友，也不会当莫迪的女朋友，也无可能当我的女朋友。周帆情绪十分沮丧，又抿了一口酒说：我觉得，我们兄弟三不要在一棵树上吊死，各自行动，各自安好吧！

周帆的情绪感染了我和莫迪。周帆说完，屋子里又安静极了。良久，莫迪憋了半天憋出一句话：李钰不是我们三个池子里的鱼，我们三个也不是李钰碗里的菜。

屋外，欲藏还露、欲隐欲现的半规月悬在半空，一阵紧似一阵的大风拍打着铁门。

因为认清了现实——这是周帆说的，说过"绝对不会放弃"的莫迪最先放弃了。莫迪找到了自己池子里的鱼——他和跑线单位的女通讯员对上了眼。有了女朋友，莫迪隔三差五不回来住，"四人夜话"随时减员。一段时间后，周帆见我迟迟没有动静，居然替我着急，说要帮我介绍。我说周帆，你这是黄鼠狼给鸡拜年吧？不是我找不到女朋友，是我心里放不下李钰。这么好的女孩子去哪里找？闷骚的我，不容易动情，可一旦动情，要我放弃，谈何容易？

周帆很积极很热心地帮我介绍女朋友，有通讯员，有采访对象，有同学妹妹，还有师妹。有一天我烦了，我告诉他，你怕我找不到女朋友？明天我就带给你看！听说我已经有了女朋友，周帆居然给了我一个熊抱，显得比我还高兴。

和女朋友正式确定关系前，我很认真地和李钰聊了一次。我当时想，只要李钰愿意，我一定会毫不犹豫地放弃女朋友而选择她的。李钰没给我机会。我追问李钰喜欢谁？是不是喜欢周帆时，李钰同样很认真地告诉我，她喜欢谁都不会喜欢上周帆。我放心了。

我也脱单了。但我不像莫迪，经常不回来住。说穿了，是我的闷骚劲还在，我还是忘不了李钰，珍惜晚上和李钰在一起聊天吹牛的快乐时光。

跟女朋友打得火热那段时间，我开始"溜号"，晚上有时也不回来住了。我不回来，莫迪不回来，周帆说，一楼要是只剩下他自己，李钰是不会下来聊天吹牛的。即便有时不知道我和莫迪没回来，李钰下了一楼没见我和莫迪，打个转就回三楼。这让周帆伤心，也很失望，周帆便央求我和莫迪，我们两个晚上必须有一个回去出租屋住。周帆甚至给我和莫迪排上轮值表，一三五是莫迪，二四六是我。

不小心让女朋友出了点状况，没有经验，手忙脚乱了一阵子，我连着几天没回出租屋，周帆频频给我BB机留言。忙完女朋友的事，我回了趟出租屋。回去出租屋是快乐的，因为有李钰在。那天，李钰说，她也是几天没到一楼来侃大山了，李钰管聊天叫"侃大山"。李钰其实挺善聊，也喜欢聊。晚上聊天吹牛的主角仍然是周帆，周帆当天晚上换了话题，讲起了新聊斋。周帆的口才的确好，讲笑话，人家笑成一团，他自己不笑。讲到恐怖之处，栩栩如生，让人身临其境，惊乍悚然。周帆讲的新聊斋，以《聊斋志异》和《拍案惊奇》为蓝本，加入各地的灵异奇事，是他独创的。我说是他瞎编的，就像我们报纸人物版的女编辑，没有素材，为吸引读者，就瞎编。女编辑还自诩"欢迎来稿，长短不限，稿费从优"，女编辑这个"稿"被我们很多人恶搞成"搞"。

周帆的一个新聊斋故事讲下来，我脸上一惊一乍，头皮发麻，后背微微出冷汗。看李钰，虽是听得津津有味，却也是高度紧张，人端端正正坐着，双肩收紧，双手紧抱着膝盖，双眼睁得大大的，一副楚楚可怜的样子。我赶紧对周帆说，别讲什么聊斋了，吓着我们李钰了。李钰像小鸡啄米般，频频点头，说天晚了，她要回三楼休息了。许是害怕，李钰说要走却坐着好久没动。李钰终于回三楼了,周帆像法师做完法事泄了真气般,软绵绵地说,累了,睡觉。

周帆很有规律,李钰没来一楼,他和我们大谈女人和性。只要李钰来,他只讲他自创的新聊斋,很入迷,而且越讲越来劲。看着李钰的紧张样子,虽然有了自己池子里的鱼,男人怜香惜玉的天性犹存。有一回,我很认真地提醒周帆,白天不说人,晚上不讲鬼,人家女孩子胆子小,晚上别讲什么神鬼故事了!要不,会出状况的!

会出什么状况?周帆诡秘一笑,反问我。

窗外,无星无月,黑得像一个无底的深渊。随风飞舞的塑料袋,在远处忽隐忽现的灯光晃照下,像怪物般一上一下、一高一低,在风中发出"窸窸窣窣"的响声。

你盼出状况吗?我有点不高兴。

真的出状况了。

那段时间我调整了岗位,和周帆在一个编辑室。周一一早我见周帆没精打采地来上班,我知道我和莫迪昨晚都没回出租屋,李钰肯定没到一楼来聊天,便笑他"一日不见如隔三秋"。我和莫迪都主动从那棵枯树上下来了,周帆至今没有,还牢牢吊着。我心里虽有点可怜周帆,却惊叹他的毅力和不舍不弃,嘴里还是继续打趣他:希望就像那肥皂泡啊,涨得越大越绚丽,破灭也越快越可怕!

下午版面送总编签印比较早,那个月,我们社政部又屡屡有好稿获得报社奖励,主任心情很好,招呼我和周帆等几个小年轻到他家喝酒。

状况就出在去主任家的路上。主任家住的是六楼小高层,没电梯。车到楼下,我们几个人在主任的带领下,兴冲冲上楼。周帆跟在主任身后,走在大家的前面。到了六楼,主任开门,我们一拥而入。主任回身准备关门,却发现刚才走在前面的周帆还站在门口,没进屋,招呼周帆赶紧进屋来。周帆说人不大舒服。主任伸手扶着周帆进屋。我发现,周帆的脸色有点发青。主任说,许是刚才走太快了,叫我过去一起扶周帆到阳台透透气。主任家的阳台种有很多花,面对着大街。大街上,车水马龙。站在阳台，周帆却突然张开双臂，抬起脚，感觉像要从阳台飞出去，把我和主任吓了一大跳。我和主任赶紧把周帆扶回客厅。在客厅里站着，周帆像被抽了筋般，整个人软绵绵的。主任有点纳闷，说周帆不会是休克吧？不敢大意，主任扶周帆在客厅长木沙发上躺下，倒来一杯水，端给周帆喝。周帆刚喝了一口，当即坐起来，说了一句莫名其妙的话：灯好亮。周帆说完，站起来，像任何事都没发生一样，生生猛猛的。主任问：周帆你没事吧？！周帆看着大家：没事啊！我们像不认识周帆一样看着他。主任一颗悬着的心落了下去，高兴地说：没事就好！没事就好！当天晚上，主任家属回来给我们炒了几个菜，我们把主任家的几箱啤酒都喝完了。

　　离开主任家，我一直在纳闷，周帆究竟怎么啦？好好的人无端端不舒服了，又突然间恢复了。晚上我和周帆一起坐公交车回出租屋，在车上，我没好问。刚开门进屋，李钰就下一楼来了。反正李钰又不是什么外人，我决意打破砂锅问到底。周帆却一直支支吾吾，说没事。但那天晚上，周帆讲自创的新聊斋，大失水准。李钰回三楼休息后，我再次追问周帆，究竟怎么回事？周帆还是说没事，没事。

　　周帆和我说的"没事"却越传越玄。

　　传说周帆出状况的头天晚上，一楼只有周帆一个人。那天晚上，夜出奇地黑，一栋栋黑魆魆的房子，像一个个怪物般摆着阵势，面目狰狞；一间间窗户里传出忽亮忽灭的灯光，像点点鬼火，暗淡凄惨。风出奇地大，犹如号角齐鸣，又如野兽咆哮。周帆夜里做梦。梦里，周帆见到有一个穿着白衣白裤的女人，盘腿坐在一间屋子里，女人的前面香火缭绕，很多人在跪拜她。感觉白衣女人坐的地方就是周帆住的那间房子。周帆打小不信神鬼，啥都不怕，胆子特大。正因为如此，潜意识里不信神鬼的周帆看到很多人在拜白衣女人，轻蔑地说了一句：我才不信！谁料想，周帆的话被白衣女人听到了。白衣女人突然抬起右手，握拳，随即又伸出拇指和中指，变成"二指禅"。那"二指禅"像蛇信子一样，从屋子里探出来，拐出门，忽高忽低，忽左忽右，上下翻滚盘绕，越过门，绕过墙，沿着狭长的小巷，远远地、远远地朝周帆飞快地追过来。近了，近了，"二指禅"直扑周帆的额头……周帆清晰地听到，白衣女人"二指禅"点击自己额头的脆响。"二指禅"触碰周帆额头的瞬间，白衣女一字一顿，拉长着极其恐怖的声音，诅咒似的对周帆说：你——不——信，我——让——你——信。那声音像从地狱里发出来的，阴郁、沉闷，像布撕裂，又像锥子钻骨，令人毛骨悚然。周帆当即吓醒了。醒来的周帆，浑身汗透，心虚气喘。此时，呜呜作响的北风一次次吹打着出租屋的铁门，如泣如诉。周帆浑身鸡皮疙瘩一阵一阵起个不停，一夜未眠。第二天，也就在24小时内，周帆就出状况了——在主任家，在众目睽睽下，周帆休克了。周帆居然想从主任家的阳台上飞出去，与大街上川流不息的车辆做伴。

周帆真的梦见可怕的白衣女人，还有她恶毒的诅咒？我听完也毛骨悚然。因为女朋友分到了宿舍，我很少按周帆的轮值表回出租屋轮值了。那天回去，我特地向周帆求证。周帆有点不耐烦，反问我，你不都听到了？还问啥？

几天后，周帆做梦的事又有了新说法。

那天，我带着一名实习生出去采访。路上，实习生问我：陈老师，你们住的出租屋是不是不干净啊？实习生知道我和周帆住一块，却不知我已经好久没回去了。我告诉实习生，屋子虽小了点，但经常有女生过来聊天，我们还是搞得挺干净的！陈老师，我说的不是这个干净，我听说啊，你们住的那个出租屋，是那个不干净。实习生夸张地做个鬼脸，神秘地说。你听说什么？我反问。实习生说：听说你们住的出租屋是间鬼屋，屋主原先是个女的，还未出嫁，遇人不淑，在二楼房间里上吊。上吊的地方说就是周帆老师的楼上，谢副总编住的房间。女的上吊后，房子归其哥哥所有，空置了好多年，才拿出来出租。

第一回听说自己原来住的是鬼屋，我顿时心里发毛，头皮发麻，却装作若无其事一样批评实习生，你这些乱七八糟的消息从哪来？实习生看出我在装，有点不高兴地回应我：报社都在传啊！

报社真的都在传，而且越传越多，越传越邪。

先是传谢副总编在出租屋二楼住的时候，开始晚上经常莫名其妙地听到各种异响，后来，谢副总编几个月大的小孩一到半夜老哭个不停，任凭谢副总编两公婆怎么哄，都不行。他们只好把小孩抱出屋外，说也奇怪，小孩一离开屋子，立马就不哭了。

"为什么会这样啊？那是因为屋子不干净，小孩子阳气不足，老看见吓人的东西，害怕！"传的人言之凿凿。

后来，还把我和莫迪都牵扯进去了。传的人把我和莫迪搬离出租屋住，也讲成了是因为屋子不干净，住了不舒服，才搬走的。

因为涉及我，开始我嗤之一"笑"。奈何众口铄金，听多了，我也以为意。我庆幸早已搬离了出租屋。我却担心一个人住在三楼的李钰，得知自己住的是鬼屋，害不害怕？哎！我对李钰的关心也就只能是担心了！

急性子莫迪干啥事都急。搬离出租屋没多久，有天打我办公室座机电话，直奔主题，告诉我，他领证结婚了。"酒就不摆了，人也不请了。周末，你和周帆，哦，还有……还有李钰，咱们出租屋的四个，到我那，我来下厨，咱们喝几杯，继续'四人夜话'"。莫迪念旧，但叫不叫李钰参加，电话里他是犹豫了一下的。一听莫迪自己下厨，我吃过莫迪在出租屋做的菜，确实不敢恭维，于是损他：得了吧，你那个水平，你下厨，能煮出好吃的东西吗？刚结婚就这么护着，要让人十指不沾阳春水啊？你煮的，我可不吃啊！

周末，我带着女朋友第一个到。一看莫迪老婆挺着个篮球肚，我啥也不说了——莫迪，你煮啥我就吃啥！李钰和周帆几乎前后脚到。李钰抱着一束百合花，笑容满面地进来。百合花盛开得正艳，芳香扑鼻，粉嫩的花儿映衬得李钰更加妩媚，更加漂亮。但我却发现，李钰打完招呼一转身，满面笑容一闪而过，淡淡忧愁随即上脸。周帆也到了，一手拎个袋子，一手抱着束娇艳欲滴的红玫瑰，一进门先道歉：来迟了！莫迪接过周帆手里的袋子说：来了就好，还带啥呢！周帆笑笑说：今晚的杯中物。我冲周帆坏笑着竖起大拇指：还是周帆懂礼数啊！不过呢，今晚的花呢，李钰送了，要不，你带的那束红玫瑰花就送给李钰吧！周帆果真顺杆子往上爬，把玫瑰花送给了李钰。李钰脸红了一下，没接，有点不悦：你搞错主题了吧？周帆立时讪讪的。我赶紧打圆场，接过周帆手里的花，放好，调侃道：周帆啊，你也忒吝啬了吧。送李钰的花，你得精心准备，是不是？能言善辩的周帆此时木讷如平时的我，竟应不上来。我呵呵着一脸坏笑，李钰却努着嘴，剜了我一眼。

周帆对李钰痴心不改不言弃的劲，让我还是很佩服很感慨。我有时在想，其实李钰和周帆在一起，不挺好吗？可看李钰对周帆的样子，我们三个真的只能做李钰的闺蜜了。不管做什么，我还是很关心李钰。李钰过得怎么样？谈了朋友了吗？鬼屋的事有影响吗？很多话想问李钰，奈何女朋友在身边，话到嘴边又都咽回去了。

但愿李钰安好！

周帆酒量本来就不如我和莫迪，加上周帆感觉从一进门就显得心事重重，没喝多少，就醉了。莫迪的老婆过意不去，责怪莫迪把周帆灌多了。从莫迪家吃完出来，让李钰一个女孩子送醉酒的周帆回出租屋，我不放心。我和女朋友打了车，先送周帆和李钰回出租屋。在车上，周帆醉得不省人事。我无话找话问李钰怎么样了？李钰反问我"什么怎么样了"？我不敢问出状况的出租屋怎么样了，讪讪地问李钰在出租屋住得怎么样？李钰一句话把我噎住了：你不是没住过吧？

一路无话。到了出租屋，李钰上三楼，我把周帆安顿好才和女朋友出门离开。夜晚走在狭长、阴暗的城中村小巷，巷道七拐八拐，身后忽明忽暗，心里想着周帆梦里的白衣女人和她可怕的"二指禅"，还有二楼的吊死鬼，我也害怕了，拉着女朋友赶紧加快脚步离开。

真是疑心生暗鬼。早前，在出租屋住了那么长时间，都不怕，现在咋就怕了呢？！

正月十六，谢副总编搬家。谢副总编为人不错，再加上我们和他做了一年多名义上的邻居，更主要的是我想回去出租屋看看。看看曾经住过的出租屋，看看李钰，我便自告奋勇去帮谢副总编搬家。出租屋如旧，只是一楼我和莫迪搬出来后，没有新人住进来，只住周帆一个人。一切都像变了，又像没变。李钰因有采访任务，不在出租屋里，没见着。

事情就出在谢副总编搬家的那天晚上。这是事后没多久，周帆找我和莫迪喝酒时说的。

周帆说，他一直喜欢李钰，真的。他说，这种喜欢，不像我和莫迪，说能放弃就放弃的。能放弃的喜欢叫喜欢吗？周帆坦白，他一开始就知道我们三个同时喜欢李钰，为了让我和莫迪放弃，他是动了心思的。莫迪性子急，没持久性，这不一说李钰只把我们三个当闺蜜，就早早出局。莫迪听到自己被周帆算计了，硬逼着周帆把杯里的酒喝了：你居心叵测啊！给我喝了！要不我饶了你！周帆乖乖把酒喝了。我端起酒杯，也逼周帆干杯，骂他：给我介绍女朋友，你真是黄鼠狼给鸡拜年？周帆不敢不认，也乖乖把酒喝了。

周帆说，智退了我和莫迪，却还是得不到李钰的芳心。自从我和莫迪搬离出租屋，李钰就再也没来过一楼。"四人夜话"散伙了，他准备的很多很多新聊斋故事，也无用武之地。

周帆说，你们不知道，那段日子，我真的很苦闷！好在，转机很快出现了，就在谢副总编搬走的那天晚上。他说，当天晚上十二点刚过，他穿着睡衣睡裤在一楼半躺着看书。突然，隐隐约约听到"救命"声。于是放下书，侧耳细听：屋外无风无雨，万籁俱静，"救命"声却十分刺耳。出租屋里，鱼龙混杂，晚上打架斗殴，常有的事，周帆没在意。喊叫声持续不停，越叫越让人揪心。书是看不下去，周帆打开房门，走出客厅，想听听是哪里在喊叫。这一听不打紧，"救命"声像是从三楼李钰房间里传出来的，好像是李钰在喊叫。不容多想，周帆抄起扫把，急急出门，奔上楼。二楼的大门锁着，周帆一脚踹过去，进了二楼，摸黑直奔三楼。三楼走廊的灯亮着，客厅门却关着，李钰就在房间里面喊叫。周帆毫不犹豫地踢开客厅的门。客厅里，灯明晃晃的，啥也没有。紧闭着门的房间里，李钰还在绝望地喊叫。

怎么啦？怎么啦？我在门外！在李钰的房间门口，周帆犹豫了一下，没敢再踹门。连问了三次"怎么啦"，李钰没应，还只是一个劲地喊叫。周帆正准备踹开房间门时，李钰边喊边把门打开一条缝，瞪着一对惊恐万分的眼睛，慌里慌张地朝外瞄了一眼。

没事，没事。我在呢！李钰确认了门外站着的真是周帆，才停止了喊叫，用颤抖的手，推开了门。门开了，李钰站着半天都不敢出来客厅。

不怕，不怕。我在这！周帆安慰李钰。

走出客厅，惊魂未定的李钰四处看了看，确信只有周帆在，其他什么也没有，才慢慢定了神。周帆赶紧烧了一壶水，倒了一杯，吹了吹才递给李钰。喝完了水，李钰走进房间，指着桌子上摊开着的笔记本，心有余悸地告诉周帆，她正在写日记。李钰说，她有记日记的习惯。写着写着，突然听到三楼客厅外的洗手间好像有人使用完后在冲水。紧接着，传来洗手间里的洗衣机盖被人打开了的声音。她立即警惕了起来：谁三更半夜上来三楼啊？想想不对，二楼三楼就她自己一个人住，谁会上来？李钰顿时头皮发麻，浑身爆起鸡皮疙瘩。正在这时，她又听到了有人拿着钥匙插入自己客厅大门的锁孔，旋转锁芯的声音……李钰立即对着客厅大声问：谁啊？屋外寂静无声。谁？李钰再问了一句。还是寂静无声。李钰顿时慌了，颤抖着又问了一句：谁——屋外依旧无声，寂静。李钰恐惧了，瞬间崩溃……

幸福写在周帆脸上。周帆抑制不住喜悦地说，那一晚，好不容易等到李钰平静下来。李钰安静了，周帆几次想离开三楼回一楼，可每一次起身，都被李钰拉住，周帆最后留在了三楼过夜。

看着周帆满脸的幸福，我和莫迪心里五味杂陈，既有嫉妒和羡慕，也有厌恶和不屑。我用力捶了周帆一拳，骂了他一句：狗日的周帆。一朵鲜花终于插在你这堆臭牛粪上！

周帆嘻嘻笑着，不忘把杯里的酒喝了，喝完才趴在桌子上，不省人事地睡着了。

步莫迪的后尘，从出租屋里搬出来不久，我也奉子成婚了。我电话通知莫迪、周帆，让莫迪一家三口，让周帆带上李钰，周六晚上留着肚子,到我住处,饱吃一餐。我特意讲明,其他人我就不请了,就咱们出租屋里的四个人聚聚,再续"四人夜话"。莫迪还没等我说完,就连说"行行行"。给周帆打电话时,我正想问他和李钰进展怎么样了,什么时候也可以喝一顿了,发觉周帆有点支吾。我问周帆,是不是有什么重要安排,来不了?周帆说那倒不是,就是李钰你得单独通知她一下。我心里咯噔了一下。

周六晚上,急性子莫迪负担重了,拖家带口,抢不了第一。最先到的反倒是周帆,一个人来的。一进门,我发现他情绪不高。我嘴张了张,周帆知道我想问什么,摇了摇头,算是作答。很快莫迪拖家带口也到了。一个人九个影,莫迪就多了个小孩,比原先热闹了许多。女生矜持,李钰又是最后一个到的。不过李钰不是一个人来,李钰还带了一个高大帅气的男孩子过来。李钰介绍说是体校的老师,小郭,教游泳的。我注意到,李钰介绍小郭时,没有说是朋友,更没有说是男朋友。作为主人,我把我们几个分别介绍给小郭,特别强调,我们是一个出租屋里"四人夜话"的成员。

晚上的酒,莫迪儿小妻嫩,身上责任重大,自然不敢放开喝。周帆郁郁寡欢,老喝闷酒,我不好灌他。小郭我们不熟悉,我和莫迪对他很客气。一晚上喝下来,居然没人喝倒。莫迪孩子小,饭一吃完,茶没喝一口,就准备撤退。送莫迪一家,刚出大门,莫迪就急着跟我嘀咕上了:我早说过,李钰不是我们三个池子里的鱼,我们三个也不是李钰碗里的菜。我拍了拍莫迪的肩膀,没吭声。送完莫迪,李钰和小郭也告辞了。反正回去也没事,我留周帆多喝一会儿茶,顺便让他醒醒酒。

都走了,茶桌前剩下我和周帆。还没等我开口,周帆就气愤地说了,这是第四个了!我问周帆,什么是第四个?周帆苦笑着说,李钰换了四任男朋友了。周帆说,从谢副总编搬走李钰拉着他在三楼过夜起,他整整陪伴了李钰一个月。那是他人生里最幸福的一个月。两个人一起上班,一起下班,天天晚上又腻在一起。一个月后,周帆接到采访任务到深圳采写一篇深度报道稿。为写好这篇稿件,周帆猫福田、上宝安、跑盐田、过蛇口、入沙头角,几乎把深圳都跑遍了。一周后，采访结束。为了早点见到日思夜想的李钰，周帆当天晚饭也没来得及吃，买了一个面包，就坐上回程的大巴，想给李钰一个惊喜。

惊喜没发生，惊吓倒出现了。当周帆把钥匙插进三楼客厅的门锁时，屋里惊恐的喊叫声又响起。周帆赶紧开门进客厅，"李钰李钰"地叫唤着。

客厅里，灯火通明，李钰和一个矮个子男孩搀扶着从房间走到客厅。

你是谁？周帆和矮个子男孩同时愤怒地质问对方。

…………

周帆十分沮丧地说，李钰和他分手，仅仅因为那几天晚上他不在。这是多么得荒谬！周帆说，矮个子男孩子是在周帆之后，李钰换的第二个男朋友。她换男朋友跟换衣服一样，之后又有了第三、第四个……

我怎么也没料到是这样的结局，轻轻拍了拍周帆的后背，想安慰他，却不知说啥好。周帆说完了还想继续喝酒，我没让他喝，倒了杯浓茶给他。周帆端起来咕咕咕一口喝下去，抹了抹嘴说：陈东啊，每天晚上看着李钰带别的男人经过我一楼上去三楼，我的心每每像刀在割！

周帆讲完泪流满面。看来，周帆是真的喜欢李钰，真的很痛苦。

老婆提了水壶出来，想给我和周帆的茶杯续水，我摆了摆手，让老婆回房间去，一个人默默陪着周帆。

是。我是不该编什么新聊斋神鬼故事来吓唬李钰。可我不就为了让她靠近我吗？周帆懊丧地说。

为了得到李钰，白衣女鬼、女人上吊也都是你编的？我惊诧过后，怀疑后来种种可怕的传闻也与周帆有关，喘着粗重的浊气质问他。

梦是真的！我的的确确做了那个可怕的梦！那个梦到现在一想起来，我还会打冷战，浑身起鸡皮疙瘩。女人上吊的事也是真的，这是我后来从谢副总编和房东那里证实的！周帆脸红耳赤地争辩。

我从周帆惊恐的眼神里，没看出他在说谎。

我头皮发麻了。

在主任家，你突然出状况，也是真的？尽管是我亲眼看到，我却一直心存疑虑。

　　那天白天，我一直想着夜里那个可怕的梦，午饭也没怎么吃。去主任家，好久没爬楼梯，又走得急，进门时的确有点不舒服。我当时也在想，难道真是白衣女人要让我长记性？当你和主任扶我到了阳台的时候，我人已经没事了。看着满阳台的花花草草，望着远处金黄的落日余晖，听着楼下川流不息的汽车声，那一刻我在想，这么久了，你和莫迪都退出了，我还不能和李钰在一起。能和她变成一对快乐的小鸟，一起自由自在地飞翔，也很好啊！

　　所以，你就假装张开双臂，虚张声势地做出要跳楼的样子？我感觉被戏弄，很生气。周帆点了点头：是的。我当时也想：吃东西吃味道，玩耍要玩全套，为了能和李钰在一起，我干脆把戏做足了。

　　你真是活该！我气得脸都变了。我是活该！可我又能怎么办？陈东啊，你和莫迪能放弃李钰，偏偏我又放弃不了。你知道吗？不能放弃的喜欢，真的折磨人！周帆十分痛苦。

　　那夜喝酒后，我调离了报社下海弄潮去了，情场失意的周帆出人意料地晋升为报社政法部副主任，莫迪转岗去当夜班编辑，被记者们喊老师了，李钰还在继续当记者，我们四个人都干得风生水起，只是"四人夜话"再也没有续过。不久，因为城中村改造，出租屋拆了，李钰和周帆也都搬离了出租屋。我听说，因为天天晚上必须有男孩子陪着，李钰搬离了出租屋后还在频频换男朋友。事业越来越红火的周帆一直没找女朋友，他对李钰也一直不放弃，反反复复，先后续做过李钰第N任男朋友。

2021年2月15日

飞舞的刀

那是一个刀光剑影的年代。那是一个风生水起的年代。

这是宏哥在酒桌上讲故事的开场白。

浅色夹克，灰黑长裤，休闲皮鞋，衣着得体。方脸高额，背头银发，大眼浓眉，气宇轩昂。声若洪钟，目光如炬，泰然自若，气场十足。第一次见宏哥，他话虽不多，我却一直在留意他。直觉告诉我，这是个不同凡响的人，应该也是一个有故事的人。

在天天应酬交往顿顿觥筹交错中，作为一名记者，我不知认识了谁记住了谁，哪个是真哪句是真。人和酒一样，醉了断片，醒了忘记，唯一记得的是酒的辛辣。在酒桌上要是遇到有故事的人，感觉就像喝到了独特的酒，令人难忘。

酒精淡化了长幼尊卑。酒过数巡，酒席渐渐进入你说你的、我讲我的的闹腾时刻。原本恭恭敬敬听宏哥讲故事的，陆陆续续开起了小差。

宏哥还在讲：

锋利的刀舞得满屋虎虎生风，也舞得温室里的花花草草愁容满面，黯然失色。当然，锋利的刀只能在不大的办公室里飞舞……

我依然听得很认真。我发现，宏哥说话的时候，红润的脸在灯光的映照下，细细的皱纹快乐地一隐一现，像极了把五颜六色的鱼食投入包房的鱼缸，悠游的鱼儿从四面八方瞬间拢过来抢食，鱼食没了，鱼又四散开去。

看着宏哥一隐一现的皱纹，我着迷了，决意写他的故事。

三星照啊，五魁首。哥俩好啊，四喜财。六六顺啊，八匹马……有人划起拳，酒席已然进入了"世界都是我的"高潮时刻。我走到宏哥身边，趁人不注意，悄悄地把他请离酒桌。

一

　　三十年前，上海船大掉不过头，北京只有高大上的政治，深圳刚蹒跚起步，"北上广深"之说才像男人的小蝌蚪，离呱呱坠地早着呢。那时最流行的说法是"雁南飞"。你知道吗？广东人没有地域概念，广东之外，除了海南——海南早前是广东的，都是北方。全国各地一批一批的人，管你是不是人才，都像大雁一样从北方朝南飞。

　　我随大流，从八朝古都开封南下广东。盲目的南下是痛苦的，就像女人盲目嫁人。嫁了人，你要做羹汤，你要谙姑性，你要……可一切你都不知。从浊水滚滚的黄河大堤下长途跋涉来到了山清水秀的珠江边，水是清了，天是蓝了，树是绿了，可那一切不是你的。你有的是体制内按部就班的工作没了，口袋空了，肚子瘪了。

　　搬离城中村的合租握手楼，大雨滂沱。我别无选择，背起我的一切，朝立交桥底走去。我需要地方遮风避雨。

　　什么叫江湖？有人的地方就有江湖。有江湖就有争抢。江湖之争，大到江山社稷，小则一箪一食。当我走进立交桥底下，我才明白"江湖"这两个字的真实含义。哪怕是这些又脏又乱又臭又吵的立交桥底，江湖依然悠久。立交桥底，早被人像狗一样尿了个圈，做了记号，纳入了他们的势力范围。

　　在他们那个江湖里，一讲关系，二靠武力。关系和武力，是江湖行走的硬通货，就像黄金和美刀。关系有简单关系和复杂关系。住在桥底下的，没有一个我认识的，简单关系这一层，自然没有。我是个半大不小的丑陋男人，住在桥底下和我一样丑陋不堪的男人们不可能与我发生关系。有个别大妈大姨也住在桥底下，然而她们个个名花有主，你管她是固定的还是露水一场，都不可能看上我，更不可能与我发生关系。复杂关系这一层，也不用琢磨。要住进去，唯有靠武力。我虽然家近嵩山少林寺，却不谙武术。年少学拳术，别人打拳走一步我却走两步，有"跳步"的绰号。师傅不肯收我为徒，说我是读书拿笔的料，好好读书，将来考大学。也幸好师傅不收，我才如师傅所言读了大学。读完大学，进了报社拿笔写文章。笔拿得越久人越孱弱，凭我孱弱的武力，我怎么能靠武力住进桥底下？

我知道我进不了他们的江湖。我就像一只流浪的狗一样，不敢进入主人家划定的势力范围，只敢在周边可怜地转圈。桥底下的核心区域是他们的范围。那区域，地面离桥高，在当时我的眼里，不亚于现在的别墅，绝对是高堂大屋，不仅亮堂，还不大吵。我远离他们的核心区域，蜷曲到立交桥底的最末段。那地段，地面和桥底相连接，人站不起来，晚上我像个木楔一样塞进去，地面、我和桥就连成了一个整体。

夜晚，轰隆隆的声音，如鼓急捶，如风呼啸，如潮怒吼，如雷炸响……每一声响，伴随着桥和地板的震动，就像是车子不断从我身上碾轧过一样。夜里，历经千百次碾轧，我感觉到我身子被碾断了，碎了，变肉酱了，成齑粉了……你碾就碾吧，可恶的是，你碾一会儿停一会儿，就像猫抓老鼠一样，咬一口放一下。你刚睡着，又被碾醒，反反复复。醒来的时候，远处一栋栋密密麻麻高耸云天的楼房，像极一块块竖立起来的木板，板上开了无数火柴盒般齐齐整整的小四方格，格里发出或白或黄的亮光。看着看着，眼睛模糊了，我就在想，这么多方格子，每个人怎么样才能找到自己的格子呢？我甚至恶作剧地想，把一块块木板调换一下位置，或是把一排排小四方格重新拼装，又或是把一格格里或高或矮、或胖或瘦、或老或少、或男或女随意重组，会发生多少有趣的故事呢？

夜晚被无数汽车碾轧，白天又被无数主管碾轧。那段时间，我见了无数负责招聘的人事主管，我被无情又冷漠地退回无数次求职简历，被碾轧得支离破碎。

又见了一家单位的人事主管。主管是个年轻的时髦姑娘，一头大波浪头发，有几绺垂在前额，生生营造"犹抱琵琶半遮面"的神秘。一件碎花上衣，解开了第二个纽扣，露出若隐若现让人血脉偾张的白皙大馒头。我怯生生地双手递上简历。

干过什么？

在河南老家的报社当过记者。

我是问在广州干过什么？

刚来。刚来。

那就是说没干过。

是的。不过，我什么都能干！

主管甩了甩一头大波浪，眼睛直视我，就像看着我老家出土的千年古董。然后一句不吭，把求职表退回给我。

走出女主管办公室，身后传来时髦女主管的声音：什么都能干，就是什么都干不了。

离开公司，我在心里问候遍了时髦女主管和她家里的所有女性。

路上的广州，碧空如洗，秋高气爽。拂面而来的暖风确实要比黄河边的狂风干净，我却明明感觉到有千里之外的黄沙吹进了我的双眼，嘴里咸咸的。

又被拒绝的一天。

晚上空着肚子回到天桥底下，躺着却睡不着。不知过了多久，迷迷糊糊的，我吃上了开封的小笼灌汤包，吃了一笼又一笼。吃得急被噎着了，正想找水润喉，身材婀娜的女服务员笑盈盈地端着开封杏仁茶进来。婀娜的女服务员到了身边突然变成了凶神恶煞的张屠夫。张屠夫不由分说捏着我的鼻子，掰开我的嘴巴，把满满一壶杏花茶使劲朝我嘴里灌。够了，够了，我的肚子被灌满了，我手打脚踢，拼命推开张屠夫，拼命推开水壶……我醒过来了。我在睡梦中被人扔进了臭水沟，把水里的一轮圆月扑腾得七零八散。

好不容易挣扎着爬出臭水沟。我看见，住在桥底"高堂大屋"的一伙人围拢在沟边，有的双手抱胸，有的双手挥舞，有的伸腿，有的抠鼻，他们看着我，就像看着一只落汤的猴子，哈哈大笑。他们的笑声和轰隆隆的车声一样刺耳、一样尖利，像刀一样割我的耳朵、刺我的眼睛、砍我的浑身。

我握紧了双拳。他们的笑声戛然而止。深夜的臭水沟边，静极了，我心里已然听到拳头在咯咯响。领头的一个看着我，鼻子哼出轻蔑的气，像在挑衅地问：怎么样？不过瘾？想打架？

我挺直了腰，毅然决然朝他们走过去。

哈哈哈——。皎洁的月光下，一个女人靠在一株粗壮的绿化树上，像条缠绕着树的蛇，突然爆出惊人一笑。在寂静的夜空里，女人的笑仿如春雷炸响，打破了窒息的压抑，惊动了蛰伏了一个冬天的一切生命。

哈哈哈——。女人还在笑，笑得花枝乱颤般，不不，是笑得东倒西歪。我看着月光下大笑不停、轮廓越来越清晰的女人，停下了前进的脚步。

来啊！过来啊！女人看我停下脚步，不笑了，捡起脚下的一根木棍，扔给我。

一辆载重的货车从身后立交桥上飞速而过，轰隆一声巨响。又一辆飞速而过。我的拳头被女人的笑、被桥上无数飞速而过的汽车，碾碎了。

我松开了双拳，远离了他们。

皓月当空，我踽踽独行。边走边不断问自己，我为什么舍弃安逸？我为什么背井离乡？这里有啥好？这里能干啥？

走到珠江边，实在走不动了，我瘫坐地上。身后的珠江温顺绵软，无波无浪。我面前的远方的家，远方的黄河，还好吗？生我养我的黄河，浊浪滚滚的黄河，仿佛就在我眼前，是那么的亲切，那么的生动。

一想到黄河，一想到家，我冲动起来，昂头冲天上的明月高声大喊：我想回去，我要回去！

清风微澜，明月不语。

不远处，大排档灯火通明，喧嚣依旧。

一时失志不免怨叹/一时落魄不免胆寒/哪怕失去希望……

有人点歌，吉他响起，《爱拼才会赢》优美的旋律从大排档传来。那是我最喜爱的歌曲。我不仅熟悉这首红遍大江南北的歌，也熟知歌曲的原唱叶启田，一位刚从监狱出来不久就唱红了《爱拼才会赢》的歌者。

沧桑的男声不是叶启田，我依然听得如痴如醉。

三分天注定/七分靠打拼/爱拼才会赢……

爱拼才会赢？爱拼才会赢！此情此景，此等际遇，听此歌曲，我仿佛吃了春药，热血沸腾！

我和沧桑的男声一起唱《爱拼才会赢》：人生好比是海上的波浪/有时起有时落/好运歹运……

唱完，我擦干眼泪，走到江边绿化带，打开水龙头，痛痛快快地冲凉——广东人把洗澡叫冲凉，把一身的臭味、一身的愁苦、一身的郁闷，统统冲走。

去你的轰隆隆！去你的碾轧！去你的江湖！我哼着"爱拼才会赢"美美地睡了下半夜。

天亮了，收拾收拾再出门。找单位，被拒绝。再找，再被拒绝……我对自己说，此地不留爷，自有留爷处。我还对自己讲，九十九次被拒绝，一次被留下，就成了。

爱拼才会赢嘛！

二

是的，我被一个单位留下了。是以兼职的身份留下的。

熙熙攘攘的广州城中村冼村，一套不起眼的三层出租屋，门前一块竖立的招牌是大书法家启功的题字。字是启功先生的字，但要说是先生题的，大家不信。就像很多地方，用的是毛主席的字，但有几处是毛主席题写的？都是从别处挑拣拼凑来的，附庸风雅，或是拉虎皮扯大旗而已，和电脑印刷体无异。字的内容却引起我的关注——《道德与法》杂志社，我的老本行，我熟悉的工作。

我捋了捋头发，抻了抻衣服，昂着头，抖擞着精神，推门进屋。

接待我的是一个黑黑瘦瘦的小伙子，自称姓易，广西人，是杂志社的办公室主任。易主任介绍了杂志社的前世今生：杂志社原址在武汉，因广东是改革开放的前沿，社长向上面申请，不要一分办刊经费，不要一个人员编制，单枪匹马来广东办刊。他给我描绘了杂志社的光明前景：改革开放前沿的广东，新生事物多，大家需要建立一种全新的道德行为准则。法律纠纷多，也呼唤建立健全一套全新的法律法制体系……易主任讲得两边嘴角白沫横飞。

我身子前倾，竖着耳朵，像个中学生虔诚聆听。我生怕听漏了我关心的重要信息：要不要人？我能不能进来？

杂志社白手起家，要租办公楼，要出杂志，要打开市场，还要发人员工资，可以说现在是百事待兴，不容易……易主任又讲得嘴角白沫花花。

要人吗？我的心提到了嗓子眼，又不敢直接问。

易主任似乎看到了我的急切，拿起我的简历，认真地看。

我的心都快跳出来了。

你当过记者，还是大报的法制记者，发过很多法制新闻，是个人才啊！

有戏，我一阵窃喜，心里暗暗给自己加油，人才算不上，只要收留了我就行。

不过，我们杂志社人手够了！

希望越大，越失望。我的心瞬间从珠江边的炎热直接转入黄河堤下的严寒，没有过渡。我沮丧无比，脸上却依旧保持着微笑。此刻，也许，只有我自己能够深刻理解，我的笑比哭难受。

易主任看到了我微笑背后的眼泪，拍了拍我的肩膀，算是安慰。

我礼貌地和易主任告辞。走到门口，我转过身，看了看易主任，说出了改变我此行的话，易主任，还有机会吗？

有是有，不过以你的条件，你愿意吗？

愿意，愿意，愿意。我生怕易主任反悔，连说三遍。

那就来兼职吧。易主任解释说，兼职嘛，没有工资。杂志社给你办记者证，社里有活来帮忙。当然了，你可以用杂志社记者的名义去采访，稿件见报了，稿费还是有的。

我没想到的是这种机会，一时张着嘴，呆若木鸡。

改革开放，特事特办。杂志社初创，经费不足，这就是特事特办。杂志社今后走上正轨，一切都会好起来的，兼职也会变成正式的。你说是不是？易主任又是两嘴白沫。

工作都没找着，我兼什么职？杂志本身用稿量就少，还是双月刊，能发多少稿？发稿不多，稿酬又有多少？我心里迅速盘算着。不过，好歹有了落脚点，有了单位，有了所谓的工作啊！

怎么样？有兴趣吗？我脸上的变化，都被冷眼旁观着的易主任看在眼里。

好。我来兼职。我主动伸手，易主任也伸出手，握上。易主任的手，干瘦，冰冷，坚硬。

说是兼职，其实是全职。报到的第二天，社长召集所有人开个会。社长姓耿，名陆平。耿社长笑容可掬，和颜悦色，亲切得就像家里的大哥，让我有如沐春风的感觉。杂志社人还不少，济济一堂。社长告诉大家，两个月后要出第一期杂志，所有人，包括他在内，当前有两项任务：一是搞创收，二是写稿件。两项任务，重中之重就是第一项。拉广告、办活动等搞创收是每个人重中之重的工作。社长说，没有米，再巧的妇，也难为炊。没有钱，再能干的社长，杂志也出不了街。大家说是不是？易主任站起来，带头表态，我们要全力以赴去找米，我们要让杂志准时出街！

事后我才知道，除了社长两公婆——社长的老婆是副社长兼财务部长，包括易主任在内，济济一堂的所有人，都是兼职人员，所有兼职人员都持有杂志社自己发的记者证。易主任既是记者，也是办公室的光杆主任。他来杂志社时间早，社长觉得他勤快、老实、忠诚、可靠，于是给了他个"主任"的头衔，每月给他一百块钱补助。

慢慢地我也才了解到，我们的杂志社其实是《道德与法》杂志社的一个增刊点，杂志社办刊地点还在武汉，我们的社长不过是增刊点的负责人。社长早先是一个搞发行的私人老板，他承包了《道德与法》杂志社的增刊，每出一期增刊，给武汉杂志社上交一笔钱。

社长——不，是老板，是那个时代的产物。那是个饿死胆小的、撑死胆大的时代。

了解了社长的真实身份后，我不仅不后悔入职，更不会看不起老板社长。相反，我佩服社长的魄力。一个发行员出身的老板，竖起了一杆招兵旗，就能招兵买马，就能从内地来广州大干一番，着实让人敬佩。我？一个科班出身、货真价实的记者，来到花城广州，如今也有了记者身份，有了平台，我咋就不能大展身手呢？

我对自己说，有了身份和平台，我就应该像一粒种子，没落地入土，永远是干巴巴的，永远是静悄悄的，永远硬邦邦的。种子落了地，它就应该扎根泥土，拥有无穷无尽的力量，拥有不屈不挠的精神，拥有冲破一切艰难困苦的决心，向上，向上，向上。

在杂志社期间，我按照社长的要求，天天在各企业奔跑。毕竟是专业记者出身，我向企业家推介杂志，进行采访，轻车熟路。稿件完成，我又用社长教的方法，把用尽溢美之词写就的报道带给企业家们审阅，再审时度势，顺势请他们参加杂志社组织的活动，或是认购杂志的广告。社长说了，只要钱出够，不要说封二封三封底，封面也可以给企业做广告。我不认同社长这个说法，卖哪个版面都不能卖封面，这是我的原则和底线。我从来不向企业家推荐封面，哪怕他们愿意出足够的钱。

搞创收是有提成的。到杂志社两个月，在社长的悉心指导下，我和三家企业签了两笔封二和一个封底共7万元的广告。我算着，按照社长承诺我们的提成比例，三笔广告款到账后，我可以拿一万多元的提成。天啊，我在内地工作，每月能拿到手的不超四百块，一年不到五千元。在广州，我两个月挣的要比原来两年挣得还多啊！那段时间，我在睡梦中都经常笑醒。我相信，我是一粒生命力顽强的种子，并且已经落地生根了。

我一边高创收，一边和另一名兼职记者，一所大学年轻的法学老师，一起采写了一篇我们认为很有分量，也许还会引起轰动的通讯稿。那是一篇报道新中国成立以来第一位在法庭上以身殉职的法官，还是一名女法官。社长其实不大愿意我去写这报道，他找我谈话，死人的报道有什么好写呢！还是多跑跑有用的企业，多拉些广告吧。社长还提醒我，广告合同签了，可要催促款项尽快到账啊。到账了，你提成也可以拿了，是不是？一贫如洗的我何尝不想让广告款早点到位，我能早点拿到提成。可合同明确，见报才付款啊！

亮宏，你找他们公关公关。要不，再给他们写篇报道？尽早把广告款催回来。社长和我商量。社长从不咄咄逼人，说话都是一副商量的口气。社长也如来佛般，见了谁都是一脸笑容。

社长，我们杂志还没出版，第一篇报道都还没见报呢！写第二篇，何时能见报啊？我问社长。我到杂志社报到时，社长说过，两个月后出版第一期杂志，可如今三个月快过去了，杂志出版还没动静。杂志不出版，广告款进不来，我拿不到提成，只是纸面富贵！

快了。社长不愿与我继续这个话题。社长似乎压力很大，一脸难为情地对我说，你想想办法，让他们先付款吧。都是国企，又不是他们自己的钱，付就付了嘛！我们可不一样，我们有了钱，杂志就能印刷了，是不是？

好的。见社长心情不大好，我赶紧应下来走开了。

为了杂志能出刊，更是为了广告款早日到账实现我的真正富贵，我不时到签订了合同的企业走走，见见老总。真如社长说的，人是有感情的，走多了，见多了，感情就处出来了。也真如社长说的，拉广告催付款，要靠磨，要把他们当坚硬的大米、小麦、黄豆来磨，把他们磨成了粉，磨成了浆，事情就行了。当然也真如社长说的，都是国企，他们对什么时候付款其实没看那么重，他们看中的是我的这篇报道出来后，上级会怎么看他们。三家企业在我的情感攻势和软磨硬泡下，两家企业的老总指示财务部长当月付款，另一家表态下个月付款。

杂志社收到了两家单位共五万元的广告款。社长十分高兴，当即召开全社大会。会上，社长说我识大体明是非，解杂志社的危难，是杂志社的功臣，是顶梁柱。社长着着实实把我表扬上了天。

社长最后宣布：鉴于王亮宏同志出色的业务能力，《道德与法》杂志社研究决定，提拔王亮宏为杂志社副总编辑，具体分管杂志社的经营业务。

幸福来得太突然，我像被人重重打了一拳般，完完全全蒙了。

社长的老婆，我们的副社长拉了拉我的衣角，悄声说：亮宏，赶紧表个态吧！

高兴傻了吧！社长微笑着说，大家鼓掌，请王副总讲话。

易主任带头热烈鼓掌。大家稀稀疏疏的掌声在会议室里响起。

掌声不够热烈啊！社长笑着看了看大家。

掌声稍微热烈了一些。我站起来，伸出双手，做出朝下压的动作。稀稀疏疏的掌声停了下来。我清了清喉咙，做了我人生第一次就职演说。

三

人生的第一次，往往会被牢牢记住。我想，我应该牢牢记住我的第一次就职演说，哪怕是毫无准备的。可多年来，任我怎么回忆，我都记不起，我人生第一次就职演说，我究竟讲了什么？

走马上任第三天，我填写了广告提成单，找管财务的副社长签字审核。副社长拿着我的提成单，原本笑眯眯看着我的脸立即从炎热的夏天硬转冰冷的冬天。由于转得太急太促，副社长的脸僵着，不自然。

揭不开锅，实在没办法了。我像做错了事一样，赶紧解释。

账里就一千多块，没钱啊！副社长不好说话。任我好说歹说，就是不同意签名。

不是刚到了两笔账吗，怎么会没钱呢？副社长睁眼说瞎话，我提出疑问。

预付给印刷厂了。这样吧，你先去请示耿社长吧。

按程序，您先签了，我再找社长。

你还是先去请示社长吧。副社长直接把单退回给我。

我硬着头皮去找社长。社长表扬我的话以及宣布我当副总的余音还在呢。说实在的,我也觉得太着急了。可我能借的都借遍了,再也没处借了。我答应广告款一到,立即拿提成,立即还款。我是个讲信用的人。还有,我承诺款到后,要给一家企业财务老总的小孩买部儿童车,当是她提前给我们付款的回报,她划款的时候还有意暗示我,我不能言而无信。原本昨天我就想写提成单了,最后还是多忍了一天的。

社长比副社长好说话多了。他一看我手上的提成单,微笑着说,一分耕耘一分收获,来,来,赶紧把单给我签名。

我心里一暖。我歉意我确实是有点迫不及待了,递单给社长的手有点颤抖,差点就把单收回来了。

李副社长还没签名?社长瞄了一眼单子,诧异地问。

李副社长说款项预付给了印刷厂,这单要先请示您。明明是要回我的广告提成,我感觉像是要向杂志社预支工资一样。

社长拍拍自己的脑袋,不好意思地说,你瞧瞧我这记性。是这样的,昨天印刷厂催得急,说他们要采购纸张,要我们预付今年的纸张费。刚好你那两笔款到账,我就让李副社长预付了纸张费。

我想说我等着钱急用,却张着嘴,说不出话。

杂志社再紧张、再困难,提成肯定是要兑现的嘛!社长见我不说话,似乎比我还着急,安慰我。

社长的话,让我眼泪差点掉出来。

这怎么是好呢?社长看着我,很自责。一会儿,他站起来,在屋子里不停地走来走去。走着走着,社长像是发现了新大陆,一拍大腿说,要不这样,你先支几百元去救急,几百块,李副社长那里应该拿得出来。我这就给她电话。提成款,待下个月第三笔广告款到了,一并给你提成。这不,马上就下个月了,行不行?

社长说完没等我回应,拿起电话就打给副社长,让她赶紧拿五百块钱过来。

亮宏啊!谢谢你理解支持!你凭一己之力,救杂志社于危难。我没看错,你真不简单,你会有更大发展的!社长深情地说,咱们现在是黎明前的黑暗,但我相信,困难是暂时,我们共同来克服,好吗?

我心里虽然有点失落，还是感动地点了点头。

副社长拿着五百元进来社长办公室，没好气地问社长，要五百元钱干什么？社长没理她，让我写张借条。我愣着没动笔。副社长不耐烦地催我，写啊！赶紧写啊！我用眼角的余光扫了她一眼，心里瓦凉，不情愿地写了借条。

副社长收了我的借条，递给我五百元，悻悻地走了。

她就这样，别放心里。社长看我不高兴，开解我。

我咧了咧嘴，笑，却更像哭。

我们当前的首要任务就是先把第一期杂志印出来。杂志出了街，一切都会好起来的。杂志社好了，你、我，还有大家都会好的，你说是不是？

我又点了点头，心里虽然还哇凉哇凉的，但我想社长讲得在理，只要平台在，希望就有。至于提成，社长答应了吗，我再抓紧催催，过了月第三笔广告款到账再提成，也就不久的事。有了五百元，也可暂时救急了，不妨再等等。

我把提成单装进了口袋，离开了社长办公室，然后简单收拾了一下，骑着一辆在客村天桥下买的，除了铃不响浑身响的自行车去找还没支付广告费的企业，用社长教的招，磨他们。

谢天谢地！第三家单位应约如期付款。

汲取了上次的教训，款到账的当天，我就填写了提成单去找副社长审核。当天，副社长不在办公室。第二天，副社长没回来。第三天，她还不在。

第四天，易主任着急忙慌地来找我，王亮宏，社长被抓了，李副社长卷款跑了。

我大吃一惊，慌乱，问易主任，究竟怎么回事？

易跑得上气不接下气，我刚刚得知，三天前，副社长报案说社长在冼村酒店嫖娼。公安根据副社长提供的线索，上门把和一女的正在办好事的社长给抓了。副社长回头把杂志社账里的七万多元提现出来，跑了。

杂志社还有这么多钱？我诧异，问易。

你之前不是到账了两笔广告款五万元，前几天又到账一笔两万元嘛。

不是预付印刷厂纸张费了吗？社长和副社长明明告诉我款已经付给印刷厂了。

之前到账的广告款一直躺在杂志社账上，一个子也没给印刷厂。社长不想让你提成，上回编个借口，和副社长合着一起忽悠你，这回还想继续呢。

真的吗？

我骗你干什么？社长也压根就没想过要出版杂志。他们只想多搞活动，多拉广告，多捞点钱。

原来如此！把我当猴耍，我自己还在看热闹。把我卖了，我也还在帮他们数钱。我突然像吃了死苍蝇般，恶心耿陆平两公婆。

你知道真实情况，还干得这么起劲？我厌烦易又可怜易。

易伸了伸舌头，把嘴角的白沫舔了，没吭声。

还有啊，社长根本不是嫖娼，他和小张是去开房，不小心被副社长发现了。一会儿，易又忍不住说。

哪个小张？

就是长得白白胖胖的，一说话露一对虎牙的那个！

我记起来了，比我迟几天来杂志社做兼职记者。我还和她开过玩笑，说她和社长一样有一对可爱的小虎牙，敢情是社长失散多年的小妹妹。

社长被抓后，公安把我们杂志社的情况通报给了宣传部门和武汉的《道德与法》杂志社。我们的杂志社，不，我们这个增刊点很快被查封了。

这是我的第一次起落。这一次的起落，从社长宣布我当副总编，到杂志社被查封我离开，满打满算，十五天。

难怪，多年来我一直记不起我的第一次就职演说。

万物皆有因。我想，这就是因吧。

四

虽然只当了十五天的副总编,却为我多加了块厚厚的敲门砖。我还有一块敲门砖,那就是我和人合作的独家专稿《首位法庭鞠躬尽瘁的女法官》。那是我们历时三个月,采访了数十位人物采写而成的一篇长篇通讯。

我用这两块敲门砖,敲进了一家报社,当起正式记者,对,是正式的,有固定工资,不是兼职的。

那篇长篇通讯就在我的新东家发表。稿件见报后,虽然没有原来料想的那样在全国引起轰动,却也在法律界引起广泛关注,获得了当年省年度新闻一等奖,奠定了我在报社的牢固地位。

入职报社,我才知道,在一批一批的南飞雁大军里,众多的内地媒体记者如过江之鲫,争先恐后,纷纷南下。人多了,自然是鱼龙混杂。记者队伍于是也就有了三六九等之分,行当里就流行着"一流记者炒股票,二流记者拉广告,三流记者会上跑,四流记者写本报"。能炒股票的记者,不仅自己发财,还能带着领导发财,而且是发大财,那肯定是一流记者。有广告能力,为自己挣钱,为报社创收,这样的记者自然也受欢迎和敬重。人脉广,活动多,活跃在各种会场和活动现场,个人能拿车马费贴补贴补,领导同事朋友有事能行方便,也马马虎虎算过得去。最不济的是只能老老实实写稿件,就像农民挣工分一样,一分一分挣,再把分值换算成奖金,吃不饱饿不死,自己挣不多,也帮不了人。

我没有把自己归到哪一流。我自认是比较出色的记者,不仅能写,还活跃在各种场合,更重要的是有突出的广告能力。进报社一个月,负责全面工作的总编辑找我谈话,问我干得怎么样,有什么打算。他坦诚,面试我的时候,就是看中了我能写会跑有广告能力三个方面的优势。最后他意味深长地对我说,希望我充分发掘我的潜能,好好干,为报社多做贡献。

我当然得好好干,为报社做贡献就是为我自己做贡献嘛。平台好了，我干起来更得心应手。当我电话告知我已经签下一份十万元的广告合同，总编辑高兴地连说"好、好、好"。他电话里告诉我，报社不会亏待你的。我当然知道报社不会亏待我了，十万的广告，百分之二十的提成，扣除个人所得税，我净入袋一万八千以上，这要写多少稿才挣得来啊？

总编辑说的不会亏待并不是经济上的。因为我们是周三报，一周出三期，我拉来的广告很快见报，广告见报一周款也就到账。呵呵，我实打实的第一笔广告提成款兑现了。拿着厚厚一叠钱，我激动不已，跑到总编室，想告诉总编辑，没有他把我招进报社，就没有报社这个平台，也就没有我今天的收获，我要请他吃顿饭。总编辑不在，办公室的说，总编辑在开社委会。临下班，我再去找总编辑，他刚开完会回来。我一进门就说，张总，感谢您，我想请您吃顿饭。总编辑抬起头看我，目光既像家里最疼爱我的叔叔每次看我一样充满着怜爱，又像高三的班主任当年每回和我谈完心后看着我一样满眼的鼓励和信任。我迎着总编辑的目光，回看他，眼里充满感激。

你当然要请我啰！

是的，是的。我早就想请您了。我不好意思了，一分钱都难倒英雄汉，没拿到提成，我哪来的底气请总编辑？我真诚地说，感谢张总招我进报社，给了我发挥的平台，我心存感恩，一直想请张总吃餐饭，当面致谢！

我还纳闷你消息怎么这么灵？总编辑笑道，我说你要请，就要请大餐！你当部门负责人了！

我目瞪口呆，没反应过来。

总编辑把刚才社委会的决定告诉我：社委会研究增设一个新的采编部门，叫经济新闻部。鉴于你的突出贡献和水平能力，决定让你当新成立的部门副主任，负责全面工作。

谢谢张总栽培！我一定好好干！绝不辜负张总您的厚望！我挺胸并腿，就差敬礼了，因为我不是军人，我不敢随便敬礼。

好，好。总编辑重重地拍了拍我的肩膀。

我感觉，总编辑那一拍，力重千斤。

这是我入职新单位不到三个月，又一次走马上任了！

五

人生就是这样，跌宕起伏。有时候你以为，你看通了前方的路，其实不然。大学毕业进了古城的报社，那时，我以为我的人生就像报社里的部门主任、副总编、总编这些前辈，当记者，做编辑，提主任，把握住机会，混个副总编当当，也有可能，然后光荣退休。当然，要当上总编辑或者一把手，那必须有贵人相助才行。也和前辈们一样，在该结婚的年龄果断结婚，该生小孩时生养小孩，到了该回归家庭时含饴弄孙。这应该就是我的人生路吧！在古城时，我没有怀疑过，我更加没有想过，有那么一天，我会从在世人眼里还算不错的报社辞职，然后毅然决然地从黄河堤下南飞珠江边，住立交桥底下，受人欺辱，遭人白眼，再重新就业，现在居然还当上了报社的部门主任。

我想，一切的一切，唯有感恩，唯有拼搏。

爱拼才会赢嘛！

任前谈话时总编辑跟我讲，你个人的能力很强，但现在你是一个部门的主任，你一个人行，还不行；整个部门行了，那才行。你要建好新部门，带好新团队，要"多、快、好、省"：多出业绩，快出业绩，出好业绩，让领导省心。领导的信任是我最大的动力，我绝不辜负领导的期望。新的部门刚成立，确实如当时的易主任说的"百事待兴"。为建好新部门，带出优秀的团队，我把"拼搏"两个字写在脸上，贴在墙上，落实到每一人的行动上。

"不努力，不拼搏，业绩不会自己找你，你怎么会有业绩呢？歌都这样唱：三分天注定，七分靠打拼，爱拼才会赢……"正当我像个传销者，关起办公室的门，激情四溢地向我的部下宣讲怎么满血拼搏时，办公室小李推门进来，抱怨电话打了半天没人接。我赶紧解释，我们正在开会，开会一般不接电话。小李说报社新社长今天上任，现在开中层以上干部见面会，马上去会议室开会。

新社长？报社一直都没社长啊！我心里嘀咕。总编辑是报社的创刊人，多年来负责报社全面工作。来了新社长，总编辑不就变成二把手了？总编辑这么器重我，对我来讲，这不是一个好消息。

上级主管领导宣布，经过几年发展，报社如今不仅经济效益日益好转，而且社会影响越来越大。为强化意识形态工作，加强对报社的监管，党组研究决定从机关选派一名优秀副处长，提任报社社长、党委书记。

总编辑含辛茹苦，励精图治一手创办起来的报社，现在成了成熟的桃子，被人摘了。我都想不通，我想总编辑更加想不通。从会场出来，我跟着总编辑进了他的办公室，两人却是两厢对看，无语凝噎。

万里江山万里尘，一朝君王一朝臣。新官上任三把火，把把烧向旧朝臣。社长让办公室主任找我谈话，其实是告知，社里想调整部门设置，准备将经济新闻部划归广告部，由广告部管理。办公室主任告诉我，社长问你有什么想法？报社中层干部变成部门的中层，儿子变孙子，够狠辣。编辑记者变广告人员，核心变辅助，羞辱人。这还有啥好想的？我回办公室主任，如果，我说的是如果，经济新闻部要划归广告部，我不去，我宁愿回新闻部当记者。考虑清楚了？办公室主任问我。我撇了撇嘴，做了个鬼脸，笑而不答。

报社高效，三天后下了三纸文：一是内设机构调整，新闻部更名采访部，经济新闻部划归广告部，发行部并入办公室，新成立财务部。二是部门负责人调整，该上的上，像我这样的，该下就下。三是人员调整，事随人走，该去办公室的去办公室，该去财务部的去财务部，我的手下，全都去了广告部。

我的第二次起落，比第一次起落，经历的时间翻倍了。从社委会下文任我为经济新闻部副主任（主持工作）到社委会下文我到采访部当记者，刚好三十天，整整一个月。

所以说，不要以为你能看清你的人生路。今天你都不知明天事，你又怎么能知晓往后的人生呢？人生的路很长，人生的路也变幻莫测。一个月前，报社任命我当中层干部的时候，我激动，我高兴，我骄傲，但我怎么会知道，一个月后，我会被免了呢？祸兮福所倚，福兮祸所伏，祸福相倚啊。

且行且珍惜吧。

六

潮起潮落，有分量的沙子最终才会留在沙滩上，成就绝世风景。总编辑看我消沉，特意约我喝酒，并且语重心长地劝导我。

当时办公室主任找我谈话，我之所以没给社长转圜的余地，是因为我自恃有能力为报社做大贡献，我想，谁来当领导，都会倚重这些人，你新来的社长也不例外。我高估了自己的判断，低估了社长的决心。免职文件下来后，我确实接受不了，继而消沉了。

其实我也知道，我不该消沉。可我一时半会走不出来。

人生好比是海上的波浪/有时起有时落/好运/歹运/总嘛要照起工来行……

总编辑把杯里的洋酒一口闷了，唱起了歌。我也把杯里的酒喝了，和总编辑一起唱：

三分天注定/七分靠打拼/爱拼才会赢……

张总，您也喜欢这首歌啊！两个人唱完《爱拼才会赢》，我倒酒，敬总编辑。

这是我的挚爱！总编辑端杯，昂起头，杯不沾唇，潇洒一倒，殷红的酒一滴不剩全进喉咙里。

也是我的挚爱啊！我学总编辑，端杯，昂头，倒酒，酒居然没洒出来。

我顿时热泪盈眶。

那夜酒后，我不再消沉。我勤快写稿，写大稿特稿，当优秀记者。我又发挥我的广告能力，拉广告搞创收，挣提成。其实来广东之前我就是个"四流"记者——只会写本报，哪有什么广告能力。我现在的这点广告能力，一是生活逼出了我的潜能，二是耿陆平发掘了我的能力。说起来，我还得"感谢"耿陆平，尽管我知晓了我被他们两公婆耍了后，发誓再也不想见他，可对他恨不起来，在杂志社期间，他其实教会了我很多东西，没有遇见他，我也许还是一个写本报的"四流"记者。

人生有时也很奇怪。有些人，你很想见，却或是山长水远，或是有缘无分，总也见不着。有些人呢，你发誓这辈子再也不相见，这人却和你纠缠个没完没了。

当一年后在报社走廊见到耿陆平时，我惊讶得两腿像两根木桩戳在原地一动不动，双手像两截树枝一前一后生硬地接驳在树干上，嘴巴也张成了"O"形合不起来，下巴当然是惊掉了。

耿陆平不是被抓了吗？没事了吗？他又是什么时候放出来的？一连串的问号在我脑海里迅速转着。

耿陆平见到我，脸上依旧是招牌式的和颜悦色，笑容可掬，不仅一点也不吃惊，还像久别的老友重逢一样，高兴地我打招呼：亮宏啊！好久没见，你还好吗？怪想你的！

去你妹！假惺惺，别耍我就行。我心里骂道。原想着有一万多的广告提成，我借钱的底气足了，承诺的事项多了……广告提成最终没兑现，我只拿到了五百元，可把我害苦了！

你来报社干什么？我心想，《道德与法》杂志社的招牌不好用也不能用了，难不成又要来骗报社？

亮宏，你们原来认识啊？办公室的小李刚好经过走廊，她停下来问我和耿陆平。

认识。原来的老同事。耿陆平嘴角上扬，抢先说。

小李把耿陆平介绍给我，这是社长助理，也是我们办公室耿陆平主任，昨天刚来报到。耿主任上午去了你们采访部，刚好你出去采访了，没见着。巧了，你们早认识了。

我又一次僵化了。

原来，耿陆平被老婆报警抓后，警察很快搞清楚，耿陆平他们两个不是卖淫嫖娼，就是个道德问题，没涉及法律层面。这就是耿陆平在杂志社常讲的道德与法，首先要分清是道德问题还是法律问题。耿陆平出来后，和老婆离了婚，净身出户。被老婆卷走的杂志社广告收入，他一分也没追回来。离婚前，耿陆平让虎牙妹自己去医院作了流产手术。虎牙妹出院后，耿陆平离婚了，虎牙妹却找不到他了，一个人哭着离开了广州。耿陆平在广州晃荡了大半年，认识了我们报社上级主管领导离了两次婚的侄女，并展开了热烈的追逐，很快也把人家的肚子弄大了。侄女央求叔叔，说耿陆平办过杂志，当过社长。这不，耿陆平就到我们报社来了，一来就当了社长助理兼办公室主任。

我心里唏嘘不已。

没想到，耿陆平一上任，就向社长建议，发行工作要加强，王亮宏去办公室当副主任，管发行工作最合适。那时，总编辑因不愿寄人篱下，找关系调走了，社长早已一统报社，我身上被贴着某某人的标签日渐模糊了。加上工作上，作为记者，我每月的写稿量和分值最高，每篇稿件会折算成分数，每月按分值拿奖金，我的奖金最多。为报社搞创收，我一年的广告额比广告部主任还多。就是说，我一个人干了两个人的活，还干得最出色。社长因我出色的工作，逐渐认可我。耿陆平的建议一提出，社长很快同意了。

我问耿陆平，为什么提议我去当你的副职？

耿陆平笑笑，我早说过，你有才，你不简单，你会有更大发展的。有才的呢，谁都欣赏，谁都想用。

你莫不是想让我感恩你，搞创收时带上你，一起分提成挣点钱？做梦去吧！一朝被蛇咬，十年怕井绳，我把丑话说在前面，我必须对耿陆平保持戒心。

这是我的第三次走马上任。说实话，这一回，还真的是多亏了我之前发誓再也不想见的耿陆平。

七

　　人啊，骨子里都存有虚荣因子。办公室是报社的中枢神经，管人管事管发行。当了分管发行的办公室副主任，虽然不管人不管具体事，可出门递名片，人家一看，是办公室的领导，立即从傲慢变客气。报社上下又是"王主任、王主任"地叫着，那感觉还是很受用。上回虽然也当了一个月的副主任，可那是一个新成立的部门，我又是新人一个，大家还没适应改口叫王主任呢，我就下台了，没有受用过。

　　虚荣心是满足了，在办公室工作，却限制了我的能动性。办公室不像采编部门，不用坐班，约好了就出去采访，去参加活动，去和企业家交朋友，去搞创收。发行工作虽然不忙，但整天坐在办公室里，捆住了我的手脚，让我没机会外出搞创收。"主任"头衔的新鲜劲一过，我天天像感冒了一样，提不起劲。广东和开封不一样，天气炎热又潮湿，容易闹感冒，来了广东将近两年，我还不大适应。

　　整天无精打采的，人不舒服吗？没事吧？耿陆平一次找我谈完工作后，关切地问。

　　没事啊！我摊了摊双手，耸了耸肩，故作轻松地说。

　　手头工作不忙了，你也出去跑跑，写写稿件，搞搞创收嘛。

　　呵呵。耿陆平就像我肚子里的蛔虫，点到我痛点。可让办公室主任下去和采编记者、广告人员争活干，耿陆平这演的又是哪一出？我惊讶地看着耿陆平，没说话。到办公室工作后，我心里提防着耿陆平，刻意和他保持着距离。好在我管的发行工作比较单一，也相对独立，虽挂着办公室副主任的头衔，但与耿陆平打交道不多，几个月来相安无事。

　　出去写稿搞创收，既为报社做贡献，又提振你的精气神，还能鼓舞办公室的士气，这是一举三得的好事嘛。耿陆平说得很真诚。有那么一瞬间，我怀疑我自己是不是看走眼了，是不是误解了耿陆平。

　　当时骗我说广告款预付给了印刷厂，要我把第三笔广告款要回来的耿陆平，说话的时候也是这么真诚的。冷静下来，我想，黄鼠狼给鸡拜年，能安什么好心呢？

我出去要是拉来了广告，耿陆平难道还能像当年当社长一样，黑了我的提成不成？转念一想，既然你让我出去走走，我何不顺他的话应承下来，借此再次看看耿陆平这黄鼠狼的真面目？这样一想，我决定向耿陆平提出，想请假出去采写一篇早就计划好的稿件。

没想到耿陆平爽快地答应了：发行工作相对独立。再说，发行工作也需要你出去跑厂家联系客户，出去采写相关稿件的嘛。不能天天待在办公室啊！这样，你把发行的工作安排好，该出去就去，跟我说一声就行。

我想，也许我真的误会耿陆平了。

填写了内部外出单递给耿陆平。耿陆平看了一眼，退回给我，说，亮宏啊，外出事由就不要写"采访"了，改为"联系发行工作"，你重填张单吧。我会心一笑，姜还是老的辣，赶紧手忙脚乱地重新填写外出单。耿陆平一看外出事由改了，立即签了名。

到了广州最大一家国有啤酒厂，董事长一见面，便高兴地说：王记者，好久没见了啊！你上次那篇报道写得不错，分管副市长在报纸上专门作了批示。啤酒厂的办公室主任提醒董事长：王记者高升了，当办公室副主任了。董事长双手抱拳：恭喜！恭喜！

前后请了两个半天假，我又给啤酒厂写了一篇关于人事制度改革的深度报道。报道见报后，董事长让工厂办公室主任给我打电话，两层意思：一是感谢；二是表态。感谢我的妙笔生花给啤酒厂增色，表态全力支持我的工作。话说到这份儿上，我顺势而为，拿下了啤酒厂一笔十万元的广告，外加一百份的订报。

约好签约的日子，我把外出单递给耿陆平审批，他看也没看我的单，只说知道了，让我把单放下。临出门了，我的外出单还迟迟没签批，我再去催耿陆平，他抬头看着我，一脸真诚地问，咱们部门签了这么大的一笔单，要不要多个人去啊？耿陆平没有说他跟我一起去。

不用了，已经谈妥。只让他们盖个章确认一下。我想都没想就一口拒绝了。我心里盘算着，这十万的广告，你一起去签约，我怎么算啊？提成分不分给你？一起签约的，不分，讲不过去。怎么分？高光时刻露了下脸,分你一半?那不是明抢啊?!

哦哦。耿陆平看着我,脸上虽然有点讪讪的,却依然笑容可掬。

麻烦您把单签一下。笑容可掬的耿陆平没有给我的外出单签字,我不得不再次催他。他拿起笔,再次看了看单子,看得很仔细,看得我以为哪里写错了。耿陆平看了一会儿,果断地在我的外出单上刷刷刷签下了"耿陆平"三个字。签毕,耿陆平把单递给我,笑容可掬地说,王主任为报社做贡献,值得学习!

耿主任,那我去了啊!我抑制不住内心的喜悦,随时准备冲出耿陆平的办公室。

嗯嗯。耿陆平一脸和颜悦色,点了点头。

王主任,把单签好啊!回来给你庆功。我走出耿陆平的办公室,身后传来耿陆平的叮嘱。耿陆平说话的声音又亲切又响亮,引得其他办公室的人纷纷伸头朝走廊看。

我没回头,我却看见了耿陆平笑容可掬的脸。

对我一篇深度报道,引来一单十万元广告和一百份报纸的"三个一"工程——善于总结的社长概括的,社长赞不绝口,专门召开报社中层正副职以上干部会议,成就我的高光时刻。社长表扬我,奖励我,夸我有主人翁精神,报社要支持这样的人这样的事,大家也应该向我学习。

有了社长的高度肯定,我一发不可收拾,频频请假外出"联系发行工作"。耿陆平每次笑容可掬地给我审批,每次暗示想和我一起去,我都权当没领会。

那是我无限风光的一年。

报社每年进行中层副职调整,很多人都想着,年底部门副职调整,我应该有个好去处,甚至打破办公室、编辑部、采访部、广告部四个部门主任由报社两名社长助理、两名总编助理兼任,再上台阶当主任也未尝不可。

不想当将军的士兵不是个好兵。同理,不想进步的人不是好的工作人员。我心里自然也有所期待。

部门领导调整方案在耿陆平操刀下，出来了。办公室、编辑部、采访部、广告部负责人做了轮换，但仍由两名社长助理、两名总编助理兼任。财务部由于工作特殊，负责人不做调整。报社推行人事制度改革，实行部门副职竞争上岗，方案和我报道过的啤酒厂的改革如出一辙：个人报名，第一轮全员投票，入围者竞聘演讲；第二轮全员投票，获胜者最后社委会审定。竞争上岗的核心是"票选"两个字，上位者，必须经过两轮投票。

采访部更能发挥你的优势和作用，我调整去采访部当主任，你报名竞争采访部副主任吧。耿陆平动员我离开办公室，希望我和他再度合作。

说实话，以办公室副主任的名义出去采访，名不正言不顺，不仅尴尬，而且采编人员也多有微词。能去采访部当副主任，当然最好了。但放着现成的位置不报名，却跨部门去竞争别人的位置，冒不冒险？能不能成功？我一看到耿陆平那招牌式的笑，心里在打鼓。

采访部副主任调走后，目前没有副主任。以你在报社的影响力，你报名参加，我帮你放风出去，没人敢跟你竞争，绝对十拿九稳。耿陆平就是耿陆平，他总能一眼洞穿我的担忧。我心里还在权衡，还在犹豫不决时，耿陆平给了我详细周到的分析研判，增强我的信心。

令人没想到的是，报名竞选名单公布，采访部副主任的位子成了香饽饽，除了我，还有采访部的资深记者、编辑部的帅哥编辑、编辑部的副主任、广告部的副主任，一共五个人报名竞争。

第一轮全员投票，我居然排名第四，倒数第二。按规则，每个岗位的前两名进入第二轮。我被淘汰了，没资格参加第二轮演讲。

在我自己推崇的人事制度改革方案面前，我当了366天，一年零一天副主任，下台了。接替我的办公室新任副主任与我交接完工作，硬拉着我去喝酒。酒桌上，他神神秘秘地跟我详细透露了我当看客后报社的一些内幕。

第一、二轮全员投票期间，社长出差了。社长回来后，耿主任向他汇报了报社中层副职竞争上岗第一轮第二轮的结果：其他都正常，就是王亮宏出了点意外，第一轮就被淘汰了。耿主任是又惋惜又自责：王亮宏是个人才，还是个不可多得的人才。论人缘人品，论水平能力，论工作业绩，都应该上啊！耿主任也向社长检讨：这么优秀的人没选上来，一定是这次竞争上岗在哪个环节上出了问题。也许是规则，也许是程序，也许是把关。

因为没把你选上来，作为这次竞争上岗的具体操刀人，耿主任和社长汇报时几乎都带着哭腔。当着社长的面，耿主任甚至连想扇自己嘴巴的心都有了。

所有干部都是社委会任命的。我们能不能绕过竞争的票选结果，由社委会直接研究任命王亮宏？为了你，耿主任还做了最后争取，忐忑不安地请示社长。

社长说你近年来变化是很大，也很能干。社长反问耿主任，社委会虽然有这个权利，但既然大张旗鼓地开展竞争上岗，直接任命干部，合适吗？

社长和耿主任两个人在办公室一边下棋，一边复盘了这次竞争上岗的全过程。这次探索推行人事制度改革的方案上报了，上级对报社的竞争上岗的方向给予充分肯定，分管领导还表扬报社勇于探索、敢于尝试，意义重大。这是其一。其二，报社向全社公开了竞争方案、竞争规则，在竞争过程中，又第一时间公布了第一轮竞选结果，第二轮的结果大家也都有耳闻。其三……复盘来复盘去，社长拍板，按既定的方案和票选的结果，顺利完成中层副职的竞争上岗工作。

耿主任虽然有点遗憾，还是得理解和支持社长的决定。就这样，第二轮的竞争上岗的结果上报社委会研究。

还是因为没把你选上来，尽管上级充分肯定报社这次竞争上岗方向正确、探索成功、值得推广，耿主任还是迟迟没按上级的要求宣传改革方案，甚至主动向上级报告，报社的改革方案还有很多地方不完善、不精细，也还有很多地方没想到、想不到，王亮宏落选，就是一个实例，改革方案需认真总结经验，深刻吸取教训。

耿主任最后还关心你，深有感触地对社长说，天将降大任于是人也，必先苦其心志，劳其筋骨，饿其体肤。王亮宏这个年轻人，多受些锻炼，将来必定大有发展。报社下来一定要多关注他，多培养他。

社长高度肯定和认可耿主任的说法，高兴地说，报社就是要这样虚怀若谷，广纳人才，才能不断发展、不断壮大。

办公室新任副主任透露的内幕，我虽然不全信，但在往后很长一段时间，我对耿陆平似乎没那么讨厌了。

其实事后我也想过，是我竞争不过人家，自己技不如人，关耿陆平什么事？又讨厌人家什么呢？

八

人需要各种适合自己的平台。合适的平台可以展现才能、施展抱负、达成目标、实现理想。平台很重要，特别是自己不够强大的时候。

我很珍惜报社这个平台。尽管我又下台了，王主任又变成了王记者。不管怎么变，报社这个适合我的平台还在，我还能用这个平台展现我的才能、施展我的抱负、达成我的目标。

当然，经历了三起三落，我看淡了职场上一切的职位。起起落落那都是过眼云烟。我两耳不闻报社事，只专注做自己，认真采写新闻报道，努力参评技术职称，广泛积累人脉资源，积极开展经济创收，用好报社这一平台，把自己的能力变强，把个人的经济夯实。

就这样，连续两年，我当"双冠王"——采访部记者分值最高、全报社广告创收第一。在这两年里，我还评上了主任记者，成了报社唯一获评的副高职技术职称。在这两年里，我也广交朋友，黑道红道白道，都交，多多益善嘛。当然了，因报社班子的团结和声音一统，报社没继续折腾部门的中层副职，让竞争上岗上来的这一批中层副职安安稳稳地当了两年副主任。

出差多天，回来写完稿件赶回报社，办公室副主任，我的继任者一见到我，迫不及待地告诉我，耿陆平被抓了，就在昨天。

我无惊无讶，看了一眼办公室副主任，好像他讲的是我不认识的路人甲或路人乙，完全不关我的事一样。

我的反应出乎办公室副主任的意料，他惊讶地看着我，也像是看一个陌生的路人甲或路人乙。过了一会儿，办公室副主任叹了口气，痛骂起耿陆平：这个耿陆平活该！他专门搞阴谋诡计坑害人。你记不记得？就让你下台的那次竞争上岗，耿陆平明面上让你报名竞选采访部副主任，背地里又鼓动了好多人报名竞选这个位置，最终导致竞争白炽化。这还不算，第一轮竞选投票前，耿陆平帮叶志晖、蒋小钟两人拉票，包括找我拉票，还承诺我若支持叶和蒋，他会让他们支持我。耿陆平目的就一个，第一轮就要把你票选下来，让你进不来第二轮，也让后来越来越看重你的社长在社委会上无话可说。

原来如此！早前我虽然猜到一点点，但没猜到这么多。我脸上浮起了微波，不过很快平静下来。事情都过去了，当不当副主任，又有什么所谓呢？

亮宏，耿陆平就是一个两面三刀的笑面虎。他不仅把你耍了，耍得你很难堪，让你差点一蹶不振。他还笑眯眯地把我给玩了，玩了还要我对他感恩戴德。记不记得那次我们工作交接后喝酒，我跟你透露了很多内幕？亮宏啊，那都是耿陆平编的。他编完让我跟你说，还要搞得神秘。他说，我竞争办公室副主任这事，是他设计让你离开办公室，拉票把我抬上去的，所以，往后他不能出面的事我得替他去做，不能说的话我得替他去说，我真受够……

办公室副主任一直在滔滔不绝痛骂耿陆平，我看着他，想说，我不下来，你怎么能上去呢？始终没说。

耿陆平又栽在女人手里。这次他带采访部的一名女记者出外地采访，喝完酒后晚上把人家给办了。耿陆平办完后又想像以前一样，天亮了提上裤子，擦擦嘴走人，当是什么也没发生。没想到这位女记者不好忽悠，被耿陆平办了，不仅啥好处没得到，耿陆平还想赖账，于是反手就把耿陆平告了，告他强奸。

我知道了整件事情的经过后，一点也不觉得意外。

耿陆平走后，大家私下里议论，报社里谁最有可能接替耿陆平的位子。我是曾经沧海难为水,对此讨论没半点兴趣。我思考的是,今时今日,报社这一方平台是否还适合我?我在想,自己不够强大时,你需要平台。自己强大了,你自己就成了平台。我想着,自己经常被平台炒鱿鱼,现如今我自己是不是可以反过来炒平台的鱿鱼了?

经过多日思考,我决定了,我要炒报社这一方平台的鱿鱼了。

我带着我的报告到报社找社长。

多年前我找总编辑的那一幕又重演了。

社长不在,办公室的人说,社长在开社委会。临下班,我再去找社长,他刚开完会回来。一见社长,我深深鞠了一躬,真诚地说,谢谢林社长这么多年的培养,有空我想请您吃餐饭,聊表感谢之情!我虽然两耳不闻报社的事,但我心里明镜似的。尽管社长一来就给了我下马威,让我当回普通记者;后来让我当了办公室副主任,又给免了。但这两件事过后,社长觉得有点亏欠我,一直明里暗里保护我支持我,这我感受到。要不然,我从办公室副主任的位置下来后到耿陆平的采访部当记者,人在屋檐下,好事却没分给他,我不可能干得这么顺畅。我是应该感谢社长,社长是厚道人。

社长抬起头看我,我迎着社长的目光,直视他。我就要离开报社了,鞠完了躬,我不再是社长的手下,我和社长就是平等的。

我居然看到了社长和总编辑当年看我的眼光如出一辙,有怜爱,有鼓励,还有信任。

刚开完会你就知道了?你消息倒挺灵通的。社长依然看着我,笑眯眯地说,你当然要请我咯!报经上级批准同意,即日起你担任报社社长助理。社委会还研究让你兼任采访部主任。

我突然像一条活蹦乱跳的鱼被扔进了零下196摄氏度的液氮速冻容器里,瞬间动弹不了。

亮宏,你说,你该不该请啊?!社长以为我高兴傻了,拍了拍我的肩膀。

社长把我拍醒了。我点了点头,又摇了摇头,复又点了点头,然后赶紧把辞职报告双手递给社长。交了报告,我像给老师交作业又怕老师留堂的小学生一样，脚底抹油，溜了。

你问我，最后怎么选择？是留下？还是辞职？

我告诉你，在那个刀光剑影的年代，在那个风生水起的年代，一切的选择都是对的，只要你爱拼。

我像当年宏哥回应社长一样，点了点头，又摇了摇头，复又点了点头，似乎明白了，又不明白。

宏哥，我们到处找您，您原来在这里喝茶。酒席召集人，一家大型企业集团的董事长找到正在隔壁茶室喝茶聊天的我们，如释重负般说，李市长过来了，他说要敬您酒，我还以为您提前撤退了呢，吓了我一身汗。

召集人不由分说热情地搀扶着宏哥回餐桌。

我没有跟随着宏哥重新入酒桌，继续喝茶。茶室里，铜壶水声咕咕，壶盖上下扑腾，茶杯烟气袅袅。我品了口茶，仿佛听见宏哥在讲：

锋利的刀舞得满屋虎虎生风……

我感觉，宏哥就像一把飞舞江湖的刀。

2022年11月13日

请君入梦来

一

　　嘉慧爱做梦，经常做一些稀奇古怪的梦。嘉慧梦见一个高高大大的男人在自家门洞前徘徊，仔细一看，竟是爸爸。爸爸一直笑眯眯的，似乎还长高长大了。嘉慧可高兴了，招呼爸爸回家。爸爸东瞅瞅西瞅瞅，没进屋的意思。嘉慧赶紧把屋里爸爸平日里坐的凳子搬出来，爸爸却不见了。爸爸哪里去了呢？嘉慧着急，大声喊叫"爸爸，爸爸"，把自己给喊醒了。

　　爸爸回家了！嘉慧真真切切看到了，可爸爸已经去世很多年了。嘉慧掐了掐虎口，痛。

　　第二天放学，嘉慧回到家，家里果然多了个男人。男人比爸爸高大，在低矮狭窄的屋子里，像一堵墙一样横亘着。男人长得黑魃魃，却像学校里的老师，戴着一副宽边眼镜，看着斯斯文文。嘉慧心里想，这人是谁啊？自从父亲走后，家里除了来过外公和舅舅，就没有来过男人。男人笑着招呼嘉慧：大丫嘉慧是吧？长得可真俊！没等嘉慧回应，男人又笑着问：饿了吧？妈妈在煮饭，快好了。男人说完转身问在侧屋里忙活的妈妈：紫霞，饭好了吗？大丫回来了。都说男人一靠外表二靠嘴巴三靠实力征服女人，嘉慧可管不了男人的实力，却一下被男人的外表和嘴巴妥妥地征服了。

　　妈妈紫霞端着菜从侧屋走进来，看到屋里站着的男人和嘉慧，一句"死丫头，回来了也不知道来帮忙"的话咽回了肚子，脸色随着眼睛在嘉慧和男人之间迅速阴晴转换。心情很好的嘉慧不用妈妈骂，高高兴兴地接过妈妈手里的菜，把菜放到了饭桌上。嘉慧正准备到侧屋帮忙时，妈妈叫住了她。妈妈好像有很多话要对嘉慧说，千言万语最后却只说了一句：大丫，叫爸爸！

嘉慧张着一张大嘴，瞪着一对大眼，样子很是滑稽。眼前的男人虽然征服了嘉慧，可一下子要喊对方为"爸爸"，这也太突然了。妈妈以为嘉慧不愿意叫，有点囧，又有点生气。看着嘉慧的一张大嘴一对大眼，男人一点不计较，赶紧解围：没事没事，慢慢习惯，习惯就好。妈妈却不乐意了，盯着嘉慧，非要让嘉慧喊男人"爸爸"。

"爸爸。""爸爸。"二丫、三丫从屋外跑回来，嘴里吃着男人给的大白兔糖粒，围着男人，甜甜地奶声奶气地喊。

男人伸出一只大手，摸了摸二丫、三丫的头，笑呵呵的。嘉慧其实挺希望男人那只宽大的手也摸摸自己的头，嘉慧的头好久好久没人摸过了。男人却没摸嘉慧的头，突然想起什么似的说：哦，忘了有礼物给大丫。

男人给嘉慧的礼物是一套人教版的初三课外练习册，语文、数学、英语、物理、化学各一册。嘉慧再一次张着一张大嘴，瞪着一对大眼。这是嘉慧多渴望得到的一套课外练习册啊！从小学到初中，嘉慧找父亲要钱买学习用品，爸爸回答最多的是两个字：没钱。嘉慧靠着假期和妈妈一起上山割草，晒干后挑去隔壁镇砖窑厂卖，积攒下几块钱，交学费，买学习用品。嘉慧连练习本、作业本都是自己买一张张大白纸，裁剪成书本大小装订而成的，嘉慧哪敢奢望买课外练习册？！

"谢谢！"这是嘉慧回家后说的第一句话。嘉慧说的时候，声音有点颤抖，眼里有泪花在闪。嘉慧其实想叫爸爸的，嘉慧没说出"爸爸"两个字，在嘉慧心里，这男人在某种意义上来讲，甚至已经超越了爸爸的内涵。

看着女儿大丫眼里的泪花，妈妈显然也感动了，却不忘催促嘉慧叫爸爸。男人好像一下子看穿了嘉慧的五脏六腑，对嘉慧说：就一称呼嘛，其实叫什么都一样，要不，叫老刘吧！妈妈显然不同意男人的说法：这怎么行？男人大度地说：没事的，叫什么都是叫，叫老刘挺好！

那我真叫了？这个男人，哦，不，这个叫老刘的男人和爸爸真的不一样。嘉慧羞涩地看着男人，就像羞涩地看着她心目中的白马王子盛发哥一样。

哪还有假！你爱怎么叫就怎么叫。男人是真心的，说得轻松自然。嘉慧感觉，那一刻，妈妈是多余的，二丫、三丫是多余的，全世界就只有她和老刘两个人。

老刘！

哎。

老刘！

哎。

嘉慧和老刘一叫一应。叫完，应完，两个人都笑了，一家人都笑了。

这个老刘真的和爸爸不一样。和爸爸不一样的老刘让家里很快也变得不一样。

当天晚上，三丫被妈妈赶到了嘉慧和二丫的床上，三个丫头睡在一起，三丫很兴奋，怎么也睡不着。嘉慧第二天要上学，便吓唬三丫：你再不睡，我把你抱到门口和狗狗睡。三丫胆小，害怕狗，一听要把她抱到门口，赶紧不吱声，假装睡觉。不一会儿，三丫又爬起来，神神秘秘地对大丫说：大姐，妈妈房间里什么声音？妈妈床上的声音嘉慧早听到了。妈妈房间里的这种声音，嘉慧打记事起，就没响过。那个时候，爸爸虽然还在，可爸爸一直病着。妈妈房间里响起的声音只有吵架声，从没有过这种声音。那声音一时如疾风骤雨，一时又似缓流溪水；一时像飞沙扬砾，一时又若荡气回肠。像高处滴水，像风吹落叶，像钟鸣鼓乐，像炉中燃草。嘉慧又害羞又紧张，把头缩进被窝里，不敢听。可那声音，时响时停，越过墙壁，穿过被子，透过空气，绕过万千山水，若隐若现进入嘉慧的耳膜，听得嘉慧热血沸腾。嘉慧索性将耳朵露出被窝，侧着，像个大漏斗，点滴不剩地把声音都收了。耳朵满满当当的嘉慧被三丫一说，浑身打了个激灵，抱了抱三丫，嘴上却继续吓唬她：老鼠在打架，你快点睡觉。比起狗，三丫更害怕老鼠，三丫小时候睡觉，嘴巴没擦干净，被老鼠咬过嘴角。大姐，我怕！三丫说完，赶紧把整个头藏进了被窝。燥热难忍的嘉慧顺势把三丫抱得紧紧的。三丫因为害怕很快睡着了，嘉慧却一直睡不着，妈妈床上的声音响了停，停了响，反反复复。妈妈床上的声音响起，嘉慧竖耳倾听，生怕听漏了。妈妈床上的声音没了，嘉慧又在等待，等待令人热血沸腾的声音再次响起。

嘉慧一个晚上没睡着。

二

一个家里，男人就像箍桶匠手里的那个箍，其他人是一块块桶板。没有那个最重要的箍，一个家就像木桶一样没办法紧紧箍在一起，没办法确保和谐稳定。妈妈因为老刘的到来，就像被太阳晒龟裂了的地里生长着的水稻，一场雨后一场绿，最终郁郁葱葱，开花吐蕊了。妈妈也因为老刘的到来，脾气有了很大的变化，不再动辄指桑骂槐，诅咒天诅咒地，也不再随意打骂嘉慧她们三姐妹。老刘来了，老刘这个箍，把眼看着快散的家像箍桶一样，给箍结实了，箍和谐稳定了。

妈妈变了，二丫、三丫少了挨骂，又多了爸爸疼爱，变得无忧无虑了。说实话，嘉慧也变了，变得稀奇古怪。有时爱说话，成了话篓子，放学回到家，见到老刘，老刘前老刘后叫得欢。有时沉默寡言，老刘怎么逗她，她只直直看着老刘，眼里有千言万语，却不说话。

妈妈床上的声音停下来后，妈妈忧心忡忡地对老刘说：大丫性情变化大，咋回事？老刘安慰妈妈：女孩子青春期，没事的。妈妈不懂啥叫青春期，叫老刘不能太宠着三个丫头：丫头的命，赔钱的货，宠不得。老刘不同意妈妈的说法，反驳妈妈：那可不见得！嘉慧在被窝里恨恨地哼了妈妈一句：你才是丫头的命、赔钱的货呢！

夜深了，妈妈的房间安静下来了，嘉慧沉沉入睡。睡梦里，嘉慧和同学们一男一女两两组合，骑着自行车到野外春游，放飞自我。春天的原野，草长莺飞，花红柳绿。桃花如霞，李花似雪，樱花像燃烧的火，都在争奇斗艳。嘉慧和同学们跑绿地，钻花丛，穿树林，尽情地追逐嬉闹。闹够了，玩累了，同学们一男一女重新两两组合，骑车回学校。和嘉慧组合在一起的是那个书读得很好，对同学却十分严厉的班长，嘉慧十分畏惧他。坐在班长的车尾座上，嘉慧紧张得不敢说话，抓铁架子的手，早已汗淋淋的。路两边青翠的稻田、如镜的水塘、墨绿的树林、黄褐的大山，像村里的露天电影一样，不断闪烁变化，让人目不暇接。路两边的风景在变，骑车的人也变了，班长突然变成了盛发哥。尾座上嘉慧那颗激动的心，怦怦跳起来，似乎随时要飞出去。盛发哥把车骑得电闪雷鸣般快，多少次，嘉慧悄悄伸出双手，想从后面紧紧地抱住盛发哥，可最终还是缩了回来。车子下坡，盛发哥不断刹车，惯性作用下，书本里讲的，那是惯性。嘉慧在惯性作用下，上身不断朝前倾，鼓鼓囊囊的胸部于是不断撞击盛发哥的后背。每一次撞击，嘉慧都脸红，都迅速脱离接触。可每次一脱离接触，嘉慧就后悔了。嘉慧多么希望回学校的下坡路长一点，再长一点。眼看着就要到坡底了，盛发哥再次刹车，嘉慧借着身子倾倒在盛发哥后背的机会，双手突然抱住了盛发哥，幸福地闭上了双眼：让美景见鬼去吧！让世界见鬼去吧！我只要抱着我的白马王子盛发哥就够了……不知过了多久，嘉慧张开了眼，竟然发现自己抱住的人变成了老刘。嘉慧顿时羞红了脸，赶紧松开手，从疾走的车上掉下来。嘉慧吓醒了。

好端端的盛发哥怎么会变成了老刘呢？嘉慧十分惆怅。

梦里的人变了。嘉慧发现自己也变了，特别是老刘在家的时候。有时，嘉慧感觉有很多话要和老刘说，因为老刘会耐心听嘉慧说，老刘也听懂嘉慧讲什么，不像妈妈和前几年走了的爸爸，他们不耐烦，你没讲几句，他们早就打断你了。和他们说事情，更是感觉像对牛弹琴，他们根本听不懂。有时，嘉慧感觉自己看老刘，眼神里内容多多，不像是女儿看父亲。老刘来后，晚上妈妈床上的声音天天响起，嘉慧天天在等和听。平日里，看着老刘粗壮的手臂、结实的肌肉、宽阔的肩膀，嘉慧自觉不自觉地跟妈妈晚上房间里的声音联系在一起。

嘉慧好想听妈妈床上的声音，嘉慧又好紧张，好害怕。

三

　　妈妈床上的声音随着老刘到山里办砖窑厂，一月回不了几次，少了。砖窑厂办起来后，老刘忙得脚下生烟着不了地，妈妈后来索性也住到厂里，给老刘帮忙。有了砖窑厂，家里生活好了，嘉慧读书的钱有了，妈妈却要嘉慧初中毕业后，不再读书了，来砖窑厂帮忙。嘉慧一百个不情愿，说要是考上高中，她要读下去。妈妈一忙起来，又恢复以前的火暴脾气，粗口骂嘉慧，坚决不同意嘉慧继续读高中。嘉慧哭哭啼啼。最后还是老刘解了围，劝说妈妈，二丫、三丫在家里也需要人照顾，大丫要是考上了，继续读书，顺便把照顾二丫、三丫的任务也交给她。妈妈才勉强同意。

　　嘉慧如愿以偿考上高中。妈妈在老刘的劝说下，开学前一天和老刘一起回家住了一晚。妈妈和老刘在家的晚上，嘉慧又听到妈妈床上熟悉的声音。那声音是多么地激动人心，多么地悦耳，多么地欢快！嘉慧觉得，这世界上最动听的声音也许就是老刘在妈妈床上整出的声音。嘉慧听了一个晚上，细细分出了声音里老刘的肢体动作。前进、后退、上山、入地、匍匐、冲锋……听着听着，嘉慧迷迷糊糊睡着了，感觉是老刘正朝着自己的身体发起冲锋陷阵。一开始，嘉慧羞红了脸，躲躲闪闪。在老刘的巨大猛攻下，嘉慧变得欲拒还迎。在老刘几个回合的攻击下，嘉慧接受了，想抱住老刘精壮的身子，老刘的身子却像水沟里的泥鳅，从嘉慧双臂里溜走，而且越走越远，马上就要滑进通红通红的砖窑，嘉慧啊地大叫了一声，醒了。

　　隔壁房间妈妈的床上静悄悄的，嘉慧的双腿间却滑溜溜，像泥鳅滑过。

　　早上起床，妈妈已经准备好了六碗菜。看到嘉慧洗漱好，老刘招呼大家上桌，先开口说道：今天是嘉慧高中开学第一天，咱家吃六个碗六碗菜，六六大顺啊！在村里，吃六个碗，是很隆重的事。嘉慧明白，老刘把她上高中当成一件大事了。望着满桌的菜，嘉慧有点感动。老刘说完给嘉慧夹了一筷子通菜，接着又给她夹了一筷子芹菜，笑着说：芹菜寓意勤奋，通菜则是聪明，读书必须是聪明加勤奋。泪花再一次在嘉慧的眼眶里闪。默默吃着饭，嘉慧忍不住抬头望了老刘一眼，想到昨晚离奇的梦，嘉慧眼里慌慌张张的，赶紧低下头，轻声说：谢谢老刘！嘉慧的谢谢是发自内心的。嘉慧想给老刘回夹一次菜，但想起妈妈说过的女孩子不能随便给人夹菜——不能随便嫁，便停住筷子。想了想，嘉慧先给妈妈夹了菜，说：谢谢妈妈。随后才给老刘夹菜，啥话也没说。嘉慧心想，今后要是能找到老刘这样的人，就值了。

开学后，老刘和妈妈回砖窑厂。家里又只剩下嘉慧三姐妹。高中的课程比初中难，像嘉慧这种水平的，读起来更吃力。嘉慧每天晚上读得比较晚。夜深人静时，看着二丫、三丫都睡熟了，书晦涩难懂，读不进，嘉慧便特别怀念隔壁房间妈妈床上的声音。有时，嘉慧会悄悄跑到妈妈的房间，打开灯，在妈妈的床上，伸展开手脚，把自己躺成一个"大"字，想象着老刘和妈妈在床上，模仿起妈妈床上的声音。

大姐，你在干吗？三丫半夜起床拉尿，发现妈妈房间的灯亮着，跑过去一看，却是嘉慧躺在妈妈的床上。嘉慧吓了一跳，又是恐吓又是威胁说：妈妈不在，我过来赶老鼠。嘉慧警告三丫，她在妈妈房间赶老鼠的事，谁也不许说。一听说有老鼠，三丫早吓得瑟瑟发抖，鸡啄米般点头跑回房间了。

四

夜深人静之际，嘉慧常常想起妈妈床上的声音，想得口干舌燥，浑身像火烧着了般。想妈妈床上的声音，书自然就读不进，嘉慧的书越读越吃力。多少次，嘉慧怀疑自己还能不能坚持下去。

嘉慧坚持要读高中，不是说她有多热爱读书，也不是她有多大的野心，认为自己能考上大学，而是为了能在学校里看到一个人——她从小就认定的白马王子盛发哥。

嘉慧小学和盛发哥同在村小学。嘉慧读一年级时，盛发哥读四年级。盛发哥成绩好，老师们特别喜欢他。和盛发哥小学同校的三年里，嘉慧耳朵里灌满了盛发哥的事迹：勤奋、聪明、正直、勇敢、大方……日积月累，耳濡目染，盛发哥就这样成了嘉慧的人生榜样。

镇上就一所中学，是所完中。嘉慧上初一，盛发哥正好考上高一。两人同校三年期间，盛发哥青春、阳光、帅气，加上学习好、性格好，嘉慧从默默关注盛发哥，到把他当成心目中的白马王子，简直是一气呵成。

本来，嘉慧读初三，盛发哥读完高三，应该考上大学走了。没想到，盛发哥高考落榜了，回来中学补习。嘉慧就是冲着盛发哥还在中学读书，才坚持要读高中的。

自从梦见老刘朝着自己的身体发起冲锋陷阵，嘉慧感觉对不起盛发哥。有几回，嘉慧还骂自己无耻，怎么能做这种梦呢？

可梦是自己能控制得了的吗？嘉慧又梦见，在妈妈的床上，老刘和妈妈开战了，妈妈和老刘都在大声叫唤。两个人战着战着，妈妈靠边站了，床上战场的主角竟然换成了自己和老刘。

醒来了，嘉慧捏自己的脸蛋，脸上热辣辣的。嘉慧又骂自己无耻。怎么会这样呢？嘉慧静静地想，也许，一个人的心里和肌体是一样的，正气不足，邪气就入侵。老刘这股邪气已经全方位入侵自己了，必须坚决地果断地引入正气，驱赶入侵的邪气，才有可能恢复自己健康的身心。

在嘉慧心目中，正气自然是她的白马王子盛发哥。

夜幕来临，月亮初升，月光如水，凉风习习。屋顶上，发情的猫儿开始乱跑一气。田野里，求偶的蜗虫叫得特别欢快。嘉慧鼓起勇气，朝村东头的一排空置老屋走去。

盛发哥的姐姐嫁同村，村东头那一排空置老屋，就有姐姐家一间。老屋日渐破落，大家陆续搬走了，几乎都不住人，十分冷清。盛发哥正是看中老屋的安静，借了姐姐家的老屋，在那里头悬梁锥刺股，立志考上大学，走出村子。

门是旧式木板门，门上有两个圆形的铁环。站在门口，四周一片寂静。嘉慧想的是直接拍门板还是敲铁环，就像当年的贾岛，琢磨着门究竟是推开还是敲开。嘉慧最终还是选择了敲铁环，这样显得更有意境。

铁环撞击木板的声音既清脆又沉闷，且悠长，真的是别有一番情趣。嘉慧为自己的选择高兴。

你？门开了。盛发哥站在门里面，有点惊讶，有点慌乱，又有点不好意思。

盛发哥，我是嘉慧。我有两道题不会做，请教你，行吗？这是嘉慧平生第一次和盛发哥说话。这第一句话，说什么，怎么说，嘉慧琢磨了很久很久。当然，这句话，在嘉慧肚子里，已经打了无数次腹稿。

如水的月光下，嘉慧两个明亮的眸子看着盛发哥，就像两个泉眼。泉眼里，不断地冒出不可抵挡的温柔泉。温柔之水，无影无形，缓缓地，缓缓地流进了盛发读书的简陋屋子。

盛发知道嘉慧，读小学时就知道。嘉慧小时候长得秀气可爱，一直是班花。小孩子们自己心里喜欢漂亮的女生却不敢说，总爱把漂亮的女生和某个调皮捣蛋的男生说成是一对，然后大家一起来起哄，看漂亮女生手足无措和生气的样子。嘉慧从一年级开始就被班里的同学拿来配对子。嘉慧读一二年级时，高年级的盛发不知道嘉慧是谁。嘉慧读三年级，出落得更楚楚动人，配对子的人更多了，盛发就在那个时候知道了嘉慧的存在。盛发读高一，嘉慧考上了初中，嘉慧人漂亮，学习也不错，偶尔成绩会闯进全级排行榜，盛发也会关注一下。当然，志在大学的盛发哥也仅仅是关注一下而已。

把题目给我看看。把嘉慧让进屋，盛发直奔主题，向嘉慧要她不懂的题目。嘉慧把手里紧紧攥着的一张卷子递给盛发。盛发接过题目，也没招呼嘉慧坐，低下头，立即在草稿纸上奋笔疾书。

借着盛发哥解题的空隙，嘉慧打量了盛发的屋子，一个狭小的房间，摆一块破旧不堪的木板当床，床上是乱七八糟的被子和衣服。一张黑不溜秋的桌子，桌腿用两块竹片接驳着，小小的桌面，同样是乱七八糟被掀开的书和本子。桌子露出一小块地方，只够盛发哥下笔写东西。嘉慧正想着要不要想帮盛发哥收拾一下乱七八糟的屋子，盛发哥说话了：题目解出来了，你看看。

接过盛发哥递过来的答案纸，嘉慧看了一会儿，有些懂了，有些还是没弄懂。盛发哥拿回答案纸，把解题要点给嘉慧仔细讲了一遍。

明白了吗？

嘉慧点了点头。

那我……复习了……。盛发拿起物理练习题，请嘉慧回去的话却说不出口。嘉慧赶紧识趣地说：谢谢盛发哥，我走了。

盛发点了点头。

盛发哥，以后碰到不懂的题目，还能来请教你吗？嘉慧知道这句话是多余的，但嘉慧更知道，有时多余的话也得说。

可以的。盛发又点了点头。嘉慧高兴得像夜晚的猫精灵，一下闪进如水的夜色里。

身后的关门声在寂静的夜里如歌。嘉慧心情特别好，偷偷抿嘴笑，你问我明白了吗？我还没问你明白了吗？

五

嘉慧希望盛发哥能入梦来。盛发哥却像夏天屋子里的燕子窝，连个鸟影子也没有。

嘉慧只好再次去请教盛发哥题目。嘉慧特意穿了一套新的粉色连衣裙。裙子是老刘送给嘉慧的生日礼物，老刘说，嘉慧穿了这套连衣裙，更漂亮，更可爱。

有了第一次的接触，盛发哥镇定了很多。把嘉慧迎进屋，让嘉慧在床上坐一会儿，屋里实在没地方可坐了。盛发哥自己也赶紧坐下，审题，解题。

灯下，盛发哥在解题。床上坐了一会儿，嘉慧收起矜持，轻手轻脚地收拾盛发哥床上乱七八糟的衣服。题目解出来了，盛发哥的床也清爽了。

盛发哥让嘉慧看完答案后，又给她讲解。狭小的屋子里，盛发哥讲解的时候，两个人靠得多么地近，以致嘉慧都感觉到了盛发哥说话时的粗重喘气声。专注讲解的盛发哥却似乎没留意嘉慧穿了新的粉色连衣裙，在盛发哥眼里，或许只有题目和答案。

答案很快讲完了，盛发哥问嘉慧懂了没有。嘉慧怕盛发哥笑话自己笨，赶紧说懂了懂了。

懂了就走吧，我还要复习，我还要冲高考呢。嘉慧从盛发哥眼里看出他想说却没说出来的话。嘉慧恋恋不舍地告别盛发哥回家。

君若入梦来，我与君缠绵。睡觉前，嘉慧想着盛发哥的粗重喘气声、睿智的眼神、杂乱的屋子，甚至是他发黄的裤头——嘉慧整理盛发哥乱七八糟的床时发现的，嘉慧想，不是说日有所思夜有所梦，我就希望盛发哥夜里能入梦来。

嘉慧果真梦到盛发哥了。盛发哥特意给嘉慧买了一套粉红的连衣裙。盛发哥让嘉慧穿上裙子，左端详右欣赏，一个劲地夸嘉慧穿着好看，直夸得嘉慧都脸红了。夸奖完了，盛发哥还张开双臂，准备拥抱嘉慧。嘉慧主动迎了上去，闭着双眼，和盛发哥幸福地紧紧地拥抱在一起。盛发哥抱着自己的那双手突然不老实了，对着嘉慧鼓鼓的胸部使劲捏。嘉慧被捏疼了，睁开了眼，却发现抱着自己的居然又是老刘。嘉慧大喊一声：老刘，你干什么？嘉慧被自己喊醒了。

醒来的嘉慧，又惆怅万分。

嘉慧知道盛发哥在冲刺高考，不容打扰。嘉慧虽然一直在克制自己，但忍不住了，还是拿着题目来找盛发哥请教。嘉慧第三次来请教盛发哥时，还是穿了自己认为最好看的粉色连衣裙。出门的时候，屋外的一株九里香，小小的白色花儿，虽不起眼，却开得十分热烈。淡淡的、沁人心扉的花香让人迷醉。嘉慧贪婪地摘了一把又一把小小的白花儿，一遍又一遍地从头往身上散落下来。白花儿像亮晶晶的萤火虫一样落在嘉慧粉色裙子上，落到地上，花香沾满嘉慧全身。

时间宝贵，不用寒暄，不用矜持，盛发哥帮嘉慧解题，嘉慧收拾盛发哥乱七八糟的床。题目解好了，床上收拾干净了。嘉慧和盛发在狭小得几乎肌肤相接触的屋子里，一个讲解答案，一个提出问题。

花香掩盖了屋子里脏衣服和盛发哥身上因出太多汗发出的酸味，嘉慧闻到了，嘉慧不知盛发哥闻到了九里香的香味没有？

懂了吗？

懂——嘉慧还没点头，屋子的木门被一脚踢开。门外，一黑铁塔般的男子把门堵住了。

老羊仔，叫你欺负我外甥女！黑铁塔不容分说，拳头雨点般朝盛发身上落下。盛发哥蒙了，来不及反抗，双手本能地护着脑袋。

柱子舅舅，别打了，别打了。是我自己过来请教盛发哥题目的，你冤枉好人了。嘉慧反应过来，急忙用瘦弱的身子护着盛发哥。

黑铁塔的铁拳停在了半空中。

原来，白天妈妈托人交代柱子舅舅，晚上给三个丫头捎点大米。柱子舅舅带来大米，见家里只有二丫和三丫在，问大丫去哪了，二丫和三丫都不知道。柱子舅舅担心大丫出事，便在村里找。走到村东头，发现大丫居然和仇家的儿子在一起。村里的仇家，不过是为分地结了点小怨，大家尿不到一壶而已。柱子舅舅以为仇家的儿子勾引大丫，气不打一处，进门就撸人。

弄清了是嘉慧自己找仇家的儿子，柱子臭骂嘉慧：好人不交，结交这样的人干什么？你要再到这地方来，看我不打断你的狗爪子。赶紧回家！

看着嘉慧出门，柱子舅舅又警告盛发：你若要对我家外甥女有非分之想，小心我阄了你！

平白无故挨了一顿揍，幸好没打到头，要不然，还怎么参加高考？盛发哥瞪了柱子舅舅一眼，擦了擦嘴角的血，继续复习功课。

嘉慧回到家哭了一场，哭得眼泪滂沱。好端端的，害盛发哥挨了打。往后，自己还怎么去请教盛发哥？

见不了盛发哥，但愿盛发哥梦里来相会吧！

六

嘉慧的眼泪再大，也抵不上那场扯长线般下个不停的雨大。那场大雨，把嘉慧家砖窑厂一排刚晾干准备进窑烧的泥砖泥瓦泡了，改变了嘉慧一家。雨来的时候，老刘不在砖窑厂，妈妈心疼那批砖瓦，自己冒雨出去抢收。底下的泥砖瓦泡了水，顿时软了。上面的砖瓦没抢收多少块，整排泥砖突然像多米诺骨牌一样，顷刻间倒了。妈妈来不及跑出来，整个人被泥砖瓦压住了。

嘉慧见到妈妈时，妈妈下肢动弹不了，瘫痪了。老刘停了砖窑厂，回家照顾起妈妈。自从妈妈出事后，妈妈床上的声音就像冬天里的蛙声一样，嘉慧再也听不到了。三个月后，躺在床上的妈妈催促老刘，还是要把砖窑厂开起来，要不，一家五口人可要喝西北风了。

在妈妈的不断督促下，老刘一个人回到山里砖窑厂，继续生产砖和瓦。妈妈要嘉慧辍学到砖窑厂帮忙，反正读完书也是回家干农活，晚回还不如早回。嘉慧不同意，坚持至少读完高一再回来。嘉慧心里想的是，一个学期后，盛发哥高考完走了，在学校见不着他了，读不读书也无所谓了。盛发哥在学校的一天，她就坚持留在学校一天。就差一个学期，妈妈没再坚持。但要求嘉慧一放寒假就得带着二丫、三丫到砖窑厂帮忙。嘉慧同意了。一放寒假，嘉慧立即带着两个妹妹住到了砖窑厂。

没想到，嘉慧到砖窑厂的第一天，盛发哥就入梦来了。老刘的砖窑厂，其实就是一个小型的烧草土窑子，就像小时候爸爸带嘉慧她们三姐妹打土灶的窑子。不同的是土窑是用土块砌的，砖窑是用熟砖一层一层垒起来。别看砖窑不大，可能装东西了。老刘说，一窑烧下来，至少有数千块瓦片和数千块红砖。窑子烧山草，烧的时候两个人轮流值班，火不能断，火候还得把握好。因窑子烧草，窑子的一边便堆有几个草垛，那些草都是村里的人上山割了晒干卖给厂里的。嘉慧小时候也卖过草，懂得。窑子的另一边是一排排架子，用来风干印制好的泥瓦泥砖。忙时有两个人同时在印制，老刘有空也会亲自上手印制泥瓦泥砖。窑子最高的地方有几间房子，一间是老刘和妈妈住的，另外几间空着，来了朋友或是买瓦买砖的客户，用来招待。山里夜晚风大，奇冷。嘉慧和二丫、三丫挤在一床被子里，不是露出头就是露出脚，要不就是露出身子。三个人一直在抢被子。老刘临睡觉前，特意多抱来了两床被子给嘉慧她们三姐妹。这样,一人一床被子,不用争也不用抢。那真是雪中送炭!暖暖地躺在被窝里,嘉慧想,这么好的老刘,晚上可能又要梦见他了!嘉慧没梦见老刘,却梦见了盛发哥。在中学校园里,盛发哥拿着红彤彤的大学录取通知书,一脸自豪,见到谁都笑,笑得要多灿烂有多灿烂。嘉慧不敢打扰盛发哥,跟在他后面,也感染了他的高兴与快乐。快出校门的时候,盛发哥突然发现身后的嘉慧,回头高兴地对嘉慧说:嘉慧,你要好好读书,将来也考个大学。盛发哥还约定嘉慧:我在大学里等你,等你,等你。嘉慧好高兴好激动,盛发哥终于考上大学了,盛发哥还和自己约定,在大学里等她。盛发哥很快就要离开村里,到大学去读书了,激动无比的嘉慧央求盛发哥:盛发哥,你抱抱我行吗?迎着灿烂的阳光,盛发哥跑过来,张开修长的双臂,把嘉慧抱在怀里……那一刻,嘉慧感觉自己是这个世界上最幸福的人。嘉慧也紧紧地抱住盛发哥,生怕他跑了,直把自己抱到喘不了气了……嘉慧醒了,发现自己正紧紧地抱着被子。

　　醒来了,嘉慧品着甜甜的梦,一直到天亮。

　　在砖窑厂里,二丫和三丫干不了重活,她俩只帮着嘉慧负责大家的一日三餐。嘉慧忙完了三餐,便跟师傅学习印泥瓦泥砖,有时老刘会亲自来教嘉慧。嘉慧上手很快,只是气力不足,印泥砖有点吃力,印泥瓦,一点也没问题。老刘很高兴,晚上吃饭的时候夹了很多菜给嘉慧,还表扬嘉慧:不错不错,跟你妈妈一样能干。

　　老刘的表扬,让嘉慧美滋滋了好多天。

　　临过年,砖窑送入最后一批泥砖瓦,烧成后即停工。印泥瓦泥砖的工人无须干活,放假了。老刘让嘉慧这几天也别去印泥瓦了,煮煮饭就行了。老刘中午吃饭的时候,突然问嘉慧:送你的生日连衣裙,怎么从没见你穿过啊?不好看吗?嘉慧笑了:好看啊,只是不舍得穿。老刘看着嘉慧说:衣服就是买来穿的嘛,穿旧了再买,女孩子就应该穿得漂漂亮亮,让男孩子喜欢。嘉慧的脸倏地红了,嘉慧没告诉老刘,这粉色衣服她穿给一个男孩子看过,还穿了两次呢,只是都在晚上。嘉慧俏皮地看着老刘:那我穿了,穿旧了你再给我买啊!这可是老刘你自己说的啊!

嘉慧下午当真穿起了那套粉色连衣裙。晚上吃饭时,嘉慧问老刘:好看吗?老刘看着嘉慧的一袭连衣裙,眼睛都直了,嘴里啧啧称道:真是仙女一样。

嘉慧其实是想穿着这袭连衣裙,引她的盛发哥入梦来。来了砖窑厂快一个月了,不仅见不到盛发哥,梦里盛发哥也不常来。晚上睡觉时,嘉慧有意不换下连衣裙,希望今晚盛发哥入梦来。

是夜风大天冷,老刘给嘉慧姐妹仨送来了三杯说是暖身子的糖水。姐妹仨喝完早早上床,各自裹着被子沉沉入睡。盛发哥没来,老刘却又一次入梦来。像是在家里,又像是在砖窑厂,老刘和妈妈在床上翻云覆雨,妈妈和老刘都在大喊大叫。叫着叫着,妈妈的声音消失了,接着人也不见。妈妈去哪了呢?妈妈不在,一身精光的老刘爬上了嘉慧的床。嘉慧羞得无地自容。老刘却容不得嘉慧害羞,边脱嘉慧的衣服边抚摸嘉慧滑如凝脂的光溜溜身子。老刘还用温暖的潮湿的舌头撬开嘉慧的嘴巴,拼命地吸嘬,直吸得嘉慧快窒息断气了。停止了吸嘬,老刘朝嘉慧的身子压过来……一阵刺骨的痛,嘉慧醒了,头却重得怎么也睁不开眼。嘉慧感觉是老刘压在自己身上,一起一伏。嘉慧想推开老刘,怎么推也推不开。嘉慧喊叫二丫、三丫,可床上除了自己和老刘,哪有二丫、三丫的影子。嘉慧踢老刘,咬老刘,老刘不管不顾,继续在自己身上一起一伏,直到老刘像加多了水的泥瓦泥砖,瘫倒在一旁。嘉慧嘤嘤地哭了一会儿,又睡着了,睡得死沉死沉的。

第二天醒来,嘉慧发现二丫、三丫还在床上睡得死沉死沉的。昨晚喊叫二丫、三丫,明明她俩都不在啊?这回怎么又在了呢?再看自己,明明昨晚被脱得光溜溜的,怎么衣服和昨晚睡时穿得一模一样?昨晚的事,是梦是真的?嘉慧恍惚了。

真的是你吗?吃完早餐,二丫、三丫跑出去了,神情恍惚的嘉慧问老刘。

老刘把嘉慧揽进怀里,轻轻拍了拍嘉慧的后背。

嘉慧浑身哆嗦,不停地打冷战,迅速挣脱了老刘的手。

七

新学期开始了,一切都像变了,一切又似乎没变。在学校里,嘉慧有时会碰到盛发哥,不变的是嘉慧不敢和盛发哥打招呼,每回都低头跑开。嘉慧爱做梦的习惯没变,半夜里常常被噩梦惊得大喊大叫,弄得隔壁房里的妈妈老说嘉慧见鬼了。

妈妈瘫痪后性格又恢复成了以前的暴躁。开始听嘉慧夜里大喊大叫,妈妈摔东西,骂嘉慧,把嘉慧和二丫、三丫骂醒。三天两头听的都是嘉慧大喊大叫,妈妈害怕了。妈妈问嘉慧:梦见什么了?嘉慧一脸惊恐,不说。问多了,妈妈怀疑是那个死鬼,见不得她现在过得好,老来捣乱,先是让自己瘫了,不仅晚上快活不起来,还成了废人一个。妈妈常常在床上骂:死鬼,谁叫你自己不硬,几十年蔫不啦唧,如今我碰到一个比你硬的,你就妒忌!你祸害我一个人还不够,你还要祸害自己的亲生女儿?都说虎毒不食子,你还是人吗?妈妈骂完了还嚷着要让法师来收拾他,让他永世不得超生。

妈妈越骂越痛苦。看着妈妈骂死去的爸爸那副痛不欲生的样子,嘉慧心里在滴血,劝妈妈,别骂了。

妈妈却是一副不把雷峰塔骂倒不罢休的样子。只要晚上听到嘉慧做噩梦大喊大叫,妈妈第二天必在床上骂一天。

嘉慧担心妈妈骂出事。妈妈没事,嘉慧自己倒先出了问题。嘉慧连着几个月没来月事,嘉慧没在意。高考那三天,学校为给高三同学腾课室,让其他年级的学生放假。假期第一天,嘉慧和同学跑到英语老师宿舍玩。英语老师是女老师,大不了嘉慧几岁,平时和嘉慧她们打成一片。在宿舍,英语老师盯着嘉慧问:你这学期怎么像吹了气的球一样,胖了这么多?还有,你的胖肚子,滚圆滚圆,像怀了好多个月的胎。大家笑了,嘉慧脸红了一下。英语老师说完还拉过嘉慧,伸手拍了拍嘉慧的肚子。这一拍,可把英语老师吓坏了。这可不是胖啊!英语老师叫散了大家,赶紧带嘉慧去医院。

检查结果出来,确认嘉慧已经身孕六个月。

嘉慧被退学回家。可任谁问孩子是谁的，嘉慧都不肯说。妈妈把房间里够得着的东西都拿起来摔掉了，嘉慧还是不肯说。外公逢人便说家门不幸，出门把裤头当面巾了，无脸见人。柱子舅舅逼问嘉慧：是不是盛发那小子？我弄死他！嘉慧担心一根筋的舅舅去找盛发哥的麻烦，连说不是、不是。嘉慧央求柱子舅舅不要多管闲事了。柱子舅舅生气了：敢情是自愿的，还倒贴呢。这要嚷出去，丢人丢得更大。嘉慧默不作声，柱子舅舅看着嘉慧，连连哀叹。

八

盛发哥考上大学了！

得知盛发哥考上大学的那一刻，嘉慧暂时忘记了一切烦恼，兴冲冲地跑到学校。在中学校园里，在灿烂的阳光下，盛发哥果然拿着红彤彤的大学录取通知书，一脸自豪，见到谁都笑。盛发哥笑得真的和太阳一样灿烂。这一幕，和嘉慧梦里何其相像。但与梦里不同的是，嘉慧不敢跟在盛发哥身后，只远远看着盛发哥。看着盛发哥，就像看电视里的人物。梦是美好的，要不怎么是梦呢？现实里，盛发哥不可能和嘉慧相约大学校园见。上大学？对嘉慧来讲，真的只是个梦，一个美好的梦，一个永远也实现不了的梦。

梦醒了，嘉慧担心的事发生了。柱子舅舅一直在村里蹲守盛发哥，终于把拿着大学录取通知书、兴高采烈回村的盛发哥堵在了村东头。柱子舅舅用一把明晃晃的尖刀把盛发哥逼到了他先前读书的屋子里。

盛发哥和柱子舅舅在村东头的嚷嚷引来了很多人围观。盛发哥的家人和房亲听说盛发哥被柱子舅舅挟持，火速朝村东头赶来，有的带刀，有的带棍，誓要把柱子舅舅打成肉酱。

嘉慧的家人和房亲听说柱子舅舅被盛发哥的人包围了，也火速朝村东头赶来。

两家的人在村东头拉开了架势。

嘉慧就在这时赶来的。嘉慧拼着命想往屋里冲，可每一回，都被人拉了回来。冲不进屋子，嘉慧生怕盛发哥被柱子舅舅伤害，跪在了门口哀求：舅舅，这不关盛发哥的事，你放了他。

嘉慧的哀求声，让柱子舅舅架在盛发哥脖子上的刀松了松。盛发哥也借机恳求柱子：柱子叔，有话好好说，放下刀，咱俩出去吧。柱子舅舅大声吼叫着让盛发哥闭嘴。

舅舅，真的不关盛发哥的事，你千万别伤了他！

面对嘉慧的苦苦哀求，柱子不为所动，反而骂嘉慧：这小子都认了，你还当着这么多人的面替他打掩护，把屎罐子牢牢扣在自己身上？真不知好歹！

舅舅，真的不是盛发哥。是……多少人逼问不出来的事，嘉慧自己马上要说出来了，围在屋子四周的人都张大了嘴，侧着耳朵，生怕听漏了。嘉慧知道自己差点说漏嘴了，赶紧打住。

不是这小子，是谁？柱子舅舅在屋里也听见嘉慧要亲口指认恶魔，逼问道。

嘉慧不说了，只一个劲地哀求舅舅。

这小子已经亲口承认了。你再不说！我一刀捅了他。柱子舅舅威胁门外的嘉慧。

嘉慧听到盛发哥"啊——啊——"的痛苦叫声。

舅舅，你把刀拿开。真的不是盛发哥。是……是……是……

是谁啊？你不说，我下手了！

盛发哥"啊——啊——"的痛苦叫声让嘉慧乱了方寸。

是……老刘！

果真是那个老流氓？！嘉慧再也不说了。柱子舅舅收了刀，松开了盛发哥，打开木门，独自走出屋子。

嘉慧冲进了屋子里，盛发哥安全了。

一场混战开始了。

九

那场混战，不时入嘉慧的梦来。

一片乌云飞过，好端端的灿烂阳光被遮严实了，滂沱大雨哗哗地下了起来。村东头，棍棒齐飞，手脚并举，有哭有号，有躺有跑……怒发冲冠的盛发哥突然变得好可怕，头发一根根竖了起来，到处追打柱子舅舅家的人。盛发哥穷追不舍一个抱头鼠窜的人，眼看就要追上了，盛发哥朝前飞起一脚，不承想前面的人没踢着，自己的鞋子却飞了出去。盛发哥失去了重心，重重跌倒在地上。待盛发哥艰难地爬起来时，舅舅家的人拍马赶到，棍子疯了般朝盛发哥甩过来。在这千钧一发之际，嘉慧风驰电掣般冲了过去，扑倒了盛发哥，用自己柔弱的身子严严实实护着盛发哥。棍子重重地落了下来，只听"啊"的一声痛苦叫喊，嘉慧身下殷红了一片。那片殷红，越来越多，最终流成了河，和那污浊的雨水一起流进了下水道。雨不知什么时候停了，嘉慧感觉被人抱了起来。是盛发哥，是盛发哥抱起了嘉慧，飞快地朝前面跑。盛发哥不会不理我的！我就知道。幸福充盈着嘉慧。嘉慧安安静静地躺在盛发哥怀里，幸福地闭着眼，嘴上露出了甜甜的笑。嘉慧多么希望，前面的路长些、长些、再长些。真如嘉慧所愿，盛发哥抱着自己跑啊跑，却怎么也跑不到尽头。盛发哥跑不动了，盛发哥大概想放弃了。嘉慧心里着急，默默祈祷，盛发哥别放手，别放手！终于要放手了，嘉慧赶紧睁开眼，想再看一眼盛发哥。嘉慧看到的是爸爸，是爸爸抱着自己在朝前跑。爸爸怎么又回来了？嘉慧纳闷，轻轻喊了声"爸爸"，爸爸没应。嘉慧再喊，爸爸却不见了。爸爸哪去了呢？嘉慧到处找爸爸。找啊找啊，爸爸没找着，嘉慧找到了抱着自己的老刘。怎么会是他？不是他！不是他！嘉慧睁大眼看，不是老刘，是妈妈，是妈妈抱着自己，妈妈抱着自己，边跑边骂：丫头的命，赔钱的货……

嘉慧被妈妈骂醒了。醒来的嘉慧，一个人在病床上辗转反侧，又是一夜无眠。嘉慧多么希望这场混战的梦，永远不要再来，哪怕自己这辈子不再做梦。

出院当天，是公安来接的嘉慧。公安告诉嘉慧，柱子也算敢作敢当，那场混战的下半场，是他跪在了盛发家门口，任凭盛发家人打骂，直到公安人员来了把他带走。

嘉慧不关心柱子舅舅,嘉慧心里恨舅舅,不是他,就不会发生那场混战。

公安讲,刘章基是罪有应得,希望嘉慧能给公安提供更多有用的证据。

老刘怎么样了?这是嘉慧出院后和公安说的第一句话。

刘章基?他被柱子给生生阉了。公安说,这场混战的始作俑者李柱挨了无数棍棒,一瘸一拐地逃离了混战现场。离开混战现场李柱并没有躲起来,而是带着手里那把明晃晃的尖刀,来到了老刘的砖窑厂。

嘉慧浑身哆嗦,不停地打冷战,就像那天早上,老刘拍嘉慧的后背一样。

从公安局出来,二丫、三丫告诉嘉慧,那天打架后,她们回到家,发现妈妈躺在房间里,妈妈的床上和地上都是血。

妈妈是割脉自杀的。站在妈妈空荡荡的房间里,嘉慧感觉到冷,浑身颤抖。

大姐你怎么啦?三丫拉着嘉慧的手,像个大人:大姐不怕,妈妈说,她不怪你。嘉慧把二丫、三丫揽了过来,紧紧抱在一起。

回家后,第一次有了去砖窑厂的想法,嘉慧自己都吓了一跳。这想法后来越来越强烈。嘉慧自己也说不清楚,为什么想要到砖窑厂?后来,嘉慧说出想要带二丫和三丫去砖窑厂。二丫、三丫高兴地说:好啊!可以见到爸爸了。那一刻,嘉慧顿时明白了自己为什么有去砖窑厂的想法。

砖窑厂里,印制好的泥瓦泥砖齐齐整整码在架子上,干透开裂了。草垛塌了,山草被粗粝的北风吹得满天飞。窑里久没烧火,成了鸟兽们的天堂,各种动物争相跑进来做窝。走过砖窑洞口,一只黑乎乎的野猫突然从窑里窜出来,差点撞到了三丫。三丫吓得惊叫连连,赶紧躲在嘉慧和二丫中间。

野猫早已消失得无影无踪,三丫还惊魂未定,拉着嘉慧的手怯怯地说:大姐,爸爸不在,我们走吧。

好吧,走吧。窑子最高地方的那排房子,嘉慧没勇气走上去,带着二丫和三丫离开了砖窑厂。

嘉慧没带二丫、三丫回家,而是把她们带到了城里。嘉慧不知道为什么要带着二丫、三丫到城里。她只知道,盛发哥读书的大学在城里,老刘和舅舅服刑的监狱也在城里。

嘉慧希望,在城里,能有不一样的梦。

2021年8月8日

艳阳天

一

鞋合不合脚，确实只有穿鞋人自己知道。当然了，鞋要穿着舒服，旁人也可以从穿鞋人轻盈飞快的脚步里隐隐约约感受到的。人与人在一起不也如此吗？若兰的同事就是从若兰每天灿若艳阳的脸上，感受到若兰穿对了鞋，找对了人。

若兰是一个把喜怒哀乐写在脸上的人，之前，若兰的脸像极了春天的天气预报，三天晴三天雨，还有三天是阴天。找对了人的若兰，俨然换季进入了漫长的炎夏，脸上天天艳阳高照、风和日丽。刚开始的时候，办公室的同事以为是蜜月期，若兰脸上有艳阳再正常不过。蜜月期过了，按照若兰的性子，若兰脸上的天气预报还是会回来的。谁也没想到的是，若兰这蜜月期居然长到让人羡慕嫉妒恨。几年了，若兰的脸上天天艳阳高照。这个时候，大家才感受到，若兰穿了一双很合脚的鞋。

单位妇委会召开会议，海推一个家庭参评全市文明模范家庭，大家想都没想，就推了若兰家。若兰虚推了一下，见推却不了，便高高兴兴地接受下来。

二

若兰和大卫的相识始于一场冲突。

若兰喜欢读书，喜欢在丽日晴空的野外读书，大地为屋，绿地当凳，阳光作灯，那感觉么么哒，棒极了。若兰活在书里，和书里的人一样多愁善感。若兰天气预报般的脸也是读书读来的。午后的城市中心公园宁静和谐，若兰坐在一株大榕树下的石凳上，看完了一部小说，轻轻放下书，为主人公的命运期期哀哀地叹了口气。一条条直挺挺的阳光从榕树叶子照进来，恍恍惚惚的。若兰惊讶地发现，一个如书里约会女主角的秀气男孩，不知什么时候也坐在石凳上了。见若兰抬头，白皙清秀的男孩似乎不好意思了，慌慌张张站起来，一句话也没说，就匆匆忙忙走了。男孩走的那个背影，像极了书里的男主角。

你是和主人公一样来邂逅心爱女生的吗？为什么不开口呢？若兰的心像被猫轻轻挠了一下，目不转睛地目送男孩离开。

意外出现了！就在若兰痴痴的目光注视下，急切离开的男孩被后面一匆匆赶来的男人拦住了。男人和男孩两个人起了争执，一个要走，一个不让，眼看就要打起来。

书里的情节就这样的：为了见心爱的女生一面，男孩从很远很远的地方急如星火般赶来。见了女生，男孩带着心满意足，离开了。可就在分别的那一刻，出了事端：一个坏人寻衅滋事，男孩勇斗坏人，不料误杀坏人，锒铛入狱……好生生一对鸳鸯就这样被拆散了。

若兰入戏了。若兰坚决不让书中的情节在生活里重现，倏地站起来，光着脚丫边朝男人和男孩纠缠的地方小跑，边对着纠缠男孩的男人大喊：喂！喂！喂！光天化日，你想干什么？

高大黝黑的男人抬头看了一眼若兰，眼里的凶狠劲虽是收了，内容却很复杂。男人没有放走男孩，也没回应若兰。

得到了若兰支持的男孩，大声喊叫"救命"。

一个黑，一个白。一个凶狠，一个清秀。在若兰眼里，孰好孰坏，一目了然。若兰对扭住男孩不放的男人又一次警告：喂！喂！喂！再不松手，我可报警了！

不料男人挑衅般看着若兰：你找手机报警啊！

实在是嚣张！报警就报警。若兰跑回石凳找包里的手机，可翻遍了整个包，却没找到手机。若兰着急了：手机呢？我的手机呢？

男人对着男孩努着嘴：你问他吧！

男孩一个劲地嚷：我没有，我没有。

男人对着围拢过来看热闹的人，嬉皮笑脸地对若兰说：那位好心人帮这位姑娘一起找手机，她好报警啊！

若兰瞪了男人一眼，没理会，继续寻找。

看着手忙脚乱又焦急万分的若兰，男人就像看着地上被他画了几条道道，迷失了方向团团转的一只蚂蚁。对弱小的怜爱让男人收起了戏谑的口吻：这样吧，姑娘，你报出你的号码，让哪位好心人拨打你的电话，看手机在哪里响，找到手机再说。

找不到手机，若兰只好报出号码。热心人打通了若兰的电话：

流过多少泪，

吃过多少苦，

等黑夜过了有日出……

一首《爱情路》的铃声在男孩的裤裆里响起。

男孩心急火燎地想摁掉电话，却怎么也关不了。

翻过了高山，

穿越了迷雾，

我爱你依然纯如朝露……

铃声不屈不挠，一直在响。众人哄然大笑。若兰囧了，质问男孩：我的手机怎么会在你那里？

男人用不容置疑的口气呵斥男孩：还不把手机交出来？男孩的头抵在了胸前，白净的脸瞬间酱紫成了卤猪头，乖乖地从自己裤裆里特制的袋子掏出手机。若兰接过手机，有点手足无措，看了男人一眼，不好意思地低下了头。

待若兰抬起头时，众人散开了，男人也走了。若兰突然对着越走越远的男人背影喊：喂！喂！喂！你叫什么？

男人驻足，回头，看着若兰，灿烂地笑道：我就叫喂！

阳光下，黑黝黝的男人一口洁白的牙齿显得特别白，特别亮。那口洁白的牙齿就像一束光，照亮了若兰的眼前。又像一支箭，射中了若兰的心扉。若兰拿着手机朝着白白亮亮的地方飞奔过去。

这个叫"喂"的男人后来成了若兰的男人。在一起后，若兰说："喂"和"卫"同音，你就叫大卫吧。

三

遇见大卫之前，若兰不相信一个人能改变另一个人。若兰深信书里讲的，江山易改，本性难移。但事实上，大卫却实实在在地影响，甚至改变了若兰，虽然若兰不承认。若兰只承认是大卫的勇敢和正义让他们走在一起。

大卫是勇敢的。在一起的日子，大卫把他的勇敢表现得淋漓尽致。若兰亲眼见过大卫勇救落水女孩、勇闯火场拎出煤气罐、勇斗调戏妇女的流氓……在危险面前，大卫绝对是该出手时就出手。如果说，勇敢是一个男人的脊梁，那大卫的脊梁是笔挺笔挺，是令人望其项背不可企及的。

大卫是善良的。在一起的日子，若兰见证了无数次大卫搀扶老人过马路、帮助路人换轮胎、协助警察指挥交通……生活里，只要能搭把手，大卫绝对毫不犹豫。大卫也常常和若兰叨念：勿以恶小而为之，勿以善小而不为。我们尽力而为。

大卫是乐观的。在大卫心目中，晴天雨天都是天。淋了当洗澡，晒了当补钙。大卫说：快乐是一天，忧愁是一天，我们要快乐过每一天。

大卫是爱若兰的。

大卫也是顾家的。

大卫……

在若兰心目中，大卫是英雄。从第一次遇见开始，若兰就坚信一点，要不然，若兰也不会和大卫在一起。美女喜爱英雄，英雄改变美女。

英雄大卫告诉若兰：助人为乐是美德。他爱助人就像若兰爱读书一样。大卫说，要是一段时间没帮助人了，他的生活就如炒菜忘了放盐一样寡淡无味。对这一点，若兰特别理解大卫，也特别为大卫自豪。

大卫向若兰坦白，他一直有个习惯，晚上经常出门转转，不过两个人在一起了，他会尽量少出去。若兰理解大卫所说转转的真实含义。和大卫在一起后，若兰和大卫有时在外面转转，转着转着，大卫就做成很多好事，有捎带举手之劳的、有费心费力的、有冒着生命危险的……大卫喜欢出门转转。若兰认为，大卫是英雄，英雄不是住家男人，英雄就应该去干英雄该干的事。若兰深爱英雄大卫。若兰对大卫说：你想干什么事，我都不会干预，但你要答应我，不管干什么，一定要完完整整地给我回来。

和若兰在一起后，大卫晚上出去转转的次数少，平均一周一次吧。每回出去转转，为了让若兰放心，大卫回来挺早，回来和出去时衣服穿得一样齐齐整整，人也若无其事般。心细如丝的若兰还是感觉到大卫每次回来很疲惫，有时手脚还带着皮外伤。大卫不告诉若兰他干了什么，但若兰知道，她心目中的英雄大卫去干了什么。若兰只是有些心疼。

水和米在一起煮成了饭，谁还能分清哪是水？哪是米？两个人在一起时间长了，若兰的确分不清楚哪些是自己的坚持，哪些是大卫的习惯。比如大卫晚上出去转转，比如若兰在家读读书。若兰早已把她和大卫融成了一个整体——我们。

按照妇委会主任要求，若兰认认真真写完了申报材料，偷偷捂嘴笑：我这是为大卫评先进模范啊！是不是模范不好说，但若兰承认，自己现在脸上的艳阳，有一大部分是大卫给的。

四

大卫不同意参评文明模范家庭。大卫的理由是，鞋自己穿着舒服就行了，为什么非要让别人来琢磨呢？

若兰想说服大卫：可我答应妇工委主任了！大卫有点激动，连珠炮般反问若兰：你知不知道我有没有背叛过你？你知不知道我有没有干过坏事？你知不知道我有没有见不得人的事？你啥都不知道，就参评全市文明模范家庭。若兰用大卫的连珠炮撒娇反击：没有。我知道！你没有。我知道！你就没有。大卫看了看若兰，意识到自己刚才说过头了，有点歉意地抱了抱若兰，在若兰的额头上轻轻地亲了亲。若兰顺势把大卫推到床上，主动爬上大卫的身子。每回有求大卫的时候，若兰都是这样，大卫每回事后肯定都会答应。若兰屡试不爽。没想到这次两个人床上运动后，大卫没松口，还是坚持说不要参评。

若兰知道大卫一向低调。勇救落水女孩那回，大卫把女孩救上岸后，自己一身湿漉漉地拉着若兰悄悄离开了。事后，女孩的家属到处寻找救命恩人，千呼万唤，大卫就是不露面。大卫勇闯火场拎出煤气罐后，也只是捋了捋被烧了大半的眉毛头发，然后示意若兰赶紧一起走。若兰默默跟着大卫走了一条街，终于忍不住了，流着泪，一双粉拳像两个小鼓槌，杂乱地敲打在大卫皮鼓一样瓷实又弹性十足的胸膛上。大卫烧成灰的头发扑簌簌掉落下来，瞬间把两个人的脸都弄成了大花猫脸。

若兰不解：大卫，你做好事倒像干了坏勾当，还见不得光了，这是为啥啊？大卫轻轻拥抱着若兰：我不要名，不要利，只要你！那一刻，若兰紧紧抱着大卫，泪流满面。

大卫没松口，若兰也不想放弃。若兰怜爱地抚摸着大卫健硕的后背，温柔地说：大卫，你不要这么低调行吗？大卫亲吻若兰：高调害死猫。若兰咋了咋舌，做了个鬼脸，心里却暗暗想，大卫，我就是要让你高调一次。

没想到第二天早上，若兰正准备出门上班，大卫拦住若兰，恳求若兰不去参评模范家庭了。若兰笑大卫：我们的英雄也有害怕的事。若兰故意说：我就是要让我们家的英雄家喻户晓。若兰说完趋前一步把嘴巴凑过去，准备给大卫一个吻。不料大卫突然来了个神操作，伸出双手压在若兰肩膀上，让若兰撅着嘴巴，够不着大卫。不要参评！不要参评！不要参评！大卫把重要的事说了三遍。看到大卫一脸的认真和严肃，若兰不敢开玩笑了：好吧，我去和妇委会主任说说。大卫如释重负，笑着刮了刮若兰的鼻子：这就对了嘛！

上班后，若兰找了妇工委主任，说明原因，希望退出。主任告诉若兰：昨天就报到市直机关妇委会去了。主任说，材料他看了，实在太好了。这么好的家庭，为什么不参评啊？何况这次竞争激烈，报了还不一定能评上呢！若兰恳求主任：文明家庭，两个人要和谐文明才行啊！先生不同意，报了家庭就不和谐啊！拜托拜托！主任答应帮忙向上问一问。问的结果是，市直机关妇委会过会了，准备上报市妇联，不好撤回来。

昨晚爱到情浓时，若兰心里真想让大卫高调一回。一觉睡醒，若兰想通了，也理解了大卫的低调。听主任这么一说，若兰有点着急，怎么向大卫交代？主任却说得云淡风轻般：全市文明家庭多了去，报了不一定能评得上。若兰，你就别多想了，要真的评上了，再说。若兰心想，也只能这样了，但愿在市妇联这个层面落选。

晚上回家，若兰没告诉大卫今天和主任沟通的情况。这么些年来，若兰和大卫相互尊重，相互默契，一方明确反对的事，另一方绝对不会去做。大卫基于对若兰的信任，也没再过问。若兰却有点忐忑，这万一要评上了呢？

五

再脱俗的两个人组合在一起，也免不了柴米油盐酱醋茶。得知模范家庭评选结果，若兰特意提前半个钟头下班，到市场买了新鲜肉菜，准备回家做一桌大卫喜欢吃的菜。若兰的厨艺一般，很少下厨，平时都是大卫在厨房里忙，若兰吃现成的。对吃这个问题，因为自己手艺不行，若兰从不挑剔，大卫煮什么若兰吃什么，从来没意见。

在若兰看来，爱是纯粹的。确信爱上了大卫，若兰啥也没想，一个人不管不顾地从宿舍里搬了出来，和大卫住到了一起。两个人在一起的时间久了，若兰便萌发了和大卫结婚的念头：大卫，我们去领证吧！大卫看着若兰扑闪扑闪的长长眼睫毛，俯身吻了一下，反问若兰：两情若是相爱，又岂在一纸证？若兰若有所思地点了点头，心想大卫讲得对，今天结婚，明天离婚的，多了去，一张薄薄的结婚纸决然绑不住两个人。

若兰从此不再提结婚的事。大卫却在一天晚上，在两个人疾风骤雨的床上运动过后，从抽屉里拿出一本红彤彤的本子。若兰看到了本子皮表上的国徽和"结婚证"三个字，打了个激灵，问大卫：你什么时候去领的证？我怎么不知道？大卫微微笑着说：你打开看看。

若兰接过结婚证，翻开：正文第一张正面印有"结婚申请"四个字，反面持证人写着"若兰"，右上角贴着若兰和大卫两个人的两寸合影。第二张正面是若兰和大卫的姓名、性别、国籍、出生日期、身份证号，反面印有婚姻法规定等字样。底部还有结婚证的编号。

若兰激动地抱住了大卫，在大卫的脸上胡乱亲起来。大卫平平静静的，等到若兰停下来，大卫指着结婚证对若兰说：你再仔细看。若兰仔仔细细端详着结婚证，终于看出了端倪：我姓张，怎么没写我的姓？你也不叫大卫啊，大卫只是我叫的啊？你——

大卫拿过结婚证：这是我画的。这是我们自己的结婚证。我要每年给我们画一张证，一年一年见证我们持续不断的爱。若兰扑到大卫怀里，紧紧抱着大卫。

若兰在厨房里一边手忙脚乱，一边还在想，这事怎么和大卫讲呢？下午，主任兴冲冲来办公室告知若兰：若兰家被市妇联评上了文明模范家庭，正准备公示！主任十分高兴：这是你家的荣耀，也是我们单位集体的荣誉啊！得知结果，若兰只高兴了一刻，便开始担心了。大卫相信自己，一直以为若兰没有参评了，可现在……怎么和大卫讲呢？

想着想着，汤锅里煮的汤滚出来了，淋灭了煤气炉的火。着了汤水的炉头启动了自动保护装置，任若兰怎么打火，都点不着。双炉头的煤气灶，淋了一个炉头，还有一个可用。若兰把炒菜锅端走，想把汤锅移过去。端汤锅时，锅把手太烫，没端住，连锅带汤重重地砸落在灶台上，汤溢出大半，差点烫着了若兰。

真狼狈！

平静下来，若兰收拾灶台，重新加水煮汤。汤煮好时，大卫来电话了。大卫告知若兰，他路上有事耽误了，迟点回来，让若兰先看会儿书，等他回来煮饭。大卫经常这样，下班途中老有事，事忙完了才回来。若兰知道大卫说的是什么事，每回不多讲，其实讲了也没用。若兰只叮嘱大卫自己小心，尽管大白天的也不会有什么事。若兰没告诉大卫她已经在煮饭了。菜还没煮好，若兰正巴不得大卫迟点回来，若兰温柔地对大卫说：你忙你的，不急啊！

菜一个接一个炒完了。还不错，虽不是色香味俱全，却也不寡盐少醋，若兰把每个菜都尝个遍，很满意。

脱下围裙，洗净手拿出一本书，正准备读时，大卫回来了。看着满桌的菜，大卫捏了捏若兰的鼻子：无事献殷勤，非奸即盗。老实说，有什么事，快说。若兰刻意娇滴滴地说：伺候夫君是臣妾的本分！

若兰原本就娇嫩，一娇滴起来，男人的魂都给勾飞。大卫一把抱住了若兰，往卧室里走。若兰嚷着：菜凉了，先吃饭。大卫哪顾得了那么多，也嚷着：小弟饿了，小弟先吃。

两个人淋漓尽致后，若兰看着大卫手臂上的擦伤，心疼：在哪里弄伤的，痛不痛？大卫宽大的手轻轻抚摸着若兰光洁如凝脂的身子，说道：没事的，没事的！若兰把头埋在大卫宽厚的胸膛上，眉毛一闪一闪轻挠着大卫。

吃了饭，若兰赶紧收拾，还主动给大卫点烟。大卫吐着烟圈，瞅着若兰说：有什么事，你就说吧。若兰把头靠在大卫的肩膀上：妾说了，夫君可不能不高兴哦！大卫一把揽过若兰：你就说吧，朕赐你无罪！若兰欲擒故纵：还是不说了。大卫佯装不耐烦了：你再不说，我可就不想听了。若兰故作轻松：其实也没什么事。单位后来还是把我们家作为文明模范家庭候选对象报给市妇联，没想到给评上了。

大卫揽着若兰的手突然像是若兰的身子通了电被触着了般，迅疾弹开了。刚刚还你侬我侬的大卫板着脸，一言不发，只顾大口大口抽烟。若兰心想，不就评个先嘛，多大点事嘛，既然生米都已经煮成熟饭了，既然改变不了，大卫那你就接受吧。最多，若兰像平日一样撒撒娇，再佯装犯了事向家长认错的小孩一样跟大卫道个歉，这事就应该过去了。

若兰没想到大卫的反应会这么大。若兰嘴张了张，也没说话，屋里静极了。

一支烟抽完了，大卫摁灭了烟头，又抽出一支。若兰乖巧地拿火机，打火，凑过去准备给大卫点烟。大卫叼着烟的脸偏到了一边，火没点上。

若兰的心突然像被软刺扎了一下，有些微疼痛。

六

若兰和大卫头挨着头坐在绿茵茵草地上的一张彩照上了市日报。和照片在一起的，还有大半个版的报道。照片里，灿烂的阳光下，两人相依相偎，眼里满是柔情蜜意，羡煞无数人。同事们纷纷打电话来祝福，若兰心里却不是滋味。明明告诉主任还有主任陪同过来的记者，不要宣传，不要宣传，为什么还是见报了呢？主任解释，任务是市妇联下达的，记者只是完成任务。

告诉了大卫模范家庭评选结果后，大卫连着几天很少和若兰交流，即便是两个人的床上运动，大卫也只是直接用肢体语言，不说话。多日的软磨硬泡，让大卫的气好不容易一点一点消了，两个人的正常生活才逐步重启。就在昨晚，借着两个人淋漓尽致的床上运动，若兰要大卫把评先的事翻篇。大卫轻抚着若兰光洁的身子，俯身亲了一口，说道：好了好了，下不为例。若兰一个鲤鱼打挺，趴在了大卫的身上，高高兴兴地说：臣妾遵命，没有下次了。

话犹在耳。又多出了宣传报道一事，怎么办呢？怎么办呢？若兰愁死了。

报纸究竟写了啥，若兰没有细看。若兰把报纸胡乱塞进包里，真的像个犯错的小学生一样惴惴不安回家。若兰在心里祈祷，但愿大卫没看到今天的报纸。

若兰心里没底。下班后磨蹭了好一会儿才离开办公室。回到家，大卫已经做好了饭。见到若兰，大卫问了一句：今天没什么事吧，怎么这么晚。若兰长长舒了一口气：谢天谢地！大卫应该没看到报纸。若兰迅即把笑堆上脸，谄媚大卫：我们的英雄把我保护得这么好，我能有什么事？

吃饭时，若兰一直在琢磨怎么和大卫讲，显得心神不宁。其间，若兰的手机一直响个不停，若兰一个也没接。吃完饭，若兰发现闺蜜的电话来过三回。第四次响铃时，若兰想接又不想接，愣了一会儿，还是接了。闺蜜大嗓门胡咧咧：若兰，报纸我看了，网页我浏览了，我还留了言呢，你这狗粮撒得够可以！你要请吃饭啊！若兰支支吾吾，牛头不对马嘴应着，后悔死接这个电话。挂了电话，若兰看了一眼大卫，发现大卫也正看着自己。若兰只好很不情愿地把包里的报纸拿出来，向大卫坦白。

看完报纸，大卫一言不发，烟也没抽，起身开门，"咣——"的一声，摔门而出。

妈妈的电话就在这时打进来了。妈妈很少主动打电话。电话一接通，妈妈便劈头盖脸质问若兰：结婚几年了为什么不告诉家里？我还是不是你妈？你结婚还要我从网上得知啊……妈妈还说了很多很多，若兰都只是"嗯嗯哦哦"应着。

接完妈妈的电话，若兰的眼泪刷地流下来了。若兰觉得委屈，大卫这是怎么啦？不就是评个先进？不就宣传一下吗，多大点事啊？可心里被一个人填满了，另一个人的喜怒哀乐就成了自己的喜怒哀乐。若兰的心被大卫填满了，大卫一走，若兰心里一下子空落落了。

七

大卫这回真生气了。那几天，大卫虽然下班还回家下厨做饭，但不和若兰说话，连他最积极的床上运动也停了，每天晚上吃完饭就出门。大卫一出门，硕大的屋子空空的，若兰拿起书，想读却看不进去，于是站起来，对着整面白墙壁，假装气鼓鼓地骂：大卫，你是个小气鬼！若兰骂完，感觉气就消了。若兰坚信，大卫的脾气和她的一样，应该就像那茶渣子，多过几遍水就淡了，无了。

那天晚上，若兰本来有事要告诉大卫，这是大事。

收到大卫的手画结婚证，若兰十分激动。若兰暗下决心，要用爱的结晶来见证她和大卫两个人的相爱。但在这个问题上，大卫不积极，不配合，每回两个人的床上运动，大卫都准备十足，确保万无一失。

若兰是属于那种认定了目标勇往直前的女人。若兰先是把床头柜里的套套全都取出来，一边用针在套套上快乐地戳啊戳，一边唱：

我想要为你画个小圈儿，
把我们俩都围在中间儿，
咱俩的感情像条鞋带儿，
把你和我两人绑在一块儿，
…………
你要答应我不许找小三儿
年轻的情儿呀老来的伴儿
我想要为你生个小孩儿

唱着唱着，若兰仿佛成了成千上万的小蝌蚪的一员，千辛万苦地朝窄小的针眼小孔挤啊挤啊，挤……

若兰还在计算好的日子里，在和大卫激烈的床上运动后，催促大卫第一时间去洗澡。趁大卫进卫生间，若兰立即捡回刚才战斗用过的套套，把套套里黏糊糊的东西倒进自己身体，让成千上万的小蝌蚪自由自在地向着快乐幸福的彼岸前进、前进、进……

盼望着，盼望着，就像盼望着春天来了小草发芽一样，若兰终于盼来了小蝌蚪历尽艰辛在身子里安营扎寨了。

若兰想告诉大卫的就是这件大事。当然，若兰不会告诉大卫这件大事的过程。结果比过程重要。大卫却一吃完饭，又出门转转了。若兰边看书边等待大卫回来。夜深了，大卫却还没回来。

若兰准备拿起手机拨打大卫的电话，想想又放弃了，继续看书。若兰相信大卫，大卫忙完了就会回家。

　　深夜的书如深夜卧室里的灯光一样明亮，若兰看着看着，书里的大方块字小方块字就模糊了。若兰放下书，打开电视，电视里吵吵嚷嚷，看不下去。呆坐了一会儿，看看已过午夜十二点，若兰拿起手机，打大卫的电话。通了，却没人接。若兰骂了一句，小气的大卫。过了一会儿，再打，依然通着，没人接。若兰又骂了一句，狠心的大卫。打通一次，若兰就骂一句。不知骂了多少次，若兰没词了，拨打电话的手就有点不利索了，心里也收紧起来，大卫不会有什么事吧？大卫是英雄，大卫更是若兰的男人，大卫出门的每天晚上，若兰嘴里没说，其实是很担心的。若兰有个习惯，大卫晚上没回到家，若兰会一直坐在客厅的沙发上等大卫，不会睡觉。直等到大卫进门，若兰才进房间。若兰的这个习惯，拿捏住了大卫，大卫晚上一般不敢太晚回家，更不要说无故不回。

　　凌晨3点，若兰再打大卫电话，居然关机了。大卫可从来不关机的啊！若兰的心猛地一坠。

　　坐在沙发上，若兰不停地打大卫的电话。打了一晚，大卫一直关机，也一直不复电话回来。电话越打，若兰的心越揪得紧，最后都揪出了水。

　　天微亮，心里水淋淋的若兰急急忙忙出门去找大卫。出小区，转左？转右？往东？往西？若兰一点头绪也没有。看着前后左右、东西南北，全都是陌生的，好像若兰就从来没在这附近生活过一样。若兰只好凭着感觉直行。

　　不知走了多久，路上人们开始行色匆匆，热闹了起来。若兰像无头苍蝇般，不分东西南北，到处找大卫。经过一家派出所门口，孤独无助的若兰几乎走不动了。看到派出所里警察进进出出，若兰如遇救命稻草，径直走进去，上气不接下气地对值班民警哭诉：我们家大卫丢了！我们家大卫昨晚丢了！怎么办呢？怎么办呢？

　　值班民警看了若兰一眼，很是不屑，心里还在嘀咕，现在的人真他妈矫情，家里丢了一只猫啊狗啊，一大早失魂落魄地来派出所找，我们派出所不是你们家宠物的保姆！若兰意识到警察误会她了，赶紧对民警说，大卫是个人。当值班民警搞清楚了大卫不是眼前这个女人家的猫狗，才坐下询问若兰大卫失踪的具体情况。

听完若兰掺杂着个人强烈主观臆断的叙述，民警平静地告诉若兰，你先不要着急，人员失踪案24时后报警，警方才能受理，现在还没到24小时。民警还详细地告诉若兰，人员失踪案一般要失踪者的直系亲属，持本人身份证件和失踪者的关系证明文件到当地派出所报案，并提供户口簿和两张失踪人近期照片。

若兰像彷徨无助的落水者，眼看着一根救命稻草从上游漂来，伸手一抓，却落空了。

八

大卫，你在哪里？

从派出所出来，若兰走走停停的脚步，就像个筛子，把城市的角角落落都筛遍了。大卫却泥牛入海般，一点音讯也没有。傍晚，若兰到了认识大卫的城市中心公园，实在走不动了，坐在她曾经坐过的老榕树下石凳上，想哭，却又没泪；想喊，喉咙干涩。

天慢慢黑下来，如画的公园朦胧了，最终隐没在黑暗的夜里。一股不祥的预感涌上来。难道大卫连声招呼都不打，就走了？难道英雄般活生生的大卫也就此朦胧，就此隐没了？

若兰不敢再往下想。呆坐了一会儿，若兰不死心，再次拨打大卫的手机，手机里还是传来"对不起，您拨打的电话已关机"的冰冷声音。若兰没挂断，一直听着，若兰希望听着听着，冰冷的声音突然没了，电话通了。

一个陌生电话就在这时打了进来。

大卫打电话回来了！看到陌生电话的那一刻，若兰认定这电话就是大卫打的。若兰手忙脚乱地摁掉大卫的号码，接通陌生电话，急赤白脸喊叫：大卫，你在哪！大卫，你在哪？大卫……

开口说话的是一个女声。若兰的心一下掉到了冰窟窿。女声问：你好，你是张若兰吗？若兰有气无力地回答：是。对方确认是若兰后，通知若兰：现在正式通知你，李子枫被拘留了。李子枫就是若兰的大卫。

若兰问大卫人在哪？对方告诉了若兰。再问犯什么事被拘留，对方没讲。若兰又问能看望吗？对方回答，今天不行了，明天带身份证明来派出所办手续吧。

总算知道了大卫的下落，若兰的心稍稍定了下来。可若兰纳闷，大卫怎么会被拘留了呢？

九

四月天，时阴时晴，变幻莫测。早上出门，天阴阴的，随时准备下雨，若兰顾不上带伞，心急如焚地赶去派出所。

若兰一见派出所的民警，就急不可耐地嚷：你们一定搞错了！你们一定搞错了！若兰想了一晚，英雄般的大卫，怎么会被拘留？肯定是警察搞错了。若兰告诉民警，大卫是英雄。若兰把网上的有关他们家的新闻调给警察看。

接待的年轻警官对若兰很客气：张女士，我们就是看了网上的新闻，才确定他是李子枫。我们可以给你看几段视频。

夜色朦胧。一男人穿着运动衣裤从一小区出来。若兰确认，小区是她和大卫租住的小区，男人是大卫无疑。大卫下楼左拐，进了附近的公厕。一会儿，从厕所出来的大卫变了个样：一身黑衣服，一对黑鞋子，手上一根黑棍子，似乎还戴着一副黑眼镜，活脱脱成了蒙面黑侠佐罗。出了厕所，大卫直走，在前面不远处的人行道停了下来，四周看了看，发现没人，便对着路边一袋东西飞起一脚。一袋黑色的东西从大卫头顶高高飞起，在空中散开，如天女散花般纷纷坠落回人行道……花落尽，大卫边走边踢。走到一个垃圾箱前，大卫右脚对着箱子狠狠地踢了几下，"哐哐"声响在寂静的夜晚显得特别沉闷。最后一脚，许是用力大了，大卫龇着牙，甩了甩右脚，一会儿才站稳，继续朝前走。一辆黑色汽车停在马路边，大卫快走两步到车旁边，举起黑棍子，朝观后镜猛敲一下，"哐当"一声，汽车的观后镜掉地上了……

年轻警官告诉若兰，还有李子枫回来的镜头：

一身黑衣服的大卫疲惫地朝出发的小区方向走了回来。到公厕，大卫又折了进去。出来时，大卫的黑装备不见了，换回从小区里出来时穿的一身运动衣裤，朝右边小区走进去。

警方对若兰说，这样的视频还有很多：

夜黑天高。从家里出来，大卫还是在公厕里换上黑装备，出公厕，和上个视频换了个方向走，一路走走停停。路上，大卫推倒了一辆自行车，往一个围墙里抛了一块砖，用黑棍子捅烂了一盏路灯……大半个晚上后，大卫折回来了，进公厕，卸下黑色装备，换回住家衣服，入小区。

若兰惊骇不已。

年轻警察说：我们核实过了，网上的报道是真的，李子枫在白天做过很多好事，李子枫在晚上也搞了很多破坏。李子枫很善于伪装，要不是有网上的报道，我们还很难辨认出他。

若兰不再看视屏，整个人软软地靠在派出所的木凳上，自言自语：这究竟是怎么回事？年轻警察一脸茫然地摊了摊双手，摇了摇头。

若兰小声问：警察同志，大卫会被判刑吗？哦，我说的是李子枫。

年轻警察说：这要视李子枫损坏的财物价值，还要看李子枫的认错态度。财物损坏的有关证据我们正在逐步收集。态度方面嘛，够呛。李子枫拒不配合，他甚至连自己叫什么也不愿告诉我们。年轻警察说完看了看若兰：你去见他吧！希望他能认错。

若兰几乎认不出大卫：一身黑衣，一头乱发，一脸憔悴。从装束上看,大卫显然是被抓了现行。

见到若兰,大卫又激动又惊讶:你,你怎么来了?

若兰没有回答大卫的惊讶,也没有埋怨大卫,深情地看着大卫,直到大卫平静了下来。

隔着长长的桌子,若兰告诉大卫,就在今天早上来拘留所的路上,她接到一同事电话。同事在电话里说,他一个亲戚的小孩前几天上学迟到了,为赶时间,闯红灯过马路。当时,一辆快速直行的汽车来不及刹车,眼看就要撞上小孩了。说时迟,那时快,一个男青年一个箭步飞奔过去,一把拉过了小孩。车子从男青年和小孩身边呼啸而去……小孩得救了。救人的男青年看小孩没事了,头也不回地走了。同事说亲戚很感动,发誓一定要找到救了小孩的恩人,给他鞠个躬。

大卫像在听若兰讲邻居老王的故事一样,一直低着头,面无表情。

若兰继续说:同事的亲戚很执着,一个一个问询现场目击证人。功夫不负有心人,终于有人记起,救人男青年的事迹前段时间还上了市日报。

大卫一听有人认出救人的男青年,稍稍抬了下头,却不敢看若兰,似乎有点紧张。

若兰问:大卫,这男青年是你吧?若兰没告诉大卫,同事已第一时间替亲戚打来电话,对大卫千恩万谢,同事的亲戚还坚持说要专门到家里来道谢。

没等大卫回答,若兰又给大卫讲了她刚刚看到的几段视频。完了也问大卫:黑衣人也是你吧?

大卫看了若兰一眼。那一眼,似有千言万语。若兰读出了大卫眼里的内容,看着大卫追问:你是不是怪我参评模范家庭,把相片登报挂网,给人认出来了?

大卫嘴张了张,欲言又止。若兰没再说话,静静地看着大卫,和大卫比耐性。时间瞬间停滞了下来。不知过了多久,大卫败下阵来,低下头,开口了:是的。我怪过你。大卫想想又说:可也怪不了你,那是早晚的事!我说,我都说。大卫越说头越低,最终像去了筋骨一样,整个下巴都抵在桌面上。

若兰嘴角像被扯住了,想抽却抽不动:大卫,你这是为什么呀?

大卫突然双手扯住自己的头发,十分痛苦:对不起,若兰,我控制不了。就像你爱读书,我晚上爱出去。若兰想紧紧握住大卫的手,无奈若兰在桌的这头,大卫在桌的那头,两人相距太远太远。

大卫又说:正因为我控制不了,所以我白天必须去帮助人……大卫说着说着,突然"嘤嘤"哭起来,像个孩子。

若兰没告诉大卫他们有孩子了,他不能像个孩子一样嘤嘤哭。若兰站起来,迅速离开接见室。

看着若兰越来越模糊的背影,大卫突然大声喊:把我画的本子撕了。

若兰驻足,却没回头,匆匆离开。接见室外,雨停了,太阳露出了脸。若兰迎着艳阳大步朝前走,身后的影子,越走越长。

2021年4月19日

日月星辰

王容准备出门时，雨下个不停。这长气的雨，就像街角小毛孩的鼻涕，啥时候都长长地拖着，永无尽头。

王容心里有事，几次看了看窗外，像要从这密密匝匝的雨中看透云层的厚度，好判断雨什么时候能停、天什么时候会亮、太阳出不出来。窗外的黑云却任你有火眼金睛，也看不穿、看不透。

等不及了。王容放弃了门外被雨水淋得毫无生气的三轮车，打开雨伞，毅然决然地冲进雨中。雨点在王容头顶的花伞上四溅，污水在王容脚下的街面横流，雨雾包裹着清晨街上踽踽独行的王容，大地白茫茫一片，王容的眼里也是白茫茫一片。王容雨中的脚步，却无比坚毅，踩得污水纷纷让道。

王容坚毅的步伐踏进市场，穿行在肉铺和菜档间。一番挑挑拣拣后，王容提着两大袋沉甸甸的肉菜出来，招手上了市场门口一辆货的。车子七拐八绕后停在了街角的一家小食店前。这是一家不起眼的小食店，没有金光闪闪的招牌，没有龙飞凤舞的墨宝。店上方一长条的木板上，端端正正写着"容姐云吞"四个字。开锁，王容推门进去。店不大，十来张崭新的桌凳尽收眼底。

换下淋湿的衣服，处理肉菜，剁馅，放好面皮包馅，一只只云吞从王容的手里飞快地甩出，快得让人应接不暇。云吞整整齐齐地落在簸箕上，就像一只只小青蛙排着队，鼓着肚子，蓄势待发。不一会儿，王容面前的簸箕全都生动了起来。包完最后一只云吞，王容望着屋外白茫茫的雨，眼里又白茫茫起来。

雨扯长线般地下。

吃早上班的人却不能因为下雨，不吃早不上班。就像王容的容姐云吞店，只要一天没拆，哪怕下再大的刀子雨，王容还是会准时来开店的。只要店一开，王容眼里的白茫茫就不见了，只有匆匆来吃早的客人。

客人喜欢容姐云吞。容姐云吞别具特色。首先是皮薄，煮熟了，皮如女人沐浴后身上穿的纱衣，虽是紧紧包裹着美丽胴体，纱衣后面的山川河谷却若隐若现；其次是肉嫩，肉馅采用"三七肉"，三分肥七分瘦，熟后软嫩鲜香，爽口弹牙，一口咬下去流出的都是肉汁。加上味鲜，汤用筒骨、干虾、瑶柱、干鱿等熬制成，浓浓的高汤淋上几滴鲜猪油，再撒上葱花和紫菜，鲜香无比。

容姐云吞店长年红火，成了街角的网红店。

一拨热闹的吃早过后，忙碌的王容稍稍缓下来。一停下来，王容的眼里又白茫茫一片。

怎么办呢？

区里和街道拆迁的人来了很多次，一次比一次严肃，一次比一次更难商量。王容真不舍得容姐云吞店。

哪里有压迫，哪里就有反抗。对上面要拆迁容姐云吞店，王容认为，我好端端的店，不碍你街道什么事，凭什么要拆迁？要拆迁，就是压迫。有压迫，就要反抗。王容不会热暴力反抗，用的是冷暴力——你拆迁人员来，无论说什么，我就是不理。有段时间，王容还鼓动"容粉"们，去"围攻"上门的拆迁人员。

王容被来拆迁的人列为"钉子户"。

王容明白，钉子总有锈蚀的一天。从被列为"钉子户"的那刻起，王容眼里经常是白茫茫一片。

眼里白茫茫的王容，听到有人喊她："容姐，您做的云吞真好吃！"王容笑了笑。云吞就如王容的孩子，有人表扬，王容心里自然美得很。王容看了看坐在角落里说话的年轻人。王容其实早就留意到了这年轻人。这几天，最热闹的那拨吃早过后，年轻人就过来，点一碗云吞，一个人坐在角落里安安静静地吃。如果没记错的话，今天是第三天了。

"好吃就经常来。"王容说完觉得不妥，有点尴尬，眼里又白茫茫了。都快被拆迁了，还哄客人经常来，这不是诳客人吗？

"容姐，我是吃着您的云吞长大的！'容姐云吞'，真的百吃不厌。"年轻人没看见王容眼里的白茫茫，只顾着说。

王容仔细看了看这个自说吃着自己的云吞长大的年轻人，斯文，帅气，收拾得齐整，戴着一副细边眼镜，薄薄的镜片却挡不住一对炯炯有神的深邃大眼睛。王容有点迷茫，对这年轻人好像没什么印象。年轻人解释道，早年在这里读书时，每天上学，必吃一碗"容姐云吞"。年轻人这么一说，王容就会心地笑了。这街上，吃着"容姐云吞"长大的孩子，多了去了。容姐云吞店，每天有三拨热闹的吃早，第一拨，便是这街上在上学的孩子。那时，王容的女儿也和这些小孩一起，匆匆吃完一碗云吞去上学。第二拨是街上的上班一族，第三拨才是零散的街坊。

年轻人看王容似乎记起来了，继续说道，从小学吃到中学，到了城里读大学，吃不上"容姐云吞"，却常常在梦里梦见一口咬下去流出都是肉汁的"容姐云吞"。这不，回来这里，就赶着来吃"容姐云吞"。熟悉的云吞、熟悉的味道，真好！年轻人说完，用勺子舀起一个云吞，送进嘴里，一口咬下去，一脸满足。

王容心里十分受用，笑了，笑得十分灿烂。

隔日，店里客人稀少时，年轻人又来了。有了昨日的搭讪，年轻人这回似乎不陌生了，老远就和王容打招呼，要一碗云吞。

年轻人坐下吃云吞时，店里的客走得差不多了。年轻人问王容："小时不识事，'容姐云吞'的'容'，是您的姓吗？"

"我啊，姓王，名容。"对眼前这个一口一个"您"，既客气又礼貌的年轻人，王容打从心里喜欢。王容边干活，边和年轻人闲聊。王容说，爹妈起名字都是反着的，我爹妈希望我一生容易过，所以给我起名"容"，可我容易吗？好好的店，说着就要拆迁。区里的、街道的三天两头来，说我不支持拆迁，当"钉子户"。我没办法支持，容姐云吞店拆迁了，吃了几十年"容姐云吞"的客人吃不到了怎么办？我怎么办？小容怎么办？

说到小容，王容眼里起雾了，厚重的雾，年轻人感觉到了。

年轻人看来真的喜欢"容姐云吞"，连着一周，和街上的"容粉"们一样，一天不落地来吃早。有时匆匆吃完早就走，有时能坐着聊上半天，那多半是周末休息时间。王容挺喜欢这个和女儿年龄相仿的年轻人。知道了年轻人也姓王，王容便一口一个"小王"地叫着。

"容姐，叫您姐，可是占您便宜了！"那天是周末，客人不是集中时段拥进来，王容从容地给每位客人煮云吞，加汤上料。年轻人吃完早，没急着走，又和王容聊起天。

"那是啊！小王。我和你可差着辈呢！可有什么办法，二十年前开容姐云吞店，被叫容姐，二十年后还叫容姐，都被叫几十年了。我说过，名字是反着的，叫姐，那其实不是姐，是妹，是姨，是婆。"王容说完大笑。

王容几乎从不跟别人讲述自己的过往。因此，尽管在这街角开了二十几年的店，来店里吃早的都是老街坊老顾客，王容的过往，却很少人知道。大家只记着"容姐云吞"的鲜香、容姐脸上的甜美、招呼客人的笑容。

"容姐，我可不是要打探您的过往。就如您说的，创业不容易！讲讲您不容易的创业故事呗。"年轻人见王容心情不错，字斟句酌，讪讪地试探王容。

王容看了看角落里的年轻人，俏皮地应了一句："好啊，小王，等我忙完了，再慢慢告诉你我的创业史和奋斗史啊！"

王容在年轻人的"创业"后面特意加上了"奋斗"两个字，让年轻人避免了尴尬。

王容和年轻人说话时，眼里的白茫茫不见了。

你说你是少不识事，我却是早年不经事。听说过顶职吧？我十六岁顶职进食品站当工人。那是二十世纪八十年代，县里最后一批顶职。当时，父亲提前从镇食品站退休回家，我初中没毕业就进站当工人。食品站，说穿了就是一个屠宰场加一个卖肉的门市部。站里都是些粗俗粗鲁的大男人，我一个手无缚鸡之力、见了生人就脸红的弱女子，在站里似乎是多余的。食品站就像个大染缸，管你五颜六色七彩缤纷，只要在里面待过，都一个色调。刚进站，这般粗俗粗鲁的男人随意呵斥我，说下流话，讲下流故事。开始时，我脸红，我难堪，我惶恐，听他们说话，我掩耳，我生气，我抗议。可我越这样，他们越故意、越来劲、越兴奋，也越有征服感和成就感。我哭过，我也想过回学校读书，想过不去上班了……人啊，在关键时刻迈出的步子就像泼出去的水，覆水难收啊！无数次哭泣过后，我口袋里带了缝衣服的针去上班，再遇到难堪时，用针戳自己的指头，告诫自己要镇定，不用惶恐。指头不知戳了多少次后，我不再害怕这些粗俗粗鲁男人们的粗俗话。并且我也发现，他们对我讲的这些粗俗话，无非是为了引起我的关注，得到我的青睐——在这些男人眼里，我不仅是个和他们不一样的女人，还是个有几分姿色的女人。真的，小王。我年轻时长得不赖。王容捂着嘴笑。

　　发现了男人们的真实目的后，我迅速改变了自己。当然，那些改变对我来说也是痛苦的。那个时候没有多少化妆品，也没有几件好衣服，我每天把自己打扮得清清爽爽，进屠宰场、下门市、到饭堂。我对谁都像是对着家人一样，未说话先微微笑。说起话来，软软的，甜甜的，就像加了红糖拌了猪油的糯米饭。没多久，我这团软软的糯米饭便征服了食品站里的男人们。整个食品站的男人用现在的话讲几乎成了"容粉"。我拿捏好分寸，对每个"粉"都好，却又不让每个"粉"占到我便宜。

　　食品站的人说我那个时候成了比站长还管用的二站长，把食品站的一堆大男人们统治得服服帖帖。

　　一年后，我的分寸没拿捏好，被副站长占了便宜。想想副站长年轻有文化，又有着一官半职，况且人长得还不错，我便将错就错，在十八岁那年嫁给了副站长。嫁给了副站长后，我被站里调到门市部，和另外两人专司卖肉。其间，老站长退休了，我男人自然而然接替他当了站长。我为我当初的将错就错偷偷感到高兴。可好景不长，男人当上站长不久，肉菜市场放开了，食品站的好日子一去不复返了。坚持了一年多，县食品公司来站里宣布，食品站只要站长、副站长和一名财务留守，其他人员下岗回家。

因为在门市部干过，知道怎么做买卖，我便和男人商量，想开家肉铺卖肉，男人说开肉铺辛苦，自己要买猪杀猪，一个女人干不来，没同意。后来，我看镇墟上的小食店生意不错，便又央男人，给我开一家饮食店。好说歹说，男人总算同意把我下岗的赔偿金拿出来，开了家云吞店。

店开起来了，生意还不错。男人几经谋划，也如愿调回县食品公司。这期间，我又怀了女儿。这真是好事连连。

告诉你，小王，我在镇墟上的云吞店开到我女儿临生产的前一刻。女儿生产前，早上包的云吞大部分卖完了，还剩下二十几个，我煮熟了自己吃。吃完云吞，我赶紧骑着自行车回家，洗头、洗澡……忙完了，躺到床上，我肚子开始疼起来。

女儿出生了，女儿的爸爸从食品公司回来，我让他给女儿起名字。男人看着小眼睛扑闪扑闪着的女儿，说就叫"小蓉"吧。男人说，这"蓉"跟你的"容"可不一样啊，女儿是"草长莺飞"的"蓉"。

坐月子期间，我惦记着自己生意不错的云吞店。女儿满月后，我兴冲冲到墟上，重开云吞店。怎料，左右连开了两家所谓的正宗云吞店。这些人真能扯，云吞就云吞呗，咋还有正宗不正宗？我的店是重开了，可因为竞争激烈，生意每况愈下，不得已关了门。店关了，我把下岗补偿金也给折腾没了，只好带着小蓉灰溜溜地到县里找女儿的爸爸。又一个没料到，这挨千刀的，居然和别的女人好上了。

只要我愿意离婚，那个挨千刀的说，他愿意补偿。我不能死赖着人家吧？我带着不足半岁的小蓉到了城里，就在这街角，用那挨千刀的补偿给我的钱，盘下了一家包子铺，开起这家云吞店。女儿就在这家店里，学会坐，学会爬，学会说话学会走路。女儿是先会说话后走路的。

云吞店一直没有名号。起什么名呢？有一天，我突然灵机一动，就叫"容姐云吞"吧。我想啊，这"容姐"，既是我，也是我女儿小蓉啊。我又想啊，既然这店也是女儿的，那干脆把她的名字也改了，改成和我一样的"容"，不再是"草长莺飞"的"蓉"。想好了店名，我请人在一木板上写好，择了个吉日，张挂上去。我抱着小容站在招牌前，指着木板上"容姐云吞"四个字，一个字一个字地教小容，并且告诉她，这"容姐云吞"是妈妈的，也是小容的。小容用稚嫩的声音说出"容姐云吞"是妈妈和小容的时候，我瞬间泪流满面。

小容很喜欢"容姐云吞"这个名字。上学前，小容和我天天在店里。有时，我走开了，人家喊"容姐"，小容学着我一样应答。人家反问小容，你是"容姐"？她会自豪地说，是啊，我叫小容，"容姐云吞"也是我的啊！小容上学了，一放学回来，看着我在店里忙，立即放下书包，抢着来帮忙这帮忙那。我让她歇着，她不肯。她常常笑着说，妈妈，"容姐云吞"也是我的哦，我可是给我自己干活啊！

活泼可爱的女儿小容一天天长大，人见人夸的"容姐云吞"日渐兴隆。我想，小容和容姐云吞是上天赐给我的一对孩子。在这街角，这对孩子长了二十多年了，我怎么舍得把容姐云吞店拆了？！小王，你说呢？

年轻人几乎听呆了，忘记了吃，碗里的汤早凉了。王容给年轻人打了一碗热汤过来，汤里还特意加多了葱花和猪油。年轻人连说谢谢。喝着青翠的葱花云吞汤，年轻人试探着问王容，小容呢？小容现在哪呢？

王容瞬间沉默了，眼里又起雾了，白茫茫一片。

周末客人比较分散，三三两两地来，又三三两两地走。年轻人来得晚，吃早的客人已走得差不多了。进店后，年轻人照例点一碗云吞。数云吞下锅时，王容特意多下了两个。端给年轻人，王容一句"小心烫"还没说完，一勺云吞连漂着葱花的汤已经进了年轻人的嘴。

"不烫啊？"王容怜爱地看着年轻人，好像烫的是自己。

"好吃。"年轻人把云吞咽下去，脸上现出了羞涩。

美美地吃完了一碗云吞，店里没其他人，年轻人屁股像被凳子粘住了一样，坐着没走。有了上回的深入交流，年轻人吃定王容会讲出自己的故事。于是不再是字斟句酌，很随意地和王容说："容姐，开店不容易，说说您的不易呗。"

"小王，你是记者还是作家？这么愿意听我们小市民的辛酸事啊？"王容反问年轻人。

年轻人摆了摆手，傻笑。正是年轻人这一真诚的傻笑，让王容对他不设防。

刚开始，的确不容易。头一个月，每天包下的云吞，卖出去的还没有我和小容自己吃的多，店里门可罗雀。闲到发慌时，我都把店里飞来飞去的苍蝇想象成了客人。我是真着急啊！可光着急有什么用呢？

告诉你小王，我呢，是个好学之人。为什么别人的云吞店生意这么好啊？我决定，每周给自己放半天假。这半天假，我不是像现在的话讲是用来"躺平"。我带着小容，到别人家的云吞店去偷师。附近的我怕被认出来不敢去，我们就坐车走远一点。到了别人家的店，点上一碗云吞，慢慢品，慢慢尝。遇到比我做得好的，我就像你现在这样，没话找话，和人聊天。有的愿意讲，有的很警惕，每次多多少少都能学到东西。回店后，我反复尝试，不断改进。两年时间里，我和小容把方圆数十里的云吞店都尝了个遍。正是那两年的博采众长，"容姐云吞"脱颖而出，成了街坊邻居的喜爱。

店一日日红火，小容一天天长大。我高兴啊！我是打从心里高兴。可古人讲过，祸福相倚。高兴没多久，店里就出事了。那是腊月里的早上，外面寒风料峭，天寒地冻；屋里热热闹闹，宾客盈门。中午，事情就出了。那天来店里吃早的人，无一例外，上吐下泻。食品安全，人命关天，大事啊！容姐云吞店立即被勒令关门，停业整顿。

应对上面的问询、配合各种检查、慰问住医院的病人、赔偿客人损失……在关门停业那段时间，我几乎倒下了，可我不敢倒也不能倒啊！

一个月后，问题没查清，容姐云吞店还不能开张。我坚持不住，病倒了。病好后,我想着去找食品卫生部门要个说法,我的云吞店还能重开吗?我还没出门,人家找到了我和小容租住的出租屋。我一看,来的不是食品卫生部门的人,是警察,顿时慌了。

难道是事态升级了?是升级了。公安部门结合食品中毒者的症状,经深入细致的现场勘查,怀疑并侦破了一起投毒案件。那是一起同行眼红容姐云吞店生意红火,故意投毒的恶性案件。犯罪疑犯已经被公安机关抓获并对犯罪事实供认不讳。

听到公安人员宣布这一消息的那一刻,我居然没有任何感觉,既没恨,也没怨,只弱弱地问了公安人员一句,我的店还能开吗?店要再不开,我真的不知道在这举目无亲的城市里,我和小容怎么生活下去。得到肯定的答复后,我朝公安人员深深地鞠了一躬。

投毒事件后,我用了三个月时间,才慢慢恢复了"容姐云吞"的人气。

小王,投毒事件不是容姐云吞店第一次遇难。容姐云吞店后来还遭遇两次火灾。一次是小容不小心引起的。那时,小容只有8岁,还在读小学。那天,我看吃早的已经没人了,半晌午出去办了点事。出门时,我交代小容看好店就行。当天,有个老街坊起晚了,匆匆赶来吃早。小容个子矮,街坊没看见,随口喊了声"容姐,来一碗"。小容应了声"来了"就要张罗。街坊看了看小容,担心地问:"小容行吗?"小容不屑地看了一眼街坊,有板有眼地煮云吞,装碗,加葱花,滴猪油,小心翼翼地端给老街坊。老街坊边吃边表扬小容:"小容煮的云吞,比容姐煮的还好吃呢!"小容一高兴,一直看着老街坊吃云吞,忘记了关火。

火灾就这样发生了。还好,那一次火灾有惊无险,损失不大。起火后,小容和老街坊齐心协力把火给弄灭了。我回到店里时,老街坊走了。看着小容一脸黑乎乎,我又生气,又心疼。小容却轻轻擦干我脸上的泪说:"妈妈,别哭,我们的'容姐云吞'可要大火了!"我紧紧抱着小容,和小容约定,我一定要把我们的"容姐云吞"办得越来越精致,越来越红火。

"真的，小王，诚如小容所言，那场火灾后，我们的'容姐云吞'越来越火，而且火了很多年。"王容说的时候，眼里满是自豪。

"第二次呢？"第二次发生火灾的事，王容不再说，年轻人却要打破砂锅问到底。

"第二次火灾，就严重了，东西都烧掉了，就剩下门口这块招牌。"王容指了指门口的"容姐云吞"招牌。

招牌显旧，有沧桑感。

拆迁办的人不时上门来做王容的工作，希望她支持。王容心想，我支持你们，把店拆了，谁支持我？

吃早高峰过后，拆迁人员又上门来了。带队的是一愣头青，一进门，口气大，说话冲，又是威胁又是恐吓。当天，王容因为起晚了，到肉菜市场，发现几家肉铺的猪前夹心肉都卖出去了。一直以来，王容坚持用猪前夹心肉来做肉馅。这部分夹着心脏的肉，就是所谓的"三七肉"，肥瘦比例基本维持在三比七，做出的肉馅，不仅口感好，味道也香。没有"三七肉"来做肉馅，王容认为那是砸招牌的事。砸招牌的事，王容可不干。王容走了几个市场，还是没买到"三七肉"，只好将就买了里脊肉。回到店里，看着客人信赖的眼神，王容一直在自责，一把年纪的人了，为什么就起晚了呢？王容心里窝着火。愣头青的话就像是火引子，把王容心里的火给引着了。开店几十年，从来都是和和气气的王容，居然和愣头青吵了起来。愣头青气愤不过，想打击王容的嚣张气焰，拉了张凳子到门口，站上去，想揭下门顶的"容姐云吞"牌匾。愣头青的揭牌匾举动，彻底把王容激怒了。王容清空了店里的客人，一手举着打火机，一手压着煤气瓶，和愣头青一伙嚷叫对峙着。

年轻人就在这时走进容姐云吞店的。

"你别进来！你别进来！"王容着急地对年轻人喊。

"容姐，有事慢慢说，有事慢慢说！"年轻人没停脚步，进了店里，安抚王容。

王容的手在颤抖。

"你们这是干什么？眼里有没有群众？心里有没有群众？动员拆迁，难不成要搞成官逼民反？"年轻人转身训斥愣头青。

"你是谁啊？猪鼻子插葱，装什么大象？你不要影响我们搞拆迁工作！这可是当前街道最重中之重的工作！"愣头青先被年轻人的气势震慑住了，很快缓过神来，反击年轻人。

"我是谁不重要！重要的是谁让你们这样搞拆迁？"年轻人很生气。

有人拉了拉愣头青的衣角，耳语。愣头青看了看年轻人，慌忙出门。临走，不忘对年轻人和王容说一句："不好意思。"

看着愣头青一伙仓皇逃离，门口围观的人群鼓起了掌，纷纷又走进容姐云吞店。

"容姐，开张了！客人等急了。"看着手足无措、站立不动的王容，年轻人笑着提醒。

"好咧！"王容应了一句，转身看了一眼年轻人，眼里蓄满感激。

对峙事件后，拆迁办的人好多天没上门来催促王容拆迁。

拆迁办的人没来，年轻人却照旧几乎天天来吃一碗云吞。经历了对峙事件，王容和年轻人不再仅仅是店主和客人的关系。王容看年轻人的眼神里，多了很多很多的内容。王容不肯收年轻人的钱，年轻人自然不愿吃白食，每次坚决付钱。年轻人还告诉王容，她经营一家小店，的确不容易。再说，如果不收他的钱，他以后自然不好再来吃。话说到这份儿上，王容只好收下年轻人的钱，每次再多给他下几个云吞，多加点葱花，多滴几滴香油，或多舀点猪油，或是适时地给年轻人添点热汤——碰上周末不上班，年轻人常常和王容聊到汤都冷了。

在店里，王容和年轻人无所不聊，俨然成了忘年交。当然，两个看似啥都能谈的人，也有禁区，那就是小容的现状。每回，年轻人的话题只要触碰到小容的现状，王容都沉默不语，眼光迷离。

年轻人也真是，王容越是对小容讳莫如深，他越想知道小容的状况。聊着聊着，常常旁敲侧击小容的现状。王容每每不吭声。

那天是阴历六月二十四。年轻人一早陪上面的人到基层调研，没来容姐云吞店吃早餐。王容那天因为心里有事，也没在意。晚上8点不到，王容提前关了店门，一个人在店里忙活。二十多年，每年的这一天，王容都会提前关店，在店里忙活起来。

客走主人安。送走了上面的来人，年轻人告诉同事，想一个人在街上走走。下了车，年轻人在街上信步由缰，转着转着，年轻人就转到了街角的容姐云吞店。年轻人发现，店门关着，橘黄的灯光却像洪水般透过门缝，争先恐后地跑出来。年轻人好奇，上前敲门。

门开了。见是年轻人，王容一脸慌乱。这倒弄得年轻人不好意思起来。不过，王容很快镇定下来，邀请一脸好奇的年轻人进店。

店里灯光耀眼，就王容一个人。桌上，摆着一个纯白的蛋糕，冷艳无比。一锅清炖牛肉、一盘清蒸脆鲩、一碟清炒芥蓝，还有一碗白米饭，都还在微微冒着热气。

"容姐，您这是？"年轻人疑惑。

"我在给小容过生日。"年轻人隐约又看到了王容眼里白茫茫一片。

"小容还没到？"年轻人似乎急切想知道小容在哪里。

"你不是老在打听小容吗？我都告诉你。"王容给蛋糕上的蜡烛点上了火。

小容是阴历六月二十四"夫人节"这天出生的。小容打小聪明伶俐，又乖巧可爱。小容在我们这里上小学，读中学，几乎年年考第一。同学们笑话她每回拿第一，别人就没了奔头了。你猜这丫头怎么说，她昂着头告诉她同学，所以啊，只要我在，就只有小容同学和其他同学两个同学。小容到遥远的北京读大学前，从没离开过家里。每年的六月二十四，我会买好蛋糕，早早关店门，在店里，亲手做小容最爱的"三清一白"：清炖牛肉、清蒸脆鲩、清炒芥蓝，还有香喷喷的白米饭，就是桌上的这些，给小容过生日。小容每回说，妈妈做的"三清一白"，她一辈子都吃不腻。小容到了北京读书，7月份还没放假，回不了家。我就在电话里告诉小容，小容你在不在家，妈妈一样给你过生日，一样给你做"三清一白"。妈妈做好替小容先吃着,等小容放假回家了,妈妈再加倍补偿。

"小容今年也不回来?您一个人在店里给她庆生?"年轻人心里一下轻松了很多。

"小容不回来了!"王容说完垂下了头,眼里的雾怎么也散不开。

小容在大学里书一如既往地读得好。小容有一天又高兴又忧心地打电话告诉我,说她确定被学校"推研"了。小容说,妈妈又要辛苦供我多读三年书,真是不忍心。我告诉小容,只要你能读,妈妈会一直供你读下去,容姐云吞店生意不错,妈妈有钱。这孩子,听我一说,高兴得在电话里喊"容姐万岁!"确定"推研"没多久,小容有一次来电话,有点吞吞吐吐。我先问她,是不是钱不够花了?妈妈马上微信给你转过去。小容说不是。我再问怎么啦?小容犹犹豫豫不说。我一下猜到了。小容长大了,有心事了。我问她,有男朋友了?小容支支吾吾。我笑了说,傻丫头,这有啥?妈妈像你这样大的时候,都当妈妈了。经我这么一说,小容不紧张了,说,妈妈,我是怕您不同意。我说,你看准了,妈妈就认。妈妈相信你。在我的鼓励下,小容告诉我,她的男朋友是北京的,是她的师哥,很优秀,读完研究生,准备到欧洲读博。我说优秀不优秀妈妈先不关心,他对你可好?小容笑了,笑得十分幸福,说,我就知道妈妈会同意的!

"您真是一个好妈妈!"年轻人由衷地说。

"小容是我的好女儿!"王容眼里的白茫茫弥漫到了整个屋子。

沉浸在学业和爱情双丰收里的小容是幸福的。我记得,小容大学毕业那年的假期放得比较早。一放假,她就立马回家了。那时的小容,由里到外洋溢着幸福。幸福如果要计成色的话,小容的幸福一定是99.99。小容说,这几年的生日她没和妈妈一起过。今年,她要回来和妈妈一起过生日,吃妈妈亲手做的"三清一白"生日宴。她说,过完生日,她想回北京。她还跟我商量,问我容姐云吞店能不能关几天,和她一起去北京走走?她说,他过完暑假就要出国了,出国前,想让妈妈见见他。我一下鼻子酸酸的,眼睛湿湿的,拥了拥小容,点了点头。晚上，小容和我睡在一起，和我絮叨了一个晚上，憧憬幸福的未来。

生日还没过，小容着了凉，感冒发烧。吃了家里备用的感冒药，几天不见好。我便让小容去医院看看。你知道，到了医院，虽只是一个感冒，也身不由己。抽血，拍片，一番检查下来，小容被折腾得有气无力。最后，小容还被医院留医了。我赶到医院时，医生把我叫进办公室，神情严肃地告诉我，小容不是普通的感冒，她得的是急性白血病，必须立即送到市里大医院进行治疗。

年轻人的心被揪紧了。

"什么夫人节出生夫人命！"王容长长叹了口气，眼里的白茫茫成了波澜壮阔的洪水，四处流淌。

小容过的最后一次生日，是在医院里。那天早上，我发现小容的状态很差。我赶紧到医院附近的市场买菜，然后打电话央求住在医院里小容的主管医生，借他家的厨房一用，给小容做"三清一白"。主管医生是个好人，我的话还没讲完，他就答应了。上午12点没到，我把做好的"三清一白"带到医院，隔着厚厚的玻璃，一样一样地打开。"三清一白"都冒着热气，小容不仅吃不了，看一眼都很难了。我看见，小容一直想努力睁开眼，看看我，看看她最喜欢的"三清一白"，却好像怎么也睁不开。我就一直把"三清一白"端着打开着，希望小容能看到。我把蜡烛点上了，隔着厚厚的玻璃，轻轻唱：

祝你生日快乐，
祝你生日快乐，
祝你生日快乐，
祝你永远快乐。
Happy birthday to you
Happy birthday to you
Happy birthday to you
Happy birthday to you
祝你生日快乐，

祝你生日快乐，

祝你天天快乐，

祝你永远快乐。

  蜡烛灭了，我继续点上。生日歌，我一遍又一遍地唱。我希望小容能看到妈妈给她做了"三清一白"，为她唱生日歌，和她一起过生日。唱着唱着，我突然发现小容睁开了眼，就像她刚出生时那样，那双明亮清澈的眼睛在四周看了看。我赶紧轻轻敲着厚厚的玻璃，示意小容看看，妈妈就在她的身边，妈妈永远陪着她。

  小容似乎听见，也似乎看见了，微笑着闭上了眼。

  "小容走了？"年轻人感觉到了刺骨的痛，不相信这一切是真的。

  "小容走了。"王容眼里的白茫茫散了又聚，聚了又散，然后指着店门口"容姐云吞"招牌说，"小容还在。"

  桌上的清炖牛肉、清蒸脆鲩、清炒芥蓝和白米饭，热气已然散尽了，冰冷无比。蛋糕上的蜡烛，燃到了根部，行将熄灭。

  拆迁办的人再次上门，态度好了很多。一口一个"姐"地叫着让人温暖。其实，王容也想过，开了二十几年店，累了几十年，挣下的钱，够自己花的。真的拆迁了，干脆就关门得了。只可惜了这么多忠实的"容粉"，还有"容姐云吞"这招牌。一想到和小容共同拥有的容姐云吞店，就要没了，王容心里特别痛。

  拆迁办的人不仅态度好多了，还十分善解人意。他们不和王容谈拆迁，而是谈复业。他们告诉王容，拆迁办可以帮忙王容就近找地方，重开容姐云吞店。重开店的地点，也可以是王容自己挑选，拆迁办协助搬迁，并给予一定的补贴。总之一句话，就是要让广受群众欢迎的"容姐云吞"，继续传承下来。

  正在店里吃早的年轻人听了拆迁人员给出的方案，鼓励王容说："在附近找个宽敞点、亮堂点的地方，重开云吞店，让'容姐云吞'发扬光大，未尝不是一件好事。"

其实，现在的容姐云吞店，重开没几年。三年前，容姐云吞店发生了一次火灾，这就是王容不愿和年轻人多讲的第二次火灾。

那次火灾，发生在深夜里，是小容走后的第一个六月二十四。王容不相信小容走了，她要像小容在读大学时一样，在店里给小容做"三清一白"，为小容过生日。谁也不知道那次火灾是怎么发生的，等到大家发现容姐云吞店起火时，店里的东西已经被烧得七七八八了。

火灾过后，王容大病了一场。病好后，看着不断来探望打问"容姐云吞"什么时候复业的"容粉"们脸上的馋样，看着略显沧桑静静卧在角落里的"容姐云吞"招牌，想到了小容，王容决定在原址重开容姐云吞店。王容说，其他没了可以重新添置，只要地方还在，"容姐云吞"的招牌还在，就行。容姐云吞店很快重新开起来了，新开张的容姐云吞店，里面的物件，一切和从前一样，就连摆设也没变。门口的招牌，沧桑依旧。

刚重开几年的店，又要拆迁，王容心里实在不愿意。可不搬走重开，又能怎么样呢？胳膊拧不过大腿，拆迁是迟早的事。

搬离了这里的店，还是我和小容的"容姐云吞"吗？小容能找得到吗？王容一直还在犹豫。

"这里拆迁后改成绿化用地，环境好了大家受益。小容也不希望这里破破烂烂的！"年轻人似乎看出了王容心里的疑虑。"重开店的地方让他们帮着找，找到合适的为止。搬到哪，都还是您和小容的'容姐云吞'！小容会高兴的！"

对，搬到哪，都还是"容姐云吞"！只要容姐云吞店还在，小容会高兴的。王容相信年轻人的话，动心了，点了点头。

一见王容点头认可，拆迁办的人生怕夜长梦多，赶紧和王容签了协议，带王容到附近找地方。

在拆迁办的帮忙下，几经周折，就在容姐云吞店原址东边一百米不到的地方，新的"容姐云吞"复业了。新店比原来的店宽敞多了，门面也亮堂多了，还位于显眼的十字路口。搬迁时，王容要求把旧店里的东西原封不动地搬迁过去新店。拆迁办的人开始说，招牌旧了，他们让人再题写一块招牌，或者用现代化的霓虹灯招牌，王容都没同意，执意要那块旧的"容姐云吞"招牌。

旧的招牌挂上去，虽然和亮堂的门面有点不协调，"容粉"们却纷纷说，"容姐云吞"没变。

王容听了很高兴，本来就是"容姐云吞"。

搬迁第一天，年轻人带了一帮人来祝贺，一下把店里坐得座无虚席。这些人里，有些王容见过，比如，和王容吵过架见了面还有点不好意思的愣头青，多次上门来谈就近搬迁复业的科长，还有带着王容到处找复业地点的老刘。有些王容没见过。反正都是年轻人的朋友，王容一律笑脸相迎。王容告诉年轻人，今天她请客，让客人们放开肚皮吃。

"大家听到没有，今天'容姐云吞'搬迁复业，容姐请客，大家可劲吃啊！"年轻人把容姐的话转告大家，大家齐声喝彩："谢谢容姐，生意兴隆！"

大家吃完陆续离开，王容发现，每个人的碗下都压着钱。

"你这演哪出啊？你这不打我容姐的脸吗？"王容有点不高兴，质问年轻人。

"'容姐云吞'，不容易！"年轻人笑着说，"给您添麻烦了！"

"你难道是……"

"是的。我是新来的副区长，也是这片街区的拆迁总指挥。之前打了诳语，和您说是吃着您的云吞长大的，对不住了。我不是本地人，从前只吃过饺子。不过，'容姐云吞'真的好吃。我要真诚地感谢容姐对我们工作的理解和支持！"年轻人给容姐鞠了躬。

"小王，真有你的！"得知真相，王容不仅不生气，反而笑了，笑得很灿烂。

年轻人还是常常来容姐云吞店吃早。年轻人一来，王容显得特别高兴。王容对年轻人特别关照，看他的眼神，也和别人不一样。

那天，年轻人吃完走后，王容的目光跟着年轻人穿越了几条街区。

"喂喂喂，容姐，你看啥呢？眼都直了。人家可离开好多条街了。"街坊李大姐是"铁粉",年龄和王容相仿,天天来吃早,看出了王容的异样端倪。

李大姐的喊叫,让王容吓了一跳,赶紧回过神来,却发现,锅里的云吞煮过火了,囊了。

"敢情看上人家小伙子了?不过,这小伙确实是不错。"李大姐打趣王容。

"去你的!"王容脸红了一下,拿起漏勺,作势要打李大姐。

"还说呢,这不脸红了?"李大姐调侃王容。调侃归调侃。王容见了年轻人,却总有不一样的感觉。

又是一年阴历六月二十四。这是容姐云吞新店开张后的第一个六月二十四。王容照例早早关店门,在店里给小容做"三清一白":清炖牛肉、清蒸脆鲩、清炒芥蓝,还有一锅香喷喷的白米饭。

纯白的蛋糕上插着一根红蜡烛,红火焰在闪烁跳动。

一根蜡烛熄灭后,王容又点上了一根。

第二根蜡烛又快灭了,王容毫不犹豫地插上第三根蜡烛,点火。

王容每回都要烧完三根蜡烛才肯结束。

"当当当"。有人敲门。

王容开门。门外站着年轻人。王容一点也不惊讶。

"我带了一小盒巧克力,送给小容!"年轻人从口袋里掏出一盒精致的巧克力,轻轻放在桌上。

"是吉利莲巧克力?比利时牌子?"巧克力写满外文,王容看不懂,却未卜先知般问年轻人。

"您怎么知道?"年轻人点了点头。

王容的泪瞬间流下来。"小容说,吉利莲巧克力是巧克力王国中的至尊,她和她师哥是情侣群里的至尊。小容说,师哥跟她讲过,从欧洲读完博士回来,一定要送她吉利莲巧克力。"

"可她把她师哥的电话、微信、QQ都拉黑了。"年轻人的眼里也起雾了,白茫茫一片。

王容看着年轻人,似乎在反问,你还不懂吗?

雾在年轻人的眼里弥漫开来，集聚成了豆大的雨，哗哗地下。

烛光灭了，桌上，王容特意摆出来的一张大彩照里，碧绿的田野，湛蓝的天空，恢复成了本色。

年轻人直直看着照片里由里到外洋溢着幸福的女孩，像是要看穿浩瀚无际的日月星辰。

2021年12月10日